现场与在场

THE SITES AND THE PRESENCES

2021《三联生活周刊》年度精选集

《三联生活周刊》编辑部 编著

中国出版集团 现代出版社

图书在版编目（CIP）数据

现场与在场：2021《三联生活周刊》年度精选集 /
《三联生活周刊》编辑部编著 . -- 北京：现代出版社，
2022.7

ISBN 978-7-5143-9881-6

Ⅰ.①现… Ⅱ.①三… Ⅲ.①新闻报道－作品集－中
国－当代　Ⅳ.①I253

中国版本图书馆 CIP 数据核字 (2022) 第 056702 号

现场与在场：2021《三联生活周刊》年度精选集

编　　著：《三联生活周刊》编辑部
责任编辑：张　霆　姚冬霞
出版发行：现代出版社
通信地址：北京市安定门外安华里 504 号
邮政编码：100011
电　　话：010-64267325　64245264（传真）
网　　址：www.1980xd.com
印　　刷：三河市宏盛印务有限公司

开　　本：710mm×1000mm　1/16
印　　张：23.75　　　　　　　字　　数：269 千
版　　次：2022 年 7 月第 1 版　　印　　次：2022 年 7 月第 1 次印刷
书　　号：ISBN 978-7-5143-9881-6
定　　价：63.00 元

序：写作是孤独的

李鸿谷

面对稿纸或者屏幕，你写一个长长的报道、一首短诗，或者一篇虚构的小说，没有任何人会帮得上你，你必须也只能独自完成。这有点像人与命运的关系。

在遥远的 MSN 时代，虽然过去十来年，我仍可清晰记得那些年，每到周日晚上，电脑屏幕右侧 MSN 小窗口总在不断地响起有人渴望说话，呼唤听众的声音，这是一个哀号之夜，我的那些同事各种吐槽，大概午夜之后，逐渐消停。第二天，截稿日，周一的太阳一定会照常升起。这个游戏会舒缓内心的焦虑吗？我挺疑惑。微博兴起之后，哀号的阵地转移了，毕竟有公共性，微博终结了表演性的焦虑。我们是否就此接受了孤独？并不。所谓拖延症，本质上是一种抗议，对孤独的反抗。

2000 年，我离开武汉，加入《三联生活周刊》，做记者，我选择了自己的命运。一次一次走在陌生的城市、陌生的街道，敲开陌生人的门……然后，收拾起所有的感觉，听来、看见、闻到，坐在电脑前，把你的工作变成一个文字的结果。这个时候，双重压力并至，他律／编辑要求，自律／自我标准——需要你有一个精彩的结果。独自上场，孤独的背后，是对卓越的追求。那些漫长的挣扎，是底因。

很多年之后，我做了这本杂志的主编，第一次作为主编独立发稿后的周二选题会，我开始点评刚刚下印厂的这期杂志的所有文章。我的同事就坐在我的眼前，前夜的号叫犹在耳边，我相信，唯有被看见，被认真评论，才能提供真正的慰藉，哪怕微不足道。很自然，这种每周的发稿点评，迅速演化成每季度的好稿评选。

我们每周一期杂志，15 万～18 万字，三个月一个季度，才评选出一篇好稿，两篇提名（也有突破时），甚少甚少。这当然是我们记者的杰出之作！以后置叙事来看，不是所有的事实都能进入并塑造现在，绝大多数的新闻及其文章，在历史的书写时被简单地遗忘，根本谈不上成为所谓的草稿。虽此，总有例外，那些对卓越的追求，终能摆脱汪洋大海，冉冉升起。

于是，一个年度里，这里所选载的，正是我们对中国与世界，最精彩、最浓缩的记录。三联版的当代史，在此。

一年一年，那些孤寂的时刻，显示了意义。

这份职业，也因此给那些从业者，提供了命运的共同想象，一点闪亮。

第一篇　发现现在

第二篇　思想的力量

第三篇　历史的关隘

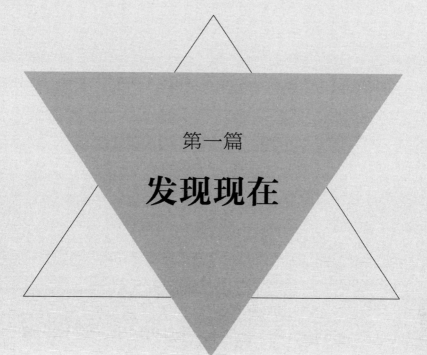

第一篇

发现现在

第一章

变化中的中国产业

疫情后，重新认识中国外贸

全球疫情这个极端突发事件，让外贸成为一个关注点。与曾经的担忧相反，中国外贸反而获得了超预期的增长，数字化快速渗透到这个传统领域。这两句看似简单的总结，其实蕴含着丰富的内容，是几十年来中国外贸和制造业发展的积累，在关键时刻派上了用场。

无论是 B2B，还是以零售品牌的面貌在国际电商平台上销售，中国出海的产品越来越重视创新。一些海外销售平台上的冠军产品，如果不关注，很少有人知道是土生土长的中国企业自创的品牌。

新冠肺炎疫情使来自海外的订单陡增，对于企业来说也可能像洪水，不是所有企业都有能力接得住。必须拥有强大的产能、高效的供应链，上下游合作无间，甚至调动国际物流资源才能稳妥有序地疏导海外需求，变成营业收入的增长。数字化也不只是一个销售渠道的改变，背后还有科技含量和国际化。

我们已经不能再用"代工厂"指代一切中国外贸，中国的新外贸在全球价值链上努力掌握话语权，能定义所在领域的下一代产品，定价下一代产品，甚至做出国际市场上有知名度的自有品牌。

"中国制造"的韧性

牛年春节，杭州巨星科技股份有限公司依旧忙碌，1000 多名工人分成三班，24 小时不停歇地生产。副总裁李锋说："浙江省政府发 1000

块钱，我们公司发 1000 块钱，春节加班有三倍工资，公司还有大红包。所有公司员工的小孩儿，由公司请了老师，节假日、寒假把他们带好。大人全力以赴生产，迎接增加的订单。"这是一家中国五金行业的龙头企业，代工和自有品牌的市场份额在世界名列前茅。这种开足马力的架势从 2020 年初新冠肺炎疫情暴发开始，已经持续了一年，如今公司净利润超过 10 亿元，同比增长 46.44%。巨星科技抓住了疫情中的机遇，因为海外"宅经济"对工具需求增加，再加上这个领域里供应链格局的变化，它在海外创立的自有品牌 Workpro 的市场份额持续上升，跨境电商业务规模甚至保持三位数的快速增长。

不止巨星科技一家公司，2020 年，中国的外贸超预期增长。根据海关总署的数据，2020 年中国货物贸易进出口总值为 32.16 万亿元，同比增长 1.9%，贸易顺差 3.7 万亿元，增加 27.4%。这些货物和服务净出口拉动 GDP 增长 0.7 个百分点。

从更长的时间线来看，疫情也许会成为中国外贸发展的一个节点。外贸的根基是制造业。当全球几乎停摆的时候，最早控制疫情的中国，企业生产线日夜转动，供应国际市场的日常消耗。中国是全世界唯一拥有联合国产业分类中全部工业门类的国家，具备以产业集群形式出现的、生产某种商品的完整供应链，也是这种产品在全世界的集散中心。

突发事件面前，工业基础具有超乎想象的韧性。疫情之后，可能要用一种新的眼光来看中国制造业及其在全球价值链上的位置。

外贸的形式也在发生变化。北京大学国家发展研究院副院长余淼杰曾经撰文指出："非常明显的是在疫情之后，线下经济逐步转移到线上经济。互联网经济将会发挥越来越重要的作用，无论是贸易、金融，还是投资，会更多地体现为数字贸易、数字金融乃至数字投资，而且重要性会越来越凸显。另外，各国也会逐步实现贸易的多元化、贸易形态的多样化，其中数字经济将起到越来越重要的作用。"

我们在这样一个时间点走入外贸工厂，中国目前最活跃的跨境数字平台。企业家和从业者临场应变，让企业在这个极端事件中活下去，甚至抓住商机，亲历外贸这个传统行业从线下到线上的大迁移。这不单纯是销售渠道的变化，参照过去 10 年内贸零售生态数字化带来的产品、品牌大洗牌及发展，外贸从生产到品牌也将出现大变动。

2020 年初，疫情带来的是中国外贸企业订单的断崖式下跌，机敏的企业家在绝望里寻找商机。李锋说："总体而言我们是很悲观的，但也没有放弃。我们做了一个特别的转型，出发点并不是为了赚钱，但确实抓住了防疫物资这个机会。我们的客户是家得宝、沃尔玛、欧洲翠丰等连锁超市，有的地方规定必须戴口罩和手套才能营业。疫情突然暴发，我们接到的第一个需求是给美国最大的五金建材超市家得宝在两周内弄到几百万个口罩。我们的小伙伴通宵把货赶出来，一个星期做了 30 个集装箱的口罩、手套、测温仪发给他们。没有这些防疫物资，他们开不了店，损失很大。后来他们的高层写邮件给我，说巨星是救命恩人，以后优先考虑我们的产品。"

欧美疫情大暴发，中国外贸公司经营主业的订单就来了。巨星科技生产的五金工具在国内外是完全不同的使用文化。李锋说："中国人一个锤子能用一辈子，欧美不一样，人工贵，大家都需要 DIY，五金工具对他们来讲是购买频率很高的消耗品。中国人肯定想不通，到了情人节，我们要生产浅蓝色、紫色、粉色的工具，因为消费者要送给女朋友、妈妈。疫情宅在家，有人可能想修一修车库，将相框重新钉一下，工具的需求量就起来了。"疫情毕竟是一个特殊事件，除了手工工具这个主营业务，李锋觉得还会产生其他的需求。他每年在美国工作8个月、在欧洲工作2个月，熟悉当地的生活习惯，建议赶快研发和生产园林工具。"如果大家要在家待很久，屋子里修完了，肯定很多人会把门口的院子也修一下。园林工具本来是我们生产的小类，去年它变成了一个主要类目，这一拨新增的市场需求我们又赶上了。"

对企业来讲，有时候陡增的订单并不意味着全是机遇，还要看供应链和产能有没有本事接得住。

巨星科技是一家在全球有十几个生产基地的跨国集团，资源丰富，产能应对从容。而小企业有小企业的办法，依靠的是产业集群的供给。疫情期间的外贸领域，自行车是订单增长的代表性品类。根据阿里巴巴国际站的数据，自行车行业连续6个月实收成交总额增长超过100%。

中国是自行车制造大国，天津周边和长三角地区是主要的生产集群，不但生产自行车，还有自行车产业链上的原材料和零件。疫情前，海外一些自行车的装配厂都要来中国买零配件。疫情一来，零配件运不过去，供应链断了，订单全转向国内。

易路达车业股份有限公司是天津一家主营自行车业务的企业，它创立的时候只有一个韩国客户，后来赶上共享单车大战，获得了发展。易路达拥有的74项专利，主要是针对公共自行车的防盗、防锈而研发的。共享单车退潮，订单大幅下跌，易路达入驻了阿里国际站，转型跨境电商。易路达公司监事会主席魏皖玉说："疫情期间，外国客户无法来中国，只能依靠网上寻找厂商。我们通过阿里国际站接到的客户，是往常参加线下展会的 25 倍。"

要想消化这么多订单，靠工人加班是不够的。魏皖玉说："政府协调了空厂房，我们加了一条生产线，产能翻了一倍。我们的技术和品管把各种自行车产品的配件优化了一下，外观设计依据客户要求做出不同的款式，但车架、零配件等尽量做到通用。比如从前我们使用四种车架，现在无论哪种订单来了，都用一种车架。这样还能提高生产效率。"

订单暴涨也意味着供应链的压力增大。魏皖玉说："从前都是供应商来找我们联络关系，疫情开始后就是我们去拜访供应商。老供应商要维护，还要开发新供应商，天津周边的跑遍了，就去长三角地区拓展一下。同行全都能碰到，因为大家都去催货。这个东西生产出来，如果不要，立刻就有人把它们拉走了，我们就要再等很长的一个周期，订单的交货就要往后排，影响很大。"

重新认识"微笑曲线"

中国制造业常被称为"世界工厂"，"微笑曲线"的理论一直影响着人们对中国外贸企业的看法。它们处于"微笑曲线"的底端，只赚取微薄的加工费，设计和品牌的高额利润被外商客户拿走了。暂且不说"微笑曲线"是否有时代局限性，2020 年这些企业能够迅速提高产能，完成"世界级"需求的大规模生产，背后其实是很多人忽略的中国外贸企业通过几十年代工培养出来的生产专家、供应链整合专家支撑，巨大订单量本身就是制造能力的体现。

疫情期间，小家电是内贸、外贸都订单暴增的品类。新宝股份是这个领域的超级工厂，它生产了全世界40%的咖啡机，拥有的咖啡机专利排在世界第二位，其电热水壶、搅拌电器、吸尘器等八大类产品也排在中国出口的前十位。新宝股份总裁曾展晖说："中国小家电生产在未来5年之内，是不可能有国外竞争者的。制造一定不是产业链最底端的环节，疫情让很多国家和地区对中国制造业的依赖更明显了。"

曾展晖于1997年通过应聘入职当时还是小厂的新宝股份，是经历过大风大浪的"老外贸"。他说，2020年对国际贸易的灾难性打击可以类比2008年的金融危机。"我们很早就判断订单会下滑，启动了对生产规模和费用的管控。当时差不多到2008年底了，到2009年订单萎缩非常明显，好在我们做了收缩，再加上大宗商品价格下跌，对我们那一年的业绩有很大的帮助。"

新冠肺炎疫情对经济的打击与2008年相似，但曾展晖对订单做了相反的判断。"虽然当时有很多传言，全球订单会有非常大的萎缩，但国内疫情相当于打了一个样，居家的需求是增加的。我判断海外订单不会像2008年、2009年一样下滑，反而会继续增长，或者说增长速度会非常可观。"

2020年2月初，新宝股份的全体员工是带着即将迎来订单暴增的心理复工的。曾展晖的判断很准确，新宝股份的产能及其供应链的产能都增长了50%左右，才匹配了订单的需求。曾展晖说："这几乎是工厂产能弹性的边界。"新宝股份是一个庞然大物，要生产12个大类、接近

3000个型号的小家电，涉及147个系统、1400多家供应商。一边扩产能，一边还要应对增长的订单，忙而不乱，这是一个复杂有序的系统。

核心依靠的是高效的管控手段和跟供应商长期合作沉淀下来的共识。新宝股份开发了"产业链中央监控体系"，把庞大的供应商全都纳入其中。从客户洽谈、接单，到供应商准备物料，再到生产和出货，流程里的资料和数据清晰可见。这个系统让接单周期从60天压缩到40天，原材料供货周期从20天缩减到10天。

曾展晖说："在生产企业里，等待就是浪费。可如果体系庞大复杂，很难不出现意外。比如说，一个产品由100个元件构成，每个元件都需要一个到达生产线的最佳时间，生产线开起来才不用等待。这个系统就能对零件生产计算出最佳组合方式。再比如，来了一个物料，虽然是最佳时间，可质量不合格，那就跟没按时到达一样了。我们的端口现在覆盖到供应商那里，一旦我们判断某个供应商的零件是新品的关键工序，对零件生产就会管控起来。零件的关键参数接入这个系统里，如果生产中零件不合格，马上就能发现，停下来检查。避免到达我们的生产线时才发现问题，减少意外发生。"

除了用数字化管控生产，曾展晖表示商誉也很重要。"我们跟供应商之间是用'三观'一致作为合作基础的，倡导高效的、具有竞争力的合作关系。我们非常反感采购体系里有过度的私人关系，一切都是凭零件质量和服务说话。"

超过50%的增量，已经超过一些供应商产能的边界。新宝股份每个月都要跟供应商开产能匹配会议，商场如战场，越早提高产能，越能抓住机会。曾展晖说："如果晚几个月，商机就跟你没关系了。这时候，日常建立的跟供应商的合作关系就体现出了作用。因为最快速扩产能的方法是供应商把所有闲置的生产资源都用起来，他还要愿意协调订单，比如可能有些产线在做其他客户的东西，那能不能先给我们做一些短平快的订单。有些供应商可能还要协调投资交易才能满足产能，那他就要判断跟我们合作，值不值得。"

代工起家的外贸企业不但因为接的订单种类多、数量大而成为生产专家、供应链管理专家，也有机会在价值链的上下游拓展。李锋跟曾展晖类似，也是20世纪90年代就进入外贸领域，在巨星科技从实习生做起，在车间、仓库、质检、包装等部门都待过，亲身经历了外贸企业从小到大的发展历史。李锋说："我师傅还在这个公司。我们是改革开放后的第一批私营外贸公司，早期规模不超过30人。最早我们是做纯贸易，买进来卖出去。大概过了五六年，我们意识到光做贸易没办法竞争，就办了自己的工厂，后来陆续有了研发团队、设计团队、销售团队。我们早期完全做OEM（代工生产），客户是中间商，现在我们只有10%的中间商，90%是沃尔玛、家得宝、家乐福这样的直接客户。"

在工具这个垂直领域里，巨星科技不断拓展，再把这些拓展变成商机。李锋说："政府号召'机器换人'之前，我们就有控股子公司做机器人业务——国自机器人。我们在生产、物流领域都有机器人在操作了。很多美国客户使用的智能仓储系统也是我们提供的。他们来参观，发现我们的仓库很先进，也要求做一套。我们集团还有叉车，从前杭叉集团是我们的客户，美国的客户仓库里也要有叉车，为什么我们不做一站式服务呢？后来我们控股了杭叉集团，给海外客户既提供产品，又提供仓储物流的工具。"

在海外，巨星科技收购了北美一流的钉枪、钉子品牌，以及门窗配件品牌等。李锋说："这些客户跟我们的客户是重叠的，收购后很多产品可以使用同一个渠道。有些客户我们没有做，这些品牌在做，就可以利用这些渠道把我们的产品推荐出去。这些品牌在北美经营多年，有工厂、有物流仓储，这些都能为我所用。配件从中国发出去，在那边生产和加工，为解决贸易壁垒起到一定的作用。"巨星科技还通过收购拓展客户。在欧洲他们收购了一家仓储柜、工具柜品牌，这家公司的客户是奔驰、宝马、路易威登等。李锋说："这个品牌在瑞士、意大利、德国都有工厂，收购拓展了我们的供应链，很多东西还可以互补。奔驰、宝马公司是不是需要工具？路易威登的工具柜要不要密码锁、智能锁？我们生产的智能家居系列，正好可以配套。"

疫情期间，巨星科技的出货量最多时达到一天 150 个集装箱。李锋说："150 个集装箱就是我们所在的开发区马路堆满了。如果我们没有实力，没有智能仓储、叉车这些，根本来不及运走。"在北美，仓储和物流的资源非常紧张，他们收购的北美品牌的自有仓库和物流系统也起了作用。2020 年，巨星科技的外贸订单增长了 150%，能顺利完成订单并将产品送到客户手中，是多年布局的结果。

话语权在产业链上的转移

曾展晖很愿意借采访的机会，打破外界对代工企业的刻板印象。代工是可以从量变到质变的，他们跟海外客户的关系不再是"微笑曲线"的底端和两侧，很多代工起家的企业或者行业已经掌握了对下一代产品的定义权、定价权。

"变化的大幕是从中国加入 WTO 开启的，越来越多的海外客户拿着图纸来找我们，我们的工作是把图纸实现出来。最开始外国客户要告诉我们怎么做，我们的生产技术就这样练出来了。后来，我们对这个领域的技术学得多了，能自己画图纸，交给客户审核。其实没什么可审的，如果客户说图纸不行，他们也不知道怎么弄，因为我们是把图纸实现出来的人。慢慢又过渡到我们设计生产产品，交给他们去验证。最后，客户连验证的费用都省了，因为我们把验证能力也培养起来了。我们用一步步具体的工作把开发设计环节转移过来。"

实业兴国怎么强调都不为过。曾展晖说："产业链像一个连锁反应，你如果把第一环交出去了，第二环、第三环也都会交出去。2008 年、2009 年金融危机再冲击一下，海外基本上就剩下商标和渠道这两个事情了。比如小家电，海外品牌商也失去了创新能力，因为基础的东西都没法做了，哪还能有创新。"创新在竞争里很重要，不是一句口号。曾展晖说："当推出创新产品，你一定有专利成果产生，这就跟对手形成了区别。对手如果想模仿，需要花很大代价，最起码有时间成本。另外，你能享受产品专利和技术创新带来的议价权，因为市场上没有竞品。"

新宝股份是 2020 年中国企业创新一百强榜单的第六十一位，这个榜单上不乏华为等科技企业。小家电行业的创新不在于它的科学性和复杂性，而基于消费者行为习惯、使用体验的洞察，用产品来满足。

新宝股份曾经创新了一个烧水杯的类目。曾展晖说："最开始是发现上班族出差时想随时喝到热水，大家就想做一个便携烧水杯。要想达到这个目的，杯子必须既能排气，又不漏水。研发团队测试了一年，最后以电动牙刷的排气膜为灵感实现了技术突破。这种烧水杯包含三项专利。"新宝股份现在把年营业收入的 5% 投入研发当中，除了有工程型的技术创新，随着生活越来越智能化，也有科技前沿技术的转化。

科研成果加入进来，让新一代小家电超过了这类产品没有技术门槛、价格低的传统认知。曾展晖说："现在很多产品是需要用到算法，甚至人工智能技术的。比如自动炒菜机、家居清洁机器人，价格并不低于一部手机。智能化是小家电未来的方向。举个例子，很多设备是联网的，还可以用智能音响唤起。"它们在国际市场上具有新的竞争力。曾展晖说："我们现在去海外展示产品是很自豪的。'微笑曲线'那个时代，是客户来指点我们应该怎么做，现在我们拿出智能化小家电产品、新技术，客户看到后很惊奇。"

不一定只有龙头企业才具有研发的实力，背靠丰富的供应链资源，如果有创新意识，中小型外贸企业也能拿出高科技产品。许心愿的公司做的是功能型纺织品，疫情期间，销量最好的产品是用抗菌面料制成的口罩、衬衫、T恤等。许心愿说："抗菌面料是我父亲跟两个业内专家一起在实验室里研发的，2014 年申请了专利。他们调出了一个含铜离子的配方，把它加到纤维的载体里，再做成纤维，然后纺纱织布。我们把这个面料送到南安普顿大学，那里有个著名的微生物实验室。我们的材料 24 小时之内就全部灭菌了。"疫情刚开始，许心愿就想起这个面料在实验室做过牛冠状病毒的检测，她把检测报告找出来，发给客户，开启了一整年公司订单的增长。

许心愿是外贸"二代"接班。她的父母都曾经是记者，在工作中接触到环保面料的研发，认为这个领域很有前景，就陆续从媒体辞职，投入纺织行业。转行不容易，最开始公司接过鄂尔多斯保暖内衣的订单，这个领域擅长做上衣的工厂在南方，做裤子的工厂在北方，可南北方水质不同，衣服染色之后上衣和裤子的颜色不一致，损失很大。许心愿的父亲由此开始跑遍中国纺织相关的产业集群，研究供应链。"我父母都是记者出身，他们特别喜欢到处问问题，回来学习研究，然后自己整理出一套体系，慢慢也积累了这个行业的人脉。我父亲现在是中国保健协会健康纺织分会的秘书长，每年组织纺织黑科技大会。因为他发现中国很多纺织方面的科研创新都是各干各的，互不交流，于是把东华大学、浙江大学等院校的研发科室，工厂的研发团队都聚集起来，分享技术，撮合商业机会。我们的研发团队也参与其中，这方面能力就变得很强。"

纺织行业是竞争红海。许心愿说："老外贸只能靠降价竞争，可价格是透明的。客户连你每个员工每个小时挣多少钱都能算出来，他把你的成本摸清了。在他们的眼里，你就是代工的。"创新不同，它是客户的引领者。许心愿说："纺织是一个产业链很长的传统行业。纤维就有无数个厂生产，纱线也分好多种，后面还有面料等一系列厂家。它们有很好的技术，可完全是点状的。我们这样的研发型企业的价值在于，我们从市场需求反推生产。比如我们曾经给新西兰的橄榄球队生产分解乳酸的运动服。我们知道哪些工厂有能力做这件事，把它们串起一条供应链。我们懂原材料、工艺、面料结构，还能控制成本。曾经有个南美客户想做羊毛抗菌的服装系列，成本还要控制在 10 美元以内。羊毛价格做不到这么低，我就对他讲，我们可以设计一个配方，同样抗菌，手感不像羊毛那么扎，而且是天然面料，他后来试单就下了 15 万美元。"

许心愿是"90 后"，在海外留学多年，心态跟李锋、曾展晖这些老外贸年轻时一点儿都不一样。她觉得通过创新推出新面料，迭代新产品给客户赋能，客户再销售这些创新产品赚到了钱，公司才能长期发展下去。"我总跟业务员讲，不要用传统的心态做事，觉得我们是代工的，赚了客户的钱，像欠他们一样。我们和客户是 business partner，我们离不开客户，客户也离不开我们。他觉得我们的产品贵，今年省了钱，可我们把新产品卖给了他的竞争对手。如果你有创新和研发能力，就会发现，你跟客户无形中在一股绳上。"

外贸的未来，数字化

中国的外贸工厂通过几十年的代工，许多已成长为生产制造的专家型企业，其中一部分企业还组建了研发团队，设计产品再批发给海外的品牌商。拥有研发和创新能力的企业在制造业的价值链上越来越有话语权。可我们时常听到的是外贸难做的新闻，全球疫情作为一个严重的突发事件，给了这个行业致命的打击。许心愿的母亲梁晓凤面试过一个求职者，就来自一家倒闭的外贸企业。"现在应聘的人，很多都是因为传统外贸做不下去了。如果还用传统方式获取订单，只生产传统的产品，在各个方面都没有创新，那就只有死路一条。"

传统的外贸交易里，外贸企业在线下结识客户，双方洽谈，再下单，像展会就是一个很主要的渠道，可这种方式越来越不适应全球贸易的节奏和模式了。许心愿说："展会过时了。现在大家去展会也就是看看流行趋势，跟老朋友见个面。真正快、准、狠的下单，还是要通过互联网渠道。买家就是带着下单的目的来的。"不仅买卖双方的接触方式发生了变化，订单频率、订单量、生产组织形式也有连锁反应。许心愿说："线上客户用的是小单快采的模式。他们一年可能下四五十次单子，但每次单量都很小，避免库存。小单快采还有一个好处是，可以跟随流行趋势迭代产品，满足当地消费者柔性化的需求。展会周期长，每次都要下大单，不如互联网灵活。"

即使没有这次全球疫情，海外市场也在重走最近十几年中国零售行业从线下迁移到线上的路，商业生态也发生着同样的变化。张阔说："最近几年时间，全球贸易的大环境是去中心化。原来某种商品可能在美国东西海岸只存在一个贸易商，他跟中国供应商做大量采购，然后把这些货批发给中小批发商和零售商。现在中小买家可以通过互联网参与到跨境贸易中，并且随着数字化基础设施越来越完善，未来也许外贸下单就像我们内贸网购一样便捷。"

许心愿吸引的客户很多就是这种中小买家。她到美国拜访过一个每年能采购 200 多万美元产品的客户，公司只有两个年轻人。"他俩一个负责采购开发，一个负责财务和销售，第一次只下单 1000 件，后来就翻单特别快。他们连办公室都没有，为了见面临时租了一个共享办公空间的会议室。两人平时都不穿西装，那天为了见我特意西装革履地来了，其中一个男孩儿挺有意思，开会一直看表，他在看租会议室的时间是不是要到了。"许心愿说。

觉察到海外的趋势后，中国跨境贸易的数字化转型其实几年前就开始了，阿里国际站是其中最出名的一个平台。它是马云创业时就存在的项目，被称为"阿里长子"。外贸曾经是改革开放的先锋，时光荏苒中变成了传统行业。当时，内贸已经提出了"新零售"的概念，技术、商业、数据、智能化体现得淋漓尽致，国际站还是一种企业黄页状态。

许心愿说："我们把产品传上去，客户看到信息联系我们，接下来的事儿就转线下了。员工完全不懂管理，一个产品恨不得铺100遍，仿佛铺得越多被人看到的机会越大。我们店里十几万个产品全是重复的。它虽然在互联网上，但不是真正的数字化。"

2017年，张阔被调到阿里国际站负责数字化改造。他设想的体系是：第一，所有产品要数字化，才能触达更多的人；第二，海外需求必须能及时捕捉，迅速迭代商品；第三，外贸数字化不只是线上营销，核心是整个外贸链路的重构。这是个宏大的工程。张阔先把妻子的国际贸易教材学了一遍。"确实是太复杂了，甚至要读个硕士再去做贸易。但分析里面的规则、流程、术语，本质上就是买家找到卖家买货，卖家收到钱，把货发了。对应的就是买家和卖家靠不靠谱，然后就是跨境资金、跨境物流，还有外贸综合服务，包括通关、结汇、退税等。"张阔说。这不是一个短时间能完工的基础设施建设。张阔说："淘宝最早出现在2003年，网购的数字化搭建也花了将近10年的时间，这还是在一个国家的范围内。现在把它变成全球的范围，要面对的是那么多国家的支付通道、跨境物流、管理政策等，其间可能还会遇到错综复杂的国际环境。"

张阔和团队有啃硬骨头的方法论，从贸易流程里最核心且可操作的程序着手，跟国内的监管部门一起做推动。张阔说："全球数字化的发展不可遏制，中国外贸未来的增量可能主要是数字化带来的。不光我们看得很清楚，相关部门也在用数字化推动一站式便捷服务。我们过去在深圳租了4000多平方米的仓库去做纸质备案单证的存储，因为国际站上有些卖家会把单证搞丢，我们就推出了集约化服务，帮他们管理和提交。那时候在电梯里经常遇到一麻袋一麻袋的单证，都是要跟相关部门做交付的。现在4000多平方米的仓库变成了一个20平方米的房间，因为大量单证数字化了。"

后台烦琐的工作变成阿里国际站上的便捷体验。中国那么多制造业企业，外贸企业拥有优质的制造能力和产品创新能力，缺乏的就是这么一条数字化"高速公路"。许心愿说："第一个变化是推出信保产品，有点儿像支付宝。客户把钱打到我线上的账户，我看到钱到账了就发货。如果我不发货，客户没收到货，这些钱我是用不了的。这解决的是交易信用问题。后来阿里又把报关退税数字化了。从前我们报关有报关的资料，退税有退税的手续，都是要找进出口公司去做。现在往电脑里敲进金额、重量、海关编码，包装拍个照传上去，正式单据打印出来，阿里的合作公司就接收处理后续的事情。除了便捷，这些东西还能反哺到运营上。我在线上交易越多，阿里给我的流量越好。"

许心愿正是在这种变革时刻回到自家的公司的。阿里国际站开始数字化转型后，从店面布置、选品到流量曝光等，对运营的要求越来越高。新外贸时代需要年轻人。许心愿之前一直在中国单店销售额最高的商场SKP做买手，每年去几次时装周，升职加薪快，工作很开心。父母游说了一年，她才辞职继承家业。她有做生意的经验，买手的核心不是去时装周买漂亮衣服，而是给公司赚钱。回到自家企业，进口变出口，核心目的没有变。她花了大量时间研究阿里国际站的逻辑，如何研究客户、如何匹配流量、如何在评分体系里获得好的排名等。渐渐地，她有了心得，在阿里国际站商家比赛中获得过北方区冠军，还成了签约讲师，给不太会运营的企业家上课。

张阔团队的数字化布局和许心愿这样拥抱变革的商家，在疫情蔓延、外贸买卖双方不知生计在何处的低落时刻，证明了方向的正确性。

阿里国际站在很短的时间内就开发了直播功能，买卖双方可以看到工厂的情况、产品的细节，有问题随时交流，网上的下单系统也保持通畅。因线下展会取消或延期，阿里国际站办了 30 多场线上展会，其中 2020 年 6 月的首届阿里巴巴网交会成了当年全球规模最大的跨境电商线上展会，会聚全球数十万个批发商。国际站还开发了 VR 看厂的功能，许心愿的工厂是其中一个试点。她给我们演示，就像买房 App 上那种 360 度照片一样，工厂里的纵深、角落都能看到，展间里的产品还可以放大细节。如果感兴趣点击产品，就会出现下单链接和对话框，可以跟买家询盘。许心愿刚接手时，公司的年销售额是 2000 多万元。2020 年，她在疫情期间通过各种数字化手段，使年销售额超过了一亿元。

品牌出海

2021 年的"新贸节"，许心愿的公司被阿里国际站选为"超级星厂牌"。这是一个品牌 IP，选择具有新产品、新技术和生产实力的卖家，把它们推到买家面前，提升这些品牌的全球影响力。拥有创新和优质生产能力的中国制造企业并不想默默无闻，而是探索树立品牌之路。

一种方式是以优质制造商的形象出现，另一种方式则涉足 C 端消费者领域，创立自有品牌。杭州巨星科技早在七八年前就创立 Workpro 品牌。李锋说："我们有自己的研发团队、生产基地，为什么不做自有品牌？卖给 OEM，没有议价权，卖一批赚一批钱，订单没了，生意也就没了。做品牌，是自己的，别人拿不走。"

从零开始做品牌投入很大。李锋说："做贴牌可能人家一下子给你 10 万个产品或 100 万个产品的订单，做自己的品牌，一次可能只卖1000 个产品、5000 个产品，放着贴牌的钱不去赚，坚持下来是很大的挑战。"但是，像巨星科技这样垂直领域里的代工巨头，做品牌确实有优势。很多大牌都是巨星生产的，拥有第一手的资料。李锋说："模具和生产流水线都是一样的，我们更新一下设计，材料用得好一些，定价是大品牌的 80%，消费者回去用，反馈一定是好的。"

从前中国制造在海外经常被贴上粗糙或缺乏原创性的标签，创立一个海外品牌打破偏见并不容易，可随着中国制造份额的增大，这种刻板印象造成的障碍越来越小。李锋说："十几年前，也许想买'Made in USA'，现在没有这种东西了，这些公司都倒闭了。其实全球消费者追求的都差不多，就是物美价廉。我经常讲，中国制造应该是中国质造。质量好不能停留在口头上，要做出好产品。"

供应链优势是创立品牌的核心一步，但要想出海并且做出影响力，还需要解决销售渠道、品牌信息的曝光、售前售后服务，以及物流等问题。过去，每一项都是中国企业难以逾越的障碍。赛文思营销咨询创始人陈勇曾经在谷歌工作，也参与过 Facebook 在中国的业务开拓，亲身经历了十年来中国品牌出海的沉浮。他说："差不多 2004 年、2005 年，一些对海外接触早又对互联网敏感的人开始建网站，放一些内容上去，依靠做关键词抓谷歌的自然排名。他们卖的是山寨品、3C 产品或者服装类，比如做婚纱的，做得好了，开始去谷歌投广告。这些都是少数人掌握的能力。对于大量国内品牌来讲，跨越障碍去做不太了解的海外市场，好像没什么人想到过这件事。"

亚马逊的全球开店计划对中国品牌的出海是一个推动。陈勇说："亚马逊全球开店计划进到中国之后，出海这件事的门槛就变得很低，你只要按照它的要求注册、上架产品就可以了。亚马逊平台上本身就有流量，也有针对入驻店家的物流、运营、广告等服务。它带来一个很大的红利期。像 Anker 这样的品牌做到上市，其中就有这种因素存在。"

亚马逊全球开店计划还聚集起专门为跨境电商链条上各种业务服务的专业公司，形成生态圈。陈勇说："全球开店计划进入中国一两年后，做物流的公司，做跟税款相关业务的公司，做商品管理的公司都出现了。在 Facebook、谷歌等网络渠道获取流量的解决方案也变得越来越成熟。"

亚马逊全球开店中国团队是 2015 年组建的。作为全球性的重要电商平台，它一方面把中国的供应链资源接入平台，丰富商品供给，另一方面陆续向中国卖家开放全球 17 个海外站点，让他们有机会把商品直接销售给亚马逊全球超过 3 亿的活跃用户，数百万个美国、欧洲和日本的企业及机构用户。亚马逊全球副总裁、亚马逊全球开店亚太区负责人 Cindy Tai（戴竫斐）说："跨境电商最大的优势，在于它为企业提供一个模式，通过与全球消费者直接对接，打造国际品牌。"

亚马逊团队对中国制造业的了解超乎想象。他们深入大大小小的产业集群里，了解当地的优势、生产能力和头部企业。在具备条件的地区开设办公室或跨境电商园，开辟卖家资源并为他们提供服务。广东、江苏、浙江等都是传统外贸或制造业大省，有丰富的特色产业带、跨境电商的服务商体系和较为充裕的人才资源。还有一个重要因素是，当地政府支持跨境电商产业发展。比如，杭州有良好的电商产业氛围。江苏省有 10 个跨境电商综合试验区，高校资源也很丰富。青岛在服饰、美容和家居等方面具有优势，基于地缘和人才原因，本来就有向日本出口的传统。成都是女鞋之都，还是"中欧班列"的枢纽，拥有出口欧洲的便利。

在电商氛围浓厚的杭州，亚马逊全球开店项目跟杭州跨境电商综合试验区办公室合作，从制造商、贸易商、品牌商、国内知名电商以及有原创设计能力的新兴品牌中选出试点，为了让它们打造国际品牌，亚马逊团队提供全方位支持，杭州综试办也给予这些企业跨境出口电商优惠政策。跨境出口电商是个新鲜事物，人才缺乏。亚马逊以浙江外国语学院为试点，给学生提供系统、规范和紧贴市场需求的亚马逊电商出口培训。经过几年的培育，杭州及其周边地区的巨星科技、安致、丝棠等企业在亚马逊上都成长为销量大、有影响力的品牌。

巨星科技就是第一批跟亚马逊合作的企业。做品牌首先就是专利的保护。李锋说："我们开发的专利产品，如果在国外的线下渠道比如家乐福、翠丰里销售，人家去仿制我们是查不到的，打官司要好久才有反馈，那就过了最佳销售期。我们有个手电筒产品，卖到国外后，小厂一模一样地仿造。我们举报，亚马逊马上让对方停下来调查，这对我们就是很好的帮助。"巨星科技虽然是一个跨国集团，但最开始做品牌时，体量很小，也没有面对消费者的经验，亚马逊提供了很多辅导。

李锋说："我们开始时规模是很小的，亚马逊专门安排了客户经理对接。我们有什么问题，一对一地为我们解决。最开始我们对开店和做品牌是不懂的，因为我们一直做的都是卖给中间商、超市，客户经理让我们怎么做，我们就怎么做。亚马逊有专门的售后团队、物流团队，把我们带上了路。"

制造企业拓展到海外的 C 端消费者市场，逐渐学会了做品牌的方式。李锋说："我们有一些客户资源，开发一个新产品，先发给这些人试用，用得好就去买，用得不好退给我们，我们收集客户的意见，产品没问题了再上线。一些专业级的产品就送到专业的地方，比如前段时间我们把 700 套样品送到美国一个很有名的赛车比赛现场，发给赛车手免费使用，他们觉得好，也会跟其他人推荐。"如果一直做代工，对市场的触觉不会灵敏，而亚马逊的销售数据，直接给研发部门提供参考。李锋说："比如一个多用钳，我们要跟哪几个品牌 PK。我们的优势在哪里，劣势在哪里，都可以通过数据来分析。亚马逊上的买家留言也是非常有价值的信息。那些在亚马逊上畅销的产品，我们会研发一个新的款式，卖给其他客户。因为这是被市场证明有销路的东西，我们的品牌和客户的品牌，客群不一样，互相不冲突。我们赚 1 亿元，也要让别人能赚 8000 万元。不能我们把 2 亿元都赚走了，别人赚不到钱，那我们也走不远。"

中国制造的国际化

随着亚马逊全球开店计划的推进，其平台上的中国第三方卖家也发生着变化。Cindy Tai 说："过去几年，中国跨境电商经历了从'野蛮生长'到'精耕细作'的转变，随着消费者需求的升级，出海企业需要将时间和精力投入对产品的研发和升级，以及品牌的打造上，才能获得长期的成功。"早期很多是贸易商，现在像巨星科技这样拥有自主品牌的卖家逐渐呈现出高速增长的趋势。因为外贸数字化程度不断提高，跨境电商的基础设施、服务生态越来越完善，其他跨境电商平台也进入中国。陈勇一直关注中国制造出海的发展，在这个时间点上看到了创业的机会。"从前中国外贸打的是性价比，卖海外品牌的廉价替代品。大家都去争夺海外的低收入群体不是长久之计。现在，中国制造重视开发优质供应链的潜力，出现了越来越多的品牌。这是一个健康的方向。我就创办了赛文思，专注于怎么从营销角度给出海的品牌赋能。"

不能再用"义乌小商品"这样传统的眼光来看待中国外贸了。背靠几十年代工形成的优质供应链、勤劳又熟练的工人、有生产经验和管理经验的厂长、丰富的工程师资源，新一代外贸企业在研发产品和创立品牌之初，就是国际化的。

2020 年疫情期间，消费级 3D 打印机的销量增长很快，这在国内是一个小众领域，而在海外市场中国企业占据很大的市场份额。Elegoo 是亚马逊上 2020 年销售额超过 5 亿元的品牌，主要产品是电子编程硬件和消费级 3D 打印机，公司总部在深圳。创始人 Chris 说："疫情一开始，国外提倡用打印机去打口罩，也有人宅在家里做手工，我们的销量就开始增长。前面的货已经在海外销售，仓库里的往外出，所以，开年第一件事就是抓生产。当时，涉及民生或者销售额高的企业优先复工复产，好在我们从 2017 年销售额就超过 1 亿元了，在复工的第一梯队。"

Chris 最早做的是编程电子硬件，通过阿里的速卖通和亚马逊卖给海外的消费者或者机构。2016 年，他就做到了亚马逊编程电子硬件类目的销量第一。研发和生产消费级 3D 打印机可以理解为，涉足编程电子硬件同一个使用场景里的增量。Chris 说："我们有个客户是美籍华人，有次聊天他讲到，编程电子硬件虽然拼起来能实现核心功能，可电子板裸露着很丑，3D 打印机能打出外壳，两种产品可以一起卖。我当时头脑一热就做了，也没想到最后能做成，但就是决定这条路要走下去，建了工厂。"

在深圳制造 3D 打印机并非天马行空的想法。Chris 说，这个领域国外起步早，但是价格昂贵，消费级 3D 打印机的市场上主要就是中国厂家，价格最多能做到国外品牌的 1/7。深圳又是一个全球知名的电子原配件集散地，原材料和生产成本都低。Chris 说："打个比方，我们用到的一个电路板，在深圳造价 200 块，如果去中国偏北的地方做，可能要 300 块，去美国做可能要 500 块。"人才也是能否具有可执行性的因素。3D 打印机是一个新行业，没有成熟的管理人员和工人，但深圳是生产电子产品的传统地区，不乏被国际品牌训练过的工程专家。Chris 说："我们的厂长在台资和日资企业里都工作过很长时间，管理模式很严谨，在品控、产能和效率方面非常有经验。"

Chris 做事很有章法，一开始产品就是面向国际消费者研发的。他不是直接量产一款产品出来销售，他的团队跟海外这个领域的极客和 KOL 建立联系，这些人会提出非常专业的意见，研发团队再把这些想法实现出来。他也留意消费者的痛点，3D 打印机在海外不是一种普及商品，用户买到机器之后，都要去网上搜教程。Chris 专门做了一套 100 多页的教程随机奉送，还细心地找专业翻译做了产品销往国家的当地语言版本。

在那些需要跟海外公司甚至巨头合作的领域，中国团队成员有留学和海外工作背景，懂得如何跟商业伙伴打交道，产品很难说有国别属性，它们是全球化的产物。"出门问问"是一家总部在北京的创业公司，它的智能手表 TicWatch Pro 3 是市场上第一款使用了高通骁龙 4100 芯片和谷歌 Wear OS 操作系统的可穿戴设备。

要完成这样一款产品，首先要说服高通公司。骁龙 4100 芯片是新款产品，高通公司通常会对第一个商用用户的选择很谨慎，称它为"阿尔法用户"。因为如果阿尔法用户的商品表现一般，会影响这款芯片的市场前景。获得了高通公司的同意，还要说服谷歌公司。"出门问问"可穿戴设备研发负责人张博说："新一代芯片因为跟上一代比提升很大，它其实是新平台，要把这个平台的功能发挥出来，需要谷歌的软件系统调优。这要花很长时间，是件挺费劲的事情。"对于一家创业公司来讲，推出这样领先的产品，不仅带来销量的增长、获得关注，还说明他们的技术和生产能力得到了认可。

"出门问问"的创始人曾经在谷歌工作过，谷歌也是这家公司的投资人之一。"出门问问"副总裁、智能可穿戴事业部负责人吴玉锦说："我们跟谷歌不是一个投资和被投资的关系，是合作伙伴。谷歌在中国所有轻奢品牌的 Wear OS 操作系统都是我们团队提供的。我们会跟谷歌开月会，沟通产品路线图、产品方向，以及我们对用户的认知。谷歌也会对产品提一些建议。高通公司是我们重要的技术合作伙伴，我们跟他们也有固定的月会和不定期会议。高通公司了解我们的硬件、软件和产品转化的能力。"

智能手表的门槛不低,它的硬件、软件系统跟手机没差别,却要把所有内容浓缩在一个手表里,对硬件、电路等设计都有非常高的要求。"出门问问"的创始人从美国回到北京,想把 AI 技术落地在智能手表上,当时这种可穿戴产品还处于起步阶段。幸运的是,中国拥有丰富的手机行业工程师、生产企业和供应商。吴玉锦说:"我们做第一代智能手表的核心技术人员,很多来自摩托罗拉、诺基亚等外企。当时刚好诺基亚关掉了中国的研发总部,很多骨干就来到了我们的团队。"这虽然是一家创业公司,可核心团队都是老兵,被外企培训多年,熟悉供应链。吴玉锦说:"这些工程师不但是技术'大拿',英文沟通完全没有障碍,而且了解外企工作的流程,跟谷歌、高通的团队合作效率很高。产品落地的时候,中国的代工厂和供应商很多,水平参差不齐,可这些手机行业的专家知道哪家是行业翘楚,让我们少走了许多弯路。"

他们在海外市场的第一次亮相,入乡随俗,采用了新品上市常用的众筹方式。吴玉锦说:"我们的众筹运营团队都是在海外上学或工作多年的人,他们用的众筹语言、推销打广告的方式,都是非常海外本地化的,让潜在用户对产品有了信赖感。"那一次众筹一炮打响,才有了"出门问问"后来跟谷歌和高通的频繁合作。

（主笔　杨璐，实习生李玥对本文亦有贡献）

● 主编点评

每次读杨璐对中国经济尤其产业链描述之文章，都有收获。她对变化时刻中国产业的认识都有深度与广度。

解读外贸，在杨璐的文章里，仍然延续了对工业化中国供应链的深度认识。

第一，疫情期间，企业尤其外贸企业，如何从"危"里发现"机"？杨璐文章予我的启示，是中国企业具有强烈的求存能力，这种动力，或者也可以是未来观察中国经济的一种方法论。

第二，"微笑曲线"与产业链话语权，中国的现实或者说杨璐的发现，是绝非一成不变的权力结构，而是正在发生逆转的变化。这一发现，非深入现实无可获悉。

第三，在外部危机与内部结构演化之后，外贸才开始进入杨璐的叙述，数字化与跨境电商的出现，品牌创立与中国制造的海外拓展，正在发生的外贸蜕变，放在产业链升级的大背景里，既自然而然又新鲜无比。

谁来当工人

作为立国之本、强国之基的中国制造业正处于技术升级与劳动力结构转型的过程中。当老一代工人老去，谁是操控新机器的新工人？

"2600 元／人"背后

格兰仕集团顺德厂区有一栋大楼刚好建在 105 国道边上。大楼的上半段是一块巨大的电子显示屏，2021 年 2 月，这块显示屏用红底白字简明扼要地打出了一条招工广告："格兰仕重金大招聘，介绍新员工有重奖：奖励介绍人 2600 元／人。"在广西、湖南等地乡村，企业还刷起了围墙广告，用更接地气的口号宣布："哪儿有钱最好分，介绍格兰仕买大奔；格兰仕招工福利，介绍 100 人，最高奖励 26 万元。"

"有奖招聘"的背景是增产之下的用工渴求：格兰仕的外贸订单 2021 年一季度预计同比增长 90%。用奖励金的办法，仅电器配件制造部在半个月内就招到大约 1500 名工人。

在不熟悉劳动力市场的人看来，2600 元／人的推荐费算得上是"重赏"，但实际上，这笔账要看怎么算。格兰仕电器配件制造部生产管理部长刘敏告诉笔者，这次招聘依靠的是内部引荐，如果用劳动公司招人，还要交高额的中介费用。

曹录宝是蓝领招聘行业的从业者，他以劳务中介的眼光看"2600元 / 人"："甲方也有甲方的难处，以今年的行情来看，诚意不够。"他给我算了一笔账：劳务公司介绍的工人在工厂每多干满一个月，就可以多拿一个月的中介费。目前在市场上，企业交给中介的费用相当于工人工资的 15% ～ 20%，紧俏的时候比例可以高达 1/3。前两年普通电子厂普工月收入在 3500 ～ 4200 元，现在普遍涨到了 4200 ～ 5500 元。这样算下来，企业从劳务中介招聘一名工人工作一年的花费就在 6000 元以上，甚至过万元了。

企业招工的成本日渐提高，曹录宝深有体会。2011 年，他进入蓝领招聘行业时，劳务市场正在发生一个"掉转"。"在那以前，20 世纪90 年代后期，个人想要进厂子是要给劳务中介交钱的。等到我入行的时候，中介已经掉转头开始找工厂要钱了。但也有特殊情况，你要进一些特别好的工厂，还需要个人支付 400 ～ 800 元的介绍费。再往后，就已经完全变成了卖方市场。"

中介费变迁的同时还有一些直观可见的变化。"从前主要是季节性缺工，年轻人其实用不完。这边电子厂、纺织厂，一水儿年轻小姑娘，那边机械厂、模具厂，一群年轻小伙子。下班了大家就凑在一起玩儿。"曹录宝说，"但这是以前的工厂美好故事。现在年轻人少了，工人老了。有的厂子招人都放宽到了 50 岁。过去，河南、河北、山东的老爸带着儿子，背着行李一起下南方打工，这种场景我已经见不到了。"

数据支持了曹录宝的观察。2004 年至 2011 年，我国劳动年龄人口增量以每年 13.6% 的速度减少。与之相应，2004 年，我国沿海经济发达地区第一次出现了"民工荒"。2011 年是一个真正的转折点：我国 16 ～ 59 岁劳动年龄人口达到峰值 9.25 亿人。此后，劳动年龄人口连年下降。2019 年，我国劳动年龄人口 8.96 亿人，较 2011 年减少了将近 3000 万人。据预计，2030 年以后，我国劳动年龄人口的下降速度还将加快，平均以每年 760 万人的速度减少。

20 世纪 90 年代以后，进城务工的农民工成为工厂车间的主力军。从 2008 年到 2019 年，21 ～ 30 岁年龄段的农民工数量从 7957 万人下降到 6717 万人。国家统计局发布的《2019 年农民工监测调查报告》显示，50 岁以上农民工在农民工整体占比中快速提升，2008 年 50 岁以上农民工占比为 11.4%，2017 年首度超过 20%，2019 年达到了 24.6%。

从绝对数字上看，中国依然有大量的劳动力。愿意付出 2600 元 / 人介绍费的格兰仕在短时间内确实满足了用工需求，但人口结构的变化对中国工厂的影响依然是持续、深刻的。

20 世纪 50 年代，诺贝尔经济学奖获得者、经济学家阿瑟·刘易斯（W.Arthur Lewis）提出了一种经济发展模式。他认为，经济发展过程是现代工业部门相对于传统农业部门的扩张过程。在扩张的第一个阶段，农业部门的劳动力无限供给，进入现代工业部门，此时劳动力过剩，工资取决于维持生活所需的生活资料的价值；到了第二个阶段，劳动力开始短缺，农业部门中的剩余劳动力被现代工业部门吸收完毕，工资取决于劳动的边际生产力，开始不断提高。经济学把连接第一个阶段与第二个阶段的交点称为"刘易斯拐点"。

中国社会科学院副院长蔡昉在 2005 年率先提出中国经济迎来"刘易斯拐点"、人口红利即将消失的判断。他认为，中国 15 ～ 59 岁的劳动年龄人口数量增长最快的时期始于 20 世纪 70 年代末和 80 年代初，一直持续到 2010 年。也就是说，中国形成潜在人口红利的时期与改革开放的时期完美重合，这是促成中国经济飞速发展的重要条件。在这个阶段，中国制造业劳动力成本低廉，总能以较低的价格雇到所需的劳动力，因此形成劳动密集型产业的优势。随着人口结构的变化，这种优势不复存在了。在过去 10 多年里，尽管经济学界对于中国是否已经出现"刘易斯拐点"有过许多争论，但可以看到的是，2007 年至 2018 年，中国制造业年平均工资增长 55.2%，高于全国各行业 46.2% 的平均值。

根据国家统计局发布的数据，2018 年，制造业年平均工资为 64643 元。如果同其他行业比较，这个工资的绝对水平并不高。同年，全国规模以上企业就业人员年平均工资为 68380 元。然而，工业和信息化部副部长王江平在 2019 年的"中国五百强企业高峰论坛"上提到，中国制造业企业的平均利润仅为 2.59%。

改革开放以来，中国实现了辉煌的工业化成果。我们拥有了世界上最完整的工业部门，在世界 500 多种主要工业产品中，中国有 220 多种产品的产量居世界第一。1990 年至 2010 年，中国制造业占全球的比重从 2.7% 变为 19.8%。也就是在 2010 年，中国制造业产值跃居世界第一，且保持桂冠至今。

但中国距离"制造强国"依然还有不小的距离。一组数字是：2018 年，中国制造业劳动生产率是 28974.93 美元 / 人，仅为美国的 19.3%、日本的 30.2% 和德国的 27.8%。2020 年 1 月在佛山举办的"2020 中国制造论坛"上，人们感慨制造业的钱不好挣。徐工信息技术股份有限公司工业互联网事业部副总经理黄凯讲了一个故事：一个老板的工厂有100多名员工，一年盈利只有103万元，如果关停工厂，将厂区的楼房顺利租出去，年租金能有300万元。这是许多工厂面临的窘境：不提高工资招不到人，提高工资没有利润。

劳动力市场的变化逼着企业想办法。根据国际机器人联合会的数据，从2013年至2018年，中国工业机器人市场销量连续六年位居世界首位。从装机量来说，中国占全球市场的36%。

2018年7月至10月，华南师范大学政治与公共管理学院教授孙中伟和湘潭大学公共管理学院讲师邓韵雪对广东省19个地市的608家制造企业进行了调查，发现有299家企业已经或多或少地实施了"机器换人"项目，通过引进工业机器人、电脑数值控制机床等自动化设备来替代人工；另有16.42%的企业也准备实施"机器换人"。在已经实施"机器换人"的企业中，有48%的企业是因为客户对产品的精度要求高，用机器人可以提高生产效率，降低次品率；有40%的企业坦言，引进机器人或者自动化设备是因为当前招工比较困难；还有12%的企业则是因为某些工序生产环境较差，劳动强度大，或者生产过程存在对人体有害的物质，采用机器人可以替代工人完成这些工作——这些也是招工最困难的岗位。

无论是产业升级的要求，还是劳动力市场的变化，都在推动中国工厂的技术升级，这是中国经济转型所乐见的，但随之而来的问题是，人力数量和技能的"双短缺"。根据国家统计局的《2019年农民工监测调查报告》，作为中国工厂的主力军，农民工中初中及以下学历的人占比约75%。在孙中伟和邓韵雪的调查中，"机器换人"后许多企业用工需求并未降低，只是用工需求从一线普工转为自动化设备操作和维修人员，59.82%的企业表示缺技术工人，54.06%的企业则表示缺研发人员。

格兰仕电器配件制造部生产管理部长刘敏告诉笔者，在格兰仕工厂，工人按照技术水平分为四个等级。普通装配型技工的技术含量最低，从事的是传统的劳动密集型流水线工作。电器配件部已经完成了80%的自动化改造，4000多名工人中只有30%的人还从事这类工作。关键岗位技工占40%～50%，要求工人有能力操作设备，解决设备出现的小问题。再往上一个级别是设备操作型技工，要求熟悉设备操作、维护保养。位于金字塔顶端的是工装技改型技工，这些工人已经有能力自主研发自动化设备，占总人数的5%。尽管企业对工人的素质已经有了不同的要求，但刘敏坦言，在招工的时候，是不敢提学历和技能的，"因为说实话，招人确实很难"。

"用工荒"与"就业难"：教育的错配？

在劳动力市场上，曹录宝遇到的求职难一般只针对两类人群：一类人处于四五十岁的年龄段，他们曾经是煤矿工人或者工厂的流水线工人，产业的缩减、工厂的自动化改造让他们已无用武之地；另一类人是应届大学毕业生。"一些专业的设置跟现在公司的需求比起来，学习的内容都比较基础，距离企业的实际需求要远一些。"亲戚家的孩子要考大学了，曹录宝基本都建议选择偏技术型的专业，因为"'80后'明显感觉到，职场没有那么多的'官'可以当了"，有技术傍身的岗位则有大量薪资倒挂机会，赚到的钱可能比管理岗位更多。

从 2012 年的大学生就业季开始，各大媒体都提出"史上最难就业年"的说法。2013 年，时任中国社会科学院社会学所副所长的张翼在接受媒体采访时曾判断：接下来的每一年或许都将是大学生的"最难就业年"。根据教育部的预测，2021 年中国高校毕业生将首次突破 900 万人，达到 909 万人，2022 年毕业生将超过 1000 万人。

大学的扩招极大地提高了中国年青一代的受教育水平。2019 年，我国高等教育毛入学率已达到 51.6%，在学总人数达到 4002 万人。这两个数字表明我国已经实现了高等教育从大众化阶段向普及化阶段的跨越，已经建成了世界上最大规模的高等教育体系。与此同时，关于扩招的争议从来没有停止过。

中山大学国际金融学院博士后蒋帆和中山大学国际金融学院副教授张学志统计了中国高等教育就业人口规模及高学历劳动者从事高技能工作的人口比例。他们发现，2006 年中国就业人口中仅有 6.63% 接受过高等教育，2015 年则上升至 17.40%。而 2006 年高等教育人口从事高技能工作的比例高达 84.92%，2015 年则下降至 54.13%。在接受了高等教育的就业人口中，仅有约一半的人能够找到专业技能含量较高的工作，说明通过扩招积累的人力资本显然未得到充分利用。

广东女子职业技术学院的唐劭杰在研究中指出，高校常用的扩招方式主要有两种：一种是在原有专业的基础上增加班级；另一种是增加专业，且增加的大多数是比较热门的专业。大多数高校在采用上述扩招方式时，仅仅是以扩大招生规模、吸引更多考生填报自己学校为目的，考虑的是如何直接提升学校的报考率，以及学校的直接经济效益，并没有考虑劳动力市场需求和国家建设的需求。清华大学社会学院教授李强也曾批评，各高校往往在培养环节相对简单，在需要的硬件条件、设备条件、辅助条件不多的专业上实行扩招，其结果是造成了人才奇缺的实用型岗位找不到人才，而不实用的专业人才堆积。

1999 年开始的大学扩招还有一个特殊的历史背景。1997 年金融危机重创东亚和东南亚国家，导致国内就业压力增大。经济学家汤敏当时曾向中央提交了名为"关于启动中国经济有效途径——扩大招生量一倍"的建议书，建议中央扩大高校的招生数量，并列举了 5 点扩招理由。除了当时中国大学生数量远低于同等发展水平国家，中国需要提高劳动力的素质，高等教育的普及事关中华民族振兴，以及扩招可以拉动内需、激励经济增长，还包括缓解就业压力——企业改革带来的大量下岗工人如果进入就业市场与年轻人竞争，会出现恶性局面。

从当时的历史背景看，一批原本要直接进入劳动力市场，可能成为工人的年轻人，经过高等教育进入了白领就业市场，确实可以减轻当时蓝领就业的压力，但今天的劳动力市场的供给和需求已经不同了，读完大学的毕业生并不会因为工人工资的上涨就去做工人。

在中国劳动关系学院劳动关系与人力资源学院院长闻效仪看来，高校扩招延长教育年限，加强基础能力培养，这本身没有问题，但问题在于在这个过程中，劳动市场分割被加剧了。"接受过高等教育的人理论上可以从事很多工作，包括进入生产制造业，但我们默认的是大学毕业生就要做白领工作。"今天社会的职业观念也根植于 20 世纪 90 年代末的变化。那时候，工人下岗潮让人们深刻地感到工人是一份朝不保夕的职业，随之而来的高校扩招被许多家庭视作让孩子避免进工厂的最重要的路径。

今天在中国一线城市，最能挑动家长神经的教育话题是普通高中的入学率。进入普通高中也就有了考大学的入场券，进入了从本科到硕士、博士这条追逐高学历的车道。让孩子接受职业教育，哪怕是大专、高职也几乎被视为家庭教育的失败。

对于中国工厂而言，学历教育没有办法解决它们的燃眉之急，它们对职业技能教育的需求旺盛，但职业教育还没有能力挑大梁。制造业重镇东莞为了适应制造业转型升级的紧迫需求，自 2018 年起启动了"技能人才之都"建设。东莞市人力资源和社会保障局主导编制的《东莞市 2019 年度紧缺急需人才目录》显示，150 个紧缺岗位中，64 个要求大中专 / 高级技工学历，占 42.67%；要求硕士学历的仅有 9 个，占 6%；另有 54 个岗位要求本科学历或者具有预备技师资格（预备技师由人力资源和社会保障部发放证书，由技师学院、高级技工学校发放）。其中 10 个标为五星级别的紧缺岗位中，模具设计工程师、模具维修技师都要求大中专或者高技学历即可，新材料研发工程师、汽车配件技术专家要求本科学历或者预备技师资格。

2019 年，国务院发布了被称为"职教 20 条"的《国家职业教育改革实施方案》，提出到 2022 年，一大批普通本科高等学校向应用型转变，新增高等教育招生计划主要向应用型、技术技能型人才培养倾斜，建设 50 所高水平高等职业学校和 150 个骨干专业（群）。方案的第一句话就是为职业教育"正名"："职业教育与普通教育是两种不同的教育类型，具有同等重要地位。"

在世界范围内，德国的制造业一直保持高水平，公认的原因之一是其成功的职业教育。德国职业教育的典型模式是双元制。双元制由企业和学校合作，由企业招收学徒，送往当地职校学习。作为企业主导的职业教育类型，双元制从资源和质量控制角度都极大地保证了学徒职业资格广受市场认可。因为行业和企业对于市场趋势的变化高度敏感，企业主导的职业教育能在历次技术转型中迅速根据市场需求对培训内容进行调整，甚至直接生成新职业。

同济大学职业教育学院副教授李俊告诉笔者，总体而言，德国是一个收入差距比较小的国家，其 2018 年的基尼系数为 0.31。在德国，大部分完成了职业教育的人都能找到一份比较稳定的工作，其收入和社会地位在德国社会均处于中等水平：一方面高于缺少职业资格的半熟练工人和简单操作工；另一方面低于受过大学教育，从事管理、研究、设计和开发等工作的工程师、管理人员和教师等职业的人。少数获得师傅（Meister）资质的技术工人的收入也可能接近工程师或大学教授等群体。在这个背景下，德国人虽然不会把职业教育看成是最优教育选择，但至少也是次优选择。

"如果一个孩子学习不是特别拔尖，或者不太喜欢学习理论知识，喜欢自己动手的工作，职业教育就会进入他的考虑范畴。一个值得注意的现象是，在德国，选择职业教育的人中其实有大约 1/5 已经获得了普通大学的入学资格，但他们依然愿意通过职业教育掌握一门手艺。这主要是考虑到通过积累工作经验，探索适合自己兴趣的职业方向。在这个过程中，普通大学是会为他们保留入学资格的。"2009 年以来，德国还做了一项改革：取得师傅、经济师（Fachwirt）这类职业教育体系最高职业资格者可直接入读大学。

在中国，职业教育要变成和普通教育有相似吸引力的教育类型还有很长的路要走。一个客观基础是，中国的职业教育依然处在一个低水平上。李俊告诉笔者，20世纪90年代中后期之前，人们并不把职业教育看成是无路可走之后的教育选择。当时职业教育中的中专体系跟行业联系紧密，技工学校跟国企联系紧密，两者的就业出路都不错。后来，国企和行业都退出了职业教育。在过去近20年里，职业教育不断被提出的一个核心问题是：它培养出来的人和劳动力市场的需求同样存在一定的脱节。

中国经济发展的地域不平衡也给职业教育质量的提高制造了难度。"普通教育以升学为目标，模式更容易复制，因此全国各地都可以有考大学很厉害的普通中学，但职业教育是要开门办学的。一方面，你需要服务本地的劳动市场；另一方面，职业教育也受到企业的反哺。过去我们调研的时候，就有老师提出他们从企业里学到了很多培养方法。可以看到的是，这些年中国出现的一批水平比较高的职业学校集中在珠三角、长三角这些经济发达地区。对于更广大的地区来说，高水平职业教育的可获得性是不高的。"

2017年，卢琛（化名）从华中地区一所二本院校的机械设计制造及自动化专业毕业（该校现已升至一本院校）。他对自己专业的定位很坦率："就是技术工人。"毕业的时候，卢琛发现，一个本科生真的要做"技术工人"也是有门槛儿的。校招的时候他去面试，企业提出的问题他几乎都回答不上来。"他们提到了一些知识点，我只在书上见过，没见过实物，也没有实操，根本弄不清楚。"

为了能够找到工作，卢琛决定接受"再教育"，报名参加了一个培训班。培训班的定位很明确，就是让人到了企业至少能干活儿。学费不菲，2万元。愿意掏这笔培训费的学员大多已经在工厂工作了几年，干的是流水线之类没有什么技术含量的工作，他们想往上走一步，剩下的就是为数不多的像卢琛这样的本科生。

培训完，卢琛如愿找到了一家位于深圳的上市科技企业，做工程师。公司制造设备卖给工厂，他要去现场调试安装，完成最终交付。对绝大部分人而言，工作的体验非常"劝退"。应届生试用期半年，月薪2500元，如果不是年底发了一笔4000元的奖金，卢琛差点儿没能交上房租。与此同时，工作非常辛苦。一年时间，他基本都在外出差，待在公司的时间只有一个月。这一个月，他加了150多个小时的班，赶设备交付期。"一台设备价值一两百万元，跟客户签了合同，拖一天的话，违约金就是10多万元。"

毕业4年，卢琛的同学基本都已转行做了"码农"。转行的原因很简单：工作难度不大，环境比做机械好，薪资比做机械高，月薪在1.2万元上下。

"零工"青年

中国劳动关系学院劳动关系与人力资源学院院长闻效仪刚从南方企业考察回来。这一趟让他印象最深刻的是，工厂用工的流动性变得极强。过去，研究者发现工厂存在短工化趋势，农民工从事一份工作的时间逐渐缩短，工作换得越来越频繁。但短工尚以月计算，这次，闻效仪在一些工厂看到一半的普通工人都是"小时工"。工人主动通过劳务中介，希望安排小时工，一个重要的原因是每个小时劳动挣多少钱是明确的。

企业不用缴纳社保，给到工人手上的工资能多一些。做小时工，工人还能随时根据行情换一份单位时间到手工资更高的工作。

但企业并不乐于看到这样的情况。格兰仕 2600 元 / 人的新工人介绍费是分六次发给介绍人的。新工人入职满 1 个月、2 个月、3 个月、6 个月、10 个月、12 个月，分别发放 300 元、600 元、700 元、200 元、400 元、400 元，就是希望工人能够尽可能降低流动性。"我们不喜欢用临时工，你没有办法培养他们的技能，而且产品质量不稳定。"格兰仕电器配件制造部生产管理部长刘敏告诉笔者。

刘敏在格兰仕已经工作了 17 年，他是 2004 年毕业的计算机专业本科生。当时格兰仕做校招，他没能进对口吃香的 IT 部门，入职就下车间做基层质检工作，当普通工人。刚开始他也感到有些落差，毕竟读大学是奔着坐办公室去的。那时候，生产车间的条件和现在没法比：机器轰鸣震耳欲聋，广东天气湿热，车间就像是蒸笼。现在，生产线大规模自动化了，就算人能忍耐，机器也耐不得湿热，车间里安装了空调。

但年轻人的要求不一样了。"过去的打工人要自食其力，成年了就得到社会上靠自己的双手来养活自己，甚至要帮忙养家。现在生活富裕了，温饱早已不再是问题，苦了累了，还有父母这座大靠山，能啃啃老。年轻人没有太大的生存压力，生活品质高了，自然追求也就高了。"刘敏说，"10 年前我们总提'苦战 30 天''大战 60 天'这样的口号，工人加班加点赶工。当时工人的要求就是赚钱，你和他提太多休息他们还不高兴。现在很多年轻人会这样和我说：领导，你给我再高的工资，我没有时间花，我就算赚了钱，人生还有什么意义？所以我们现在第一位就是保证员工有休息时间。"

　　企业想了很多办法去迎合变化。年轻人喜欢生活丰富多彩，企业就组织各种活动。例如，电器配件制造部会搞五四青年节活动，有篮球、足球、羽毛球等各种比赛，会延续半个月时间。逢年过节的慰问必不可少，生日也需要有生日蛋糕。为了不让年轻工人觉得车间环境单调，电器配件制造部从 2019 年开始搞"花园工厂"，鼓励工人种花种草，改善工作环境。元器件装配车间搞了鱼池，变压器车间种了百香果、万年青、香蕉树、木瓜树和番石榴。

　　有能力这样做的工厂毕竟是少数，车间之外，也有太多工作比工厂显得更有吸引力。这些年，经济学界有一种对中国"过早去工业化"的担忧。在美国、日本、中国等国家的经济发展中，制造业增加值占 GDP 比重都呈现出"倒 U"曲线，中国在 2006 年左右出现制造业占 GDP 比重下降趋势。问题在于，美国在 1953 年出现制造业占 GDP 比重下降趋势，当时美国的农业劳动人口占总劳动人口的比例为 7%，人均 GDP 换算成现在的可比价格是人均 16443 美元；日本在 1970 年出现制造业占 GDP 比重下降趋势，当时日本的农业劳动人口占总劳动人口的比例为 19%，人均 GDP 换算成现在的可比价格是人均 18700 美元。中国在 2006 年左右出现制造业占 GDP 比重下降趋势，当时中国的农业劳动人口占总劳动人口的比例为 43%，人均 GDP 换算成现在的可比价格是人均 3069 美元。这意味着制造业还未具备高端化的基础。中国社会科学院副院长蔡昉把这种现象称作制造业的"未富先老"，他认为中国制造业比重过早下滑与制造业劳动力的短缺有关。

　　从 2013 年开始，制造业所属的第二产业从业人数就开始持续下降。与此同时，第一产业的人口也在下降，第三产业吸纳了这些劳动力。

第二产业从业人数下降的原因是复杂的。低端产能的缩减、"机器换人"导致一部分工作消失,这些劳动力可能进入了第三产业谋职。但让一些经济学家警惕的是,2015年第三产业劳动生产率仅相当于第二产业的31%。劳动力从制造业转移到服务业,未必带来生产率的总体改进。换句话说,一个劳动力创造的价值变小了。

同济大学职业教育学院副教授李俊告诉笔者,最近两年,他去企业调研,时不时听到企业抱怨工人都去送外卖了,有技术的工人越来越难找。2019年,全国餐饮外卖骑手总数突破700万人,网约车司机总数突破3000万人。阿里本地生活服务公司发布的《2020饿了么蓝骑士调研报告》显示,蓝骑士平均年龄为31岁,其中"90后"占比约为47%,"95后"新增注册骑手同比增长1.3倍。大学生骑手整体占比接近两成,21%为技术工人。工人是转型做骑手人数最多的职业。国家统计局发布的《2019年农民工监测调查报告》显示,农业人口转移从事第三产业的比重为51%,主要从事家政、物流、餐饮等服务行业。

闻效仪有一种担心:快速发展的零工经济发生在中国劳动力市场供求关系逆转的时期,正在对传统劳动密集型产业和行业形成"虹吸效应"。

在这几年的调查中,闻效仪发现零工对年轻劳动力的吸引力是多方面的。从收入看,相对于工厂,零工平台的计件工资制度简单直接,劳动者能够在客户端软件中快速而直观地看到自己收入的变化,从而产生"多劳多得"的公平感。零工经济兴起之初,获取了大规模的风险投资,平台往往采取大规模补贴的方式来迅速吸引劳动者参与。虽然平台上线之初每月2万~3万元的黄金收入期很快过去,劳动者大规模涌入后收入迅速递减,但劳动者通过零工经济获得的平均收入比在工厂的收入还是多出近 20%。《2019 年农民工监测调查报告》显示，从事交通、运输、仓储、邮政业的农民工月均收入为 4667 元，从事制造业的农民工月均收入为 3958 元。

但这并不是因为劳动力在零工经济中有更大的技能价值，而主要是因为平台不需要像工厂主一样承担雇主责任。在传统用工模式中，养老、医疗、失业、工伤、生育五项社保的缴费，企业要承担 29.8%，个人为 11%，合计为工资的近 41%，再加上公积金，这个比例超过 60%。这部分支出成本被平台部分转化在相对较高的薪酬水平上。平台的就业人群普遍年轻，缺乏参加社会保险的动力，实际拿到手的钱"变多了"，吸引力自然很大。为了应对零工经济的政策溢价优势，制造业也尽可能在劳动力成本上进行削减，采取更灵活的用工方式。

零工经济的用工模式还营造出"自由"的劳动体验。在工厂里，劳动者需要服从机器的高速节奏，为了防止个性化对标准化的挑战，工厂会形成严苛的管理制度以及半军事化的管理作风。但在零工经济中，劳动者只需要完成非连续性的工作任务，自己提供劳动工具，可以自由决定工作时间和工作地点，没有管理者的训斥，也不需要随时保持紧绷的工作状态。虽然算法也会对劳动者进行严格的控制和监督，但相比于工厂中的"全天候"，平台劳动者在工作时间上是自主的，这一点对于有过工厂经历的劳动者而言至关重要。

零工平台还有以强激励为导向的一整套技术和手段。如某网约车平台，根据单量完成的不同阶段，陆续推出新司机首周奖、普通翻倍奖、优秀司机额外翻倍奖、金牌服务奖等，并对应着不同的奖励强度。不像工厂里是管理者说了算，平台劳动者工作业绩的好坏是通过消费者的评分高低得出的，传统的劳动者和管理者的冲突也被消解了。

　　人们有权利选择当下自己认为合适的工作，但在闻效仪看来，大量劳动力进入零工市场的深层次困局在于劳动者技能的减少和低技能化。各类互联网平台刚刚出现的时候，许多人认为它们属于高科技行业，是中国传统经济产业转型升级的结果。闻效仪有不同的看法：国家信息中心的数据显示，2017年，共享经济平台企业员工数约为716万人，仅占整体平台7000万就业人群的10%。绝大部分经济活动人群都是普通劳动者，广泛分布在快递、外卖、驾乘、货运、保洁等传统行业领域之中，通过体力劳动的方式来获取收入，而这是典型的劳动密集型经济业态。发展低端的零工经济和发展低端的生产制造业一样，结果都会带来劳动者收入减少、贫富差距扩大和其他社会风险，并不存在根本的区别。

　　经常有来自全国各地的劳模到闻效仪所在的中国劳动关系学院学习。他观察，所有这些在技术上有突出成就的工人都有非常稳定的劳动关系。德国的经验也说明这一点。管理学家赫尔曼·西蒙（Hermann Simon）收集了全世界生产制造领域2734家隐形冠军公司（隐形冠军公司指专注于某个细分领域，牢牢控制本地甚至全球市场的企业）的数据，德国拥有1307家隐形冠军公司，是数量最多的国家，而这些公司的员工流动率都非常低。在这些企业里，劳动者对于建立企业权力结构以及集体劳动关系制度的参与，是工人技能长期形成的基础。在这个基础上，劳动者被鼓励提高技能并掌握多项技术，不断对劳动过程和机器运行加以改善。工人和机器一样都是企业的固定资本，从长远来看，工人甚至是更为重要的固定资本，企业从工人长期的技能、知识、经验和精力中获取竞争力。

老工人·新工人

刘敏在格兰仕工作了 17 年，见证了工厂一步步的成长。电器配件部的发展可以分为前后十年。前十年，生产完全依靠引进的设备，手工作业，生产效率低，产品质量不稳定；后十年，生产规模的扩大和客户对质量的要求提高推着工厂走上了自动化生产的道路。

刘敏非常自豪地告诉笔者，这 20 年来的自动化工装技改，都是内部团队一点点摸索出来的。最开始设备出故障，必须请日本工程师坐飞机过来维修，工作非常被动，于是工人尝试进行维修、保养，敢于去拆装进口设备。在不断地拆装、保养设备的过程中，工人熟悉并掌握了进口机器的工作原理，开始尝试模仿复制。一台原本进口需要 2000 万元的设备，花两三百万元就被制造了出来。再后来，工人开始研发自动化设备，并且不断升级迭代，现在一些核心技术已经处于行业国际领先水平，目前已申请设备专利 50 项。

10 余年前，电器配件部成立了一支工装技改团队负责设备的改造。这个团队中，有些人擅长编程、电控开发，有些人擅长机械设计，很多来参观的人都以为这些技术人才至少是大学本科或者研究生毕业，但事实上，现在这个团队共 24 人，平均年龄 37 岁，平均工龄却有 14 年，工龄最长的 20 年，拥有大专、本科学历者仅有 5 人，其余 19 人都是高中、中专或者初中学历。

2009 年，苏智勇进入格兰仕的时候，已经在制造业打了 7 年工。高中毕业，身无所长，他的第一份工作是在流水线上拧螺丝，同一个动作，每天重复几千次。螺丝拧到第三年，他觉得不能再这样过下去了，就报班学了点儿电工知识，又在工厂做了4年普通电工。以普通电工的身份应聘进入电器配件部的时候，他只想换一家大工厂，并不知道自己还能有怎样的可能性。

工作两年多后，苏智勇看到一位同事研制出了一台能做两三个动作的抓取设备，一下子就被吸引了，于是申请加入车间工装技改小组，负责电控编程方面的工作。刘敏告诉笔者，其实当时苏智勇对编程可谓一窍不通，他唯一的资本便是兴趣和好学，但仅凭这两点，工厂也愿意给他机会。

那时候，大家工装技改的水平都有限，除了请教同事，苏智勇主要靠自学：上网查资料、看视频、买"装备"和相关书籍，开始自学自动化设备电控设计及编程。他经常下班后一个人在车间研究可编程逻辑控制器（PLC）。车间已有的设备供他研究，让他边看边学，边做边调试。三个月后，他首次成功完成了一台小型设备的电控设计和编程工作。现在看来，那只是一个动作简单的抓取设备，但它把苏智勇的心点亮了：原来自己可以做这样有创造性的工作！他告诉笔者，这种创造令他格外有成就感，它把同事从重复劳动里解放了出来。那种劳动的繁重和乏味他再熟悉不过了。

在不到10年的时间里，苏智勇成长为车间自动化设备研发团队的核心骨干，一名PLC、电缸、运动控制器及机器人编程"专家"。这个"专家"为了完成复杂的编程，可以缩着脖子、猫着腰在机器上的电脑前蹲守几个小时一动不动；为了攻克技术难题，可以反复钻研试验，骑着"小电驴"去店铺找备件。

苏智勇这样的工人的成长对于个人和企业来说是双赢的。刘敏告诉笔者，公司也尝试过找外面的公司和专业人员来进行设备改造，但效果往往不理想。一方面是对方并不了解工厂生产线工艺和产品的具体情况，往往形成一套方案要花很长时间，而且改造工程复杂，可行性低；另一方面，外请的改造团队需要一条生产线通盘设计，改造的时候，整条生产线可能就得停下来，企业等不起。

前几年，定时器生产线到了非改不可的地步，已引进 10 多年的定时器生产线，不断出现线体残旧、无备用工件、工序设计出错等问题。起初很多人都认为这条线无法改造，并且如果改造不成功，还将严重影响定时器的生产。但苏智勇和团队不但把硬骨头"啃"下来了，用可编程控制器取代了原来使用的十几个大电箱，而且改造是一点点、一段段进行的，完全没有影响生产。

从 2015 年至 2020 年 9 月，工装技改团队创造了 435 台自制自动化设备，成功开展 93 个重点工装技改项目，直接成本节约 2419 万元，减少用工 548 人。他们的改造让配套微波炉生产效率提高 37.6%，变压器车间人均生产效率提高 67.09%，质量方面（八大成品）上线失效率下降 88.79%。有些设备不断优化升级，已经迭代了好几次。

2021 年初招聘的时候，格兰仕在一些招聘海报上特意打出了"学技术练本领，比技能长本事"的口号。刘敏告诉笔者，这些年寻找稳定工人的办法，除了迎合年轻人的一些喜好，最重要的是要给工人提供一个成长的空间。"大家早已不再把自己看成卖苦力的农民工，不会单纯为了赚钱拼命。我们现在打造全员技工，设立各种培训，也是让工人感到在这里工作是有希望的。就算我几年后离开格兰仕了，我也有一些本事能找到更好的工作。"

笔者问苏智勇对未来的职业发展有什么预期。其实问这个问题，笔者想知道的是一个工人收入和职位的天花板会在哪里。没想到他回答："我的预期是往黑灯工厂（工厂因自动化水平极高，不需要人工，关灯也能生产）、无人大工厂方向去发展。在这方面，我们还有很大的创造空间。我们还没有掌握这个东西，还要去学，还要去试。"这些年，公司有机会就让他和团队去工业4.0展会看展，去自动化发展好的汽车工厂参观。格兰仕和一些大学的成人教育合作，每周请老师来工厂教课，如果员工最终能够拿到学位，公司会支付大约一半的学费。苏智勇告诉笔者，他选了深圳大学的自动化专业，要先把大专读下来。

第一年的工作经历虽然非常"劝退"，但卢琛并没有放弃自己的专业。2021年公司放假的时候，为了帮亲戚的忙，他去玩具厂干了几天活儿。工作的内容就是把玩具公仔放进盒子里。一个盒子有12个小格，每个人负责放两款不同的公仔，最后那个人负责封箱打包。一天下来，除了全身酸痛和200元的工资，一无所获。这种感觉他一点儿也不陌生。家里的经济条件不宽裕，念大学的时候，他去流水线做过兼职。这段经历让他对掌握技术有了强烈的渴求。

2017年毕业的时候，他不是没有更高薪水的工作选择，但他决定留在大公司，因为能接触到高规格的设备，客户也都是一流的工厂。工作本身极锻炼人。在外出差调试设备的时候单打独斗，作为一名电气工程师，电工的活儿、钳工的活儿都得会干。有一次，他在太原待了3个月，一个人打理好了10台机器，从什么都不懂，到自己摸索，最后应付下来，离开时他有一个感觉："觉得后面遇到什么困难都不是事儿了。"

工作一段时间以后，卢琛感觉到，自己这一行，基本工作其实并不难掌握，但如果不往深里学，可能永远都只是一个设备调试人员。很多和他一起进公司的应届生，度过了最开始的适应阶段后，都进入了过一天是一天的状态。卢琛发现，公司其实有很多学习资料，但很少有人去翻看。

但凡公司有的学习材料，卢琛都看。他养成了一个习惯，除非前一天加班到很晚，他都会在早上 6 点起床看书学习。出差的时候，只要活儿干完了，他就躲在宾馆里学习。后来他跳槽进入一家 UVLED 固化机生产企业。公司只有两三个员工和五六个业务员，一年却能做出 500 万元以上的业绩。

在新公司，他遇到一个 1992 年出生的同事，初中都没毕业，对电气技术一窍不通，完全没有任何基础。卢琛从认识电气元件开始带他入行。后来卢琛做一台设备，就让他完全模仿着来做。这个年轻人上进，爱动脑子，学得非常快。卢琛算过一笔账，他在公司的工资是5000 ~ 6000 元，如果去流水线，算上加班也能够达到这个水平。但技能的加持，可能让他在未来创造完全不同的局面。

不久以前，卢琛做了一个很大胆的决定，他和几个合作人一起开了一家 UVLED 固化机公司。他看好这个市场："现在有很多的智能工厂，需要很多的自动化设备。""梦想这东西是最不受限制的，跟年龄、工作环境没有任何关系。梦想任何人都有资格拥有，但不是所有人都有能力实现。"支撑卢琛有勇气去追求梦想的一个条件是：过去两年里，他已经可以完全独立自主地把整个机器从钣金设计到电气接线再到装配全部做下来。"我现在最大的梦想是把自己的公司做大、做强。先从最简单的东西做起，慢慢地往一些小型设备转型，最终做出一些像模像样的自动化设备来。"

（主笔　徐菁菁　实习记者　江紫涵，感谢深圳职业技术学院张克老师对本文的帮助）

● 主编点评

稿件呈现了徐菁菁一以贯之的严谨，在非事件性调查报道里，她是目前我们最好的记者之一。

从重金奖励新员工的介绍者开始，由一个戏剧性的开头，进入工人何以减少的经典解释与分析——刘易斯拐点，其间的事件是改革开放，中国建成了世界上门类最齐全的工业体系，但这个时候，我们遭遇了用工荒。机器人可替代工人？可以，但流水线上的工人减少了，管理机器的、技能升级的工人都在增加……这是一个各种因素叠加的结果，非常值得大家借鉴。且看徐菁菁之叙述。

1999 年的大学扩招，减缓了大学毕业生与社会需求的压力，但代价之一就是职业教育的错配，这使蓝领工人之再生产，由农民工饱和供求之下降（"刘易斯拐点"），又失去了教育领域的补充。而职业教育进入解决轨道之时，互联网平台服务企业的崛起，"零工"的大规模出现，使得生产率远低于工业部门的第三产业吸取了众多劳动力……理解中国工人之现状，经典的理论、静态的人口结构分析、新兴行业的兴起与社会用工潮流的起伏，还有工人对赚钱与生活需求的观念性转型，必须通盘思考，才有所获。而这正是徐菁菁值得赞赏之处。

在整个叙述里，徐菁菁并非唯观念是举，她注意被采访者个案性故事，还注意制度与大势之下个人的选择。文章部分，她描述了工人自我成长的个案，在相当意义上，个人意志与选择是可以超越所谓结构性约束的。这个时候，我思考，如果我们更在意叙述与故事，像何伟那样，我们的分析结构与逻辑是不是可以增加更多人的因素，甚至就以人作为叙述的结构？

新国货还有哪些路要走

人均 GDP 达到 8000 美元，商业领域会发生很多变化，出现新的消费品公司、创新产品。中国的特殊性在于，这一拨新国货受到互联网消费基础设施和资本的双重催化，经历了火箭般的发展速度。市场和舆论一度看好新消费品牌崛起的现象，觉得它们能替代成熟品牌，改变市场格局。可发展快就容易基础不牢，产生泡沫，新消费品牌的拐点来得特别快。2021 年"双 11"前夕，唱衰和质疑的声音此起彼伏。人们对美好生活的需求要通过越来越多的优质消费品来满足，所以，我们在这样一个高潮落下的时间点，来讲述新消费品牌的故事。它们是谁？它们为什么会受到欢迎？去掉滤镜，它们能走多远？

你如果有购买速溶咖啡或者彩妆的习惯，会发现在过去两年里，这两个领域出现了新的产品形态。速溶咖啡里流行的是能够溶解在冷水、常温牛奶、饮料等液体中的超级速溶咖啡。雀巢推出的鎏光咖啡就是这种产品。星巴克则推出了随星杯超精品速溶咖啡。肯德基 Kcoffee 在电商平台上线了 5 种风味的冻干咖啡混合装。彩妆里流行雕花口红，Dior 推出了雕花限量版口红，天鹅绒质感的膏体上立体雕刻着一条打印着 Dior 标志的丝带，旋转出膏体擦在嘴唇上的那一刻，犹如拆开了一件精致的礼物。MAC 则在联名口红上雕刻了一朵玫瑰。

这些流行并不是国际品牌常规的迭代，而是推出了新品类，背后需要新的供应链作为支撑。它们的产品灵感则来自过去几年崛起的新锐国货。长沙创立的咖啡品牌三顿半在 2018 年推出了速溶咖啡产品，跟从 20 世纪 80 年代开始占据中国市场的袋装速溶咖啡不同，三顿半装在缩微的彩色杯子里，杯子上标着数字，从 1 到 6，代表着烘焙越来越深。更重要的改变是，它能够溶解在常温液体里。这种叫冷萃超即溶的产品甫一上市就大受欢迎，2019 年"双 11"，三顿半成为天猫咖啡品类的销量第一。在三顿半的带动下，不少国货咖啡品牌都推出了类似产品，形成了一个咖啡新品类。

杭州创立的彩妆品牌花西子在 2019 年 4 月推出了花隐星穹口红，它将中国的微雕工艺运用在口红的膏体上，并且随着产品陆续推出和迭代，不同色号和产品系列，微雕的图案各不相同，比如外壳做成同心锁的口红，因为同心锁在传说里是月老的神器，口红膏体上雕刻的是浪漫情事"张敞画眉"。雕花口红现在是口红的新品类，国货彩妆品牌纷纷跟进，特别是在跟中国传统文化 IP 推出联名产品时，雕花口红已经成为常规的操作。

在松山湖国际机器人产业基地创立的电子消费品牌云鲸，2019 年 10 月推出"小白鲸"扫拖机器人 J1，跟传统的扫拖机器人不同，它能够识别拖布脏污程度，并自动返回基站清洗。除此之外，从前扫拖机器人的拖地功能更多是用抹布拂过地面，清洁效果有限，云鲸 J1 却有两个旋转拖把，施加压力的同时旋转拖地。2021 年 9 月，"小白鲸"扫拖机器人 J2 上市，它具有自动上下水功能，让扫地拖地的家务更方便了。云鲸在国际上也受到关注，2020 年，它获得了爱迪生发明奖中

"消费电子与信息技术"类目金奖。这个奖授予过乔布斯和埃隆·马斯克。

出生于20世纪90年代之前的人，可能会对这样的故事觉得惊讶，因为从前的国货新品，经常是以模仿国际品牌或者平价替代姿态出现。这一拨新国货却因为推出具有市场竞争力的新产品而给了国际品牌压力，引得它们效仿。这些产品都是在过去5年里出现的，代表着一个国货发展的阶段，消费品领域的创新非常活跃。特别是从2020年开始，仿佛又见风口。天猫宝藏新品牌负责人声超说："最近两年平台大促期间，很多销量排在前面的品牌都是不认识的。各个品类都有，其中快消品居多，然后是消费电子类比如桌面养生壶、智能垃圾桶、各种除菌机等。"

这一批国货现在经常被称为新消费品牌。时趣互动（北京）科技有限公司是一家利用大数据专注品牌营销的公司，高级副总裁苏浩专门负责这些新公司的品牌建设，他总结说："新国货出现的大背景，是过去几年消费结构升级产生的新需求和新用户，需要产品去满足。它们的共同特征是开创了新品类，比如超级速溶咖啡。面对新的消费人群，比如'95后''00后'，同时有了新的营销渠道和理念，比如抖音、快手、B站、小红书。"

它们的出现令人振奋。长久以来，国货在国际品牌面前一直处于竞争中的劣势，直到最近几年，以中国李宁在纽约时装周上走秀刷屏为标志，才再次回到主流视线，与国际品牌同场竞技。现在，连新国货都锐不可当，实在是跟中国国力增强、民族自信心大增同频共振。完美日记刚刚上市时，曾被自媒体称为"下一个欧莱雅"。完美日记是

2017 年创立的品牌，欧莱雅则拥有超过百年的历史。

资本也密集布局消费赛道。声超说："大促里跑出来的陌生品牌，我们再进一步去了解，发现很多背后有资本支持。特别明显的是 2020 年二三月开始，资本入局消费品对这一拨新消费的推动特别大。"2020 年被称为新消费投资的元年，微播易一份统计资料显示，2020 年有超过 300 个新消费品牌获得了融资，平均下来几乎每天都有。结果，就像过去 10 年间反复在很多行业里上演的一样，热钱产生了泡沫。

欢欣鼓舞的情绪还没来得及充分渲染，新消费行业的拐点就来了。"资本逃离""销量造假推高估值"等消息时不时就在消费类垂直自媒体上传播。连天猫为"双 11"启动的推介活动之一都以此为题材，组织平台上类目里销量领先的新品牌创始人做了一次辩论综艺。五道辩题概括了当前对新消费的争议："新消费的泡沫大吗？""创业中有些需求被认为是伪需求，为了增加成功率，要避免小众需求吗？""新消费品牌创业，发展一定要快吗？""新消费品牌的崛起有套路可循吗？""资本融入、密集布局的领域，大概率是好赛道吗？"

对普通消费者来讲，这些行业内的争论很遥远，可它们的运作决定了我们对美好生活的向往，是否有个性化、高品质的产品来实现。毕竟，中国消费市场是从一个比较匮乏的状态成长起来的，几年前还出现中国人去海外爆买的现象。

在这样一个时间点来看新国货，我们好奇它们是谁、是怎么成长起来的。所谓的新消费领域泡沫，到底说明它是一个虚假概念，还是说只是消费升级路上的调整？除去"民族自信的滤镜"，跟国际国内成熟品牌放在一个坐标系里，这些新国货到底处于什么样的位置，能走多远呢?

关注这个话题的价值还在于，消费品是同社会和生活联系紧密的领域，这一拨新国货从崛起到反思像是一个枢纽，折射出中国市场的现状、人的需求、资本的方向。

（主笔　杨璐）

泡沫的根源：中国新消费的特殊性

如果把时间线拉长，并放在全球消费发展的历史里去看，中国今天新品牌涌现的故事并不独特。

泽盛创投合伙人黄海，是专注消费领域的投资人。他本科毕业于香港大学，硕士就读于斯坦福大学管理工程。黄海从新消费品牌处于萌芽时期就开始研究和投资这个领域，在之前的投资机构工作时，他是三顿半等新品牌的投资人。黄海说："中国当下经历的消费升级、新品牌出现，在美国、日本都发生过。美国、日本两国既是人口大国，也是制造大国，之后成为消费大国。经济发展到相似程度，会有相似的公司出现。"

中国跟日本更为相似。人均 GDP 是消费领域经常讨论的一个经济指标。黄海说："人均 GDP 达到 8000 美元的时候，商业领域会发生很多变化。日本在 1978 年达到这个水平，中国是在 2016 年。我们现在熟知的日本消费品公司，很多成立于 20 世纪七八十年代。全家便利店成立于 1972 年，无印良品成立于 1980 年，优衣库成立于 1984 年。消费升级的底层逻辑是一样的，中国这 5 年也出现了一批新消费品公司。"

如果看美国、日本当时出现的消费品牌的创业故事，比如无印良品、优衣库，它们呼应的是人们因社会发展所产生的新需求。中国消费者的需求和对应的消费品供给在 2016 年左右到现在，5 年间发展出不同维度的状态。

天猫宝藏新品牌负责人声超和同事日常工作里要拜访很多品牌，经历了这个领域的发展。他说："消费升级最早出现的关键词是性价比，那时候很多消费者从价格角度去找大品牌的平价替代款。后来，我们发现商家不愿意讲自己是'平替'了。这时候的中国消费品进入第二个阶段，它们掌握了社交属性。最典型的是新消费品牌追求高'颜值'，把自己变成朋友圈里一个很重要的素材。第三个阶段，消费者意识到，国货品牌不但有'颜值'，可能在一些功能或者使用感上比国际品牌更适合自己，或者更个性化。在这之后，消费者和品牌又共同进入了一个新阶段，就是除了满足性价比、功能性、社交属性，还要有情绪价值。比如说，有没有品牌通过一杯咖啡，让消费者觉得被唤起了一个全新的早晨。情绪价值对现在很多品牌来讲都是考验。"

中国的特殊性在于爆发更强。黄海说："一个创业公司从零到在资本市场有几十亿美元的市值，在中国可能 3 年就实现，在日本可能要花 10 年到 15 年的时间完成。"这种差异第一来自资本的介入，第二来自中国跟新消费相关的基础设施极其发达。这两种因素犹如催化剂的叠加，促成了新消费品牌火箭般的发展速度。

资本流向新消费领域，可以看作中国互联网领域创业落下帷幕。黄海说："我在 2015 年左右看消费赛道时，消费投资在整个投资行业里是一个边缘赛道。因为当时中国投资人大获成功的案例都是投资类似互联网平台这个类型的公司。"互联网平台解决的是连接问题。阿里解决的是商家和消费者的连接问题，腾讯解决的是人与人聊天的连接问题，美团解决的是线下商店和人的连接问题。

黄海说:"连接问题从商业模式的角度,核心好处是规模化很快,成功之后赢家通吃,有垄断属性。接着被政府更严格地监管,但从前它是投资人非常喜欢的亮点。相比互联网,消费投资的本质区别是它不解决连接,而是解决供给,没有垄断属性。它的生产要回到实体经济当中去,互联网只是一个渠道。投互联网的人很喜欢的那些特点,消费领域不符合,所以,它并不被关注。"

消费领域资本如潮,开始于2019年。2020年新冠肺炎疫情之后,大家明确地称这个趋势为"新消费的投资"。它成了投资圈一个主流赛道。黄海的角色边缘化了5年时间,成为主流,现在国内谈到新消费的投资,他是让人想约见的专家。"新消费投资开始变成主流,疫情有助推作用。大家宅在家不能出门,总要在网上买东西,很多新消费品牌就借势头崛起了。"但是,疫情只是一个偶然事件,新消费投资变成主流还有深层次的原因。黄海说:"创投圈终于接受了,世界不需要那么多平台,或者说现有的平台已经很强大了。没有人会再去投资一个聊天软件跟腾讯竞争。2019年之前,还有一些互联网或者偏虚拟经济的创新,比如直播秀场、互联网教育、金融科技等。如今这些行业的机会变少了,投资人主动或者被动地进入消费领域。"

另外一个非常重要的原因是,中国消费行业的基础设施是很好的加速器。黄海说:"如果中国的消费品公司像日本一样需要10年到15年的成长期,资本是很难进入的,因为资金等不了那么长时间。但是因为中国独特的基础设施,资本愿意投入这个领域。比如三顿半,在2018年我们首次投资的时候还默默无闻,2021年它已经是知名公司了。

它的成长可能只花了日本 1/2 到 1/3 的时间。"

中国消费行业的基础设施，今天已经远远不止天猫、淘宝、京东、拼多多等电商平台，还包括抖音、快手、淘宝直播、微博、大众点评、小红书等社交媒体。这些平台上的内容，很大程度应用在了消费上，提升了品牌和消费者沟通、购买等各个环节的效率。黄海说："内容极大丰富之后，它的颗粒度可以很精确。很多'网红'可能只有几十万粉丝，但生态很成熟，营销和渠道就变得很通畅。比如某个新品牌有个独特卖点，它可能就会去小红书上找那些和这个卖点匹配的'网红'，这个'网红'背后是细分人群。它很高效地就完成了对目标消费者的传播、种草推荐、下单和用户反馈。"

这种需求，来源于人们日益增长的美好生活需要和不平衡不充分的发展之间的矛盾，"矛盾"里产生了很多商机。社交媒体，特别是短视频里的推荐、测评等，既让消费者很快知道自己缺少好东西，向往那些好东西，又让消费者有渠道和方式去购买。黄海说："比如说健康饮食赛道，每天各个社交媒体平台上都有那么多自媒体内容在讲营养学知识、讲怎么看成分表等相关内容，很容易就让人变成一个健康饮食领域的高级消费者，知道自己需要什么，也知道怎么判断产品，买什么产品。"

社交媒体对消费行业的巨大推动作用，甚至都不局限于通过电商销售的产品。黄海说："比如茶颜悦色是一个长沙地方品牌，此前长沙又不是受到最多关注的一线城市，很多人没去过长沙，却知道茶颜悦色。它成了一个全国都感兴趣、讨论的品牌，甚至有人为了它专门去长沙旅游。因为社交媒体的存在，长沙从一个普通的二线城市变成'网红'

消费城市，那么多投资人去长沙找第二个茶颜悦色做投资，变成这么一种盛况，这个现象很值得研究。"

三顿半：创造了速溶咖啡的新品类

有消费升级的趋势，以及高效发达的消费基础设施、资本的加持，新消费品牌的共同特点是它们被投资者和消费者看到，因为捕捉到消费市场里垂直细分的需求，甚至推出创新性的品类。新国货不是再做一瓶类似可口可乐的国货可乐去竞争，而是做出个性化的饮料，比如无糖饮料、功能性饮料等，去满足消费者不同的需求。

2019年新消费创投热以来，许多人们看得见和看不见的小众需求都被开发出来，成为创业点子。在阿里办的新品牌创始人辩论综艺里，"小众需求是'伪需求'还是'精准需求'"是辩题之一，侧面反映了这个话题在新消费品牌创业中受到关注的程度。实际上，除去辩论赛的技巧和话术，创业者、投资人都认可如果这个小众需求是有价值的，并且能够推出有价值的产品，迅速"出圈"，是一条正确的路。

三顿半是满足个性化需求，并且推出创新品类的典型案例。中国人逐渐富裕，国际咖啡品牌尝试过对速溶咖啡进行消费升级，可没有成功。在三顿半推出市场之前，天猫平台上主要是欧美、东南亚品牌的价格低廉的袋装咖啡。三顿半第一批精品速溶咖啡上市，核算下来是9.9元一颗，远远高过袋装速溶咖啡的价格，但它很受欢迎，上线天猫第一年的"双12"，就在咖啡榜单上排名仅次于雀巢，并在以后连续三个"双11"都是咖啡类目的第一名。它完成了国际品牌没有做到的对速溶咖啡的消费升级。能达成这件事，三顿半的创始人吴骏说："就好像 iPhone 刚出现的时候，大部分手机卖 2000 块钱以下，iPhone 要卖 4000 块钱，但大家好像没有过度关注价格，因为它是一个全新的东西。"

三顿半最容易让人理解的创新，是能够溶解在冰水里。可对于咖啡爱好者来讲，它的创新更多。数字精品系列采用的是精品咖啡协会评分 80+ 的咖啡豆，1 号到 6 号产品代表从浅烘、中烘一直到深烘不同烘焙度的选择。区别于传统速溶咖啡的包装，三顿半装在 PP 材质的缩微杯子里。吴骏说："这种带有设计感的包装并不只是为了精致美观，精品速溶咖啡非常容易受潮，风味也容易流失，PP 材质的阻隔作用很好，对外界的水分等因素就能起到特别好的阻隔。它保证了用户买到产品，即使放很长时间，风味也不会发生什么变化。"它最初跟消费者见面是在上海咖啡展上，这是中国最重要的咖啡展，几乎全行业都会来参加，三顿半风味还原的水平受到咖啡师和咖啡"发烧友"的认可，便流传开来。

除了提供咖啡作为饮料的使用价值，三顿半还传递咖啡文化。2019 年 8 月开始，三顿半推出空罐回收的"返航计划"。消费者在三顿半小程序预约后，可以在指定日去参加"返航计划"的咖啡馆或者文创空间等兑换不同的物资。吴骏说："我们同事会到很多城市寻找我们喜欢的咖啡馆，他们有很好的咖啡和服务。开咖啡馆的人很多是有志趣、有理想的。参加'返航计划'，可以看到很多有趣的人和不同的生活方式。"如果是一个喜欢逛咖啡馆的消费者，还会被三顿半的 0 号咖啡戳中，这是专门用来做联名的产品，比如跟杭州 Ceremorning、泉州巴浪鱼等合作。吴骏说："跟传统速溶咖啡相比，三顿半从产品本身，到体验、服务、传播路径都是不一样的。我们不是说自己是咖啡里的苹果手机，但我们想做的是类似的事情。"

能推出精品速溶咖啡这个创新品类，来自三顿半团队的长期积累。吴骏说："我们都不是那种非凡天才。我们对生活、咖啡和商业的理解经过了漫长的时间，不断试错。现在说三顿半是新消费，我们很少讲，其实 2008 年，我们就在长沙开咖啡馆了，当时叫人民西路 92 号。"从中国精品咖啡发展来看，吴骏和他的合伙人其实算是很早一批进入精品咖啡行业的人，只不过长沙偏安一隅，三顿半推出之前，这个团队在咖啡圈里的名气并不大。

吴骏和他的合伙人从那时起就很喜欢琢磨一些新鲜的玩法。吴骏说："现在独立咖啡馆常见的白天卖咖啡，晚上卖酒，我们在长沙咖啡馆那时就已经这样了。最近两年流行的燕麦拿铁，我们从 2008 年就开始卖，一直是 92 号店的招牌。现在流行的特调咖啡，我们那时也做过。"这家咖啡馆从 2008 年开到了 2016 年，始终是盈利的。在精品咖啡行业里，开了那么多年并且盈利，不容易。

除了精品咖啡方面的经验积累，吴骏和他的合伙人对电商和供应链也熟悉。吴骏说："2011 年，我们看到淘宝是个趋势，就做了电商。当时，我们做的是家庭烘焙模具，叫美食美学。现在网上看到的硅胶揉面垫就是我们设计的。它一年卖几十万张，让我们发现，如果研发出一款真正好的产品，是能够创造规模效应的。"寻找好的工厂是需要花时间的，那时候的工厂习惯接外贸订单，不愿意跟小团队搞创新和工艺改进。吴骏说："那段时间刚好内贸外贸发生一些微妙变化，外贸订单减少，有一些工厂转做内贸。我们为了说服工厂，想了很多办法，甚至睡在工厂赖着不走，但也交到了真正的朋友。现在我们一半以上的供应商都是那些年认识的，我们一起走过了10年时间。"

有这些前情往事打基础，才有了三顿半精品速溶咖啡。三顿半出名之后，人们对这家公司很常见的评价是他们擅长社交媒体上的传播和营销，"成图率"这个词能在新消费品牌领域广为流传，早期是以三顿半为榜样：消费者拿到咖啡之后自愿拍摄美丽的照片发到朋友圈或者其他社交媒体。吴骏却觉得核心在于创新："这个产品如果非常惊艳，整个市场会把你推出来。我们的烘焙模具是创新产品，最早在'下厨房'上传播，那上面几十个、上百个美食达人觉得这个产品用着好，就帮我们推荐。做咖啡的阶段也是同样道理，产品和用户体验是最重要的。"

三顿半的精品速溶咖啡，采用的是冻干技术。吴骏说："冻干是个老方法，食品行业里用它做储存，比如冻干海鲜、冻干蔬菜。但是，食品级冻干用在咖啡上不好喝，它把风味都丢失了。我们后来发现医药级的冻干对时间、温度控制非常精细，能保存咖啡风味，并且能溶于常温液体。这种设备要上千万元，而且不是针对于咖啡的，于是，我们造了专门冻干咖啡的机器。"

跑过供应链的经历派上了用场，吴骏不怵造机器，他找到一个只有几个人的小厂，对方也开过咖啡馆，研发过跟咖啡相关的机器。两个团队都对咖啡和工厂生产不陌生，一起造出了冻干机。只是冻干机还不能解决批量生产冻干粉的问题，因为要有批量的萃取风味达标的咖啡液，他们在一年半的时间里造出了专门用于生产这种超级速溶咖啡的烘焙机、磨粉机、萃取机，覆盖咖啡从生豆到冻干加工的全流程。吴骏说："所有设备和系统都是我们独立设计制造的，并且一直在迭代技术，每次迭代都是为了让咖啡的风味提升、效能提升等。随着三顿半的成长，第一家工厂 200 平方米，第二家工厂 3000 平方米，现在第五家工厂 5 万平方米。我们一起成长起来，是合资公司。"

供应链对一家创新产品的公司很重要。三顿半想整合上下游，打通生产全流程，建立一个咖啡风味管理系统，管理上百种风味，实现有多少种精品咖啡就有多少种精品速溶咖啡。吴骏说："我们要掌控供应链，不断研发升级，实时调校每一个细节。"吴骏曾经估计三顿半最强的竞争对手会在一年内进入超级速溶咖啡领域，可实际上竞争对手用了更长的时间。这段市场空白期，三顿半发展得非常迅速。

花西子：做国际大牌打不到的区域

新消费品牌里，中国元素也是比较常见的特点。声超说："讲中国故事的前提，第一个是大家生活条件在变好，这肯定很重要。第二个是随着经济社会发展，中国人自信起来了。这对国货品牌非常重要。我们观察到'95 后''00 后'买东西已经不会去区分这个是国际品牌，那个是国内品牌。他们没有从前人看待品牌的界限，这给了中国品牌一个很好的语境去平等竞争。"

中国元素的品牌，典型代表是花西子。它所在的彩妆领域里，国际品牌从品牌认知度、溢价和市场占有率等全方位地占据着优势。花西子虽然是一个新公司，却是国际品牌亚太区高管会议上拿来讨论过的话题，因为它跟从前的中国挑战者不一样。中国的美妆护肤经历过好几个阶段，最早是模仿欧美，连名字都像，后来是模仿韩国、日本，花西子却没有走模仿欧美、日韩的道路或者以大牌平替为卖点，它采用中国元素，独树一帜。起码到现在这个阶段，它的中国风一直受到市场的关注。不仅在国内是话题，2021年3月花西子入驻日本亚马逊，一款外形设计成中国同心锁的口红一度进入销售小时榜的前三位。

花西子也被看作最近两年"国潮热"的代表，实际上它从做计划到产品上市比国潮风更早，也不是专门为赶这个时髦。从竞争战术上讲，它想找到国际品牌打不到的区域。接近花西子创始人花满天的人告诉笔者，花满天一直有个做百年品牌的人生理想。他大学时代就有创业的想法，大二时担任过学校创业实践协会的会长，整天看各种商业题材的书和应用案例。2011年到2014年，他在一家电商代运营公司负责百雀羚项目，把百雀羚的日销从一天几千元做到六七十万元。当时电商行业的一个出名营销案例"选择百雀羚，美过黄永灵"就来自花满天的创意。花满天后来自己创立了一家代运营公司，业务模式全行业少见，他只做一个品牌，一家天猫店。因为天猫是品牌塑造能力最强的渠道，花满天一边赚钱，一边为实现自己创立品牌的理想积累经验。

创立花西子，想让它作为一个品牌长久存在，花满天的行业经验派上了用场。他见证了天猫上各代产品的起落更替。最早，主要是淘品牌迁移上天猫，后来线下品牌纷纷开设了天猫店，淘品牌在竞争中黯然失色。2017年国际品牌入驻天猫，立刻成为这个平台上最实力雄厚的卖家，线下国货品牌相比之下明显内力不足，败下阵来。花西子还是一家新公司时，花满天想到的是先要避己之短扬己之长，做区隔化竞争。他历数能在国际大牌强敌环伺的境遇里走出来的国货，是佰草集、百雀羚等，共同点就是中国文化元素和本草的概念。创立彩妆品牌时，花满天就确定了中国元素和以花养妆的概念。

花满天的做法是自立门派。他把彩妆分成了两类，一类是现在高级商场一楼化妆品专柜里那种东方彩妆，另一类是他创立的东方彩妆。自立门派的难度在于，不是单品做成中国风格就立得住，要创立一整套体系。"花西子"这个名字就想了很长时间，因为它是在杭州创立的品牌，"西子"二字来自"欲把西湖比西子，淡妆浓抹总相宜"这句诗；"花"，则来自花满天提出的"以花养妆"。

花西子还给自己确立了品牌色，用的是现在很少见到的黛色。"最早确定品牌体系的时候，有几个颜色是我坚决不用的：第一个是黑色，黑色是西方彩妆的颜色；第二个是红色。说起中国元素最容易想起红色，这是正确的，但没有特色。中国文化底蕴深厚，我们为什么只捡表面上的金子呢？我们可以往下挖。"花西子的负责人说。说道理很容易，实现起来很难。"我们花了8个月的时间，查了大量古籍去选颜色。调出颜色之后，进入供应链里，如果是其他常用的颜色，从作坊到最大的工厂都有预备，但黛色全行业没用过，工厂要重新调。不同工厂会出现色差，用在玻璃、陶瓷、树脂等不同材质上也会有色差。这个过程一言难尽，像搞基建一样难。"花西子负责人说。

最能让消费者感受到的差异还是在产品上，彩妆实际上是能够跟文创结合很好的品类。花西子的很多产品既有彩妆的使用价值，也是中国文化、工艺美术的传播载体，比如把陶瓷设计成口红的包材。陶瓷复刻的是定窑白瓷，采用的还是刻花透影工艺，口红盖放在灯光下，浮雕花纹呈现出透亮的效果。同心锁口红、陶瓷口红等从外形上就跟国际品牌都不一样。他们还跟浙江工艺美术大师杜菊芳合作，把木雕工艺、图案创作和屏风形态缩微成彩妆盘，不同的隔扇是不同的颜色。中国文化底蕴深厚，能够成为源源不断的创意供给，国际品牌出彩妆套装，通常是放在品牌定制的化妆包里，花西子推出的则是一个原始尺寸的妆奁盒，里面有全套的化妆工具和彩妆产品。

雕花口红已经是花西子的代表产品，口红膏体上的图案精细繁复，就像拿在手里的一个微雕工艺品。"在口红上刻东西，工厂都可以做。很多大牌子都在膏体上刻 LOGO，我们从东方彩妆的角度去创新，想到了园林里的雕梁画栋。雕刻是非常好的元素，我们就尝试在膏体上做微雕。研发是非常难的，因为膏体要很考究。膏体太润，脱模就坏掉了，膏体太干，就松掉了。我们要考虑运输的因素，不能遇到暴力快递时膏体就断掉了，还要考虑顾客的使用感，擦在嘴上要好用。雕花口红研发出来之后，要给它起名字，有人说叫蕾丝口红。我说坚决不能叫蕾丝口红，蕾丝又不是中国的，我们叫雕花口红。"花西子负责人说。

这样开发产品，周期长、成本高，却是增加竞争力必须要走的路。力气也不能只用在包装上，国货在跟国际品牌的竞争中落败，硬伤也包括产品品质。"比如说，我们做蜜粉之前，国货定价都是三四十元钱，很少超过 60 元钱，有些超过 100 元钱的基本卖不动。消费者普遍有个印象就是，国货质量不好。这是因为国内彩妆市场做产品的逻辑是从定价去倒推生产。比如定价 30 元钱，行业倍率 5 倍，倒推回去成本是 6 元钱。6 元钱里去掉人工、包材、灌装工厂成本等，最后料体可能才几毛钱。这样的产品怎么去跟国际品牌竞争呢？"彩妆业内人士告诉笔者。

追求美丽和精致的中国女性，在彩妆上并不吝啬，她们是国际化妆品集团财报成绩的重要支撑，但并不怎么光顾国货彩妆，即使它们的价格可能只是国际品牌的零头。想在这样的市场环境里打开局面，就要把产品做好。花西子广为流传的是，没有预算。"产品经理刚来我们公司，先问预算多少。我们让他先搞一个跟国际品牌一样好用的产品出来，不要先考虑预算。比如，我们的粉扑是从日本进口的一种天鹅绒，它非常软，蜜粉这种产品，不但粉要好用，粉扑也要好。最后我们的蜜粉成本价比别人零售价都贵，但这价格不是我们定出来的，是产品经理定出来的。"花西子负责人说。

产品上市，花西子找了李佳琦合作。"我们最初接触的时候，李佳琦觉得产品不错，问我们卖多少钱。我们说定价149元。李佳琦的原话是："你们疯了还是我疯了，你们是国货品牌呀！"这真的就是当时市场上对国货的印象。我们让李佳琦把产品先拿回去用，用得不好啥都不要讲了，用得好再谈。后来李佳琦那边觉得这个产品可以推，其他国货卖38元、49元，这个蜜粉破例卖89元。我们坚持要定价在100元以上，89元和100多元，虽然只差十几二十元钱，可它就提升了一个档次。这是个品牌定位问题。这后面又磨了两三个月，中途还谈崩过，后面我们又坚持谈，最后定在109元钱。"花西子的负责人说。

这款蜜粉是爆款单品，它能做成，说明国货是可以进入良性循环的，舍得在研发上投入，加上产品的独特性、品牌文化，从前国际品牌才具有的产品溢价，国货也能拥有。

云鲸：科技创新解决人的需求

快消品领域的创新因为萝卜咸菜各有所爱，可能还需要讲故事加持。科技创新就简单直接得多，它考验的是硬碰硬的竞争力。

云鲸从 2019 年第一代扫拖机器人 J1 上市，凭借这一款产品，市场份额就进入线上市场的前五名。2021 年 1 月至 9 月，奥维云网数据显示，云鲸的市场占有率已经排名第二，并且与第三、第四拉出 6% 的市场差距。取得这个成绩，原因很简单，它是世界上率先实现自动清洗抹布的扫拖机器人。拖地过程中，云鲸机器人能根据清洁面积和时间，判断抹布清洗的时机，自动返回基站清洗，清洗完毕返回断点位置继续打扫。这款机器人在拖地清洁效果方面也有优势，市面上之前的产品拖地时抹布只拂过地面，能擦去浮灰却不能很好地除去污渍，云鲸 J1 在高频旋转的抹布上设计了物理加压，就像人手在用力擦地一样，能够擦除污渍。

看上去，这些都是拖地的基本动作，可在机器人上实现时，其实经过了技术变革周期，并且云鲸不是市场上已有产品的迭代，它的思路是全新的。云鲸智能科技的创始人张峻彬说："这个产品要想做好，需要一项叫移动建图的技术，才能支持机器人清洗过程中准确回到基站洗拖布。我创立云鲸时的 2016 年，这项技术还不够成熟，导致扫地机器人行业采用了其他产品形态。比如有产品形态是扫拖机器人后面贴一块布，水箱放在机器人上面，我们会觉得这样一点儿水没办法把地拖干净，而且抹布也需要人工手洗。"云鲸设想的产品形态是，基站既能当充电桩又能储水和排水，机器人在拖地过程中能够识别拖布脏度返回基站洗拖布，洗完之后能够回到刚刚拖到的地方继续拖。"要实现这件事，就要移动建图、导航定位。虽然我们当时还是刚创业的团队，但我们相信我们能够突破这个技术，所以，我们从一开始就往现在云鲸 J1 的产品形态上去做，最后也成功了。"张峻彬说。

云鲸和张峻彬预判了移动建图技术的发展，把它应用在扫拖机器人的具体功能，也就是自动回洗抹布上，影响了拖扫机器人行业。云鲸出现之前，扫地机器人行业多数沿用的是最早发明扫地机器人公司的灯塔技术，就是基站相当于灯塔发出信号，扫地机器人找到信号回基站，这个过程每次需要很长时间，用在拖地这件事上不太方便。云鲸采用建图技术为核心设计产品之后，全球范围内更多产品也采用了这个技术。张峻彬说："建图的道理通俗来讲，在于如果我要经常回去洗抹布，就必须对环境特别熟悉。建图就是对环境熟悉的过程，等到我拖地时，拖到一半回去洗抹布，再回来我知道刚才在哪里中断的，继续拖地。"

张峻彬中学时期就开始钻研机器人，2006 年拿到国际青少年奥林匹克机器人竞赛金奖。2015 年，他研究生毕业之后，给香港科技大学李泽湘教授发了一份简历。李泽湘是机器与自动化领域的专家，他创立的固高科技目前是中国市场份额最大的运动控制器供应商。他还是大疆创新科技的董事长，支持和推动了大疆成为无人机领域的知名公司。当时，李泽湘正在创立松山湖国际机器人产业基地，张峻彬就成了李泽湘引入松山湖国际机器人产业基地的第一个项目人才。

这样的经历很容易让人觉得，他是极客风格的创业者，实际上并不是。张峻彬热爱机器人技术研发，更可贵的是他跟消费者共情的能力非常强。"我从小做机器人，乐趣倒不是做一些让自己很开心然后没什么实际价值的东西。我感兴趣的是能真实地帮助别人解决问题，比如我高中时期做过盲人阅读器。我觉得机器人领域有魅力的地方也在于此，比如现在有工业机器人、手术机器人，家里打扫卫生有扫地机器人。如果科技创造的新东西能把人的重复劳动做得非常出色，人就可以解放出来做更多其他的事情。"张峻彬说。

因为这样的出发点，云鲸扫拖机器人的产品迭代和设计方向就是如何让人更方便。2021 年 9 月，云鲸 J2 上市，它在替代人的劳动方面更进一步，能自动换水、自动添加清洁液、自动烘干拖布，彻底解放双手。张峻彬说："做产品的公司，可能有些是知道用户需要什么的，但解决这些需求很难，竞争对手也没有去做，大家就都不去做，就像云鲸 J1 自动洗拖布时的情况。这次做自动换水功能，对我们来讲也很难，不但有技术上的难度，因为上下水需要上门安装，还涉及服务。这不属于机器人领域的事情，但如果核心是为了让人更方便，我们也愿意做。"

云鲸的售价在国内扫地机器人市场上属于中高价位，它作为一个新品牌能取得用户信任，让用户愿意花更高的价格购买，科技创新是核心竞争力，但还不足够。张峻彬有精益求精的意识，他出生于 1990 年，毕业后直接创业，团队成员也都很年轻，常被称作"学生军团"。国货品牌从前一度被认为很粗糙，"80 后"以及更年长的人，多数有物质匮乏的经历，有产品能用就很满足。"90 后"出生在中国经济高速发展的时代，从小知道什么是好东西，也对好东西有要求。

但科技研究和科技产品是两件事，张峻彬说："一堆零件摆在眼前，也不一定能把它打造成一个好产品。比如，它只有科技创新，但设计得很丑，消费者可能也不接受。好产品是由很多细节组成的，工业设计要好，交互要好，用户触碰它的手感要好，软件要足够智能，清洁又快又干净，等等。比如苹果电脑，它的材质触感包括开机画面等细节都是精心设计过的，你打开它的瞬间，就觉得它跟其他电脑不一样。"

张峻彬说自己有产品洁癖，纠结于细节。研发云鲸 J1 的时候，因为一切从零开始，花了非常多时间。他要求这个扫拖机器人的产品外形必须美观，团队请过韩国设计师、美国奢侈品品牌设计师、国内的设计团队，方案大改就有 5 次。"那时候，打一个工业设计手版挺贵的，我们也没有太多钱。好看不好看其实很难去量化，但好的产品设计肯定是来源于对美的不懈追求。我喜欢美的东西，比较执着，最后团队都想拿把刀架在我的脖子上，'彬哥你赶紧拍板，再不拍板来不及了'。问题是，美的东西就是那么直接，不好的话，看起来就是觉得哪里不对。"张峻彬说。

从融资角度考虑，云鲸 J1 应该快点儿上市，可研发的最后又被张峻彬拦了下来。"那一版的拖布形态是圆形的，我们正式产品的拖布是三角形的。改设计是因为圆形拖布旋转时，拖布中间容易有一条缝，会有拖不到的地方。三角形拖布交叉旋转的话就有点儿像齿轮，它们会咬合在一起，两块拖布的边缘能够交叉重叠，中间就没有缝了。为了这件事，产品发布推后了 4 个月。"张峻彬说。他招研发人员也是这个理念。"工程师如果只是一个执行者，是不够的。研发产品的过程中有很多细节是跟用户相关的。比如一个按键，怎么按下去用户是舒服的，这些东西很难在产品定义里讲得特别清楚，就需要工程师除了技术强，还具备共情能力，才能把东西做好。"张峻彬说。

不打磨到最后一刻，张峻彬不愿意放弃。这也是他认为的竞争之道。张峻彬说："做产品就是，有些事消费者可能并不知道，但设计的人一定要对每件事都很在意，最后你的产品才能跟其他产品拉开差距。"

新国货的快与慢

三顿半、花西子、云鲸是这几年在知名度和销量上引起人们关注的品牌，早于 2020 年才兴起的新消费投资热。可现在寻找成长轨迹类似的新品牌反倒困难了。黄海说："我投资消费领域这么长时间，判断哪里有消费升级趋势，哪个是好的产品创新很容易。难点在于找到下一个像吴骏一样优秀的创始人。吴骏爱咖啡、有各种经验积累，在咖啡流行起来这个正确的时间点做了超级速溶咖啡这件事。他研究冻干粉的时候，投资行业都在关注共享经济，他有一个战略培育期。现在的情况是，做一件事恨不得马上宣传，投资人马上来投资。竞争也非常激烈，可能你的对手先你一步拿到投资，你就没机会了。"

资本的青睐，对新国货来讲是把"双刃剑"。黄海说："好处是公司能发展得很快，坏处是有些公司的核心竞争力是有问题的，在这一波热潮里也被炒了起来。"

短期来看，在中国做消费品，快有好处，也确实有人挣到了快钱。因为中国消费市场还处于发展之中，机会多。苏浩说："最常见的是三种红利——新渠道、新人群和新供应链。新渠道指的是当一个新流量平台出现的时候，就会有一个红利期。比如淘宝、抖音刚刚出现的时候，店少流量多，平台还会花成本去帮着引流。新人群可能是刚刚进入消费阶段的年轻人，也可能是刚刚使用智能手机的老年人，他们带来新的需求。新的供应链是随着技术发展，中国供应链体系与数据结合带来的。传统上讲从市场调研需求到制造产品去满足，是一个很长的周期，现在比如我们服务的一些品牌，消费者在关注什么我们能立刻拿到这样的数据，短短几周之内品牌主的供应链就能制造出产品来。这些红利抓住其中任何一个，都有很大的增长潜力。"

长期来看，创新产品的成长是需要时间的。说起花西子现阶段的名气和销量，很多人会讲到李佳琦起到的作用，可产品进入直播间之前，做了很多打磨。"研发陶瓷口红的包材，第一批 90% 的成品都不合格。中国人烧盘子很厉害，但口红盖没做过。它的倒角小，烧瓷器也不是工业化生产，烧出来有一个黑点或者七七八八的，盖子就废掉了。我们要改设计，跟工厂一起攻克成品率的问题，背后要付出很大的成本。我们也听到一些说产品不好的声音，这些我们都在迭代中改进。开发产品的成本和遇到的问题是必须去面对的。"花西子负责人说，花西子目前还没有融资，"我们并不拒绝资本，但希望遇到跟我们理念一致，接受我们发展节奏的机构"。

云鲸成立 5 年，只推出了两款产品，节奏不快。云鲸 J2 不但有技术上的进步，也有服务上的考虑。涉及上下水功能的安装，有一部分用户是需要打墙洞的，为了让云鲸 J2 从产品到服务都很圆满，产品经理买了许多电钻在办公室的墙上打洞。"他要自己感受一下洞的大小，怎么设计安装方案和配件，能够让师傅安装起来很方便，用户家里也美观。"张峻彬说。研发云鲸J2的同时，还要花很多精力在升级云鲸J1上。"不会说用户购买之后，就跟我们没关系了。我们软件上的升级，都是同步给老用户的，让他们能够享受到。"张峻彬说。

除了打磨产品，新公司还有很多建设需要花时间。张峻彬说："2019年产品上市的时候，我们公司的规模还小，很多体系化、流程化的东西都需要建设，比如公司内部的组织架构、部门的建立和调整、技术储备等。所以在过去两年里，我们除了研发产品，还花了很多精力在修炼内功上，先稳扎稳打把公司基础设施搭建完善，再逐渐加速。"

做货，还是在做品牌

2020年新消费投资的高潮里，很少有人讲节奏和喘息。泡沫里的情形是，讲故事就能拿到钱，拿到钱就赶紧跑起来。跑起来的方法论都已经被总结出来：先在小红书上发几千篇素材文章，铺设种草，然后在知乎上做几千篇知识问答，深度种草，培养一个兴趣人群，最后到直播间去收割。

这样造成的结果就是，如果只靠这些打法，烧钱圈一遍用户，用户没有存留，下次再烧钱圈一遍用户，用户依然没有存留，直到圈用户的成本越来越高，或者钱烧完。天猫新品牌孵化的负责人仲生说："新品牌想要像国民级的品牌一样，长久生存下去，应该是越卖货消费者越信任这个品牌。跟消费者的连接越强，让消费者复购的成本更低。"

复购，通俗讲就是回头客，它代表着消费者对产品和品牌的认可。这成为挤掉新消费泡沫的一道坎儿。苏浩说："今年第二季度开始，很多新品牌销量下滑很厉害，甚至下滑 30% ~ 40%，主要原因是消费者的复购跟不上。"苏浩所在的时趣团队服务国际、国内超过 500 家公司，帮助它们做品牌管理工作。在时趣团队看来，如果在新需求、新技术、新渠道的红利消失前，建立不起品牌壁垒，消费品生意就是昙花一现。红利消失、销售下跌，一点儿办法都没有。

新消费品牌刚刚崛起的时候，经常可以听到"后浪推前浪"的声音：新锐品牌更懂年轻消费者，更懂这个时代，代表着未来，而国际品牌、老字号要么是船大难掉头，要么是满足不了年轻人的需求很快被取代。

但回头客这件事，给市场和舆论对新消费品牌的热情泼了盆冷水。前浪不讲"我是谁"的故事，本身就是一种优势，因为老品牌穿越了时间，已经在消费者心中树立起牢固形象，甚至有某些单品销售经久不衰。

品牌，是从繁荣喧嚣跌到低谷的过程里新国货要上的一课。声超说："做货和做品牌是两回事，以今天中国供应链的能力，把货做出来不难。现在去一家 ODM 工厂，你提出诉求，工厂能立刻给你拿出好多套产品方案，你想选哪个选哪个，然后包装设计好，货就出来了。但是，你怎么把货卖出去，就算出了爆款，或者因为某个创新解决了一个实际问题卖了一批货，红了一年，第二年怎么办？有没有持续研发的能力，能不能管理消费者心智，跟他们形成长期和稳定的关系？这就很难了。这些做不到就不是品牌。"

声超经常跟新品牌打交道，可让他总结新消费品牌的优势时，却卡了壳。他说："我当然知道新品牌抓住了红利，更会跟消费者沟通、捕捉到了细分需求等。但是，所有传统品牌都曾经是新品牌，消费原理是相通的，我们应该讨论新品牌跟传统品牌有哪些共性。跟传统品牌有共性的新国货，无论是在互联网环境还是在线下环境，能够持续活下来。"他和团队的工作，是深度陪跑有潜力的新消费品牌，其中涉及的一些经验、理念和工具，天猫上的头部品牌已经在做了。"这么多年合作下来，国际国内头部品牌跟平台咬合得很紧，反倒是新品牌缺乏经验。所以，我们就像投资机构里的投后部门，要给到新品牌一些信息。"声超说。

品牌是一个系统工程。单说迈过复购这个门槛儿，苏浩说："这里面方法非常多，最常见的是从消费者需求出发，做能够跟他们产生互联的内容。"这件事说起来简单，落地难度却很高。在外行人看来，新消费品牌可能在产品、研发等方面跟传统品牌没法比，但运营社交媒体是看家本领，它们的优势就是擅长跟年轻人打交道，做文案、画海报、拍短视频的传播效果远胜传统品牌。

可实际上，内容营销做得好，需要成熟的内里。苏浩说："它是战略层面的问题。一家公司首先要构建战略体系，战略体系下团队的组织架构才能为此服务。要有能力持续输出高质量的内容，同时使用工具、建立平台去洞悉消费者的需求和数据。在这个高度上，才能做好用户运营。"

新消费品牌跟传统品牌相比，不在一个量级上。比如，特赞是一家为企业做创意内容的数字基建公司。它刚刚完成了 D1 轮的融资，成为估值 10 亿美元以上的独角兽。特赞被资本持续看好的原因之一，是它服务了阿里巴巴、字节跳动、联合利华、拜耳、雀巢、腾讯、欧莱雅等 200 多家大中型企业。特赞的产品，让人看到成熟品牌是何等的庞然大物。比如 2020 年在阿里生态下，联合利华旗下的多芬品牌就有上千条素材产生，整个联合利华的素材量是上万条，再扩大到抖音及其他社交媒体，则要到海量级别，人力难以高效完成。

联合利华使用的是特赞研发的内容中台 UniDAM，它能批量制造、分发创意素材，并追求效果。整个系统获得过优秀人工智能平台大奖。特赞总裁及合伙人杨振说："品牌有三层楼：一层楼是把产品做好，二层楼是把用户做好，三层楼则是要把内容做好。大品牌很成熟，已经有了使用内容中台的技术的观念。"就在笔者采访之前两天，杨振在同一个会议室接待了好几批新消费品牌的创始人或高管，来介绍这样的技术如何提高在不同社交媒体上生产内容、跟用户互动等的效率。

如果建一个坐标轴，差距更清晰。苏浩说："一家公司从 0 到 1 的阶段，比如大部分新消费品牌就在这个区间，是超级英雄模式。创始人或高管，擅长电商和社交媒体上的精细化运营。他们能高效转化目标消费者，也非常注意跟消费者的互动。现在消费者的注意力可能只会给到一条信息 2 秒到 3 秒，在这么短的时间里精准种草，是非常考验内容能力的，所以他们是超级英雄。"外行人看到的新消费品牌的优势，其实说明它们还是小公司。苏浩说："从 1 到 10 的阶段，超级英雄就会形成创意疲惫。另外，一年成交额达到 2 亿元到 3 亿元以上的品牌，营销和投放需要做一些社交战役。营销成本和人力需求都很高，这个阶段的公司就需要建一个服务商库，按具体需求找不同服务商。10 以上的品牌，比如可口可乐、宝洁这样的公司，会找一个战略合作伙伴，由合作伙伴去进行需求对接。"

泡沫造成的低谷，正好去掉了滤镜，新消费品牌距离一家成熟公司，还有很长的路要走。

（主笔　杨璐）

● 主编点评

这些年，阅读杨璐的文章，是我穿越资本以及他们的写手制造的各种概念迷雾的捷径。

人均8000美元的消费升级时代来临，这是大前提。然后杨璐迅速建立了两个分析的方法论。其一，对于中国的新消费而言，其基础设施已经建立并且迥异于传统，除了天猫、淘宝、京东与拼多多等超级平台，抖音、快手、小红书、大众点评……也递次出现，传统的渠道，经由互联网进化，在销售平台，以及销售方式（直播、代货）方面，都有跳跃式进步；其二，传统由产品制造、品牌加持、市场传播／洗脑、进入渠道形成销售的路径，被完全颠覆，长链环被压缩成销售／平台与方式，直接与产品相联系。

这就是中国新消费的特殊性——"泡沫的根源"。这个判断，颇具勇气，用词决绝。

之后，杨璐讲了三个新品牌的故事：三顿半、花西子、云鲸。其中，有两个概念很精彩：

1. "成图率"（三顿半）。你的产品有多高的"成图率"，被手机拍摄并传播，是新消费时代的标志之一。

2. "共情能力"（云鲸）。扫拖机器人，其产品创立的根基，是能否与消费者"共情"，理解、分析与达成消费者的需求。

当然，杨璐并非简单的新消费介绍者。她在分析在新渠道、新人群、新供应链结构之下新品牌如何生存并逃离危机之后，论述了品牌形成史的三个历史阶段。

产品从 0 到 1：超级英雄模式。

从 1 到 10：需要完成一次次社交战役。

由 10 而上：则要建立自己的战略并寻找合作者。

从头读下来，文章并不太长，却是一个完整的叙述，而且看上去驾轻就熟，这是杨璐的成熟之作，背后超级体量的采访才是王道。

第二章

时代下的个人

范雨素的真实与不真实

从 12 岁开始决意离乡，到 40 岁以后无法还乡，和家乡与亲人的距离，只有幻想才能弥补。

一本科幻底稿

北京皮村和 4 年前不一样了。自 2017 年以来，这座位于飞机入港航线下面的村庄有了很大变化，做了硬化水泥路，村里不再尘土飞扬；露天旱厕拆除改建成冲水厕所，有专门的人打扫卫生。村里两三层的楼房大多被四层公寓替代，因为租金便宜，越来越多的白领来这里租房，皮村不再只是农民工聚集的地方。没有改变的是，天上依然有飞机以两分钟一架的频率飞过，引擎声轰隆着滚过村庄上空。如果闭上眼睛，会以为自己身处战争时期的防空洞。

但范雨素的生活没什么变化，她仍然住在这里，租一间加盖在两层楼上的屋子，层高很低，看着只有 1.7 米左右。房间里没有热水器，没有燃气，做饭要在走廊支电磁炉，房租一个月 500 元——这不是想象中一位"名人"的生活。

范雨素是在 4 年前成名的。那时她还是一名在北京打工的湖北农妇，带着两个女儿，以做育儿嫂为生，闲暇时喜欢看书写作。她的一篇自述性文章《我是范雨素》在网络上走红。文章用的是那会儿比较流行的非虚构体，记述了她出生的村庄、家庭，以及自己离乡后在城市漂泊的经历，文字朴素又不乏幽默戏谑。文章发表后，阅读量达到 400 万次。

《我是范雨素》在网络上发表那天，范雨素抓着手机盯着阅读量，在窄小的房间内来回踱步。手机是大女儿 10 年前淘汰给她的，粉粉嫩嫩的颜色，屏幕上端碎裂成蛛网状，卡顿时"跟得了偏瘫一样"，连微信支付都用不了，但能看到文章的阅读量噌噌往上涨，"发火箭似的"。她觉得自己一天之内掉进了舆论的旋涡。第一批来找她的媒体就超过 30 家，她走到哪里，记者跟到哪里，浩浩荡荡的，让她讲写作的初心和经过；手机里短信提示音响个不停，又卡了。

出名给她带来了一些改善生活的机会。因为当过育儿嫂，有一个媒体平台邀请她写育儿，每个月出 4 篇稿子，每篇 1500 字，一个月就有上万元收入，她没接。也有不少电视台找她去做讲座，她不去，"推掉的出场费加起来都有 3 万元了"。最有吸引力的是一家出版社拿着 20 万元现金，要签她的作品，她连面都没见。

范雨素有自己的打算，她说不想写那些轻飘飘的东西。所有对《我是范雨素》的评价中，她最喜欢的是"有力量"，她打算用更大篇幅继续"有力量"地书写。为了有时间写作，范雨素辞了赖以为生的育儿嫂工作，仅靠每月打零工的两三千元收入维持基本开销。写作过程比想象的困难，她总是下不了笔，不知道如何开头和叙述。实在没有办法，就给自己做硬性规定："每天写够 10 页，跟干体力活儿一样。"有时候没有灵感，她就喝点儿酒，趁着酒劲儿写；实在写不出来，就将字写大一些，凑够 10 页，"就像扫地，你每天必须干够这些量"。

让人惊讶的是，她最终交出的底稿是一本"科幻小说"。小说里，范雨素和家人带着各自显赫的前世，生活在一个叫打伙村的村庄。他们之间所有的行为、关系，包括承受的苦难，彼此的疏离、怨念、恨和爱，都是冥冥中的前世通过一些玄妙的物理学理论在起作用。

这跟编辑最初的想象不太一样。《我是范雨素》文字和视角给人最大的感受是真实，是普通人观察生活的视角。语言没有经过知识分子、精英阶层的处理，文字没有表演性，甚至看不出她有很明确的写作意图，这件事本身就很打动人。可是范雨素交出来的这部底稿，题材和风格都跟《我是范雨素》不太一样。双方对文本的理解有些偏差，几次沟通并不是非常顺畅，最后没能在合同约定的时间如期出版。

但范雨素说，这部"科幻"底稿是她"成名"后的第一个完整作品。如果给《红楼梦》和《西游记》打 9 分，她给自己的作品打 7 分。书中是一个幻想的世界，但又包含了她所有的经历。写作时，范雨素觉得自己像个创世者，可以无所不能地构建，"就像开发游戏的程序员，是这个游戏世界的上帝，可以安排每一个人的命运。现实世界和虚拟世界是相通的。这种自信能够转换给现实世界中的我，让我的自信增加，变得更有力量"。或许，这种天马行空、不着边际的写作，是她面对自己过去的一种方式。因为，那些日子"太苦了"。

小时候

范雨素出生在湖北襄阳市郊的农村，村子距离襄阳东站只有 10 公里，开车大约 20 分钟。作为湖北的第二大城市，襄阳每年的外出务工人口在整个湖北省位居第一，这些人中有很大比例就是从襄阳东站出发的。它是中南地区非省会城市中的第一大站，往南抵达武汉，往北能到西安，往西则至重庆，往东至郑州，到北京只需要 4 个多小时。

2018 年，范雨素回过一次老家。那时高铁还没开通，她傍晚从北京西站出发，坐的还是绿皮火车的硬座，一晚上摇摇晃晃 10 多个小时，到家时天刚亮。离乡多年，村子跟她记忆中的很不一样：以前家家都是一层瓦房，现在却是一溜儿的三层小楼，独门独院，干净又阔气。因为高铁在修建，村里还有了酒店，入住的主要是技术人员和工人。"我妈老了，舅舅老了，嫂子老了。"唯一没变的是家门口的三亩大池塘，水面还像小时候一样开阔。

范雨素家有五个孩子，她是老小，上面有两个哥哥、两个姐姐。两个哥哥要读书、考大学，两个姐姐一个发烧烧坏了脑子，一个有小儿麻痹症。母亲原来是村里的妇女主任，除了村干部的活儿，还要照顾生病的两个女儿，借钱给她们看病。范雨素说，大哥高考失败后一心想当作家，买各种各样的书，折腾出去不少家里的钱。大多数时候家里只能吃红薯，偶尔能吃上一回馒头。在范雨素的印象里，母亲很能干，但一直是一张愁苦的脸，经常在家里哭。

父亲不爱说话，年轻时在厦门当兵，还上过一年军校，会修飞机。他跟母亲是娃娃亲，本来有提干的机会，母亲怕他变心，坚决让他退伍回了家。父亲回家后整天黑着脸，寡言少语，偶尔才提起他在外面的见识。他会讲厦门的炮声，说那里一天到晚都在发射炮弹，震得人耳朵都要聋了；讲北京军区有哪个司令跟他是同一年入伍的，一起参加培训，还提到有个大学教授是他的高中同学。虽然都是三言两语的概述，但话里话外流露出一些意思：只要他愿意，找同学帮个忙，家里的生活就能改善。

小时候，范雨素常盯着父亲在天安门前的留影看，年轻的父亲英姿飒爽，范雨素心中逐渐形成了一种印象：父亲是有能力让家里人过上好日子的，只是他不愿意。"我那时就开始恨他，恨他不会赚钱。"他就像一棵大树的影子，看得见，但没有用。那会儿她读到《傅雷家书》，便羡慕傅聪有一位能谈艺术的父亲，从戏曲、小说、美术到音乐，无所不能。"我要是也有傅雷这样的父亲，我可能也成为艺术家了。"

"我现在已经不怨我的父亲了，经历了苦难，我理解了。"2021年4月的北京，天气渐暖，范雨素坐在笔者的对面，穿着一件紫色的毛衣开衫，围巾也是紫色，是用心搭配过的。她个头儿不高，一米五左右，梳着齐刘海儿，头发蓬松、整洁地绾在脑后，看着比几年前白了一些。手指还是原来的样子，因为做保洁，长期接触水泡得有点儿发白，是一双久经劳动的手。范雨素说，从小自己在家里就是个不被注意的人，"拿着一个小篮子，挎在胳膊上，和其他小孩一样"，帮家里放牛、割草、割麦子。

只有看书的日子是快乐的。范雨素小时候爱读书，没有体系，遇到什么读什么，有的是哥哥买的，有的是从亲戚、邻居家借的。书里没有父亲的闷闷不乐和母亲的悲苦，没有生活的贫困，没有对父亲的怨恨。她喜欢看小说里故事发生的地理位置，然后在地图上寻找对应的地点，看它在哪个大洲，如果是河流，又会流向哪里。她跟着书里的人物一起冒险，经历村庄生活不会有的快乐和磨难。有一本书叫《梅腊月》，讲的是新中国成立初期云南少数民族的斗争，里面很多人为了战斗要溜绳索，攀爬悬崖峭壁，她就想象自己是其中的一员，跟着他们历险，"溜绳索多勇敢啊，一个动作做不好就死了"。

法国科幻小说家儒勒·凡尔纳写的《神秘岛》，她印象最深。几个主人公流落在荒岛上，为了生存，不断做各种实验，制造陶器、玻璃、风磨、电报机，用手表的表盘借光生火，遇到困难还总有神秘人物相助。她在心里跟书里的人物生活在一起。"各个主人公都无所畏惧、勇往直前，仿佛世界上没有他们办不到的事情。他们影响了我，我成了他们，他们成了我，这给我带来许多勇气。"

12岁时，范雨素一个人离家了。起因是跟嫂子吵架，哥哥打了她，她一气之下跑去火车站，学着书中知青逃票的经验，跟着人流上了一辆开往柳州的火车。"恐惧""害怕"，是那段经历留在范雨素脑海中最深的印象。真实的外界跟她想象中太不一样了，没有处处拯救她于危难的神秘人物，维持三餐都很难做到。她去饭店打工，每天洗碗、洗菜、端盘子，手都生了冻疮，还要被老板斥责"笨手笨脚"。晚上没地方住，只能去车站睡。20世纪80年代的车站，聚集着各色各样的人，流浪汉、搞传销的、拐卖儿童的……为了保护自己，她会找面相老实的人，挨着别人。"这样坏人就认为我跟这人是一起的，不会来打扰我。"范雨素说，有一次她被一个民警叫醒，说有人在骚扰她。她揉着眼睛看了对方好久，并不知道发生了什么。

三个月后，她决定回家。"我年龄太小，一个人在外面无法维持生存，我受不了了。"

在村庄

30年后，在《我是范雨素》里，她这样描述自己12岁时的流浪："我按照知青小说教我的七十二道伎俩，逃票去了海南岛。那里一年四季鲜花盛开。马路上有木瓜树、椰子树。躺在树下面，可以吃木瓜、喝椰汁。我吃水果吃腻了，就到垃圾桶里找吃的。小说里的主人公都是这样生活的。"

没有苦难，没有危险，更多的是诗意和浪漫——范雨素擅长这种表达方式。她写自己在皮村的住所，把8平方米的小格子间称为"总统府"：冬日阳光普照，还有两条大狗忠诚守护。有评论认为，这种"克制"的写法，是她乐观豁达的证明，也正是她让人赞叹和尊敬的地方：不断失败，依旧阳光。或许这也是《我是范雨素》走红的一个原因——她表达了一种让人"喜闻乐见"的苦难，可以承受，可以消解，不让观看的人感觉沉重和有负担。

但对承受的个体来说，苦难并没有这么容易跨越。它让身体更粗糙，也让心更敏感。4年前，出名的第二天，范雨素就躲了起来，拒绝接受媒体采访。她给朋友发了一条短信："请转告诸位，因媒体的围攻，我的社交恐惧症，已转成抑郁症了。现在已躲到了附近深山的古庙里。我不能见任何人了。"其实，当时她就待在皮村的家里。成为众人的焦点既让她兴奋，也让她不自在。那些蜂拥而至的镜头，急切又莽撞，她怀疑它们的意图。"把我拍得太丑了，像个妖怪。"范雨素说，"他们那么专业，肯定是故意的。"

30 岁以后，范雨素很少拍照片，"看到照片就像在回看自己的人生，不敢面对"。接受采访时，她不喜欢讲自己，总会将记者提出的每一个有关她的问题都扯到从书中看到的话，或者自己与名人的接触。与她交谈，像是在拼一个破碎的拼图，费尽心力也难摸清她这些年的际遇。唯一确定的是，12 岁时的流浪就像她人生的真正开端，此后她几次离乡，又几次回去，在村庄和城市间来回游荡，难以安定。

第一次出走又回家后，村庄已经不好待了。20 世纪 80 年代，在农村的传统观念中，女生离家出走等同于私奔，"不好嫁了"。在村里人的指点和窃窃私语中，小哥哥帮她找了一份工作，在距离家八九里外的一所小学当民办教师，教学前班和小学一年级，一个星期才回一次家。很难想象一个只有 12 岁的小孩儿是如何管教几十个孩子的，范雨素却觉得不难，谁不听话，就打手板，学生因为怕挨打，学得都还不错。她记得，有一次一个孩子因为没写作业挨了打，第二天，小孩哭着跟她说，手都肿了。

学校的日子如白开水一样平淡，每天小学生放学后，她都去操场转圈圈，因为"迷茫""痛苦"。学校的早读课，学生读课本，她在一旁读《陶渊明集》，那位千年前带着才华远离城市，在乡村过着穷苦生活的古人，多少带给她一点儿安慰。从学校订阅的报刊中，她还知道了许多哲学家的名字，印象最深的是"犬儒学派"的代表人物第欧根尼。第欧根尼认为，除了自然的需要必须满足，其他的都无足轻重。这是范雨素的另一种安慰："你看他整天躺着不动，名气还那么大，受每个人尊重。他就是偶像。"

范雨素说自己想跟人交流哲学，却发现身边没有一个人能接住她的话题。随着年岁渐长，相亲、结婚被提上日程，同事和亲戚一共给她介绍过三次对象。一个是邮政局的临时工，范雨素觉得跟自己一样不是正式编制，没有同意；一个是大队书记的儿子，谈过很多女朋友，她认为对方品行不好；还有一个是村里的农民，她也没看上。范雨素认可自己的价值，可心底又不免自卑。她总会提到一个类似天平的比喻："民办教师在当时地位非常低，连鸿毛都比不上。人家看你是什么人，就会给你介绍什么样的人。"

她再次想到了离开。考大学在当时看来是唯一的方式，她报了成人自考，白天上课，晚上备考。为了逼自己进入学习状态，她仿效古训"头悬梁，锥刺股"，在桌上放了一把亮晃晃的锥子，还不敢让别人看到，"怕别人说这么用功还考不上，让人笑话"。考试结果出来，数学和英语都很差，但语文过了及格线，考了 60 多分，"跟当年大学语文的录取平均分差不多"。自己没有上过高中，也能达到平均水平，范雨素说自己又有了自信，再次有了"赤脚走天涯"的勇气。

去北京

1994 年，20 岁的范雨素辞去工作，独自一人来到了北京。这是她第二次来北京，上一次是两年前——参加成人自考后，到底是留在乡村还是去城市，范雨素内心有太多困惑和迷茫。她觉得哲学家能帮自己，就一个人到北京，找到北京大学哲学系的一位老师，她是从学校订阅的报纸上知道他的。范雨素记得，自己是在腊月二十到的北京，那天刮大风、很冷，她只穿了一双方口的布鞋，衣服也很单薄。见到那位老师时，对方很忙，态度却很好。范雨素提出想在北大哲学系旁听课程，老师问："小姑娘，那你在北京能够生活吗？"范雨素一下答不上来了。

分别时，她往北大南门走，走了几分钟，感觉背后跟着一个人，回头看，竟然是那位哲学老师。她意识到对方是在送她，心里突然一暖，"从小都没人这样尊重过我"。这段简短的回忆使北京成为她离乡后的首选目的地——这是一个有人情味、有文化的地方。她读过的那么多书里，许多作者也都在北京，这让她感觉亲切，仿佛在这个陌生的城市里提前拥有了不少熟人，只要自己努力生活，机缘恰当，总有一天能遇见他们。

刚到北京时，范雨素在饭店打杂，端盘子、洗碗、拖地……早上4点多就要起床，晚上11点多才能躺下。偶尔空暇时，她会去浏览马路边的楼市广告。那时北京房价才三四千元一平方米，50平方米的房子不到20万元。她梦想能在北京买一套房，像一棵树那样成功移植到这个城市。

最初给她信心的是当时的丈夫，东北人，年纪跟她一样大，是个包工头。20世纪90年代正是北京大搞城市建设的时候，看着大工地一样蓬勃发展的北京，范雨素觉得对方能干活儿，有潜力。她带着他回了趟老家，母亲和家里其他人没说什么，只是看了一下对方的身份证，就同意了这桩婚事。可结婚后，对方不断去发廊找小姐，赚的钱被挥霍干净。范雨素想管，对方就打她，她越反抗对方打得越狠，有一次实在觉得痛苦，她找了根绳子上吊，被人救下来，昏迷了两天两夜。

"家暴对她的影响很大。"范雨素的朋友王德志说，"最初认识时，她看任何人都是警惕的、小心翼翼的，只有熟了之后，才会稍微好一点儿。"《我是范雨素》火了之后，媒体拥进皮村寻找范雨素时，与她认识了三年的文学小组的成员，没有一个人说得清她住哪里。很多采访她都安排在女儿好朋友的家里，只有一个房间，10平方米左右，摆着简单的几样家具。或者将人约在皮村的一个小饭店，聊天时伴着灶台和排风扇的轰鸣，像极了天上飞机掠过的声音。

范雨素的感情生活一直不顺利。她原名范菊人，因为出生在菊花盛开的时节，所以母亲给她取了这个名字，寓意菊花开时成人形。但她十几岁时看了琼瑶小说《烟雨濛濛》后，给自己改名范雨素，象征雨中穿着白色连衣裙的美丽女孩儿。她曾向往的爱情也是琼瑶小说式的：出现一个男人，永远无条件地对女生好，不会介意身份地位的不对等。有一次读到《平凡的世界》，书里的主人公孙少平靠写书成名，摆脱了煤矿工人的身份，但没有去寻找更好的婚姻对象，而是选择照顾逝去师傅的妻子和孩子。范雨素读了三遍小说，深深地被感动，感叹自己身边没有这样好的人。

她一个人带着两个孩子，也曾试图再次相亲，可婚恋市场对一个带着孩子的农村妇女并不宽容，她受不了被人抬着眼睛从上到下打量。她带着两个女儿住到北京北三环的一处地下室里，将辣椒炒干、磨碎，然后加盐，用来拌白水煮面条。那是回忆中"最黑暗的日子，觉得看不到光"。她在天桥摆摊，为了防止城管驱赶，出门一定带着小女儿，以获得同情。因为房租不断上涨，她需要不断搬家，"身份证一定要带好，其他的都可有可无"。

她摆地摊卖过旧书，做过旧家具买卖，最稳定的一份工作是育儿嫂。出名之前，她已经做了10年育儿嫂。这个行当相对稳定，如果遇到合适的雇主，起码能干上一年，这意味着一年都不用担心收入。范雨素手脚不利索，做饭不好吃，但也有自己的优点。"有一次，有个雇主到家政公司，对着我们好几个人问，谁会教杜曼闪卡（源自美国的一种婴幼儿教育方法），他们都不会，只有我会。"

很少有一份工作像育儿嫂一样，需要在两个完全不同甚至带着强烈差异的生活环境中来回切换。在雇主家里，范雨素常跟主人家的孩子一起住，往往是家里最好的房间，二三十平方米，有阳光，有空调，室内温度一年四季保持 26℃。她跟过最阔绰的雇主，家里有 1000 多平方米，12 个卫生间，有专门的阿姨负责打扫卫生，角角落落都擦得锃亮。还有一个让她印象深刻的雇主，2000 年初就背着一个价值七八万元的包，相当于将"县城的一套房子背在身上"。而范雨素在皮村的家，三个书柜全是从旧货市场淘来的，加上一把椅子、一张桌子，才花了 300元钱，这是她来北京后给自己买的仅有的家具。"有钱人家的花钱方式跟我的花钱方式，那是两个世界。"

范雨素说自己在以旁观者的视角看待"人世间的繁华和苦难"，"有时候也是麻木的"。有一年春节过后，她在家政公司等工作，来找活儿的人特别多，"把家政公司都挤爆了"。有一个农村来的妇女开始哭，说自己不识字，只会写名字，没有人愿意雇她。"她哭着诉说自己的经历，有两个孩子，丈夫还家暴她，但没有一个人劝她。大家都麻木了，我也是。"

也有被刺痛的时候。有一次，一位熟悉的雇主约她出去吃饭，两人都带着孩子，点菜的时候，自己的小女儿将菜单抢了过去，指名要点红烧肉，她"心里难过得要死"。还有一次，她跟着一位雇主去亲戚家，吃饭时，雇主的亲戚给她拿了一双一次性筷子。每到这些时候，范雨素就提醒自己只是在做角色扮演，"我饰演的是一名育儿嫂"。

和童年一样，只有阅读能够暂时纾解她的心情。狭窄的出租屋里，三个书柜都是书，从废品站和潘家园市场淘来的旧书，1.5元到3元一斤。她还买了"微信读书"的会员，每个月19元，可以下载几百本书。她带着两个女儿一起读。有段时间她们一起读《佐贺的超级阿嬷》，讲第二次世界大战后期，小主人公德永昭广被母亲寄养在佐贺乡下的外婆家，虽然日子穷到不行，但乐天知命的外婆总有层出不穷的生活绝招，日子也就开心了起来。如果说童年的阅读为她打开了通往外面的窗口，如今的阅读则是她抵抗外界的一种工具。"我看文学作品就是要找到共情，找到共鸣。我现在读文学作品都是在书中找自己，找不到就不看了。"

2021年她最喜欢看的书是特德·姜的《你一生的故事》。书里，女主人公破译了外星人的语言，有了看到未来的本领，在知道自己一生将面临苦难之后，她依然选择面对，按照自己向往的人生道路前进。范雨素对这个故事有了共情："人家知道人生这么苦还勇敢面对，我的一生也得这样。"还有一本官场小说，她也读得流眼泪。文中的主人公是1979年从农村参加高考的大学生，硕士毕业后进入政府部门工作，最初他总是强调清高、面子，所以一直过得不好。在洞察人情世故之后，他变得实际起来，随后一路官运亨通，生活也好了起来。范雨素觉得对方跟自己很像，都是为生存放弃了尊严。

写作者

《我是范雨素》发表后，范雨素躲开前来采访的媒体，却看了每条评论，"得有 1 万条"。有人将日本学者的评论转给她，她看不懂日文，但也高兴自己写的文字传到了国外。4 年后，她还记得那些评论："他们说我里面的每一句话都有历史背景。比如我妈当选村干部，是建立在男女平等之后的；我出门打工，大的背景是中国的人口流动。还有人说我写的文章把性别和阶层交织在一起……"

不过，写文章那会儿，她可没想这么多。写《我是范雨素》的缘起不过是有一天，80 多岁的母亲打电话跟她抱怨，说村里征地建高铁，每亩地只给 2.2 万元的补贴，村里人不同意，每家派个代表去谈判。因为大哥出门打工了，母亲一个人跟着队伍，结果起了冲突，推搡中母亲的胳膊被拉脱臼了。范雨素听着揪心，觉得母亲一生都过得太苦，越想越难受，就在纸上写母亲，写了 5 个小时，写成一篇《农民母亲》。她将稿子给一位认识的编辑看，编辑让她加点儿自己的故事，于是有了《我是范雨素》。

在网络上成名前，范雨素写作的时间并不长。她没有受过专业的写作训练，除了阅读，就是在皮村的文学小组听课。这还是她来北京后的事。在这个偌大的城市里，散落着很多像她一样，被某种懵懂但强烈的欲望驱使着，背井离乡，带着低微但骄傲的灵魂，在城市与乡村间流浪的异乡人。他们大多家境不好，穿着举止也有些土气，吃过很多苦，却从未放弃从苦海中上岸的愿望。文学是他们救赎自己的一种方式，皮村则是他们的一个聚集地。村里有个文学小组，由一帮志愿者发起，每周会请北京各大高校的中文系老师来授课，教小组的成员如何写作，如何写开头和结尾，写作素材就是他们的生活和工作经历。

范雨素写的第一篇文章是《我的一天》，用时间表完整记述了她一天内做的事情。那时，14岁的大女儿已经出去打工，为了照顾二女儿，她在村子附近的一个幼儿园寻了个老师的工作，每个月2000多元。范雨素每天早上6点20分起床，洗漱后到幼儿园上班，给饮水机上水，帮学生盛饭，看他们吃饭，给生病的孩子喂药，还要根据教材给孩子们上语言课，带孩子们做游戏。孩子们午睡时她批改作业。下午4点20分学生放学后，她负责打扫教室的卫生。在这份安排得满满当当的日程表里，只有两段时间是最惬意的——早上步行上班时听古诗词，晚上下班路上听钢琴曲。早上时间匆忙，范雨素走得快，20分钟就能到学校，晚上却慢悠悠地晃了一个小时。在这两段时间里，她是自己最想成为的范雨素。后来，她还写了一篇《农民大哥》，1000多字，讲哥哥追寻文学梦不成，最后老老实实当农民的故事。这篇稿子发在一个非虚构写作的公众号上，让她获得了2000元的稿费。

在洗碗工、地摊小贩、育儿嫂之外，北京的范雨素有了一个新的身份：写作者。尤其在《我是范雨素》发表后，她成了文学小组里名气最大的作者，被选为小组文集的主编，每两个月写一篇卷首语，千字左右。每篇卷首语她都写得很认真，要想个10来天才能下笔。因为不想被人认出是育儿嫂范雨素，她不愿意再去需要登记个人信息的家政公司或者App抢活儿，只在一个小时工群里，偶尔接些私活儿，每小时只有30元。不做零工也不写作的时候，她有时在家，大声朗诵古诗或者自己写的诗歌，读到热泪盈眶；有时出门，听着音乐，去皮村隔壁的温榆河走一走。只要天气不热，她都会戴上围巾，薄的、厚的，红的、紫的，她换着戴，"累计得有30条"。来北京后，她见到的文学写作者都喜欢这样打扮。

科幻和穿越

文学小组的老师张慧瑜毕业于北大中文系，是中国艺术研究院的教师。在范雨素出名前，他就听她讲过要写一本小说，有关家人的前世今生。张慧瑜当时很吃惊，在给他留下印象的工人文学作品里，诗歌和散文比较突出，小说非常少。"写小说不仅需要对文字精准的表达能力，还需要大量时间进行推敲。"而一般劳工阶层的时间，大部分得用在维持生计上。

但范雨素下了决心。从 2015 年开始，她就在酝酿这部小说。一开始用的是穿越剧形式。没写多久，又觉得穿越形式这些年被写得太多，太低端了。当时，刘慈欣的小说《三体》获得第七十三届世界科幻大会"雨果奖"最佳长篇小说奖，她觉得科幻更高级，有读者，所以自己也去看物理学相关的书，包括加来道雄的《超越时空》、大栗博司的《超弦理论》，还读了《给婴儿的量子力学》。

"拾到篮子都是菜"，范雨素把零零散散自学的物理学内容都加进了小说。她并不担心自己能否驾驭这些理论，也不担心读者能否读懂她博采众家、杂糅演绎后的理论。对于读者和作者的关系，她有一种朴素的乐观。她举了一个例子，人大附中的教师李永乐在网上讲科学，有 8000 万（其实是 543 万）粉丝，"既然是粉丝，肯定能看懂他讲的东西"。

往科幻转型的作品，发生在一个更宏大的空间——杨六郎、杨门女将和杨过结为族人，还有动画片里的角色、儿童歌谣、流行歌曲的歌词，前几十年所有的阅读和见闻，她都剪辑拼接在一起。主角仍然是自己的家人：母亲、舅舅、父亲……父亲是前世的帝王，母亲今生是来给他赎罪的，舅舅是"力拔山兮"的将军，他们都通过喝孟婆汤穿越到现在，在湖北襄阳打伙村成为一家人。促成穿越的，除了命运的神秘力量，还有一些物理学的智慧，比如光的波粒二象性。原本这个概念是讲光的特性，既能像波一样向前传播，又像其他粒子一样具有能量。范雨素想，那项羽的力量就这样通过光跨越时空，传到舅舅身上吧。虽然现实里，舅舅只是村里一个普通农民，既不是大力士，也没有练过武功。

她给自己设定的角色是一个无名氏，原型是"一饭千金"典故中的洗衣妇：大将韩信在未得志时境况困苦，常去河边钓鱼果腹。河边有一个洗衣妇看他可怜，总是把自己的饭送给他吃。韩信说自己功成名就之后会报答她。洗衣妇听了很不高兴，说给饭并不是希望获得对方的报答。但韩信功成之后，还是给她送了千金。范雨素想以这个故事表明，自己虽然穷苦，但灵魂高贵，终得福报。

范雨素说，想通过这本科幻小说，将过去、现在、未来叠加在一起，表达如果突破时空的界限，"人和人之间并没有阶级差异，是自由和平等的"。小说里写了一个战国的大官，没有出人头地之前，所有亲戚都对他爱搭不理，等他衣锦还乡之时，亲戚又在五里地外跪着相迎。范雨素说，这个"大官"也是家人的前生，前世帝王身，今生不得志。如果放在人类历史的长河里，谁都会有穷有富，所以不用在意现在的苦难。

她沉浸在自己的幻想中。文学小组的一位成员记得，有一天范雨素拎着三个大袋子走进小组办公室，骄傲地将手稿摊在桌子上，像展示自己的稀罕家当一样说："这就是我的手稿，十几斤重，大概有 100 多万字，写死人了。"后来，有人帮她将稿子输入电脑，累计 6.5 万字。

"那些不真实"

在我们采访的那天，范雨素刚看了一则新闻，一个女人靠做育儿嫂 4 年，替丈夫还清了 80 万元外债。"如果我没有出名，老老实实赚钱，40 万元应该有吧？"说到这里，她停顿了一下，"2018 年，我当时一个月工资有 6000 元，现在怎么也得七八千元。"但因为投入这本书的写作，她推掉了大部分其他可以赚快钱的活儿。找她约稿的人越来越少，上一次收到稿费还是一年多前。2020 年额外的收入是参加了一个公益组织的活动，开了两次线上会，拿了 1700 多元的会务费。

她付出了现实的代价，却还没有找到欣赏这本书的人。从市场的角度看，出书和拍电影有相似之处，风格明确的类型片，更能满足市场期待。而范雨素的作品，不属于任何一类。非虚构？虚构？科幻？玄幻？很难分得清楚，她也拒绝做区分。因为和编辑无法达成一致的修改意见，小说的出版计划停滞了。手稿放在张慧瑜那里，他在帮她寻找新的出版社。张慧瑜觉得，不能以严肃小说或者非虚构文体来要求范雨素现在的写作。他以一位导师的善意提醒记者："如果（把小说）看作一种属于她的特殊文体呢？"

可有多少作者有能力让市场接受一种独属于自己的文体呢？即使她是范雨素。而且，她还只是范雨素——这是一个并不强壮的新生的名字。以往在村子里，大家都叫她的小名"红菊"，在北京摆地摊时，别人叫她"湖北佬"，当了育儿嫂后，比她年纪大的雇主叫她"小范"，比她年纪小的叫她"范大姐"，或者直接叫她"阿姨"。

"你的真实经历是你最宝贵的东西，也是大众愿意看的。为什么不写呢？"采访那天，笔者问她——这也是笔者和其他跟她接触过的编辑交谈后共同的疑问。

"我不想写，我觉得那些不真实。"范雨素又是摇头。

对她来说，真实早就消失了。从12岁开始，她就和家乡的亲人，和过去的自己渐行渐远。今天的范雨素落脚在一个距离家乡1000多公里的大城市，唯一的联系是每隔10多天给母亲打一次电话，叙叙家常。老家原来存着很多小时候的读物，有一次家里漏雨，把书淋湿了，被家人晒干以后堆在厨房里，用来烧柴引火了。母亲现在和哥哥住在一起，谈起女儿，她用得最多的话是"折腾"，"端过盘子，当过保姆，她过得最苦。要是能待在家里，像她四姐一样当个老师多好"。但范雨素并不觉得四姐过得好。因为小儿麻痹症导致残疾，四姐嫁给了一个农民。她虽然很少和四姐聊天，却能从四姐的眼神和表情里读出不快乐，有跟她一样被家暴后的闪躲和害怕。小哥哥的生活更是一言难尽，因为赌博，不仅欠了一屁股债，还丢了工作。成名之后，范雨素偷偷给小哥哥塞了3万元钱，是她做育儿嫂时存下的。"我不欠别人钱都过得这么难，他欠了那么多钱，别人会怎么看他和对他？肯定过得更难。"

范雨素很少直白地谈自己与家人的情感，但会举出一个又一个例子给你听，都是她从手机上看来的。她说起一则新闻：每月到了领低保的那天，银行门口总有六七十岁的老人排队。老人不会操作机器，就请工作人员帮忙，工作人员问为什么不让孩子代领，对方回答："代领了儿女就不会给了。"这则看似与她无关的新闻，范雨素重复了好几遍，"农村里的感情是凉薄的。母亲虽然对我好，但她的每一滴汗水都要流到我的两个哥哥碗里，她帮不了我什么"。

和范雨素的理想世界比起来，这些都是不真实的。故乡的贫穷不真实，母亲的不幸福不真实，自己经历过的苦难不真实，像浮萍一样，和亲人的被迫疏离不真实。所有弱者的被轻视、被欺凌都不应该"真实"，她背井离乡走了那么远的路，就是想离开这种"不真实"。而真实，存在于一个更为浩瀚广阔的时空，就像她努力甚至有点儿吃力地试图用文字建立的那个时空。在那里，她和家人历尽百劫，跨越千年，仍然在一起。

（主笔　王珊　记者　印柏同　编辑　陈晓）

● 主编点评

人物报道不容易，在于它最考验记者或编辑的判断力。你如何运用你的职业经验，人生经历，思考、分析与判断当事人，然后做出人物建构的支点设置。如果没有建立叙述支点，人物报道甚至无法成文。比如这篇范雨素的人物报道，如果没有发现她对真实的理解与定义，并非我们看到或想象的苦难——这正是她急需逃离的"不真实"，我们无法理解她的科幻以及她的经历。而这种当事人与旁观者的反差，正好构成了文章的支点。也由此，我们看到了一篇叙述流畅，每种材料与事实都恰在其处的精彩报道。

王志文：大陆荧幕上的第一个男性"偶像"

一个人，能跳出自身的秩序，就是魅力。

《过把瘾》火得一塌糊涂

1994 年，电视剧《过把瘾》亮相中央电视台午夜档，前两集播出的当晚，导演赵宝刚家里的电话就被打爆了。那时候，他已经因为参与导演电视剧《渴望》《编辑部的故事》，执导《皇城根儿》在文艺界出了名。来电的基本都是演艺圈里的人。他们激动地表达赞美、祝贺和想借录像带的愿望，都等不及要看后面几集。

放下电话，赵宝刚一边让家里的两台录像机马不停蹄地运转起来，复制再复制，一边琢磨，这戏有那么好吗？自从有剧本后，《过把瘾》的遭遇一波三折，在送审的过程中不断地被否定，被认为是庸俗的、无聊的。拍摄完等待播出了，赵宝刚又为作家王朔本身带有争议，不被允许在片中冠名发愁。好不容易才争取到在片头署上"本片取材于王朔《过把瘾就死》等三部小说"，电视台又对播出时间一改再改，从黄金档晚上 8 点改到晚上 9 点，又改到晚上 10 点，成了午夜档。折腾来折腾去，赵宝刚的信心也跟着折腾没了，只剩下"爱怎么着就怎么着"

的心态。

结果 8 集电视剧全部播完，《过把瘾》火了，而且火得一塌糊涂。电视台一时间就收到几麻袋的观众来信，都要求重播，大概一周后，中央电视台第二套节目的晚上 8 点黄金档重新播放了《过把瘾》，而后是一播再播。剧中的方言和杜梅成了那个时代的"CP"（网络用语，表示人物配对的关系），演员王志文和江珊所到之处，都被粉丝围得水泄不通。江珊回忆剧组第一次做见面活动，带给她的不是一夜成名的兴奋，而是"吓坏了"。活动在天津的百货大楼，结束后现场的观众久久不肯离场，演员们变得无路可走。赵宝刚在后台着急，看到窗外是放着"天津百货大楼"几个大字的平台，就想试试爬窗户这条路，结果窗一开，一阵风把"津"字刮得摇摇晃晃，字上面的尖儿从他的头上划了过去。赵宝刚当时戴着帽子，没发现受伤，回到屋里头痛得不行，才摘下帽子看，血哗地一下流了下来。

江珊在台上急得直哭，她和王志文抬高嗓门儿喊着请求大家让他们离场，导演受伤需要去医院，可声音总是在张口的一瞬间就被现场热情的嘈杂声吞没，没人听得见。最后，他们还是借用商场运输菜和肉的货梯才"逃"了出来。从电梯到车上，依然是人挤人，江珊一手挎着李诚儒，一手挎着王志文，脚下几乎都是悬空的。赵宝刚在医院缝了三四针，第二天一早，天津的报纸刊出大标题："《过把瘾》导演赵宝刚杀出一条血路"。

《过把瘾》火了之后，最火的演员是王志文。赵宝刚回忆，有一次，剧组一行人在一个餐厅的四楼包间吃饭，楼下聚集的粉丝喊的都是"王志文"的名字。他提议让王志文出去露个面，否则粉丝绝不肯离开。

瘦瘦的王志文当时穿着一件休闲夹克，戴着红围巾和圆圆的墨镜，推开门走上阳台，楼下瞬间就"炸锅"了。然后，他向站在下面的粉丝挥了挥手，楼下又是一片尖叫。王志文，或者说王志文饰演的方言，成了从大陆影视剧中走出的第一个男性"偶像"。

他是来自现实的，也是来自理想的

《过把瘾》的"火"在意料之外，但也在情理之中。在它之前，大陆没有一部纯粹讲感情的电视剧。那时的剧大都在营造一种人们想象的氛围，传递着需要前进、需要努力、需要思想的价值观，即使是非常优秀的剧，也多少显得有点儿教化。

1992 年，赵宝刚导演的电视剧《皇城根儿》播出后，评价褒贬不一。有人在剧中挑出技术硬伤，对他说："你不适合当导演。"这使他对自己的职业产生了一番思考：到底能不能当导演？当什么样的导演？当导演要拍什么？什么才是自己真正熟悉的生活，真正想要表达的人和事？一年以后，他想通了，情感才是永恒的主题。拍一部纯粹的，不带任何教化的，只讲述身边实实在在发生的事儿的情感片，成了他当时最迫切的创作诉求。

他立即想到了在当时影响力非常大的王朔的小说。那时，王朔大部分作品都已被影视化，他告诉赵宝刚，还有部《过把瘾就死》可以拍，两人一拍即合。但赵宝刚发现，对电视剧来说，这部中篇小说的体量不够，于是又找王朔商量。王朔告诉他，其实他笔下的人物都是相通的，只不过是变化了一番，这部小说写他的这一面，那部小说写他的另一面，选出几部把情节连上就行了。赵宝刚受到很大的启发，回去把王朔的小说从头到尾翻了一遍，决定用《过把瘾就死》《无人喝彩》和《永失我爱》三部组成一个故事，主人公从相识相爱走到结婚、离婚，最后遭遇重病。

接下来，在几本书里挑选主要的人物形象就显得尤为重要。女性角色，赵宝刚选了杜梅，北京大妞身上的飒爽，爱起来不顾一切的劲儿都是他熟悉且喜欢的。男性角色当然非方言莫属，王朔很多小说的主人公都叫方言，他身上有王朔的影子，骨子里带着特有的幽默，身上有股天塌下来也不怕的劲儿，不会说甜言蜜语，出口的话可能都不好听，甚至噎得人难受，但里面也绝没有虚头巴脑。

当时的赵宝刚已经有了打造偶像的意识，说白了，就是想办法让老百姓都喜欢这两个角色。杜梅结合了赵宝刚身边所有人太太的特点，他的太太、王朔的太太、编剧李晓明的太太、冯小刚的太太、演员赵亮的太太，她们的特点被"糅"在一起又重新组合，都放在了杜梅的身上。于是，剧中的杜梅，外露的表达是北京范儿的飒，内心又有一种日范儿的软绵绵。日常坐在沙发上，她是歪着头微笑，两只手交叠着搭在一起的温顺姿态，哭闹起来狂风骤雨，闹完又一头扎回方言怀里道歉的乖巧可人，突出的两面性让她既真实，又不讨人厌。演员江珊是北京人，但她不在胡同里长大，身上有点儿南方姑娘的气质，刚好平衡这种两面性。

方言身上那股劲儿，其实是北京爷们儿的共性，如果说王朔写方言其实是在写他本人，那赵宝刚拍方言，也很像是在拍他自己。王志文高、瘦、和当时的赵宝刚有点儿像，与众多演绎工、农、兵形象的演员比，这种小生形象并不吃香，但很特别。王志文是上海人，却刚好符合赵宝刚不想让北京人演北京人的条件。他觉得，北京爷们儿的魅力是来自地域文化，可真正有魅力的人并不多见，一个土生土长的北京孩子如果没经过特别的训练，不仅很难把那种魅力展现出来，身上还很有可能带着一种特有的痞气和垮劲儿。而王志文恰恰弥补了这一点，在导演眼中，北京男人的特点王志文都有，他身上的劲儿还不烦人。

编剧史航给笔者讲起过一件旧事。王志文在中戏教台词时，史航是在校的学生，两个人当时虽然没什么交集，但同住在一个楼，难免同框。有一天，王志文把花了十几万元买的新车停在了学校的操场边，再次回到车上的时候，他发现车胎被人扎了。史航趴在宿舍的窗口看他绕着车走了两三圈，然后抬头往楼上看，不用说，那意思是：谁干的？然后，王志文用他极富穿透性的嗓音大声地说了四个字。

"哪四个字？"史航问我，"作为一个北京姑娘，你觉得他会说什么？"我被"北京"这两个字带入了陷阱，脑子里顿时奔腾起各种"京骂"。结果答案是："神马心态！"听着既痛快，又不失体面。这恐怕就是王志文身上特有的一种可以平衡的魅力。史航也给王志文讲起过他的这段记忆。王志文说，事儿他不记得了，但是这口头禅和思路确实像他，恐怕是真事儿。

剧里的方言有过一段感情戏外的冲突，也让人称绝。单位领导在办公室里吸溜吸溜地喝茶，方言嫌吵，忍得不耐烦了，就指着老头儿的鼻子说："你再吸溜儿一下儿试试？忍你不是一天两天了！"同事劝他道歉，结果，他甩手辞职了。要说这事儿，应该是方言不对，寻衅滋事，对长者也少些尊重。但有趣的是，就算是找碴儿，他也不令人生厌。史航说，这是因为他的感情真挚，不是撒娇、卖萌，不是自我加工和自我营销。

笔者和剧中贾玲的扮演者演员刘蓓聊起方言这个人物的魅力时，她也提到这个情节。"说不干就不干了，我们当时都觉得特飒！"方言和当时的千千万万人一样，捧着的是机关的铁饭碗，怎么他就敢说辞职就辞职？而正是脱离现有秩序的勇气，使他成了大家心里理想的男性角色，他代表的是一种向往，是每个人心里都想要追求的自由。赵宝刚也说，周国志扮演的文化馆小领导，喝茶细节的原型就来自他在工厂时的师傅，"两毛五一斤的茶叶让他一喝，香得跟茅台似的"。他当年就嫌师傅喝茶声音大，可不敢吭声儿，这点儿憋在心里的火儿终于让方言在剧里发泄出去了。

刘蓓说，方言是一种现实和想象结合而生的人物，李诚儒在剧中扮演的钱康，在 20 世纪 90 年代初的现实生活中才是多见的：夹着手包到处盘条生意，抓住了机会，变得成功、成熟。也好，但有点儿装，称不上迷人，而且对当时绝大部分的北京姑娘来说，你有没有钱，跟我有什么关系？还有一种角色，也只是好，就像《渴望》里的宋大成，那个可靠的男人简直是用辛勤的汗水活成的人，但你不会有和他谈恋爱的冲动。在那个年代，恋爱的理想对象就是方言那样的"清流"：在你身边抽烟的时候，别人都不管你，他怕烟吹你脸上，用手帮你扇。

还有一点尤为重要，刘蓓提到王志文在 20 世纪 90 年代一首传唱度很高的歌——《想说爱你不容易》。歌词写道："想说爱你并不是很容易的事，那需要太多的勇气。"它正代表了那个时代人们恋爱时的心态，内心似火，但羞于表达。即使是作为演员，她在当年接到贾玲这个角色时，也是对如何当众说爱而感到紧张羞涩的。反过来，剧中的角色敢于大胆地表达爱，正是他们在时代中魅力凸显的一个重要原因。

方言的本真和魅力不带任何附加条件

《过把瘾》之后，赵宝刚拍了《东边日出西边雨》。它的剧本是为电视剧原创的，编剧还是李晓明。剧本的初稿和我们后来看到的电视剧差别很大：王志文饰演的主人公陆建平不是艺术家，而是一个在台灯厂做灯座的工人，伍宇娟饰演的女主人公丹妮不是播音员，而是陆建平师傅的女儿，冯西九也不是什么摄影师，而是台灯厂供销科的采购员，这个故事最初讲的是两个工厂的年轻人共同追求一个工厂老师傅的女儿。赵宝刚觉得没意思，在过去的众多电视剧里，有关工人、农民的作品已经很多了。在《过把瘾》那样非常贴近生活的作品之后，他想要拍的是一反常态的，带有唯美主义、浪漫主义色彩的都市戏。

那时，赵宝刚和李晓明住对门儿，两人关系非常好，但剧本被导演全盘否定，李晓明还是急了，觉得总不能白弄了。一连好几天，赵宝刚天天找他聊自己的想法，游说他写一个新的剧本。赵宝刚那时就觉得，通过影视建立人们审美取向的时代到了，他的主人公一定要是一位艺术家，老百姓的生活需要艺术家影响，老百姓要通过艺术家感受浪漫。但这个艺术家又必须同样是一个老百姓，穷艺术家，代表的是老百姓追求美的倾向。所以，不管是做陶艺的陆建平，还是摄影师冯西九，都是普通家庭长大的孩子。

另外，基于 20 世纪 90 年代初改革开放的经济浪潮之下有"拜金女"出现，赵宝刚又在剧里设立了许晴饰演的肖男和李诚儒饰演的吴永民。

前卫的是，肖男并不是真正意义上的"拜金女"，相反，她始终在极力摆脱有钱人的包养以寻求自我和独立。以今天的眼光看，剧中的几个女性角色的设立，都是站在女性主义视角的，这在当时的影视剧中是极少的。赵宝刚说，他当时觉得，这就是中国未来的倾向。

在赵宝刚眼中，从新中国成立到公私合营后，人们对美学意识已经淡漠到零，北京的城市形象也变得不像他心目中的那样。所以他想要通过当时最先进的住房、最美的秋天，拍出北京符合他想象的美的样子。于是，就有了冯西九家的复式格局和陆建平世外桃源一样的林中小木屋。后来，小木屋变成了这部戏的另一主题——人们对离开城市，到郊野过另一种浪漫生活的向往。播出后，有人把赵宝刚的这种浪漫主义称为"伪浪漫主义"。赵宝刚说，先有伪才有真，当时的中国，上哪儿去找真浪漫主义？在《东边日出西边雨》之前，甚至没什么人会去提"浪漫主义"这个概念。一部电视剧让"浪漫主义"流行，即使只做到了"伪"，他也是高兴的。

所谓"浪漫主义"的流行，流行与否，流行的是什么，其实是很难完全归结于一部电视剧的。但这种风潮下，绝对没有缺席的是大众对陆建平形象的模仿：松垮的 T 恤、背带裤、及肩的卷发、不离身的耳机、敞篷的吉普……赵宝刚在"捧一个演员就干脆捧到家"的决心下，为王志文量身打造的偶像造型，在当时成了一种审美标杆和可以用以标识某一类人的符号。

当然，更多的偶像魅力还是始于人物自身：有自己忠于的理想和爱情，执着到带有些孩子气；被误解之后依然默默地守护对方，但又界线分明；一次邂逅，一个一见钟情的女人，这个女人在现实中困难重重，他会对她施以保护和无微不至的照顾，甚至有适时的"拯救"。这些，陆建平都有，他足以是一个偶像了。但他有的还不止这些，他还拥有自己的困境、有他的不痛快和不如意，他是一个在奋斗和挣扎的小人物。他的缺陷让他更接近完美，同时又使他落在地上，让他成了一个我们以为自己都有可能遇到的人。

单从"偶像"的角度来说，陆建平就像是一个升级版的方言。但要说纯粹，我们会把目光投回方言身上。赵宝刚说，这是因为方言的本真和魅力是不带任何其他色彩和附加条件的。他是一个从真实生活中走来的人物，是去戏剧化的。即使方言站在阳台上说："我真想从这儿跳下去，但不是向下，而是向上。"这种听起来似乎有些诗性的表达，其实也是基于生活的无奈——想逃，但不敢去死。即使是杜梅拿起菜刀，方言在窗户上撞得头破血流，也都是符合生活规律，是男人和女人在被逼急的时候可能做出的真实反应。整部《过把瘾》中只有方言得病这一个情节是有戏剧成分的偶得事件。在赵宝刚看来，王朔的小说就是如此，是完全凭借作家对生活本身的认知写作，没有任何所谓戏剧化的安排的。也正是因为这样，王朔说他喜欢电视剧《过把瘾》的前四集，相比之下，后四集从离婚到生病，戏剧性太浓了。

在赵宝刚之后导演的很多剧作中，我们还都可以找到方言的影子，最典型的是《奋斗》中文章饰演的向南，他和李小璐饰演的杨晓芸的感情线，就是方言和杜梅的翻版。只是，他们生活在了不同的时代。向南沉迷在游戏里，那种"我不努力也能过得比你强"的自足心态，就是时代侵蚀在人物身上的烙印。

如今，独具魅力的人物角色在哪儿呢？赵宝刚说，现在的影视作品对人物的塑造越来越缺乏个性，形象越来越不突出。在那么多的作品里，我们的确很难再看到一个时代人物了。娱乐的潮流使人沉浸在一种"成瘾"的状态里，游戏成瘾、购物成瘾、文艺创作也变得成瘾，荧幕形象也就少了自创力，人物都是从概念中塑造而出的。艺术家的个性在哪儿？如果《过把瘾》的剧本放在商业模式下经由一众人讨论，它大概就会变得什么都不是。他认为，艺术创作是基于个性去寻找共性的，一上来就是共性，那个性就全然无存，只剩迎合了。

我们还能不能塑造出一点点有意思的人物？赵宝刚说，他的脑子里，现在是有一些这样的人的，但是想要把他们展现得非常有生命力，还要采访、要体验生活，只有那样才能抓住特别细节的东西。因为在当下，大部分人本身活得就没什么个性，人们的生活、趣味被时代规范化而变得趋同。比如说，他问笔者：在现在这个时代，你们对男性的审美要求是什么？你特想在荧幕上看到的男性形象是什么样的？你说不出来吧？谁都说不出来。

（记者　孙若茜）

● **主编点评**

文章如何精彩，孙若茜提供了一个经典样本。

五个细节：

1.《过把瘾》大火后，赵宝刚他们去天津做活动，现场过于火爆，最后只能借助商场运菜与肉的货梯才逃出……天津报纸报道："赵宝刚杀出一条血路。"

2. 王志文的新车被人扎了胎，他说了四个字——"神马心态"。

3. 领导在吸溜吸溜喝茶，方言嫌吵忍不了，辞职。

4. "伪浪漫主义"，对这个指责，赵宝刚说：先有伪才有真。

5. 方言说："我真想从这儿跳下去，但不是向下，而是向上。"

我是先从"中读"里听的这篇文章，听完就找来文章认真读了，很好的稿件！好文章，有几个细节足矣，当然是精彩的细节。所以，这篇文章提供了一个自我评价的方法论。发稿前，你自己应该看下你的文章有几个细节，有几个你希望马上跟人分享的细节。尤其是短的文章，精彩与否，这是关键指标。还需要补充一点手段的就是，你能否让你采访里获取的细节，让那些珍珠更加闪亮，重点在于你能否围绕它进行铺陈。在这篇文章里，赵宝刚的"血路"，以及因喝茶的领导辞职的方言，"神马心态"等，都有机巧。

第三章

回不了家的孩子

重庆两幼童坠亡事件：最亲密的杀害

在一段以金钱为诱饵和目的的情感关系中，疯狂的占有与屈服都似乎理所当然，永无止境。

"意外"

陈美霖把采访地点约在重庆郊外一座山上的寺庙。连续下了两天雨，气温已经降到了10℃左右，天空阴沉沉地压着一大片乌云，压抑而寒冷。雾气笼罩着整座山和寺庙，偶尔下起一阵小雨，细密的雨珠落在陈美霖的黑色大衣上。她30岁，个子不高，皮肤白皙，染成栗色的头发柔顺地贴着脸庞垂到肩上，穿一条牛仔裤和一双马丁靴，说话时声音轻柔，比实际年龄看着年轻许多。外人很难想象，这是一个刚失去了两个孩子的母亲——寺庙里存放着她一双儿女的骨灰，女儿小雪去世时两岁半，儿子小洋只有一岁半。

在重庆，几乎所有人都知道她的孩子是如何离世的。2020年11月2日，小雪和小洋从南岸区的锦江华府15楼窗户坠楼身亡。这是个2015年建成的小区。和城市化过程中如雨后春笋般拔地而起的新小区外貌相似：面积不大，但楼房很密，十来栋26层高的单元楼，挺立在重庆的山地上。临街的楼体上挂着各式各样大招牌：开课外班的、教钢琴的、做餐饮的……密密麻麻，人来人往。

两个孩子的父亲，也就是陈美霖的前夫张波住在这个小区。2020年11月2日下午3点多，小区住户陈阿姨正带着小孙女在4号单元楼楼下拍球，突然听到砰的一声巨响。很快，有人大喊："谁家的孩子掉下来了！"人群向发出响声的5号单元楼聚集。陈阿姨也走过去，看到两个穿薄羽绒服的孩子躺在草坪上，小姑娘一动不动，小男孩儿还有一点儿反应。张波从单元楼里冲出来，跌坐在地上，"哭天抢地"。后来，这个悲痛欲绝的父亲形象传遍了网络：他坐在地上，只有一只脚上穿着拖鞋，另一只脚光着，拖鞋已经在下楼时跑丢了。他的双手用力捶打着地面，大声痛哭，甚至把自己的脑袋往墙上撞。

听到孩子坠楼的消息时，陈美霖正在开车。接到婆婆的电话，告诉她"孩子掉下去了"，那一瞬间，她有些发蒙。她和前夫张波刚离婚几个月，离婚时约定女儿小雪由自己带着，儿子小洋跟张波和婆婆生活到6岁，再回到自己身边。出事前一天，张波请求陈美霖把女儿带到他的住所，这是陈美霖第一次让女儿单独留在张波身边过夜，没想到就出事了。

"从哪里掉下去了？"她又问了一遍。

"从15楼窗户，你快过来吧！"婆婆在电话里催促。陈美霖双手发抖，把车停在路边，强迫自己冷静下来，再驶向张波家所在的小区。路上，婆婆再次打来电话，让她到医院来。这让陈美霖心里闪过一丝希望，"孩子保住了"。但奇迹并没有出现。小雪在落地时已经死亡，小洋送到医院后，当晚也被宣布抢救无效。陈美霖看着抢救室里的担架床，不敢去掀那张白布，也不敢去看网上流传的坠楼视频。她的妈妈掀开白布，看了小雪一眼。后来妈妈告诉她，小雪的眼睛一直没有闭上，用手轻抚了好几次才合上了。

对这起悲剧，一开始张波的解释是"意外"。他告诉陈美霖，是小雪抱着弟弟在窗边玩耍，不慎一起掉了下去。对这个说法，最先起疑的是陈美霖的妈妈。小雪出生后，大部分时间由这位外婆照顾，她太清楚小雪的生活习惯了。孩子胆子小，在家里从来不敢爬窗台。更何况，小雪的身高不到一米，而窗户的护栏高度接近一米二，她根本不可能抱起弟弟翻越窗栏。陈美霖也察觉到异样。虽然在镜头前"哭天抢地"，但离开镜头后，张波看起来很冷静，甚至不怎么掉眼泪。他告诉陈美霖，孩子坠楼时，自己因为感冒了，吃完药就睡着了，直到听到楼下的叫喊声才醒来。然而对另一位朋友解释时，他的说法又变成孩子从卧室窗口坠楼时，自己在客厅吃外卖。

警方调查时，陈美霖说出了自己的怀疑。10 天后，这个可怕的猜想被证实了。张波和女友叶诚尘因涉嫌故意杀人罪被刑事拘留，一个月后被批捕。检察院的起诉书显示，叶诚尘多次向张波表示，如果张波有小孩儿，就不可能继续交往。2020 年 2 月开始，两人多次共谋将小雪和小洋杀害，最终，张波趁着家中没有其他人，将正在次卧玩耍的两个孩子双腿抱住，从 15 楼窗户扔下。

婚姻

"判了吗？"当陈美霖出现在寺庙时，庙里的师父问。

"还没有，再等等。"陈美霖熟练地回答，朝对方微微弯腰点头。

她已经记不清是多少次这样回答。自 2021 年 7 月，案子提起公诉后，常常有人到陈美霖的社交账号下方留言询问判决情况。这起人伦悲剧已经成为重庆城内的一桩公案。7 月 26 日，案子开庭那天，许多市民自发聚集在法院外等待结果，既表达对这位母亲的同情，也表达对审判席上那对"情侣"的愤怒。但这些关注并不能减轻陈美霖的痛苦。孩子去世快一年了，陈美霖还会梦到他们。有时候，他们面无表情地站在床边，喊"妈妈，我们要走了"；有时候，她躺在床上，看到孩子们背对着自己坐在窗台边。陈美霖大叫着他们的名字扑过去，然后惊醒，黑暗的房间空荡荡的。

她接过师父递过来的一把香，点燃供上，转身走进观音殿。两三米高的墙面上存满了骨灰盒，两个孩子的盒子放在最底层。寺庙里的师父说，孩子"年纪小，冤屈太重"，只能放在最低处。这个位置是陈美霖精心挑选过的，正对着殿前的观音像。她默默蹲下身，不说话，只是用手来回擦拭孩子的骨灰盒，又在观音像前跪下，祈祷了一分钟。等站起身转过头，黑色口罩的边缘有了明显被眼泪浸湿的痕迹。

她只有在家以外的地方才敢流眼泪。过去近一年，这个失去孩子的家庭，每个人都在心照不宣地守着一条看不见的界线。父母从不谈起小雪和小洋，有时，陈美霖回家早，妈妈就催她出门，"你别待在家里好吗？你出去玩，去哪里都行"。陈美霖也不愿意把记者约在家里见面，"怕爸妈又想到这些事情，难过"。她朋友圈发布的照片，都化着精致的妆容，在练习画画、插花，似乎生活得丰富多彩，看不到悲剧的暗影。

我们第一次见面是在陈美霖定下的一家茶餐厅里，朋友陪着她来的。三人坐在桌前，陈美霖总是笑着答话，不回避任何孩子生前的细节。说到儿子贪嘴时，她还笑出声来，让人恍惚间觉得，两个孩子还在家里等着妈妈把零食带回去。饭局尾声，朋友起身到包间外接电话，房间里只剩下我们两人。陈美霖继续说着孩子生前的趣事，但很快，她的声音就哽咽了，眼泪一下子流了下来，"很多人都建议我去看心理医生，我不会去的。我不想和陌生人聊起弟弟妹妹，然后忘记他们"。

陈美霖是重庆城里人，母亲退休前在一家大型汽车公司从事研发工作，父亲则是国企的后勤管理人员。作为家中的独生女，陈美霖在父母的宠爱下长大，从小"除了下棋没学过，其他所有的特长班全都报过一遍"。大专毕业后，她先去一家幼儿园当了几年老师，虽然工资不高，但自己"喜欢陪小孩子们玩"，幼儿园的工作环境也单纯。在转行到一家小额贷款公司前，她的生活如顺水行舟，没有遭遇多少困境，性格也同样温和。无论是选定见面的时间地点，还是点一道菜，她总会轻声询问一句："这样可以吗？"

如果非要说遇到的挑战，转行进小额贷款公司大概算一个。2017年初，陈美霖入职小额贷款公司时，接替的刚好是张波的岗位。她对这个从未涉足的行业一窍不通，张波刚跳槽去了别的公司，但很热心地提供帮助。他甚至有段时间每天下午在新公司打完卡后，偷跑回旧公司，搬张小凳子坐在陈美霖身边，教她如何在电脑上操作业务，如何联系客户、审核资料。临近下班时，他再赶回到自己的新公司打卡，然后折回来接陈美霖下班，送她回家。

这是恋情的开始——一个乖巧、温和的城市女孩儿，遇上一个热心、能干的郊区青年。张波来自重庆郊区的农村，1994年出生，比陈美霖小三岁，却表现出了超出年龄的成熟体贴。他坚持每天接送陈美霖上下班，交往三个多月后，就把工资卡交给陈美霖保管。更重要的是，张波帮助陈美霖的同时，自己也没有落下业绩，常常会在下班后继续跑客户，忙到深夜。"我觉得他上进、踏实。"陈美霖对笔者说，"我很信任他，他的眼里也只有我。"

但在朋友和父母的眼里，张波却不是一个值得托付的对象。他只有小学学历，身高一米八三，体重120斤，太过瘦削，还爱穿花衬衫和紧身裤，陈美霖的许多朋友对他的第一印象是"土"。他家里也没多少积蓄，父母早年都在建筑工地上打工，后来父亲得了癌症，因为治病借了不少外债，去世时给他留下一套锦江华府约80平方米的小两居，贷款还没还清。

两人谈恋爱半年后，陈美霖意外怀孕了。那时，她已经调到公司的行政岗位，每天都要加班，一个月出差四五次。领导得知后找陈美霖谈话，"他说现在正是事业发展的关键点，孩子以后还能再要，如果放弃事业，可能要从头再来"。陈美霖对笔者回忆，领导同时暗示她，如果要生孩子，最好主动离职。工作、怀孕、家庭……陈美霖没有同时经受过这么多种压力，情绪很差，一回家就关在房间里哭。不过，张波的话打动了她，"他摸着我的头发说，别怕，你想要孩子就生下来，其他的我都会负责"。

生活的水流看起来顺理成章地流向了相信这个男人，和他结婚。陈美霖辞去工作，准备和张波的婚事——这是她"唯一一次对父母叛逆"。她收了张波家里给的1000元彩礼，并自己出钱买了一对结婚戒指。父母虽然对这桩婚事不满意，但也很快接受了独生女的"叛逆"，承担了两人的婚宴费用。2017年8月，这对认识半年多的年轻人结婚了。2018年3月，女儿小雪出生。

乡村

一审法庭上，张波大多数时候低着头。因为隔着防护服和面罩，陈美霖看不到他的表情，只是确定他始终没有抬头看向自己的方向。当公诉人指控他把两个孩子从15楼扔下时，他只是"嗯，嗯"地承认了。这个27岁的年轻人，从16岁左右离开村庄，一心想在城市里追寻远大前程，没想到汲汲营营10年后，终点却在这里。

张波的老家是重庆长寿区葛兰镇冯庄村，离重庆主城区近100公里，离长寿区城中心也有将近20公里。汽车一路向北驶出城区后，两侧的山渐渐多了起来，离村庄越近，道路也弯弯绕绕得越厉害。开车的司机就是葛兰镇本地人，跑了十几年车，他告诉笔者，"十几年前，村子还没铺公路，得颠簸大半天。除非是要收班回家了，否则没人愿意跑这趟"。

公路从村子边缘穿过，路边有一排五层的商品房。这是村里唯一的商品房，朝南，八九十平方米的面积，"一套房十几万元"。但更多的是新建的两三层小楼房——相比商品房，人们更习惯在自家的宅基地上建起一栋独门独户的小楼。不过，新公路和新房子都没能让村子显得更热闹。笔者到达冯庄村那天是下午2点，乡道上几乎没有人，只有摩托车偶尔从没有硬化的路面上驶过，留下渐渐远去的轰鸣声。村里人最多的地方是一家小卖铺，五六位上了年纪的村民坐在门口的小板凳上聊天。他们早听说了张波的事情，但对于有记者特地从北京来到村子，还是感到惊讶。一位大叔用口音浓重的重庆方言告诉其他老人，"手机都能看得到，全国都知道啦"。他55岁，在村子里算"年轻人"，会用智能手机和外界联系。至于真正的年轻人，"都到城里打工去了"。

张波是离开村庄年轻人中的一位。在这个交通不便的村子里，他家的条件也不算好，住的那栋砖木结构的二层老房子，"比人的年纪都大"。早些年，父亲就去外面工地做砌砖、泥水匠的活儿。母亲是个身形高大、爱打麻将的女人，有时候也跟丈夫去工地干活，留下张波和一个姐姐在家。两个孩子都没读太多书，姐姐没上高中，张波在村里的中学只念了一两年——这是冯庄村近20来年的村庄常态，父母跟着工程跑，孩子在村里"放养"。

去建筑工地干活，曾是长寿区许多村民进城常选择的差事，相比其他行当报酬更高，如果懂架子工、瓦工、木工等技术活儿，每天能有300元工资，人手紧缺时甚至能达到500元。脑子更活络的，甚至能攒起自己的队伍和人脉，拿到小工程。42岁的汪涛就是从建筑工地起家的。他告诉笔者，2000年左右，自己刚进建筑行业那会儿，村里几乎所有同辈的男性进城都是去工地干活。"村里穷，去城里造房子比种地赚得多，一个带一个地去，相互学一学手艺。"他跟着家里做涂刷工的三叔去了市区，一开始只能做工资最低的力工，推小车、筛沙子，所有零活都干。空闲时，自己就抓紧学涂刷，慢慢才开始做技术活，他如今是一名收入颇丰厚的小包工头，常年在重庆各个区县承包工程。

但有运气和能力像汪涛那样从工地上"突围"的农村人还是少数。

大部分人只能辗转在钢筋水泥的"森林"间，做一天工得一天钱，维持生活。在冯庄村人眼里，建筑工地是进入城市最便捷、最理所当然的跳板，但不算是体面的进城方式。在烈日或严寒下挑鹅卵石、运沙子、铲混凝土，不过是换了一个地点的面朝黄土背朝天，肉体上不轻松，精神上也得不到尊重。真正的进城，得像城里人那样干净体面地生活。他们习惯把工地、工厂里的工作称为"打工"，把写字楼里的工作称为"上班"。如果能穿着西装皮鞋进出写字楼，成为"上班族"，才是老家人眼里高人一等的工作。

张波也有过短暂的工地生活。初中辍学后，他跟随父亲去了工地，但几个月后就离开了。他不是一个甘心"打工"的人。

观音桥

观音桥是重庆最繁华的商圈之一，从早到晚人头攒动。天色越暗，街道就越热闹。夕阳西沉的某个时刻，在写字楼里待了整个白天的"上班族"被打卡机释放出来，走上招牌鳞次栉比的步行街。街道两侧的霓虹灯已经亮起，把路面照得缤纷透亮。游客早早来到音乐喷泉旁，才能在喷泉从夜色中拔地而起时抢得一个观赏的好位置。稍远处高耸的写字楼，在夜幕下成为一面面巨大的广告墙，姹紫嫣红的灯光在楼体上变换出各种商品画面。张波就职的公司就在其中，一座分布着十几家小额贷款公司的写字楼。

离开建筑工地后，张波进入了一家小额贷款公司当业务员。这是城市经济发展催生的新行当。随着市场经济网络的逐步下沉，全国中小企业户数持续增长，它们最主要的经营风险就是资金周转。数额一般不大，一两万元到20万元之间，但需求很频繁。从银行借贷需要复杂烦琐的手续，而且传统银行服务的对象是国企或者大公司，中小企业被拒绝的概率很大。小额贷款公司应运而生。从官方公布的统计数据来看，2011年到2017年，全国小额贷款公司数量和贷款余额的增长都超过三倍。

小额贷款公司业务员是一个入行门槛不高，但更接近"上班族"的行业。业务员需要每天穿着整齐，去拜会各种中小企业主，收入主要来自拉到贷款客户后的签单提成。而能否拉来客户，很大程度上取决于社交能力和人脉资源，"能说会道、会拉关系"的张波似乎天生适合这个职位。张波的前同事刘东告诉笔者，一起共事时自己曾遇到难缠的客户，无论如何说服不了。张波接手后，查资料发现客户也是长寿人，于是在饭桌上特地点了一道老家特色的活水豆腐，从长寿区的特产聊起，聊到后面甚至和客户扯出了远亲关系，当晚就把单子拿下了。

"能干、肯干，很精明，是个赚钱欲望很强的人。"刘东对笔者回忆张波。他记得在公司内，张波并不算特别合群，有时会拒绝同事打牌、唱歌的邀约，"但如果跟他说有单子签，他跑得最快，午饭都不吃，拎个包就去了"。刘东的儿子出生后，张波主动开车到小区楼下，给刘东300元钱，"他说不知道孩子穿多大的衣服，让我自己给小孩儿买，然后说自己交通违规了，要借我的驾照去扣分"。

同样在葛兰镇长大的何彦也对张波有相似的印象：有事业心、头脑活络，还很有野心。初中毕业后，何彦到广州开货车，给一家大公司拉货。2017年底，在朋友组织的一个烧烤局上，何彦第一次认识了"老乡"张波。朋友介绍张波"在重庆上班，娶了个城里媳妇儿"。何彦有些羡慕，他和一个老乡在广州的城中村租了一个房间，睡上下铺，拉货时常常要轮流出夜车，在广州湿热的天气里，即使只穿一件背心，也忍不住汗流浃背。而张波是饭桌上仅有的两个"上班族"之一，衣着体面，表现得外向、聪明，言谈间会蹦出一两个何彦听不懂也不好意思追问的"高级词"。

在小镇青年的眼里，张波已经成功离开农村，在城里扎下根来。但面对真正的"城里人"，张波仍不免表露出自卑。陈美霖记得，有一次自己的表哥从江苏来重庆，家族聚会为表哥接风，席间众人推杯换盏，聊的都是些家长里短。回家后，张波却发脾气了。陈美霖有些莫名其妙，她事后回想，表哥是江苏一家企业的高管，刚刚被另一家企业"高薪挖走"，两个姐夫分别在中石油和烟草公司工作。不知道席间他们的什么言行，让还是小公司业务员的张波觉得脸上挂不住，他对陈美霖说："我知道你们都看不起我，我再也不会参加这种聚会了。"

当老板

第一次和何彦见面时，听说何彦在广州跑车，张波就积极地向他打听拉货的事，很快弄懂何彦的工作内容和收入后，张波问他："为什么不自己搞一个小型运输公司？自己当老板？"

"自己当老板"是张波的梦想。这个梦想起源于何时，或许没有一个明确的时间点。在他从乡村去往城市的长路上，在他成为一个出色的小额贷款公司业务员的过程中，努力去接近的那些中小企业老板让他感觉到，老板是一种自由体面的城市角色，有远高过工薪族的收入，不受制于他人，生活肆意自由。或者说，"老板"是一种机会，是这个时代给予出身普通甚至贫寒的年轻人的机会，只要你聪明、努力、头脑活络，就可能"弯道超车"，彻底摆脱城乡差别导致的身份和尊严困境。

2017 年 8 月，结婚后没多久，张波就提出要和朋友合伙开一家小额贷公司，让陈美霖刷信用卡为自己支取 3 万元，作为他的入股资金。在小额贷款行业摸索了几年，张波有一些人脉积淀，这让他的事业起步很顺利。陈美霖记得，新公司成立后，张波平均每个月能挣 2 万元左右，最多的一个月挣过 6 万元。这样的收入已经超过重庆的普通"上班族"。

但张波的生活也在逐渐变化。他几乎每天晚上都有应酬，有时晚上 12 点多也没回家。以前，他和同事的聚会大多选在商场的火锅店，人均 100 元钱。如果回到老家，和镇上朋友的聚会则更加随意。何彦两次见到张波的饭局都是在镇上的露天烧烤店里，闷热的夏夜，男人喜欢光着膀子，露出文身，抽烟、撸串，大声嚷嚷着喝酒聊天。但现在张波出入的是"另一个世界"。他常常向陈美霖情绪高涨地描述高档酒店的模样、在应酬中喝了多么昂贵的酒，言谈间出现各种奢侈品品牌，还给自己买了一条近 5000 元的名牌皮带。

"他好像非常向往有钱人的生活。"陈美霖对笔者回忆。当时她正怀着第一个孩子，劝张波早点儿回家，张波不耐烦地回应："我不用去拉资源吗？家里的钱从哪里来？"他告诉陈美霖，自己刚结识了几位"做工程的老板"，和他们社交"不能太掉面子"。

汪涛告诉笔者，21 世纪初的 10 年是工程建筑行业的黄金年代，只要能拉到工人，"钱是赚不完的，不停地自己找上门来"。即使只是个包工头，也能接到不小的工程。他记得，2003 年北京西站地下停车场扩建时，"好几百万元的大工程"，有人主动打电话问他做不做。因为工程量排不开，自己不得不拒绝。虽然这几年的行情大不如前，但"瘦死的骆驼比马大"，包工头们早就完成了财富积累，自己也已经给两个儿女在重庆市区购置了大房子。

但对做工程的人来说，要维系住财富的来路，最要紧的是能维护好和开发商、发包方的关系。"累死累活干了一年，他们决定了你的工程款能不能按时结。必须经常请吃个饭、唱个歌，逢年过节问候一下，这都是套路。"汪涛说，大部分做工程的小老板也是农民出身，并非挥金如土的人，只是消费习惯在"谈工作"时悄然改变了。"请人吃饭能在街边的小馆子吗？一瓶几百元钱的酒拿得出手吗？别人都是有身份的人，你能穿着工服去吗？"

张波并不了解"老板"生活的全部。他似乎被眼前所见的奢华生活迷住了，很愿意投身其中。2018 年，他坚持动用家里积蓄，再贷款19 万元，买了一辆总价 40 万元的奔驰，把它当作出入"上流社会"的体面装备。夫妻之间的交流越来越少，陈美霖甚至两三天都见不上张波。2018 年 3 月，女儿小雪出生。几个月后，陈美霖发现自己再次意外怀孕了。生小雪时的大出血让她后怕，考虑到照顾孩子的经济负担，她原本想流产，但医生提到，孩子已经三个月了，人工流产的方式她无法接受，"好像要我亲手杀了自己的孩子"。她几次询问张波的意见，张波的回答有些轻飘飘，"都可以，你想生就生下来呗"。

"轻飘飘"，是张波对待孩子一贯的态度。虽然这段婚姻的基础就是意外怀上的女儿小雪，但直到儿子小洋出生后，陈美霖感觉张波从未表现出作为父亲的热情。他不会换尿布、不会冲奶粉，甚至从来不主动抱孩子。创业前，他一回家就躲进房间里打游戏、看视频。创业后则大部分时间在外面，每天开着奔驰车出门，直到深夜才回家，有时干脆夜不归宿。前同事刘东也告诉笔者，与张波相识的三年里，从未听他主动提起老婆和孩子。每次自己问起，他才会有些敷衍地答上几句，又很快把话题岔开。

2019 年 3 月，刚出生两个月的儿子小洋不断咳嗽，被诊断为严重肺炎，医院甚至下了病危通知书。陈美霖吓哭了，一个人在医院颤抖着签了字。她记得，住院治疗的一周时间里，张波只来看了孩子两三次，每次只待一两个小时，就以"一会儿要跟客户去吃饭""我今天要早点儿回去休息"等理由离开。有一次，两人一起给小洋喂药，张波抱着孩子，陈美霖俯身把奶瓶递到小洋的嘴边时，张波下意识地把身体后仰，拉开彼此的距离。

陈美霖捕捉到了这个细小的动作。2019 年 4 月，小洋出院那天，陈美霖提出和张波好好聊聊，她感觉和丈夫的距离越来越远，希望能通过交流弥补婚姻的裂缝，但张波没有给她机会。"我们离婚吧！"陈美霖记得他这么说，"我俩不是一个世界的人，就跟两条平行线一样。你要的是平平淡淡的生活，我要的是大富大贵的日子。""你知不知道，跟你多待一秒钟我都觉得很痛苦。"

新世界

还没和陈美霖离婚时，张波的朋友圈封面已经换成了与新女友叶诚尘的合影。两人靠在一起，坐在一处景观台地上。照片里的叶诚尘很瘦，皮肤白皙，巴掌脸、尖下巴，穿一件半露肩的灰色薄毛衣，长发略有些凌乱地垂到胸前，是时下流行的时髦都市女郎模样。刘东第一次看见这张照片时问张波："在哪里找了个小'网红'？"但陈美霖对叶诚尘了解稍多一点儿，"实际上更黑、更胖些，穿着满身名牌"。

新女友叶诚尘也是长寿区人，和张波同岁，是重庆一家食品公司财务人员。公司的大股东是她的父亲，她只需要偶尔去公司一趟。叶诚尘的爷爷曾告诉记者，读书毕业后，家里人觉得女孩子在外工作辛苦，就给她在公司里挂了个职务，"每个月发一些工资，免得孩子到处跑"。何彦记得，自己再次在饭桌上见到张波时，朋友揶揄张波"当了老板，找了个富二代"，张波有些不好意思，推搡着假装要打人。

新女友代表着张波想要进入的"新世界"。女友的父亲是老家人眼里最成功的样本——做建筑工程起家，发展出一个商业版图。食品公司只是他入股的一家公司，他还担任过重庆市长寿区某矿业有限公司的股东，是老家镇子上"出名的有钱人"。看起来，结识新女友让张波离自己想要的生活圈子越来越近，但实际上，他的麻烦越来越多。

2019年下半年，和叶诚尘确定恋爱关系后，张波像当初对待陈美霖一样，交出了自己的工资卡，却并没有换来女友的信任，他的收入也无法满足女友的开支。刘东记得，张波对自己诉苦，说经济压力变大了许多，几次开口借钱，几百元到上千元不等。2019年底，张波和合伙人的合作终止，离开了自己创立的小额贷公司。据说散伙的原因是"张波整天忙着离婚和叶诚尘的事情，把合伙人搞得很烦"，还"吃了一笔公司的钱"。更大的麻烦是迟迟拿不到手的离婚证，他想继续和新女友的关系，首先就要和过去斩断联系。张波还未离婚时，新女友就用他的微信号发了一条朋友圈，公开宣示"主权"："陈美霖，你们现在已经没有关系了，张波最爱的人是我。"

张波也急切地希望用离婚证来证明自己对新感情的忠诚。"恨不得今天提了，明天就去离。"陈美霖对笔者回忆，她不想离婚，想为年幼的孩子维持一个表面上完整的家。但来回纠缠大半年，再加上母亲又查出甲状腺癌晚期，陈美霖心力交瘁，最终同意了离婚。2020 年 2 月，她和张波签订离婚协议，约定女儿小雪由陈美霖抚养，儿子小洋由张波抚养到 6 岁后交给陈美霖。张波支付 80 万元作为补偿，分 8 年还清。

婚姻结束了，张波获得了奔往"新世界"的自由，杀机怎么还会蔓延到孩子身上？这是这起悲剧中让人难以理解的地方。而且，根据起诉书显示，两人的共谋是从 2020 年 2 月，也就是刚离婚那会儿开始的。或许，在一段以金钱为诱饵和目的的情感关系中，占有和屈服理所当然，永无止境。起诉书显示，即使已经离婚，叶诚尘仍然多次向张波提起，自己和家人都不能接受张波有孩子，否则不会同张波继续发展。

对杀害自己的孩子，张波有过犹豫，但他的迟疑更多来源于对动手的恐惧。陈美霖告诉笔者，根据事后恢复的二人聊天记录，叶诚尘第一次提出杀害小雪、小洋时，张波拒绝了。"他说：'要干你自己干，我可不干。'两人还谋划过制造车辆意外落水的方法，因为车子没买保险，就放弃了。"随后，叶诚尘多次发微信催促张波作案，张波迟迟没有动静。2020 年 6 月，张波和叶诚尘分手。9 月中旬，张波主动联系叶诚尘和好。为了恢复关系，他交出自己的两个孩子——两人继续通过面谈、微信聊天的方式共谋这起罪行。

坠落

离婚后，孩子是陈美霖全部的生活，她常常和小雪、小洋一起拍各种搞怪的视频，发到社交平台上。小雪长得和妈妈一样，皮肤白皙，有时扎两个小辫子。她像一个小大人，陈美霖吃饭慢，小雪会站到小椅子上催促她："妈妈，快点啦，快点啦，要洗碗啦！"外公倒车时，小雪也学着导航喊口令："倒，倒，好！停啦！"儿子小洋的性格则大大咧咧，不怕生。他最喜欢陈美霖的爸爸，一见到外公，就张开两只手，摇摇晃晃地走过去，要外公抱。她学着接受自己的"新生活"——虽然丈夫以如此让人伤心的方式离开，承诺的抚养费也只支付了3万元，但还好这是她从小长大的城市，有父母和朋友在身边，单亲妈妈的生活也不是那么可怕。有时，她下班回来，累得靠在沙发上休息，小雪会爬到她的腿上，抱住她的头轻轻拍着念"妈妈乖"。

10月2日，她接到张波的电话，说要带小雪买衣服，要她把孩子带到锦江华府小区。这让陈美霖和妈妈有些警惕。离婚后，每逢周末，陈美霖会带着小雪去和小洋玩，几乎不曾遇见张波。他很少在家，更不要说陪伴孩子。陈美霖的妈妈也提醒，"小雪两岁半了，张波一次都没来看过孩子，怎么突然这么好心。你要小心，他是不是想把孩子卖了"。

但小雪想见父亲。因为母亲刚坐完月子又怀了弟弟，这个小女孩儿出生后不久就被送到外婆家。父母开始闹离婚时，小雪才一岁，她对父亲完全没有印象，两岁半时曾经问外婆："爸爸在哪里？我还不知道爸爸是谁。"想到这些，陈美霖有些心酸，她同意把小雪送过去，但自己全程陪着。那一天，张波带着小雪上街，拉着她的手进店里买裙子。晚上回家后，小雪依然很激动。这是她第一次知道自己的爸爸是谁。陈美霖问她："你喜欢爸爸还是妈妈？"小雪的回答让人又气又好笑。她毫不犹豫地说："我想爸爸，我喜欢爸爸！"

11月1日，张波再次联系陈美霖，要把小雪接到锦江华府的家中。陈美霖问小雪："要不要去爸爸家？"小雪用力点了两次头，回答："嗯嗯！"这一次，张波提出让小雪留下来过夜。"他说：'陈美霖，算我求求你了，让孩子留下来吧！'"陈美霖对笔者回忆，她问小雪："晚上和弟弟一起住在爸爸家，明天妈妈再来接你，好吗？"小雪很兴奋地同意了。这是陈美霖最后一次见到两个孩子。

坠楼前到底发生了什么？"恋人"张波和叶诚尘在法庭上发生了争执。陈美霖旁听了整个庭审，她对笔者回忆，张波说事发时自己正在与叶诚尘视频，是叶诚尘选择了较为隐蔽的卧室窗户作为动手的地方，随后又用割腕的方式逼迫自己动手，自己被逼急了。但叶诚尘否认了这一说法。"她说当初谈恋爱是被迫的，因为张波威胁要杀她全家。还说她认为张波对孩子下不去手，割腕是想着张波能知难而退，主动提出分手，'外面还有十几个男的排队等着我要朋友呢'。"

（记者　吴淑斌　编辑　陈晓，文中刘东、何彦、汪涛为化名）

● 主编点评

年轻的记者去到一个个现场，发现、了解、理解并描述完整的事件，并在这个过程中拓展事件的理解空间，是成长的必经阶段。这个过程，有一个"叙事者"角色的自我意识觉醒时刻。在某一时刻，你会意识到是稿件背后有一个讲述人的角色——多数时候，你的全能视角叙述，就是因为没有意识到这个角色的存在。我们之前强调在文章里引入"我"，也有帮助大家建立讲述人之意。而这个角色意识的真正建立，实有赖"肯定性认知"的建设。

我读吴淑斌的稿件，颇有惊喜的发现，比如：

"（张波）这个 27 岁的年轻人，从 16 岁左右离开村庄，一心想在城市里追寻远大前程，没想到汲汲营营 10 年后，终点却在这里。"

"在他从乡村去往城市的长路上，在他成为一个出色的小额贷款公司业务员的过程中，努力去接近的那些中小企业老板让他感觉到，老板是一种自由体面的城市角色，有远高过工薪族的收入，不受制于人，生活肆意自由。"

"或许，在一段以金钱为诱饵和目的的情感关系中，占有和屈服理所当然，永无止境。"

我们的年轻记者，比如吴淑斌，有着极扎实而充分的采访，是其优势，但能够在材料之上，还有如此清晰而自觉的讲述人意识，并不多见。后来我了解到，这部分内容是编辑陈晓补充上去的，虽然后补，却也天衣无缝，就是文章里自然而然生长出来的。这背后的关键，一是记者对材料穷尽搜索，二是编辑对材料通透理解与把握，这个过程，双方的合作完成了肯定性的认知，于是可以从容地来讲述这个故事了。

寻找细节，然后提升自己的认知，如此才能把握细节，建构故事。

蒲公英纪事

蒲公英中学有几张常常被提到的特殊"标签"。第一张标签是生源。这是一所公益性、非营利性的学校，服务的对象是困难处境下的"流动儿童"。

第二张标签是成绩。初一新生的课业水平在小学三年级、四年级，而当他们三年后毕业时 70% ~ 80% 的孩子能够考上高中。

第三张标签是公益性。这所学校的建设、运营经费都来自社会捐助，教学活动大量引入了社会志愿者资源。

笔者对"蒲公英"最初的好奇建立在这三张标签上。笔者原以为，笔者将讲述的是一所特殊的学校如何调动社会资源，让流动儿童实现命运逆转的故事。但当进入这所学校的肌理，笔者突然意识到，那些打动笔者的教育日常中的点滴，它们并不特殊。它们的力量在于蕴藏其中的价值。这些价值无关学生的身份、资源的多寡，也无关学校的性质，它们隐隐牵引笔者走向一些更本质的问题：学校究竟是什么？教育因何而起，如何发生，又指向何处？

一、信念

一所学校的"逆袭"

2020 年 6 月，蒲公英中学校长郑洪因为新冠肺炎疫情滞留在了美国。中考那几天，身处大洋彼岸的郑洪内心很是焦灼。2019 年，学校有 85%

的孩子考上了高中，是建校 14 年来的最好成绩。但时隔一年，郑洪特别没有信心。

2019 年至 2020 年下半学年的教学，被疫情冲得七零八落。线上教学对一般学校难，对蒲公英中学更难。有的家庭没有网络，也用不起流量。有的孩子是在别人的饭馆旁边，蹲在墙根蹭网上课。有的家庭有两三个孩子，但是只有一部手机。学校有些藏族学生，寒假回家后就无法再返京了。上网课的时候，他们正在放牧，即使带上手机也没有信号。更普遍的情况是，"课堂上"经常有学生突然就消失了，等他们再回来，说是网断了。

即使是正常上着课，老师们也很焦心。"你从镜头里多多少少能看到他们身处的环境，他们是没办法有一个安静的学习氛围的。"老师范芳芳告诉笔者，"往往是孩子上着课，这边有人在吃饭，那边有人在洗衣服。"

令校长郑洪更担忧的是：脱离了学校的环境和老师的密切关注，初三的孩子是不是还有动力完成最后的蜕变和冲刺。

蒲公英中学的孩子基础差。学校每年对初一新生进行入学学业基础评估，孩子们的水平普遍停留在小学三年级到四年级上学期。语文、数学、英语三门能够及格的学生经常是个位数，有时候甚至"全军覆没"。不少人英文 26 个字母只认得一半。多年的经验证明，孩子们在学校三年的成长是厚积薄发。很多学生，尤其是男孩子，往往到了最后一个学期才"觉悟"，在学业上奋起直追。

考试前，郑洪录了一段话，做最后的总动员。她提醒学生，老师们在这特殊的学期里所做的种种努力：学校所有的教研组长都加入初三教学，连艺术组的老师也不肯袖手旁观，主动要求参与到学生的学习小组里去……"老师们这么做，是相信你们，相信你们的潜力，相信你们的决心。"录音里，郑洪言辞恳切，"在此之前，你们的父母亲人带你们走南闯北，为你们撑起一片天。而中考，去冲锋的是你们自己。中考的意义重大，中考使我们取得继续求学的资格，使我们取得相信自己的勇气，带着这份勇气，我们第一次全权负责，走出自己的路，创造自己的未来……做最好的自己，这人生的第一关你们要冲过去。"

2020年夏天，北京遭遇酷暑。中考那几天，身处大洋彼岸的郑洪总抑制不住去想她的学生会面临什么样的困难。有一天上午的考试10点30分就结束了。她心里着急：下午开考前的这段时间里，蒲公英的孩子能去哪儿？公立学校的北京本地孩子没有这些问题：家长的车也许就在考场门口等着；家住得远的，可能直接就去附近的酒店休息。蒲公英的孩子没有这样的条件。他们的午饭会去哪里吃？晌午烈日当头的时候能去哪里避暑？就算可以回家，那家里也是一样的热呀！"我就想，这半年的种种困难之下，这些孩子能斗志昂扬地完成三天的考试吗？头一天如果考砸了，会不会第二天就不去了？"

最后的考试结果让郑洪感到宽慰。2020年，蒲公英有125名毕业生，124人继续求学，其中99个孩子上了高中。后来，郑洪和别人谈起这场有惊无险的考验，对方说的一句话一下子击中了她的心："这些孩子是有信念感的。"郑洪很喜欢"信念感"这个词，"它说明学校在学生身上，下了两年的功夫没有白费"。

2005年春季，郑洪牵头和一批知识女性募捐集资，在北京大兴区西红门镇寿宝庄租下了一个废弃的开关厂厂房，建起了北京第一所面对流动儿童的公益性、非营利性中学。办学校的念头来得很单纯。郑洪在美国工作、生活了多年，对公益慈善文化深感兴趣。49岁那年，她干脆跑到哈佛大学攻读了公共管理学硕士，专门研究非营利组织。人生已过半百，光阴不等人，既然学了，就要学以致用，大干一场。

时值北京筹办奥运会，城市建设如火如荼，大量农民工拥入首都。农民工子女的教育成了当时颇受关注的现实问题。据北京市教委的统计数据，蒲公英中学筹建的2005年至2006年，北京市有近40万名农民工子女，对应这些家庭的教育需求，北京出现了约350所民办农民工子弟学校。可郑洪调查发现，这些学校都是小学，办中学需要有实验室等配套设施，建设投入相对更大，没人愿意做。

"让孩子接受教育是永远错不了的，而且不管最后我们能做到什么程度，做一定比不做好。"抱着这样的想法，14名老师和120名学生在2005年秋季迎来了蒲公英的第一次开学。

建学校的初衷只是为了让孩子有学上。郑洪想得很简单，办学校无非是教课，只要找到科任老师就好，实在不行就自己上。可教学一展开，她就发现根本不是"喊完上课、起立，就开始教"的事。学生的基础差还不是让老师们最闹心的。刚开学的时候，几乎每天都有突发事件发生，打架的、闹事的、出走的。有个班级被称为"大闹天宫班"，曾经在一个月内气走了三位班主任。就在2021年的毕业典礼上，郑洪还跟孩子们提到："年轻老师流的眼泪能把你们的脸盆装满。"

从那时候开始，一个绕不过去的问题就摆在了郑洪面前：蒲公英的办学目标是什么？"必须想清楚，你得告诉老师，这还关系到怎么和学生沟通，他们怎么给自己定位。"

这些年，郑洪总是听到两种说法。有人说，这些孩子都落在社会底层了，基础又这么差，咱们就别不实事求是了，成才算了，就成人吧，别成为社会的危害就行；还有人说，这些孩子以后适合接受职业教育。这些人可能各有道理，但是郑洪心里是不服气的。2021年初冬，笔者来到蒲公英的时候，学校已经正式把"教育公平与优质教育合一"设立为办学理念。"这是我们用了很长时间悟出来的一句话。"

如何理解"优质"？评价学校教育的成果，社会的评价标准可能非常简单直接。除了学生成绩提高幅度大，进入高中的学生比例高，蒲公英的社会知名度还来源于一些典型：学校3000多名毕业生里，有十几个孩子考进了世界联合学院（United World Colleges，简称UWC）。这是一家1962年创立的全球性教育组织，历任主席包括蒙巴顿将军、南非前总统曼德拉，现任主席是约旦王后努尔·侯赛因。UWC在世界各地拥有18所院校，教授国际文凭大学预科（IBDP）课程，选拔流程和要求都非常严格。一些蒲公英的孩子最终进入了欧美知名高校接受教育。曾经受媒体瞩目的一件事是，2019年，蒲公英毕业生段孟宇拿到了哈佛大学的研究生录取通知书。

不寻常的路

笔者第一次见到段孟宇是在蒲公英中学新校园的教师办公室里。这个身量单薄、打扮质朴的女孩儿正站在办公桌前备课。2021年夏天，段孟宇从哈佛教育学院研究生毕业，专业方向是教育政策。8月，她回到蒲公英成了一名普通老师，计划工作两年后再申请博士研究生。在蒲公英中学，她是笔者采访的第一个人。笔者怀揣着一种期望，想从这个备受瞩目的"逆袭"故事里找到这所学校的力量所在。

如果单拎出一条时间线，段孟宇的经历无疑经典地诠释了"教育改变命运"。她出生在河南周口一个不足 200 户人家的村庄里。2004 年左右，父母到北京打工，段孟宇和弟弟留守在家乡，由爷爷奶奶抚养，在村庄的小学里读书。2006 年，父母把姐弟俩接到了北京，在民办学校读小学。

　　2008 年，在大兴务农种菜的小姨带来了一个消息：大兴这边有一所中学招农民工子弟，学费非常便宜，学校也好。于是，段孟宇走向了人生的"转折点"。从此，这个女孩儿的路越走越远。初中毕业后，她通过了 UWC 的考核，一下子跨出了国门，在 2012 年 9 月到 UWC 英国校区读高中。2014 年，段孟宇转战大西洋彼岸，在美国路德学院念本科。毕业后，她从艾奥瓦州搬到波士顿，边工作边申请研究生学习，最终被哈佛大学教育学院录取。

　　段孟宇和笔者说这些经历时，言语和她的外表一样质朴。这条不寻常的道路确实艰难，但也就这样一步一步地走过来，并没有那么多峰回路转和高光时刻。笔者的好奇是：回顾这条漫长的旅程，蒲公英的价值是什么？

　　段孟宇告诉笔者，有两位老师给她的影响很大。初一、初二年级的班主任宋凌波对全班要求很严格，帮助她养成了对自己严格要求和自我管理的好习惯。初三的班主任陈卫华曾经在周末坐了好几趟公交车到她家做家访，陈老师还跟学生分享她从新疆老家通过高考来北京读大学的故事，这让段孟宇相信，教育可以把自己带到想去的远方。

　　更多的时候，她讲到的是学校提供的种种支持。段孟宇的父母当时在海淀卖麻辣烫和煎饼，晚上出摊。在来蒲公英之前，放学回家最让她发愁的事情是没有办法好好写作业。一是时间没有保证，总免不了给父母搭把手；二是没有空间，十几平方米的房间里住着四个人，放着两张床，一张堆满了东西的餐桌。父母出摊后，段孟宇总是先把家里收拾一遍，把桌上的东西都挪开。可第二天，一家人正常生活的时候，这些东西又不得不被挪回来。挪来挪去，演变成了一场令人泄气的消耗战。有一回，爸爸还因此对她发了脾气。来蒲公英后，段孟宇欣喜地发现学校提供住宿，虽然厂房改建的学生宿舍条件艰苦，没有良好的采光和通风，夏天洗澡、冬天取暖都是问题，但她非常知足，她太渴望一个属于自己的空间和有秩序的生活了。

在蒲公英的三年，段孟宇印象最深刻的节点是毕业前后，那段时间让这个成绩名列前茅的孩子陷入了巨大的迷茫之中。当时蒲公英引入了青年发展基金一个叫"城市之蝠"的项目，给初三的孩子们开了一门课，希望帮助他们认识未来的出路，有所准备。在这门课上，一门心思考学的段孟宇震惊地获知，原来自己是没有资格在北京读普通高中的。一个问题在她的脑海里不停地盘旋：中考以后怎么办？

初三快毕业时，蒲公英毕业生张天歌考上了挪威世界联合学院。段孟宇在校园新闻橱窗前站了很久，一遍又一遍地看学姐面试 UWC 时的照片和照片下面的文字描述，内心充满了向往。她心里想到了两条路：留在北京爸妈身边，跟熟悉的同学去职业学校读高中课程，然后尝试考 UWC；或者回老家踏踏实实读普通高中，通过高考这条路去读大学。但是做选择并不容易：去职业学校，万一考不上 UWC，高二之后再回老家读高中准备高考岂不是晚了吗？可如果老老实实回老家备战高考，放弃考 UWC 的机会，她又有些不甘心。

段孟宇的爸妈不太理解，为什么初三毕业的暑假，女儿还整天往学校跑。蒲公英每年夏天都举办夏令营。这一年,一个小组的主题正好设定在了段孟宇的心坎上——"next step"(下一步)。斯坦福、哈佛、北大、清华的志愿者组织了很多活动让学生体验不同的出路,比如学习写简历、去大公司参观、访谈成功人士、用 500 元实现一个创业想法,还有志愿者给孩子们上了一些高中的课程,让他们体验一下高中学习的感觉是什么。

这个夏令营让段孟宇打开了眼界,也让她有更多时间思考未来的目标。她和一位北大志愿者姐姐成了亲密的朋友。这位志愿者非常鼓励她留在北京,然后报考 UWC,这让段孟宇备受鼓舞。

段孟宇很幸运。就在她决定去职校之后,蒲公英中学和北京一所私立高中达成了合作协议,对方同意给蒲公英毕业生安排一个整班。即使在就读高中的时候,蒲公英也没有远离段孟宇。学校有专门的老师负责了解大家在高中的学习和生活情况。高中每两周放假一次,这时候,大家就会坐车回蒲公英,学校安排了外籍志愿者,帮助他们补习英语。他们还可以继续从图书馆借阅图书。

段孟宇和那位北大志愿者的结缘一直没有中断。自初中毕业后,她的人生道路就已经完全超出了父母的认识范围和想象,他们再也没有能力对女儿的困惑给予指导。无论是在高中遇到学习和生活上的困难,还是初到英国在 UWC 学习的艰难适应期,这位志愿者一直在倾听、陪伴和鼓励着段孟宇。

哈佛毕业生的困惑

在蒲公英采访的最初一段时间里,笔者常常感慨蒲公英给学生的

"资源"太好了，但这些资源和硬件没有太大关系。

2018 年，学校从旧厂房搬到了社会捐资建设的新校址。即使如此，新大楼和"精致"二字也搭不上关系。蒲公英的办学经费 85% 来自社会捐赠。学校从来不宽裕，每个时期，钱都得用在刀刃上。新校址已使用了三年，笔者去的时候，学校刚刚得到一笔捐款，开始改造操场的水泥地面。但论教育的软件资源，在社会各界的帮助下，蒲公英在许多方面并不比那些知名的公立中学差。请来的志愿者除了国际和国内一流大学的学生，还有各行各业的专家和精英。小说《北京折叠》获得雨果奖以后，作家郝景芳曾经在蒲公英的夏令营开过故事创作课。这个学期，北京八中素质班的元老教师程念祖，每周四都到学校工作一整天，帮助老师们备课。

学生日常也有大量的机会走出去，免费参观博物馆，观看演出，走访一流的企业……老师们的心气很高。一天中午，笔者在食堂和老师们一起吃饭，美术老师裴广蕊周末刚刚带着她的美术小组去参观了一位版画艺术家的工作室，她兴奋地和校长聊起来："人家不愧是专业的，每个步骤都像教科书一样。我以前看过很多人做版画，都不规范。咱们学生要学，就得向最好的学！"

大量优质资源的注入是否就是蒲公英中学的"秘密"？笔者一度这样以为，孟宇的经历似乎也证明了这一点，但笔者总觉得似乎缺乏某种说服力。在和学校教师们交谈的时候，他们很少提到那些成绩优秀的学生。有两次笔者提出这个问题，问他们为什么。他们笑了笑：好学生是不需要我们教的。

笔者意识到，和蒲公英的很多孩子相比，总是被媒体作为典型的段孟宇其实是非常特殊的。很多老师告诉笔者，如果说蒲公英孩子和城市孩子在教育问题上有什么大的区别，那就是他们的家庭对他们的关注和期待普遍是不够的；甚至，有相当多的孩子家庭并不完整，家庭关系存在较大的问题。

这些情况没有发生在段孟宇身上。在段孟宇小时候，重男轻女的观念在农村还普遍存在。小孟宇曾经和奶奶提到过这件事，她还记得奶奶当时回答她：我可没有，你出生的时候我还放炮了呢！作为家里第一个孙女，段孟宇从小就得到了特别的宠爱。"这种宠爱不是物质上的，而是他们对待我、弟弟和表哥们的方式，让我觉得这些孩子对他们来说都一样重要。"

从自己的父母及其他长辈身上，段孟宇从小就明白了一件事：读书是值得骄傲的。在村里读小学的时候，有天早上起床，她对着镜子边梳头边背课文，正好被从屋外进来的奶奶撞见了。段孟宇很清楚地记得，当时她觉得非常尴尬，可是她发现，奶奶逢人就会说起这件事，夸她用功。村里当时有一个传统，家里有了喜庆的事情会给全村人放露天电影。有一次，一家人在院子里吃饭，正好有户人家因为女儿考上了大学在放电影。妈妈对段孟宇说："你要是考上大学，我也给你放！"段孟宇的父母都识不了多少字，但他们一直觉得女儿肯读书，那就是件好事。现在，孟宇的妈妈还会问她，打算什么时候申请去读博士。

在蒲公英，笔者几次看到段孟宇，她都站在办公桌前备课。作为新老师，这个学期她教初一年级的历史。有一次，笔者问她：当老师的感觉和你想象中的一样吗？一贯很平静的段孟宇突然有一些激动："那可太不一样了！"

段孟宇告诉笔者，学校刚刚结束了期中考试。年级里历史考得最好的孩子在她班上，可这并不能带给她丝毫的成就感。正好相反，这个孩子的优秀和全班整体水平形成的鲜明对比，反而在提醒段孟宇，她作为老师的无能为力："这个孩子的好，绝对不是因为我教得好。"

考试的结果让段孟宇在过去一两周里备感焦虑。事实上，在回到蒲公英的这几个月里，挫败感一直伴随着她。段孟宇说，刚回学校的时候，她意气风发，满脑子想的是"把我学到的最先进的、最有创新性的教学理念带到学校来"。

她很快发现，自己遭遇了严重的"水土不服"。比方说，哈佛大学教育学院的"零点计划"（Project Zero）有一套思维培养的方法，可以简单归纳为思考（Think）—提出疑惑（Puzzle）—探索（Explore）。段孟宇想把它应用在自己的历史课堂上，让大家先思考，再讨论，然后分享。可现实是，在"思考"阶段，学生就开始走神了，等到讨论的时候往往一无所获。后来她意识到，这套方法应用的前提，是学生对现有的材料已经非常熟悉，可她的学生来到课堂的时候毫无准备，就是一张白纸。

站在讲台上的感觉和当年自己坐在课桌前的感觉是如此不同。过去，好学生段孟宇可以沉浸在自己的世界里，专心致志地追求进步。现在，她必须面对现实：这个课堂里更多的学生不是段孟宇，他们会捣乱，会对学习没有一丝一毫的动力和兴趣。在课堂上，段孟宇遭遇了很多"崩溃瞬间"。最近的一次是，她在课前几分钟设立了一个时事分享环节，让学生轮流讲讲最近读到的一则新闻，或者刷视频看到的一件新鲜事。她觉得这个作业已经足够简单了，结果，一个学生讲的是他周末如何约着同学一起玩，另一个学生说他在回老家的路上遇到了堵车。那一刻，段孟宇觉得无措，她不知道他们是真的不理解"时事"

这个词的意思，还是仅仅在和自己开玩笑。虽然同样出身"流动儿童"，但是这个标签，并不能让她天然地理解他们。

这些挫败感演变成了心态上的一个巨大挑战。2021年，蒲公英合并了一所小学的二年级、三年级。刚回学校的时候，段孟宇在食堂吃饭时和一位老师攀谈起来，得知这位老师教小学，段孟宇感慨地说："小学生很可爱啊！"这位老师意味深长地回答："你教了他们，就不觉得了。"当时段孟宇很诧异，现在她觉得有一点儿能理解了。她知道老师要平等地对待每一位学生，可怎么能够做到，她有许多疑惑。过去，她并不觉得教学应该为应试服务，可是真当了老师，她发现自己不由自主地在乎分数了。"你会觉得那是你工作的成果和证明。"最近她有一种感觉，因为迫切地想在期末让学生的成绩有所提高，她变了，变成了一个特别依赖课本的老师，一个自己特别不喜欢的老师。

这样做是对的吗？她自己也深感怀疑。段孟宇曾请老教师秦颖去听自己的课，给提提建议。她沮丧地告诉秦颖，她感到现在设计的课程让自己都觉得很无聊。她记得秦老师叮嘱她："不要老按照课本讲，还是要注重历史学科本身，把它尽量设计得有趣。"还有一句话："不要将眼光放得那么短。"

二、渴望

"不着急"

段孟宇很坦率地告诉笔者，她现在还参不透这句话的意思。"不要将眼光放得那么短。"这句话说起来容易，做起来不简单。三年的时间说短不短、说长不长，段孟宇的"着急"笔者是能体会的。笔者曾经去过北京好几所公立中学，采访过不少老师、家长，与他们相比，与最后取得的学业成绩相比，蒲公英的氛围未免太"不着急"了。

学校的教室内、走廊里有很多展示区域，笔者几乎看不到和科目、考试直接相关的东西。从日常安排看，学校每天下午有半小时的自由阅读时间，每学期有 30 ～ 40 个兴趣小组。好几位老师兴致勃勃地跟我提到，这学期学校有一个新的安排，每周五下午拿出一个半小时做"研究性学习"。全校学生自由选择，分成了近 70 个课题组。负责统筹的秦颖老师给笔者发来了一张课题列表，她告诉笔者，学校先让学生自己提出感兴趣的问题，老师们在此基础上讨论哪些值得做，最终形成了这样的安排。

很显然，这些课题里，有很多和"拿分"没有任何关系。比如：初一一个小组在做"蒲公英学生毕业后升学情况研究"，还有一个小组在研究唐宋元明清男性女性服饰的演变；初二的孩子对"首都美食""学校附近的路口红绿灯时间设置是否合理""重新平行分班与分层分班的优缺点"等感兴趣；进入中考冲刺的初三年级没有搞特殊化，他们的课题包括"什么样的课最受欢迎""书法艺术在环境中的应用""蒲公英中学九年级学生的审美趋势"等。

教学楼的几面墙上有研究性学习小组的阶段性成果展示，笔者终于在上面看到了"英语"两个彩笔描出的大字，可仔细看上面的内容，一个孩子写道："在古埃及，A 表示'牛头'，B 表示'家'或'院子'，C 表示'曲尺'……"另一个孩子画了一张图表，告诉大家，英语字母的来源是古埃及象形文字，公元前3000年，古埃及人就开始用文字表达神、人、动物，进而表达自然界的山、河，然后是装饰品、武器、农具。

蒲公英的课堂给人最直观的印象是"放松"。学生们很放松，七嘴八舌地回答老师的问题，或者走神聊天、插科打诨，老师并不会因此大发雷霆，于是教室里永远没有安静下来的那一刻。志愿者蔺熠在学校教历史，笔者听他给初一孩子讲秦始皇统一中国。他让所有的学生分成小组围坐在一起。课刚开始不久，离笔者最近的一个小组里，一个男孩儿插嘴问：老师，秦始皇的墓找到了吗？接下来，小组里的几个孩子兴致勃勃地小声讨论起来，直到"吴邪""张起灵"这些词飘进了我的耳朵里，笔者才发现，笔者就座的空课桌上放着一本《盗墓笔记》。

老师好像也放松得很。历史课堂上的这些讨论并没有被蔺熠厉声制止。下课的时候，蔺熠也没有布置练习题，虽然两周后就会迎来期中考试。老师李时来在初一年级教道德与法治课。上节课讲到友谊，她让学生课后拿着设计好的问卷做一个采访。可是课堂上一问，孩子们几乎都没有完成作业。她倒是不急不恼，干脆把孩子们撒出去在学校找人采访。

有时候，作为一个纯粹的旁观者，笔者也会不由自主地有点儿着急，甚至片刻还有挺身而出整肃纪律的冲动。可两位老师都告诉我，孩子们平时很活跃，今天因为有我旁听，他们的表现比平时还克制了一些。

李时来到学校5年多了，她告诉笔者，如果是以前，遇到同样的情况她也会发火的。蔺熠在学校志愿服务多年，这个学期是他第一次全面承担课程。他对课堂有不少自己的设计，比如整节课由一连串的问题组成，每个问题提出来都要求学生迅速阅读课文，然后每个小组派一名学生到黑板上书写答案。这些答案，蔺熠并不检查——他这么做并不是要正确答案，而是锻炼学生快速阅读和提炼内容的能力。他虽然不布置练习题，但每周有一个小作业：学生要画一条时间轴，把这一周生活中值得记录的事情和感受标注在这条轴上。蔺熠对我说，他学历史有一个体会，时空观的建立非常关键，他希望用这种方式帮学生建立对时间的理解。

这些训练显然没有立竿见影的成果。蔺熠心里其实也打过鼓。就在期中考试前两周，他问校长郑洪：按我这个教法，考试成绩肯定不好看，怎么办？校长给蔺熠吃了颗定心丸："你就按你的想法来，你的任务就是让他们对历史产生兴趣，考分的事儿还有初三呢。刷题一年足够了，不着急！"

笔者问郑洪这种不着急的底气从哪儿来。答案有点儿出乎笔者的意料，它无涉任何高大上的理论和概念："因为一般学校刷题、应试的做法在我们这里行不通呀。我们的孩子基础那么差，到这里的时候厌学情绪已经很严重了。你一刷题，别说有成果，学都不来上了。你要想对他们负责，就不得不想别的办法。"

屋顶上的彩虹

在办蒲公英中学以前，郑洪没有接触过基础教育行业，怎么办学校，是一步步在实践里摸索出来，从一届又一届学生身上学来的。她记得有一年，她要求学生写一篇文章，主题是"渴望"。她的初衷是想听听孩子们内心的想法，于是说："字数不限，也不用管错别字，随便写。"平时，写作文是孩子们的老大难问题，但那一次，学生们写个不停。一个孩子写了满满 11 页稿纸，下课铃声响了，该吃午饭了，他也放不下笔。这个孩子写了他在家乡留守时的状况，被接到父母身边又遇到了什么坎儿。他说，他见不到爸爸妈妈的时候特别渴望见到，见到他们后的生活又和他想象的不一样，父母依旧忙碌，没空陪伴自己，而在这个城市里，他又失去了过去的朋友。

郑洪说，哪怕不考虑这些文章的内容，这件事也足以教育她一辈子：出作文题得出在学生的心坎上，教育的任何细节都一样。这些年她有一个深刻的体会："只要你肯想办法去贴近学生、了解学生，去满足他们的基本需求，你就会贴近教育的基本道理。"

孩子们最迫切的需求是什么？你很难从他们的表面一眼看出来。艺术家叶蕾蕾第一次来学校，学生的笑声和活力让她认为他们就是快乐的。后来她观察孩子画画和写作，发现他们会表现出与年龄不相符的成熟、理智，以及令人警惕的不良情绪。有一次，她让学生们以图画方式描述自己的出身。一个同学画了一棵枝干被折断、残缺不全的树，在这棵树下有这样一句话："我就像这棵树，被风吹折了，变得残缺了。"另一个同学把自己画成飘落的叶子，她这样描述自己："我就像这些叶子从树上掉落，没有根也没有方向。"还有一个同学画的一幅画是一个小女孩儿跪在地上，举起双手紧握在一起，满脸是泪，她在乞求父母要对她有耐心、理解她。

蒲公英对学校环境的建设有一种"执念"，这种建设，并不是指一般意义上的美、精致。第一次见到郑洪的时候，她和我提到，现在的新校园还远远没有达到她理想的状态，还有很多空墙，"不敢轻举妄动，要有很好的构思去把它们做出来"。2020 年夏天，郑洪从美国回国，在上海隔离时，看到三联人文城市奖颁给了"四叶草堂"社区花园。隔离期一结束，她就拖着旅行箱去参观，想看看设计者如何让小花园激活了社区的公共生活。

笔者后来慢慢理解了这种"执念"。学校创办之初，去孩子家做家访，老师们常被家庭居住环境的简陋震惊。这些家庭普遍居住在10～20平方米的房间内，有的家庭就住在搭建在菜地或猪圈旁边的四处漏风的棚子里。老师们很难把它们和安身之地、"家"联系在一起。绝大多数孩子也没有一个可供自己支配的空间。老师还曾让孩子们去描述他们眼里的北京，得到的答案是：脏、臭，没有绿色。

老师们想，学校的教育功能是从哪儿开始的？它不是从打了上课铃，也不是从种种训诫措施开始。当学生们从街道上走进校园时，甚至一清早想到要去学校时，其实就已经受到了情绪的影响，他们迫切地需要一个温馨、有归属感的校园。

笔者在教师办公室里看到了一个纸糊的旧校园桌面模型，是老师和学生一起动手制作的。学校里还有一两块旧门板，一位老师告诉笔者，那是从旧校园拆下来的，舍不得扔掉。已经拆迁的旧校址是一个故土般的存在，并不只因为它是蒲公英的起点。

2007年，从西安美术学院毕业的裴广蕊入职蒲公英中学任美术老师。她告诉笔者，那个简陋的校园之所以留住了她，一是因为学校有一间图书馆，二是因为有一间专门的美术教室，三是恰逢艺术家叶蕾蕾到学校做环境改造。

叶蕾蕾是郑洪从美国邀请来的。1986年，叶蕾蕾在美国费城大学执教。一个偶然的机会，她结识了一位舞蹈家，对方知道她做室内花园设计，邀请她在自己工作室旁边的公共空地上设计建造一个小花园。叶蕾蕾一口答应下来。等到真的从政府申请到了一笔钱做这项工程的时候，她才发现难点所在：这个空间比想象中大得多，钱根本不够用。一位专家指点她，这件事不能做，不仅因为没钱，还因为她是这个社区的外人，那里的孩子会把她的室外作品毁掉。

专家的担忧不无道理，这块公共空地位于费城北部臭名昭著的贫民区。但叶蕾蕾从争取社区居民的支持，发动当地的孩子开始，一口气干了18年，一共创建了17座园林，整理了200多块公园绿地，完全开放给大众。很多建设是依靠社区自身的力量和灵感完成的。叶蕾蕾的一位合作伙伴在16年的时间里执行完成了很多激动人心的马赛克镶嵌作品，他手下的4个助手都是当地人，都没有上过艺术学校。

因为这次环境改造，一连串的变化发生了。叶蕾蕾的团队和学校合作，组织本土戏剧创作，而后给孩子们办周末和暑期学校。孩子们参与进来后，也会吸引成年人。这个项目逐步发展成为非营利性组织，取名为"怡乐村"。一个肮脏、充斥着毒品和被人遗忘的角落，变成了一个全美知名、生机勃勃的社区。

叶蕾蕾相信，艺术不仅可以表达自己、以此为生，也能够实实在在地改造社会，重建人心。这个观点深深地打动了郑洪。

旧厂房改造的学校，大多数建筑的表面被水泥包裹着，灰色的环境映衬着灰色的天空。叶蕾蕾决定在这些墙壁上做文章。但这件事并不全由她来完成，她发动学生描述自己想在校园里看到的东西，并尝试自己动手画画。蒲公英旧校园有很多墙壁和圆柱装饰了马赛克镶嵌画，也是由学生和老师共同完成的。学生动手把老师们从批发市场购买的瓷片砸碎，还带着老师们翻过一座围墙，来到一个荒芜的工地，把埋在废墟里的瓷片瓦块拣出来运回校园。当孩子们把这些瓷片分开洗干净的时候，他们发现，购买来的瓷片很光滑，色彩单调乏味，而那些捡来的瓷片，厚薄不一，形状也各不相同。一些釉面光亮，一些印有图形，还有一些用金色涂过，这都令他们感到兴奋。

面向校园大门的教学楼是校园里最重要的建筑物。这个两层的楼房像个白色的长方形盒子，外墙漆已经脱落，破落、斑驳。叶蕾蕾问学生们希望看到什么。一个孩子在她的工作坊里把一个大大的彩虹画在了整栋楼上。于是，叶蕾蕾决定实现它。想要画彩虹，得在二层楼高、60米长的屋顶边缘建造一个弧形的架构装饰，为此，年过六旬的叶蕾蕾一次又一次地爬上脚手架。学生也没有袖手旁观，他们排成单列队，从楼下沿着楼梯一直排到房顶，一块一块地把砖递上去。

第一次画彩虹的时候，叶蕾蕾错误地估计了它的尺寸。她站在脚手架上，觉得彩虹非常不错，可学生们从地面上看，彩虹就像一条丝带，很不起眼。一个孩子马上评价说："太窄了，看起来也不好看，要加宽所有的彩色线条。"叶蕾蕾毫不犹豫地照做了。

10月下旬的一天，太阳钻进了灰蒙蒙的云层里，叶蕾蕾正站在脚手架的顶端，想赶在阳光散尽之前尽快完成工作。她突然听到校园里一阵可爱的歌声响起，伴随着一声大叫，30多个学生一齐呼喊："叶老师，加油！加油！"

美术老师裴广蕊告诉笔者，她刚来蒲公英见到叶蕾蕾的时候，其实并不能理解这个艺术家做的事，这和她从美术学院学到的那些殿堂之上的艺术太不一样了。改造结束的时候，她感受到了某种力量，觉得像是做了一个梦。但对于学生来说，这意味着什么，她并不敢断言。多年以后，学校就要搬往新校区了，裴广蕊突然意识到了那颗埋在心里的种子：那是一砖一瓦承载的真切的情感和记忆。她心想："新校区的条件再好，可那里和我有什么关系呢？"

成长与呵护

在蒲公英的新校区里转了一圈，笔者注意到，每个班的外墙上都有一幅手绘的中国地图。班里的孩子把自己的家乡在上面标注出来，然后再贴上自己的照片。后来笔者得知，几年前，蒲公英推出了一个校本课程，名为"成长"，这个地图是其中一个主题的成果之一。这个主题叫"爱生课堂"，组织学生建设和管理自己的教室，把对校园环境的改造延伸到教室环境里。

"成长"课程是蒲公英的第一个校本课程，之所以开发它，是因为老师们越来越理解在成长过程中，学生们有许许多多未被满足的普遍需求：他们会因为自己无法控制的因素而情绪低落；他们有理由为出路担忧；他们被青春期的特点左右行为时，会厌学，会记不住单词，解不了方程式……学生们的学习动力和情绪、成熟度、环境的复杂程度搅在一起，又伴随着价值观、世界观从模糊到清晰的过程，不解决这些问题，教育无从谈起。

"成长"课程的第一个主题课程是"认识你自己"。老师们会让学生画一幅自画像，从仔细观察自己的外貌、表情开始，思考自画像背后的"心灵花园"是什么样，认识到自己眼中的"我"和他人眼中的"我"之间的区别，进而学会思考如何认识自己，如何对待真实的自己。

设计"成长"课程，首先是基于这个年龄段孩子的心理特点。跨入青春期，孩子的自我感在膨胀。在成人世界的参照下，"我是谁""我从哪里来""我要干什么"等问题会越来越萦绕在他们的脑海中。实现自我同一性，明确自己做事的目标，有收获、成功、胜利的幸福感，是教育者要引导孩子们完成的重要目标。老师们觉得，对于蒲公英的孩子而言，这一点尤其重要。这些孩子从小没有得到父母应有的陪伴，大多数父母文化水平偏低，教育上或是粗鲁，或是溺爱，或者"放羊"，孩子们缺乏认识和反思自己的机会。

蒲公英中学的校训是"自信、乐群、求真、创造"。在拟定这个校训的时候，老师们是毫不犹豫地把"自信"放在第一位的。

2005 年，第一批学生入校不久，《中国青年报》"青春热线"创始人陆小娅与学生有过一次沟通。当被问及"你是否觉得自己很重要"时，一个班 30 多名学生里只有三四个孩子举了手。"怎么知道的呢？""因为爸爸妈妈喜欢我。""因为奶奶爱我。"大多数孩子对陆老师的问题不置可否，表情漠然。

孩子们之所以来到北京，多数是因为在老家生活难以为继。在城市里，父母有谋生的压力，家庭居无定所，孩子求学碰壁。这一路步履维艰，不乏遭遇拒绝和排斥的经历。这些都在影响孩子的自我评价，让他们不相信自己存在的意义。每年新生入学的时候，老师们总觉得孩子们灰头土脸的，这不仅指外表，更指心境。

可是自信怎么建立呢？有时候，老师们和志愿者会领着孩子们在校园里喊口号。大家排着队，边行进边高喊："我最棒。"孩子们很兴奋，声音洪亮真诚，但老师们不得不想，回到艰辛的日复一日的现实中，孩子们怎么相信"我最棒"呢？如何让孩子们的尊严来守卫他们？

"什么是自信？自信能与生俱来吗？能失去又被重建吗？人生需要经历什么，自信才能成为真实的、属于一个具体的人的不离不弃的个性特征呢？"也许，世界上并不存在一门课程能够全部解答这些艰深的问题，但至少可以迈出第一步。

老师们决定从孩子们自身的经验出发。在"我的身路历程"主题课上，老师给孩子们每人一张中国地图，让他们用彩色铅笔把自己的家乡、自己跟随父母走过的地方都画出来，让他们回忆在这些地点，自己对什么样的经历和感觉记忆最深刻，再用色彩和图形把自己的感受和记忆描绘下来。

课堂上，大家会一起分享自己的创作和背后的故事。当这些个体的故事被表达、呈现、分享的时候，在老师的引导下，孩子们能够逐渐看清几件事：流动的生活并不只是一个人的遭遇；这是一个阶段的社会状态，遇到难处并不是因为学生家庭的无能和错误。他们还发现，即使生活艰辛，也会有亲情、友谊和社会的关注。

孩子们很享受这样的过程。郑洪记得，最早尝试这门课程的时候，孩子们一开始很茫然，不知道为什么要这么做。可当老师开始发 12 色彩色铅笔的时候，学生们一下子就兴奋起来。一个男孩儿握着铅笔从教室这头儿跑到那头儿，抑制不住自己的喜悦："我有这么多颜色的铅笔！"

大部分孩子会向老师要更多的白纸，贴在自己的图画周围，用更多文字和图画表达自己。还有孩子会情不自禁地写诗。他们喜欢五颜六色，喜欢描述快乐和亲情。孩子们在分享彼此作品时，会一起哭、一起笑。老师们发现，他们有能力处理哀伤，从心底里愿意拥抱希望。

整个过程下来，学生们的情绪明显变得更轻松，他们之间的互动也更亲密了。

蒲公英 85% 的办学经费来自社会捐助。学校平均每年接受社会各界的爱心捐赠约 260 次，长期志愿服务的团体约 12 个，每年大约有 3460 人次参与志愿服务，服务总时数近 2.5 万个小时。

走在学校里，这些信息无处不在。学校会公布近期的捐助，设有专门的感恩室，展示学校历史上受到的帮助，甚至每间教室的门上都写有捐助者的姓名和他们的寄语。"感恩"是蒲公英"成长"课程占比最大的部分。在毕业典礼上，郑洪经常对孩子们强调的两句话是"相信潜力"和"保持善意"。

笔者心里有个疑问，如果孩子们生活的环境时刻向他们强调，他们所拥有的一切，要靠别人的援手，会不会有让他们感到自身无力和卑微的危险？自信和尊严如何实现？

郑洪说，她从孩子们身上学到的一课，就是他们多么看重自己的尊严。有一个孩子的父母在新发地市场工作。他们受雇于市场里的摊主，半夜就去上工，把蔬菜收拾干净，整理包装好，赚的是最微薄、最辛苦的钱。一次郑洪带这个孩子出去参加活动，有人问孩子的父母是干什么的，孩子用他能想到的最体面的方式回答："蔬菜包装。"

还有一个女孩儿，她事实上已经被父母抛弃了。郑洪很坦率地告诉笔者，她选这个女孩儿去参加募捐活动，潜意识里有一些期望，希望女孩儿会向捐助方提到父母不在身边，自己很需要帮助。可是当有人真的问起女孩儿的情况时，郑洪听到女孩儿答道：我是跟我爸爸妈妈一起来北京的。

郑洪说，这些事情，让她做什么都会掂量掂量。学校遇到过几次一些媒体和捐助方希望孩子讲自己遭遇的悲惨故事，但最后学校把这些活动叫停了："把学生的形象弄成可怜兮兮的样子，用这种可怜去换钱，那咱们宁可不要。"

郑洪希望捐助者和志愿者也能懂这一点。令志愿者赵莎印象深刻的是，有一年，郭氏基金在嘉里大酒店办慈善晚宴，给蒲公英中学募捐。根据安排，晚宴的时候，蒲公英的合唱队要在宴会厅外面唱圣诞歌曲。赵莎在美国生活了多年，类似的募捐形式在国外很常见，但是主办方还是觉得这种安排不妥。后来，晚宴之前，主办方派了一辆卡车到学校，里面装着当天宴会厅要使用的圆桌、椅子、桌布、酒杯、碗碟、银餐具和食物。他们在学校找了一间比较大的教室，铺好桌布，摆好餐具，当天晚上宴会的领班带着三个服务员把合唱队的孩子们一一请进去就座用餐。

郑洪告诉笔者，学校进行感恩教育有三部曲："第一是知晓，你得知道谁帮助你；第二是表达，你得通过一些语言和活动表达感谢；第三是行动。我们强调'日行一善'，并不是说，你长大了、有钱了再做什么。不管你的外在条件如何，你都有能力去帮助别人，都可以分享，都可以贡献。这样你就不是无力的，你是值得被帮助的一个人。"

三、教师的修炼

"顶天立地的人"

2020 年 6 月，北京新发地市场聚集性新冠肺炎疫情暴发。市场距离蒲公英中学不太远，学校上午还在上课，下午就接到了学生必须离校、线上教学的通知。孩子们回家后，初一年级班主任、语文老师范芳芳遇到了一个难题：班里的孩子小路（化名）失联了。家校联系簿上的电话始终打不通，家庭地址只有 6 个字：旧宫镇吉庆庄。

范芳芳和另一名老师王健坐公交到吉庆庄站下了车。她隐约记得小路说过，自己家住在部队大院的边上，就顺着这条线索四处打听。机缘巧合，一位大爷蹲在墙根下休息，说他认得这家人。大爷给自己的工友打电话，把孩子的大伯叫了过来。

去小路家的路上，范芳芳明白了家校联系簿上的地址为何语焉不详。"我们绕过一座公园，穿过一片刚打完地基的待建工地。工地尽头的大路被封堵了，边上有条小道，又走了一会儿才看见一间平房。"范芳芳有点恍惚，她是在农村长大的，田间地头常有类似的破落房子，用于存放灌溉农田的器具，俗称"井房"。

很快，另一个疑问也得到了解答。为什么电话打不通？因为这间"井房"既不通电，也不通水。周围的住户都拆迁搬走了，小路一家的日常水电消耗全靠附近部队大院的门房行个方便。

小路的大伯说，他们老家在河南，小路父母皆有重病在身。为筹钱治病，家里的宅基地已经卖了出去。小路的哥哥留守在老家，大伯和大娘带着这个最小的孩子来北京谋个出路。大娘年纪大了，只会讲家乡话，在北京找不到活计，三个人过日子全靠年过六旬的大伯收废品、扛货物、在工地干零活儿挣钱。

小路是个寡言、不善表达的孩子，但范芳芳这天的所见所闻让她听见了沉默背后的许多言语。范芳芳想起，有一次她让孩子们写作文，讲难忘的一件事，小路写道，他深深怀念暑假的时候回老家，和哥哥一起玩耍的短暂时光。那时候，范芳芳还没有完全读懂里面的孤独。站在这个"家"里，她想，周围没有一户人家，小路是多么缺少玩伴啊。她还想起小路特别喜欢地理，常常在纸上画地图、城池，设立规则，创造自己的小世界。现在，她看到了这个特殊爱好背后的渴望和无奈：这是一个孩子无法像同龄人一样享受电子游戏乐趣时的自我补偿。

出发前，老师们考虑到种种可能，从学校给孩子带了一部手机和一个移动充电器，但没想到的是，为了给小路上课，大伯已经去办了充话费换手机业务，专门给孩子准备了一部手机，只是电用完后并不总能充上，一家人也不清楚该怎么使用软件。这部手机的代价是一个月80块钱的基础话费。范芳芳替一家人心疼这笔钱。小路的大伯说，这不算什么，来蒲公英中学之前，为了让孩子读完小学，他们还缴纳过近1万元的学费。

北京初夏的下午，屋外阳光灼人，屋内一片昏暗。因为缺水，房间里简陋的陈设也并不干净清爽，但这就是一个家。屋外空地上，一只被绳子拴住的小花狗看家护院，冲着不速之客汪汪叫着。一株茁壮的向日葵顶着盛放的花朵，神气地立在大门旁。大娘告诉范芳芳，那是她特意种下的。

这次意外促成了范芳芳的第一次家访。学校刚建立的时候，郑洪第一次去学生家，是拜访一户以养猪为生的家庭。7月的盛夏，一家人住在猪圈边儿的棚子里，被腐烂的气味和黑压压的苍蝇包围着。后来，学校规定每年9月一开学，包括行政及支持部门在内，所有老师都参加地毯式家访。一个学生在校三年，老师必须登门三次。

新生入学的时候，学校初步了解过学生的经济状况。小路一直享受着学费减免。从小路家回来后，范芳芳联系学校，把小路的校服费和餐费一并退了回去。过去，学校每次地毯式家访之后，就会诞生一份"秘密"名单：哪些孩子经济特别困难，哪些孩子身体不好，哪些孩子受家庭的负面影响大……他们都会成为学校重点关注的对象。

很多时候，教育的秘密就在家里藏着。蒲公英的学生，缺的不是批评；喋喋不休的说教，"不仅无用，而且反动"。如果不看到学生的心里去，老师磨破嘴皮子也是没用的。郑洪记得多年前一位叫小娟的年轻老师，她刚到蒲公英工作没多久，班里有个孩子突然躺在宿舍的床上不肯起来，不上课，也不吃饭，怎么问也问不出原因。小娟没有办法，就去了一趟孩子家，这才得知这个孩子没有妈妈，妈妈早年因为家里太穷离家出走了。小娟买了包子，回到学校，拿到这个孩子面前说："起来吃吧，妈妈看你吃。"这个孩子马上就从床上爬了起来，从此跟在她后面叫妈妈。

但笔者后来理解到，家访的意义更多的是老师的自我教育。

老师们家访是揣着一份调查问卷上路的。这份问卷相当于一次社会调研，内容包括从家长的职业、烦恼、身份认同，到家庭的迁徙史、家庭日常行为习惯、对孩子的期许等。校长郑洪还要求，每个老师都要写家访日志，字数不限，谈感触最深的东西。所有数据和文字汇总成册，供大家分享。

家访的所见所闻，往往会给老师们带来巨大的冲击。物理老师秦颖还记得当年大学毕业后为什么一心一意留在蒲公英工作。秦颖刚入职的时候正逢学校举办夏令营，她接受的是传统的师范教育，看到老师和志愿者组织的课程形式非常新颖，孩子们学习的时候乐在其中，觉得大开眼界。过了几天，学校组织家访，她去的第一个家庭就住在菜地边上。窝棚里黑漆漆的，只有门口的一点亮光。那个孩子坐在一张小板凳上，靠在门口，就着那一点光学习。这一幕与学校夏令营里的明快画面形成了如此鲜明的对比，秦颖一下子感到了留下当老师的价值感。

郑洪观察到，新老师做家访，感慨的往往是最直观的现象——学生的家里有多穷，家庭状况如何糟糕。一年又一年，老师们的家访经验越丰富，他们从家访里看到的东西就越多，想得越深。

化学教师白云觉得自己每次站在教室里都会有太多的不理解——不理解学生为什么不爱学习、为什么习惯不好。可每次走在家访回来的路上，她的心里都会多一点释然。2018 年家访的时候她发现，2017 年底北京大兴区西红门镇新建村发生大火以后，很多家庭不得不搬得更远，有一个女生的家直接搬到了河北。白云发现这个新家没有暖气，几平方米的小屋里凌乱冷清，锅灶布满灰尘，估计已经好久没有人做饭了。她这才知道，原来女孩儿周末都是一个人孤零零度过的。女孩儿的哥哥结婚需要盖房子下聘礼，周末家长为了多挣钱，少花点儿车费，经常不能回来；偶尔回来一趟，为了弥补内心的亏欠，家长总要买零食补偿孩子。对于孩子来说，吃上零食就是无比的幸福。白云心想：这是不是孩子们总要违反学校规定，想方设法带零食来学校的原因呢？

班主任、英语教师李牧凌教过一个女孩儿，她漂亮、秀气、皮肤白皙，爱笑，也爱美。她给脚指甲涂了指甲油，把头发编成很多小辫子盘在头上。李牧凌很柔和地提醒了她几次，这样打扮不符合学校的仪容要求。女孩儿很听话，每天晚上9点以后才会给自己做一个漂亮的发型，美上一个小时。李牧凌心里猜测，女孩儿应该出生在一个经济条件不错的家庭，母亲可能就是一个收拾得很利索，长得很漂亮，也爱打扮的女性。那一年家访，她就是抱着这样的期待去的。

可当她在路边等待了20分钟后，一辆破旧的自行车一路响着停在了她面前。眼前的这位母亲皮肤黑里透红，显然常年风吹日晒。老师们跟着她走过一条肮脏、拥挤的小街，拐进了一个小胡同。胡同尽头，一道金属板围墙挡住了去路，中间只有一道狭小的缝隙。一行人挤过这条窄缝，越过一段正在施工的路，又钻过一道挡墙，终于来到了一片菜地。孩子的家就在菜地边上。破旧木板搭成的"房子"覆盖着塑料薄膜，勉强遮挡四壁随处可见的裂缝。出于安全考虑，家里不敢生炉子取暖。母亲指了指一个用来装菜的塑料筐，说那就是孩子周末在家里写作业的"课桌"。她告诉老师们，她希望孩子能把学业提高上去，最近她发现孩子很爱美，请老师严格管教。李牧凌只是点了点头，她突然觉得，对这个小女生的爱美多了一份理解。

还有一个男生，块头儿高大，学习不好，行为习惯也有问题——人称"觉主"——上课随时都有可能睡上一小觉。穿过狭小、脏乱的小胡同，走进他家的时候，李牧凌不由得惊了一下：房间虽小，但收拾得非常干净、整洁，床单上连一个褶皱都没有。男孩儿的父亲和奶奶告诉李牧凌，孩子在很小的时候被车轧断过一条腿，留下爱犯困的后遗症，有时走在路上也会突然犯困。李牧凌想起一件事，上周男孩儿回到学校时，手腕处有好多瘀青，他说是周末帮父亲卸货时弄伤的。李牧凌问家长有没有这回事，男孩儿的父亲说确实如此，他还告诉李牧凌，他上周末回家时发现孩子大腿上有一些青紫的痕迹。孩子说，自己上课犯困，为了让自己不睡着，就掐自己的大腿。奶奶这时插了一句话："孩子可有孝心了，周末回来有时会跑来看我，路上给我买个馅儿饼，揣在怀里，说是怕凉了。"李牧凌心里很复杂，她问自己：这个男孩儿，我们能简单地判断他是好学生还是坏学生吗？

学校"爱心小屋"负责人李时来有一次跟一位班主任老师去女孩儿露露家做家访。在地铁里，李时来主动和女孩儿聊起来，她觉得自己能从心理老师的角度给女孩儿提供一些帮助。露露和李时来说了自己的烦恼：哥哥已经离家出走一年多了，只偶尔和她联系，对父母不闻不问。李时来从专业角度揣测，这是个亲子关系不好、家教很严的家庭，于是头头是道地跟她分析如何做好哥哥与父母之间的桥梁。露露听得很认真，看着她倾听的眼神，李时来心里充满了成就感，觉得又帮助了一个孩子、一个家庭。

露露的家在繁华的商业高楼包裹下的胡同区。转悠了好半天，在一个狭长的小道处，露露终于说到了。进去一看，在垃圾堆的旁边有一间小屋，安装着几乎没法锁上的简易门。露露的母亲在家，她告诉老师们，孩子的父亲已经是癌症晚期，在老家住院，这次她是因为有家访，特地从老家赶回来的。平时的周末，这里只有露露一个人住。身为母亲，她对这种局面无能为力，能做的只是叮嘱女儿睡前在门口放一盆水，万一有人闯进来可以听到动静。母亲说着哽咽起来，露露在旁边听着，依然安静、乖巧。

从家访回来的路上，班主任老师告诉李时来，露露的父亲生病以后，要求儿子承担起养家的责任，露露的哥哥是因为感到承担不了这样的重担才离家出走的。哥哥出走以后，父亲还带病在老家盖房子，以备儿子结婚之用，这才突然导致了疾病的恶化。李时来在地铁里的那些成就感烟消云散，只剩下对自己自以为是的惭愧。她对处在苦难中仍然坚强、安然的女孩儿感到由衷的敬佩："我是多么想帮助她、陪伴她，可我如何做才能真正帮到她呢？"

这些对人心的体察和体谅，是郑洪希望看到的。蒲公英很多孩子的家都没有门牌号，被家访的家长和学生会和老师约好一个地方碰头，再辗转去家里。郑洪记得，有一位老师在家访笔记中写道，她和学生一起坐在平板车上，看着前面蹬车的这个父亲的背影，风迎面吹打在他的身上，头发都竖了起来。那一刻，她感到，这是个顶天立地的人。

只要有这一句话，郑洪就相信，老师的家访没有白做，这些会成为学校教育的底色。

"一个也不能少"

怎么去理解这种"底色"？

张均辉是 2021 年 1 月入职蒲公英的新教师。他在西北民族大学学的是社会工作专业，毕业后在北京的社工机构做了 4 年学校项目，工作内容主要是和各个公立学校的"问题学生"打交道。他观察自己去过的那些学校，常常会产生种种的疑问和不解。有一次，张均辉所在的社工机构接到一个案例，一所公立中学一名初二的女孩儿情绪波动很大，经常和老师、同学起冲突。女孩儿在学校办公室拿起花瓶砸向一名老师，虽然老师没有被砸到，但这件事触及了学校的底线。

张均辉和同事前去处理这件事，发现女孩儿的问题源于她的家庭。孩子的妈妈不在了，爸爸游手好闲，对她几乎没有关怀。女孩儿只能和爷爷生活在一起。爷爷又对她不理不睬，甚至有一些过分的行为。女孩儿极度缺爱，于是她就变成了一棵仙人掌，浑身是刺，用攻击别人来自我保护，寻求安全感。学校并不是完全不了解这些情况，但没有人去关注和处理女孩儿的这些困难；相反，老师已经明确地把她划分成另一类学生，让同学们不要理睬她。学校提出可以给女孩儿直接发一个毕业证，让她去上职高。

张均辉记得，他和同事跟女孩儿聊了很久。面对这些愿意倾听自己的人，女孩儿将自己的种种心事和盘托出。她还说，自己想留在学校读书。张均辉所在的机构给当地教委反馈，建议学校能够更多地理解、关怀这个学生，给她提供必要的帮助。但学校没有答应。

蒲公英中学每周四都有教师教研会，全体老师一起分享、讨论和解决教学里的种种问题。张均辉好几次听到郑洪强调要做到"一个也不能少""人人都能引领"，这些话让张均辉很有共鸣。

"一个也不能少"是很多老师进入蒲公英学到的第一课。2015年，新老师范丽敏入职的第一天，校长郑洪说了一席话："我们的目标是让贫苦的孩子公平地接受教育，并且我们不是施舍一口饭给孩子，而是给孩子吃山珍海味！"范丽敏当时觉得自己很明白这句话的意思："山珍海味"是指精神食粮，是最优良的素质文化教育。但她并没有对此太过认真，她想，这样一个简陋的学校，能够提供多优质的教育给孩子们？工作了几天以后，范丽敏有点儿服气了。她发现，这所学校的老师真的不含糊，备课的时候，一个知识点怎么能够讲得好，要翻来覆去地琢磨、讨论很久。

可是半个月以后的一件事，才让她真的理解了什么是"山珍海味"。范丽敏班里有一个来自广西的侗族男孩儿，因为语言、生活习惯、课业水平等问题，一直难以适应学校生活，后来发展到排斥与任何老师和同学进行交流，上课不学习，下课不活动，作业也不写，就趴在课桌上抹眼泪。范丽敏使尽浑身解数，发动班里全体学生去逗他、帮他，最后发现全是徒劳。男孩儿宛若装上了屏蔽仪，把所有人拒之千里，最后甚至以绝食的方式逼学校放他回家。

范丽敏束手无策，只好向工作多年的教师张志和李桐求援。说是"求援"，范丽敏心里是清楚的，自己虽然没有明确地说想要放弃这个孩子，但言语里已透露出信息：这个孩子简直无可救药。她没有想到，两位老师不但没有被吓退，反而异常耐心地给孩子做工作。李桐是个男老师，当时年纪还不到 30 岁，居然苦口婆心地和孩子聊到半夜。半夜孩子的家长来了，李桐还没有放弃，仍然不厌其烦地和家长分析孩子不适应学校、排斥他人的原因。但是那天，家长最终还是把孩子带回家了。看到这个结果，范丽敏内心只觉得"好轻松"。

三天以后，男孩儿的姨妈又把他送回了学校。他依旧一言不发，见此情景，范丽敏"着实怕了"。那天正好学校的兴趣小组开始招生，李桐老师得知男孩儿其实爱好很广泛，在重组自行车、轮滑、种植等方面都有一些特长，就一个劲儿地朝这方面引导。三位老师相继加入"战斗"，想要抓住这最后的希望。然而，这孩子始终不肯点头留下。

范丽敏看到李桐又拉着孩子单独说了好些话。最后，孩子还是说要走，并且和老师道了别。这就是结局吗？范丽敏无论如何都没有想到，那天中午，男孩竟然回心转意回到了班级。后来，她问李桐到底发生了什么。李桐说，孩子虽然内心依旧矛盾，但他觉察出来，孩子对学校已经产生了兴趣，就在送孩子走的时候，使了一点儿激将法，没想到孩子真的和他一起掉头回来了。

在接下来的几周里，范丽敏见证了孩子从排斥他人到主动说话，从眼泪汪汪到眉开眼笑，从课堂上的昏昏欲睡到认真做笔记、主动问问题的变化过程。看到他笑眯眯地和同学打招呼，在课堂上颤抖地举起小手，在食堂里自在地去盛第二碗饭，范丽敏的心情无法用言语来表达。

笔者问李桐还记不记得这件事，笔者想知道他最后到底使出了什么激将法。可惜他说，他只有一点点印象，具体细节都已经忘记了，因为这样的事"比较多"。

笔者第一次见到校长郑洪的时候，她和我说起学校的孩子，随手拿起刚收上来的一份作业。这个学期，她教初一年级的道德与法治课，布置了一篇小作文，让孩子写写自己是一个什么样的人。郑洪从里面抽出了一份，整张作业纸被写得满满的，然而，这个孩子写下的每一个"字"笔者都不认识。拿着这份作业，校长有点激动："你看这个孩子多可爱啊，他一个字都不会写，可是他把作业纸都写满了！"

再次和郑洪见面的时候，笔者又提到这件事，笔者很好奇，一个老师的天然反应难道不该是担忧学生到了初一年级还写不出一个正确的字吗？

"重要的不是字写得清不清楚、正不正确，而是他写了这么多，让你知道他有表达的冲动。"郑洪说，"这远比写字本身更重要，字是可以练习的，而发现了这一点就是发现了希望。"

　　郑洪告诉笔者，开学这么久，这个孩子羞于表达，班里说话轮不到他。上课的时候，她让孩子们写点东西，他从不动笔。其他同学会说，老师，他有毛病，他不会写的。能怎么做改变这一现状，郑洪也不知道，她只能去试、去等。

　　"在你的课程里，他突然动了心。"这确实是一个令教育者雀跃的时刻。"他写的这些东西就让我知道，我不能放弃他。"郑洪说着又有点激动了，"这个孩子可能前面的 6 年都被甩在一边。这是一个生命啊，你得尊重每一个生命，直到他不可救药。可十二三岁的孩子，怎么就不可救药了呢？谁有权利说这样的话？谁有权利把他们打入另册？凭这篇作文，我就知道，这个孩子已经有了一些东西，他可以获得更多的东西。"

　　收到这篇作业以后，郑洪把学校负责心理咨询的老师找了来，让她有机会和孩子聊聊。郑洪不敢找孩子谈话，她觉得和他进行深度交流，自己还不够专业。但郑洪也没有"按兵不动"。"我想我必须跟他说一句话，因为他一定会关注我对他的反应。"郑洪去班里上课前，对孩子说："你上次写的东西我都看了，你的心我懂了。"男孩儿笑了笑，挺不好意思的。

　　段孟宇后来告诉笔者，她也注意过这个孩子。她给这个班上历史课，第一节课让学生们自我介绍，这个孩子没有参加。她和他说话，他从来不理睬她。他的同桌向段孟宇解释说，他有点自闭症。段孟宇问过班主任这件事，班主任告诉她，孩子的家长确实也是这么说的。最近，段孟宇发现她再和孩子说话的时候，他会"嗯嗯"地回应了。

较真的意义

刚到蒲公英中学的时候，就有老师领着笔者看学校墙上陶行知先生的两句话，说这是学校特别看重的东西："千教万教，教人求真；千学万学，学做真人。"蒲公英的校训里也有"求真"。"真"这个字出现在学校的墙上，可以说已经司空见惯。但很多时候，它好像看不见、摸不着。

周四的教师教研会上，老师们分享自己小组的阶段成果，切磋下一步怎么推进工作。一位新老师做的课题特别好，给大家看了课堂录像。录像里，老师提问：我们为什么要做这个课题呀？学生发言，小胳膊规规矩矩地放在书桌上，字正腔圆地说了一遍。第二段录像里，老师开始带他们念诗，孩子们的状态全变了——一个个扯着嗓子喊，手舞足蹈。

录像放完了，让新老师邓伟华印象深刻的是，郑洪就此说了一段话：今天的录像是个很好的范例。它告诉我们，什么是孩子的真实状态。前面这段录像里，课堂很漂亮，但它是老师安排出来的。我们教课不是为了漂亮，请大家一定要让孩子们保持最真的状态。

后来笔者和郑洪提起这件事。"老师是一个很真的人，他才能带出真孩子来。大家其实知道真是什么意思，但新老师总得在上面打几个滚，折腾几回，才能认清楚这有多重要。"郑洪说，"你讲课追求什么样的效果，是哗众取宠，讲完了就算了，还是想要有影响力，真正作用到学生身上？你自己是什么样的人，你只是来拿份工资，还是对自己的人生也有追求？这个'真'字，是生活里回避不了的课题，但太多的人选择了回避。"

笔者在蒲公英观察到的是，对一所学校而言，最基本的"真"就体现在日常课程一点一滴的环节里。

开学的时候，大家都要例行做自我介绍。有一次，一位老师在教研会上突然抛出了一个问题：自我介绍是不是就是说出叫什么、来自哪儿、喜欢什么？每个老师听了一遍，学生重复了十几遍，这样的环节到底价值在哪儿？

一时间应者云集，大家七嘴八舌："就是！""学生是把名都报了一遍，老师当时能记住几个？！""我就是这么做的。""可是，不自我介绍又不行，总得相互了解一下吧？"最后，老师们干脆来了一场头脑风暴，各种五花八门的自我介绍办法出炉。

地理老师决定唱"我家来自黄土高坡"，让学生猜自己的籍贯。学生可以在地图上找自己的家乡，然后根据家乡常吃的粮食是大米还是面食，地理环境是山多还是河多，平原还是海边，起立或者排队。数学课上，老师展示和自己相关的数字——年龄、体重、身高、兄弟姐妹人数、教龄、家乡到北京的距离、教过的学生届数、在蒲公英工作的时间等，让学生猜猜每个数字的含义。学生也可以做这样的"自我介绍"牌，相互猜，老师可在学生中走动，边猜边认识学生。体育老师计划准备一些体育器材，学生根据自己喜欢的运动分组，同组的学生进行PK，用这种方式认识彼此。

在旁听李时来老师的道德与法治课时，笔者听出了她的一些心思，想把一些空泛的道理说到孩子心里去。那节课讲"友谊"。让学生回忆自己有几个知心朋友的时候，她会讲自己的故事。她小时候的知心朋友是一只小狗，她觉得有什么话都可以对它说，在它面前觉得很安全。

笔者理解，她是试图用自己的真实经历，唤起学生类似的情感。

李时来还让学生们讨论成为知心朋友的条件和要素是什么，在什么情况下，陌生人会变成知心朋友。讨论结束后，她问大家："知心朋友是一成不变的吗？"

她告诉孩子们，初二的时候，会有一些同学离开学校回老家。她在学校的心理咨询室"爱心小屋"工作，总会遇到这样的情况，两个好朋友要分开了，留下来的人很难过，走的人也很伤心。"这是很正常的感受。"她说，"我想让大家知道，未来不管发生什么变化，在陌生的环境里都要有信心，你会有新的朋友。你也不要埋怨老朋友不和你联系，大家都要打开心扉，拥抱新的环境。"

后来，在学校做采访的时候，笔者听说了一件事，校长郑洪在这学期教初一年级的道德与法治课，为此每周她都会抽出一个小时到一个半小时和李时来老师一起备课。笔者很好奇，想象不出这样一门课程还能有什么玄机，还能教出什么花头来，于是就去旁听了一次备课。

备课是从刚收上来的作业说起的。老师们让孩子拿着他们设计好的问卷去采访三个成年人，让他们谈谈"他们有几个真正的朋友""喜欢和什么样的人交朋友""交朋友的方法""最看重朋友的哪些方面""朋友给自己带来的影响""与朋友相处要注意的事项"，然后写下自己的感受和心得。

两位老师都很兴奋。笔者听她们讨论，发现一项作业写下来，她们的收获能有一箩筐。其一是孩子的反馈。一个孩子写道："我喜欢这样的活动，因为我就是喜欢。我体会到了每个人都有自己的朋友和对友谊的理解，我也懂得了怎么交朋友……今天我们还采访了张艳鸽老师，我感到很荣幸，他告诉我们很多关于交友之类的话。"另一个孩子写道："通过这次活动，我发现成年人很看重将心比心、坦诚。我觉得这两点是很重要的，以后也要这样做。我也很喜欢这样的活动，它让我很勇敢……我发现我成长了，不会像当初（小时候）那样对待别人，不会让别人对我有误会……"

李时来说，这是她们第一次让这些孩子用采访的方式来完成作业，没想到这几个平时让她特别头疼的孩子都破天荒地写了很多。尤其是第一个孩子，"以前从来不参与课堂互动，就是戴个帽子，晃来晃去"。还有很多孩子问：以后还有这样的活动吗？

其二是教训。怎么问问题、怎么与人交流，孩子们不知道，既不懂得介绍自己，也说不明白来意和缘由。"这是我们这次的疏忽，没有给他们做专门的培训。"郑洪和李时来商量，"以后要专门训练这个能力，多练几次，能力就出来了。"

其三是未来可资借鉴的经验。"学生得动起来，活动中才会有意外收获""舍得花时间，在课堂上教学目标不求多，在一点上做透"。还有一点，有不少孩子采访了自己的父母，有的父母很配合，孩子记录了很多东西；有的父母则显得很敷衍。孩子们和接受采访的志愿者老师也吐了一大通亲子关系的苦水。"以后家长工作怎么做，家长会怎么开，也得仔细研究研究。"李时来建议，期中考试马上就到了，可以趁这个机会给家长写一封公开信，商量两件事情：第一，请家长别只看成绩，和孩子过不去，孩子还有很多闪光点；第二，接下来要上的课程也会有请孩子采访家长的心路历程，希望家长"给孩子也给自己一个彼此了解的机会"。

接着，两个人又开始讨论，下面的课程到底应该设置什么活动。关于友谊的内容，她们有一个新点子，让孩子们戴着面具或者口罩和陌生的同学交流，尝试交朋友。他们想让孩子真真切切地体会一下，当自己的面目被掩藏的时候，他们说话、待人的方式是否会发生变化——这和孩子们所处的网络环境是类似的。但是这个活动具体怎么做才能达到最佳效果，还得推敲得更细致一些。

"以前我们也觉得，这门课谁都能来上，不就是讲道理嘛，可是你会发现，你讲道理，孩子可能比你讲得还好。"郑洪说，"你真得去好好设计，能够走进他们心里去，这节课了解几个孩子，下堂课再了解几个孩子，再下堂课……这就是当老师。"

这些"真"，对孩子意味着什么?

在蒲公英中学，很多人都会特别骄傲地和笔者说起一件事：我们这里的孩子一看就和别的学校不一样。这个不一样，有很多外在表现。孩子们不回避成年人。笔者在学校里走，遇到学生总是被问"老师好"，他们的声音热切，眼神不回避。

这个状态的意味笔者是慢慢体会到的。孩子们是自在的、没有顾虑的。在那个采访成年人友谊观的作业里，笔者看到一个孩子的心得只写了一句话："在这个活动中，我觉得很有趣，因为我在办公室站了好长时间，班主任问了我好多的问题，让我想跑也跑不了。"学校的墙上贴着一些小诗，写在五颜六色的纸上。一首《您的课》是这样写的："您的课让我昏昏欲睡，您的课让我如痴如梦，您的课让我的知识如潮水般增长。我谢谢您的课。"

　　为了尽快熟悉这学期教的初一学生，了解他们对历史学科的看法，志愿者、历史老师蔺熠每周五中午饭后会约谈一个 6 人小组。笔者旁听了一次这样的谈话。在学校礼堂里，老师、学生一人一个蒲团围成圈坐下来。蔺熠问他们谁回家还会看历史书，做练习册。只有一个女孩儿说自己看了，但是"做了一会儿不想做了"。蔺熠问她为什么，她很坦率："选择题书上找答案没找到，想了一会儿想不出来。"

　　蔺熠问孩子们：你们觉得学历史有趣吗？有趣在哪儿，没趣在哪儿？

　　一个河南口音的男孩快言快语道："语文就是写写写，英语就是背背背，数学就是算算算。游戏虽然好玩，但是历史让人动脑子。历史有趣，有趣在有很多人物故事，要我说，把历史换成主科算了。"

　　另一个女孩儿的想法则是："听不太懂。"蔺熠问她哪里不懂。"课上总是提到'政治'，'政治'是什么？"

　　孩子们七嘴八舌，有时候坐着，有时候趴着，有时候躺着。有一阵，河南口音的男孩儿突然爬到小礼堂另一边去了。两个孩子突然对他喝道："敬！"男孩儿自言自语，高声诵道："静以修身，俭以养德。"他的同学纠正道："不是安静的静，是尊敬的敬！"我这才明白，孩子们觉得男孩儿爬走了对老师没礼貌，叫他坐回来。对这一幕，蔺熠也有点意外。历史的第一节课，他曾经给孩子们讲《礼记》："毋不敬，俨若思，安定辞，安民哉。"没想到，他们记下了，用到了这里。

　　不到半个小时，孩子们讲了电子游戏里有哪些真真假假的历史，讲了为什么有时候大家不认真听课，讲了对期中考试的担心。临走的时候，蔺熠说，下节课会给他们讲讲什么是"政治"。

　　这场"散漫"的谈话对蔺熠来说别有一番体会。他是三个孩子的父亲，在蒲公英中学做了多年志愿者。大儿子小学毕业的时候，他做了个决定，让孩子到蒲公英中学来读书。这个决定很多人不理解。有人提醒他，转学以后孩子的东城区学籍就没了，高中再想回东城可回不来了。有人说，农民工的孩子打架、骂人、说脏话。还有一种说法，好学校的价值是同学的家庭背景好。蔺熠觉得这些都不重要。

蔺熠是北京 93 号院博物馆馆长。93 号院博物馆做非物质文化遗产和民间艺术传播，蔺熠经常去各个学校做相关的讲座和授课。第一次来蒲公英中学的时候，他很震惊。学生们和自己的交流非常踊跃，热切地表达自己的想法。这种生机勃勃的状态让蔺熠想起北京一所重点中学的超常儿童班。他原本以为，这种状态只属于那些最具天赋才智、拥有最多资源、最被认可和呵护的孩子。

在很多学校，蔺熠都觉得"孩子们好像包裹进了一个壳里"。必须承认，那些孩子也很优秀。有时候，蔺熠还在讲着课，学生的精致笔记小报就做出来了。他的 PPT 上有英文，随机叫一个孩子，都能用非常标准的发音读出来。可是蔺熠感受不到那种发自内心的热情，他摸不到孩子的真实想法，就像在一个鸦雀无声的课堂里，老师并不知道一个安静的学生是不是真的在听他讲课。

作为一名父亲，蔺熠慢慢理解了这种状态。孩子们天生擅长琢磨成年人的心思，躲避批评，追求赞美，在这个过程里，真实的自我越来越退缩。他看他的孩子写作文，技巧纯熟，"和好莱坞电影一样，怎么拉高潮，如何结尾，什么样的话是正确的，都有章可循"，唯独没有真情实感。有一回，学校布置了一个作文题写"云"。他的孩子从小就跟着蔺熠看博物馆，听他讲瓷器，于是很有表达的欲望，就把对瓷器的欣赏和这个主题联系了起来：钧窑的火红像晚霞，汝窑则是"雨过天晴云破处"。不料，这篇文章被评成了三类作文，理由是它和课本的一篇文章构思有类似之处。年级一位负责老师说，孩子就不该这样写，因为你永远不可能写得过一位大家。

四、去远方

教育是给人机会

有一次，郑洪在开学典礼上问孩子们："你们知道'教育'这个词在英语里怎么说吗？"她告诉大家，在拉丁语词源里，前缀"è"有"出"的意思。这个"出"的意思，给教育这个词赋予了明显的含义：第一个含义是让潜质自内而外地焕发出来。"教育不是从外面给一个人加上什么、贴上什么，而是把原来就存在的潜在素质引导出来。"

第二个含义，就是"内在的潜质人人都有"。怎么找到这个潜质呢？郑洪对孩子们说："在咱们学校，释放自己的潜质不难，途径就是，全面参与到各方面的过程中去……你的内在潜质会在丰富多彩的过程中被自己发现、被别人发现，得到释放、得到唤醒……一定要全面参与，高高兴兴地、兴致勃勃地参与。"

除了夏令营的各种小组、定期及不定期的活动，每个学期，蒲公英中学的日常课后还有 30 ～ 40 个兴趣小组。做兴趣小组，学校是认真的。带兴趣小组的老师有津贴，算下来，一次小组活动的津贴可能比上一堂课还要多。兴趣小组也得签到，受教务考查，做学生满意度调查，也得参评。学期结束的时候，每个小组要张贴广告，告诉全校师生，哪一天会进行成果展示，欢迎大家来观摩。

校长还有一个特殊要求：老师带兴趣小组不能"就便"，数学老师搞个数学提高班，那是不允许的。她对老师们说："你有什么兴趣爱好，有什么人生未完成的理想，你就去干那个。"她要把老师新的热情激发出来。于是，出现了计算机老师做再生纸制造，数学老师搞编织，语文老师教乒乓球。

郑洪也犹豫过，学生基础这么差，老师又这么缺，学校还开展这些活动，顾得上吗？真的需要做吗？这个问题的答案她也是从学生那里得到的。每学期，学校规定一个孩子只能参加一个兴趣小组，有的学生为此给郑洪写"条子"：校长，我想报三个组，你能不能和老师说一下，通融通融？"看到他们的状态，我就知道，这是孩子们兴致勃勃想要做的事。他们不是我们这个岁数，他们十几岁，他们需要这个，享受这个。"

享受的价值在哪儿？"每个兴趣小组都是机会。很多孩子可能学习不好，但他们只要在一件事情上做好了，成了老师的小助手，一下子就有了自信，这就是一个转变的机会。你不做这些，怎么给学生机会？教育公平不是空的，公平意味着你要给他们提供足够的机会。"

"机会"这个词解释了笔者在蒲公英中学的许多观察。

"机会"并不只存在于让人眼花缭乱的活动里。有时候，它就是接纳。2020年底，藏族女孩儿桑措从阿坝师范大学毕业，成为蒲公英中学的教师。和段孟宇一样，桑措也完成了她的转身。1997年，她出生在阿坝州的一个村庄，有四个哥哥和一个弟弟。7岁的时候父母离世，年长的大哥承担起了抚养弟弟妹妹的重任。不料桑措念到三年级时，大哥在劳动中意外受了重伤，卧病在床。桑措不得不休学在家，承担家务。

2010 年初，同族叔叔查卓保来到桑措家做客，他是青海桑坚珠姆女子学校的校长，长期义务招收藏区的孤女来校就读，桑措因此重新获得了读书的机会。在桑坚珠姆女子学校，桑措和北京志愿者王聪聪成了好朋友。聪聪带桑措到北京学汉语，一个很偶然的机会，他们知道了蒲公英中学。桑措想留在北京上学，聪聪的妈妈找到了校长郑洪的联系方式，郑洪听了情况后，就说了一句话："送过来吧！"

那时候，桑措的汉语尚不流利，学业非常吃力。第一次英语考试，她只考了 9 分。有一次，桑措又考了年级倒数，她坐在教室最后一排流泪。校长从后门进来，亲吻了桑措的额头，说："你要继续努力。"桑措说，她永远都忘不了这个吻。

有时候，机会意味着认可。在蒲公英，笔者常常发现，老师们很擅长从一点一滴的细节里发现孩子的闪光点，并且由衷地欣赏。物理老师秦颖是这学期研究型学习项目的总负责人，她告诉笔者，其实学校很多年前就在做项目式学习，尽可能提供不同的学习方式。多年前，有一个孩子给了她很大的启发。当时，她组织做"水火箭"比赛，以水为动力，发射矿泉水瓶。比赛的前一天晚上，已经午夜了，她发现教室里还亮着灯，一个男孩儿在埋头研究改进自己的装置。这个男孩儿在班里成绩排在倒数，可他的动手能力以及他的这股劲头让秦颖牢牢地记住了他的名字。

一次期中考试的前一天晚上，晚自习下课后，因为要布置考场，老师张忠源组织学生把多余的课桌搬出教室。刚搬了几个，一个平日寡言少语的男生走到他身边悄声说："老师，我看到学校宣传板上的天气预报，今天晚上到明天上午有雨夹雪，如果把桌子搬出来，遭雨淋而受潮，会影响使用寿命。"张忠源看着这个孩子笑了，没想到他这么细心。男孩儿看出了老师的惊讶，腼腆地说："老师，我每天都关心天气，因为我爸爸在建筑工地干活，整天都在室外，天气不好我要提醒爸爸多穿点儿衣服，免得受凉。"张忠源把这件事写在了他的教师笔记里。他很感慨，这个孩子关心自己的爸爸，同样关心自己的班级，把班级当成了自己的家。他这个班主任都没有想到的事，却让一个孩子想到了。

袁小燕是学校的音乐老师。一个孩子报名参加学校的小提琴队，过了一段时间，袁小燕才发现他的左手有残疾。原来选学生的时候，这个孩子给手指缠上了胶布，教小提琴的老师没发现。练完一个学期，孩子来找袁小燕，他的手指因为拉琴总是很疼，已经红肿了。

其实，老师们私底下早就讨论过，这个孩子的情况很难适应拉琴，但他们害怕打击孩子的积极性，没有和孩子提起过这件事。袁小燕问他："你还能坚持吗？还想学吗？"孩子说："我还想学，可是手指总是疼，有没有解决的办法？"袁小燕试探着说服他："要是实在太疼，可以考虑不学了。你回去好好想想。"

第二天上完课的中午，袁小燕又看见这个孩子背着琴，愉快地从琴房里走出来。他说，他和小提琴老师商量过了，决定继续拉，拉琴的时候就给手指绑上胶布。这种坚持，让袁小燕觉得很震撼。

这一切的机会，背后所有的用心，指向的是哪儿呢？

在学校里和老师们交流时，似乎没有人向笔者提中考，这和学校的对外宣传不太一样。"现在我们拿出成绩来让大家看看，只是因为成绩是一个定量指标，这是一件大家容易认同的事，但是获得这样的升学率，前头的功夫是什么？不是那么容易能说出来的。"郑洪对笔者说，"分数只是孩子状态变化的表现，是你把一切事情做完之后，自然而然产生的结果。"

在蒲公英中学，学习成绩落后的学生不叫"差生"，有一个称呼叫"盘旋路"。关于中考，让郑洪觉得特别值得一提的是，中考前的最后一天，一个孩子突然跑回学校，说他要考试。他有一个星期没有来学校，已经出去打工了。还有一个孩子，在校三年考试从来没有及格过，中考成为他学业最好的那一个点，三年走下来，他终于及格了。

2020年，李时来也加入了初三学生的帮扶小组。一个男孩儿初中三年都在混日子，本来不打算中考了，"反正也考不好"，李时来劝他打起精神："人生里其实就是几个关键点，中考就是一个。并不是说一定要考出什么样的成绩，但你是否认真对待过它，你获得的体验是不一样的。一旦你负责任地对待了这件事，未来你就可能找到那种对自己负责的状态，你可以积累很多信心。"

这个孩子很认真地准备了考试。和预料中一样，考试的结果并没有发生戏剧性变化，他去读了职校。这样的努力和坚持值得吗？2021年开夏令营的时候，男孩儿回到学校来做志愿者，工作起来特别尽心尽力。他每次看到李时来都是一副高兴得不得了的样子，他说很怀念初中三年的生活。他在职校学了一年烹饪，现在比较清楚自己未来的出路，想开一家小饭馆。他还对李时来说，如果学校有什么事需要帮忙，他随时待命。

这些年上课，李时来总在琢磨，给孩子们什么东西，他们未来能够用得上。这些东西是一颗种子，埋在土壤里，播种的人可能并不会看到结果。两年前，李时来在志愿者的牵头帮助下组织过一个"人生七十年"的生涯体验活动，183 名学生变身成 24 岁的自己。在活动里，他们创业开公司、做公务员，在大学、医院、建筑院、银行等机构工作……他们还穿上礼服和婚纱，体验结婚生子、为人父母。在这个过程里，有人重新回到学校提升了学历，有人用赚到的钱改善了生活条件，也有人遭遇了战争、伤痛和死亡。最后，大家在烛光里给自己写下了墓志铭。

孩子们后来在感悟里写道："命运掌握在自己的手里，听从内心的想法，时间可贵，人不可贪心，对人生要有一些新的目标。""人生的舞台，没有排练。""开心是一天，难过也是一天，那么就好好开心地过下去吧。"李时来并不知道，这 4 个小时的模拟人生能给这些初二孩子的心里埋下什么样的种子，但她觉得，只要能让孩子对人生的马拉松有一些感悟，对可能遇到的困难有一些准备，功夫就没白费。

欧安乐的故事

办了 16 年学校，郑洪现在会理直气壮地对学生说："我们要成为国家的栋梁。"总有人觉得她这个说法不实事求是："这样的学生和栋梁有什么关系，和精英有什么关系？"她反问："有钱有权才叫国家栋梁吗？我觉得正人君子就是国家栋梁。这个国家需要这样的人。我们的孩子能成为正人君子。"

一次，有个美国志愿者告诉郑洪，有一个学生的话震动了他。这个孩子说："我来蒲公英的时候，想的是怎么做一个好学生，今年我毕业了，想的是怎么做一个好人。"

这是让郑洪最骄傲的事——孩子们心里有善意。有个男孩儿厌学回家，全班同学自发地每个人给他写了一封信，劝他回来上学。班长带着这些信上男孩儿家里，男孩儿不开门，班长就站在窗户边，一封封地念，最后是男孩儿的爸爸忍不住打开了门。

北京一家民办高中与蒲公英中学合作，让蒲公英中学的孩子去念高中，给他们单独开一个班。民办高中的一位老师告诉郑洪，有一天上晚自习，他走到这个班的外面，听到里面有人上课，发现班里成绩最好的孩子正在给自己的同学补习。这位老师说，他教了这么多年书，从来没有遇到过这样的情景。

郑洪还记得一个孩子在学校里天天给食堂的师傅帮忙，后来孩子因为家庭变故，出现了心理状态不稳定的情况，只能暂时休学回家。老师们打电话问他的情况，没想到孩子却说："食堂的师傅现在有人帮忙吗？他们忙不过来怎么办？老师，您和我们班同学说说，让他们去帮帮忙吧！"

在学校感恩室的展示板，笔者注意到了欧安乐。在一堆大企业、志愿者的环绕下，她显得有些特殊。从蒲公英中学毕业以后，她没有考高中，直接进入了职校。她辗转干了好几份工作，现在是一名糕点师，开了一家自己的网店。几年前，她给学校捐了两台烤箱，做了一个食育教室，还来给学生上过烘焙课。

欧安乐告诉笔者，毕业 11 年了，她还是经常梦见蒲公英。欧安乐的老家在内蒙古赤峰市，来蒲公英中学的时候已经 14 岁了。母亲在她 8 岁时去了北京，她和父亲一起生活。父亲不务正业，打架斗殴。欧安乐吃了 4 年的百家饭。她 12 岁时，两个姐姐已经长大离家，妈妈不放心欧安乐在老家，把她接到了北京。

没到北京之前，欧安乐想，北京一定是个特别干净的地方，只有天上飞的东西，不会有老鼠，也不会有蟑螂。妈妈住在大兴鹿圈三村的一个大杂院里，狭长的院子住了很多户人家，妈妈的房子后面就是一个巨大的垃圾场。

欧安乐是 2007 年入学的。那还是学校硬件条件特别艰苦的时期，但这些艰苦的事，她现在都不记得了，只记得她对学校的第一印象是"特别暖心"。去上学的时候，她终于感到自己不被另眼相看了。刚来北京，欧安乐去公立学校考过试。穿着破破烂烂的衣服，站在一堆阿迪、耐克中间，别人投来的眼光，让她浑身不自在。即使在老家的时候，爸爸品行的问题和她比较差的成绩，也让她一直是个不被待见的孩子。

到蒲公英报到没多久，欧安乐就参加了夏令营。她记得有好多志愿者，外国的，清华、北大的。平时能见到一个外国人就很不容易啦，没想到这些人都对她那么好，她觉得开心。她还记得，在学校吃饭的时候，老师教导他们："你们每个人每天吃的鸡蛋，每个周五吃到的鸡腿，都是别人捐赠的。"欧安乐想，那可是不能浪费呀。

欧安乐初一年级的班主任是现在已经离开学校的周学敏老师，她很快就喜欢上了这个新老师。开学不久，周老师到欧安乐家做家访，欧安乐给她带路，还一起去过好几个同学家里。细心的女孩儿注意到，这个周老师特别喜欢穿白裙子，可是在学生家，家长请她落座，她从来没有流露出半分犹豫和嫌弃。

欧安乐发现，老师也喜欢她。班干部最早是老师指定的，周学敏选了欧安乐当班长。欧安乐说自己的优点是铁面无私，纪律管得严，不打小报告，乐观开朗，有眼力见儿。不仅如此，老师还说欧安乐的妈妈开明。欧安乐的成绩不好，妈妈到学校开家长会，也不埋怨，只关心学校环境如何，她吃得怎么样，和老师、同学相处得好不好。有一次开家长会，老师评选优秀家长，一个班只有两三个名额，欧安乐的妈妈被评上了。回家以后，欧安乐姐姐笑话妈妈："人家都是因为孩子学习成绩好才评上的，你凭什么呀？"妈妈不管，她开心得很。

在学校，欧安乐觉得自己很能干。有一回，班里有个孩子的父母突然离异了，情绪低落，老师建议那个同学有时间和欧安乐聊聊天："你看她的父母也离婚了，可她多乐观。"

班里还有个男孩儿是学校的"老大难"，他和校外的"混混"玩，还曾经拿着铁棍子在校门口斗殴。周学敏对欧安乐说："有机会的话，也请你开导开导他。你这样爱笑，或许能感染他。"老师还说，他很聪明，只是聪明没有用在点子上；他也不是个坏孩子，其实特别善良。

欧安乐发现，周老师说得都对。男孩儿在校外打架是把人往死里揍，可是每次和同学起冲突，绝不下狠手。欧安乐找这个男孩儿聊天，他从来不曾摆出过"你有什么资格来教导我"的姿态。老师告诉过欧安乐，男孩儿很孝顺母亲。欧安乐就总是学着老师的办法说："你要是变成了杀人犯，你妈妈以后怎么办哪？"欧安乐说话的时候，他不应声，也不反驳，只默默地听着。欧安乐想，不管他听不听得进去，至少他知道自己是好心。

好像是半个学期以后，不知道为什么，男孩儿不打架了。欧安乐职高毕业后才又和这个同学有了联系，他在和妈妈一起摆摊卖铁板烧，收入还不错。班里的同学经常去他摊位上买吃的，玩一玩。欧安乐最后一次见到他是在 4 年前，他已经结婚生子，二孩都一岁半了。当时欧安乐提醒他：你和我一样没有正式工作，有没有上个保险什么的？他说自己没有，但给孩子们都上了。

从蒲公英中学毕业以后，欧安乐进了一家职校。在这家职校里，她才觉察出了自己的变化。在新学校，让她最意外的是同学满口脏话，她特别接受不了，这在蒲公英是无法想象的事情。欧安乐发现，进蒲公英之前，她挺自卑的。到了职高，尽管班里的同学家庭条件都很好，别人一天的零花钱一两百元，自己一周可能也就二十元，但她觉得很正常，没有什么大不了的。喝不起可乐，少喝就是了。笔者问她这种自尊从何而来。欧安乐想了想说："可能是因为我觉得自己还是一个挺不错的孩子吧。"

后来欧安乐自学做西点，开始创业。那时候她还在北京，经常带着点心骑半个小时的电动车回学校看老师。有一回，欧安乐的二姐生了孩子，和她讲现在养孩子要报舞蹈班、美术班，甚至有烘焙班。欧安乐灵机一动：我上学的时候不是有很多志愿者去教课吗，那我是不是可以回学校开个烘焙班呢？那时欧安乐刚开始创业，赚的钱刚够维持生活，但她盘算了一下，买烤箱加材料，1000 元差不多够了，还是出得起的。

笔者没有想到的是，欧安乐对我讲述的故事在这里出现了转折。她说，其实以前学校有媒体采访过，也有人想采访她，但是她都拒绝了。

这一次老师又来问，她不好意思再回绝。她告诉笔者，原因是，后来回学校的几次志愿活动，她的感受并不好。上烘焙课的时候发生了一件事。因为她的课程被安排在下午，结束的时候比较晚了，她还需要骑电动车回家。为安全起见，点心放入烤箱以后，她会叮嘱学校老师，等烤好后让孩子们尝尝，然后就先离开了学校。可是，她再来学校时，有几次问孩子们有没有吃到自己做的点心，得到的回答是没有。点心烤好以后，可能被分给了当天来学校的志愿者。

"我是自学做烘焙的。那时候还没有现在这么多教程，我也没有钱去参加昂贵的课程。每次从早到晚地尝试，最后终于成功了，你肯定要尝尝点心的味道。吃到嘴里的那一刻，我觉得自己能做出这么好吃的东西，特别伟大。"欧安乐说，"我到学校去开一门课，不是单纯想表现自己回馈了学校，我是真的希望有那么几个孩子会为此喜欢上烘焙，觉得初中毕业后，哪怕上不了高中，也有自己想做的事。如果这个过程不能有始有终，事情是不是变味了呢？"

欧安乐还提到，最后一次回学校是参加夏令营。她也开了一个烘焙课堂，因为参加课程的人数多，一个人忙不过来，她提前和学校申请，给她几名志愿者打下手。可是真的到了上课的时候，一连几天，没有志愿者，几乎是两个来上课的孩子承担了所有的工作。欧安乐那几天累得直不起腰，但她更心疼孩子。她告诉笔者，夏令营结束的时候，她有些愤怒，也很伤心。她感到学校没有管理好志愿者，真正愿意投身志愿服务的人，被辜负了。

"我还记得我读书的时候，那些志愿者是真心实意地帮助我们。我们班有个小女孩儿，性格比较中性，不喜欢穿裙子，不喜欢留长头发，我们班同学都笑话她，可志愿者会告诉我们：每个人都有自己的个性，不应该因为和别人不一样而受到嘲笑。穿裙子并不是女孩儿的标准。还有一次，一个美国来的华裔男孩儿和大家聊天，我们都觉得人家光鲜亮丽，很羡慕，可是他对我们掏心窝地说，他并不是一直都过得很好，小时候他也吃过很多苦，所以走到今天才会更愿意去帮助别人。"欧安乐说："这是我理解的志愿者应该做的事情，而不是像一些人，给每个学生买一杯奶茶，就好像做了贡献。"

欧安乐的"吐槽"，让笔者很感动。

知者不惑

给初一年级第一次上历史课的时候，蔺熠给孩子讲了《论语·子罕》里的一句话："知者不惑，仁者不忧，勇者不惧。"这句话的背后，他心里想的是教育的价值和意义。

蔺熠告诉笔者，在蒲公英中学，老师们之间也经常会讨论：怎么理解"教育改变命运"，教育到底能不能改变命运？蔺熠读历史。他想，古人考功名，学圣贤知识，并不只为了"阶层跃升"，而是怀有"修身、齐家、治国、平天下"的抱负。大时代的进程之中，潮起潮落，个人何其渺小。苏轼进士及第的时候，未想过会被贬黄州，又被贬惠州、儋州，但这并不妨碍他拥有飘逸旷达的内心世界。

"每个人在这个世界上都是独一无二的，每一个人的生命体验都是不可被取代的，"蔺熠和笔者分享了他的想法，"'知者不惑'，教育最重要的目标就是给人智慧——人作为一个独立的个体，在世界中如何自处的智慧。"

志愿者赵莎在蒲公英中学服务了多年，很关心学校就读的藏族孩子，一直追随他们的成长。她有一种感受，人生命运里有很多际遇是教育无法左右的，而受到教育的价值有时可能又无法体现在当下。

有一个藏族女孩儿从蒲公英中学毕业的时候非常想去读幼师。但是她户口本上登记的年龄是错误的，根据这个年龄，她超过了幼师招生的年龄。后来她去成都当了一个演员，表演藏戏。赵莎经常和她联系。让赵莎觉得欣慰的是，尽管没有如愿，她还是很积极地在生活，并没有一蹶不振，没有过一种随波逐流的生活。

另一个藏族女孩儿顺利地在北京读了幼师。她功课不错，又努力，在班里从最后几名追到了前三名。幼师马上要毕业的时候，她已经在北京青少年宫幼儿园找到了实习，还有机会可能留下来工作。可就在这个时候，女孩儿决定回老家结婚。赵莎一开始很不理解，但她还是选择了尊重。赵莎告诉笔者，藏族家庭有一个传统，家里的长子在父母老去以后有照顾整个家族的使命，是不可以离开老家的。这个女孩儿的恋人就是家里的长子。女孩儿对赵莎说："我嫁给一个长子，那么我一辈子都要承担这个大家庭的责任。我是不可能到北京工作的。"

赵莎后来想，从人性的角度讲，这个女孩儿的选择也无可厚非。"她选择为家庭牺牲自我，你不能不说，这个女性是很伟大的。在一个传统的牧民家庭里，她如果真的能够用一己之力把弟弟妹妹抚养起来，你不能说她不是一个成功的女性。"赵莎说，"我们在蒲公英给她的教育是白费了吗？有一种说法：一个女孩子受到教育，就等于教育了三代人。所以，我相信她接受的教育一定不是白费的，她也一定会让这个家里的孩子都去接受教育。"

在蒲公英中学采访的时候，笔者得知学校刚刚有一名叫热沙卓玛的毕业生考进了 UWC 常熟分校。热沙卓玛让笔者觉得很特殊。她在初中时的成绩并不好。从蒲公英中学毕业后，她去了上海，在嘉和基金的帮助下接受了两年的西点师职业培训，在上海金茂君悦大酒店成为一名在大厦顶层工作的糕点师。

赵莎知道有一些藏族孩子其实很想考 UWC，但他们的基础比一般的蒲公英学生更弱，觉得自己没有机会。赵莎还是会鼓励他们有机会试一试。8 月底的时候，赵莎看到 UWC 常熟校区的招生还没有结束，就随手发到了藏族学生的群里面："你们谁想考，可以考虑考虑。"没想到，马上有一条信息蹦出来：我想去。

赵莎也没有想到，说话的人会是热沙卓玛。热沙卓玛在蒲公英上学的时候并不是个引人注目的孩子。她只记得，这个学生英语成绩好，喜欢唱英语歌。

赵莎告诉笔者，热沙卓玛在酒店的工作其实挺不错的：酒店是五星级，她在工作中的人缘很好，也被看重。同一批进酒店的人，很多人只能在后厨，但热沙卓玛因为英语好可以到前厅和客人打交道。

当时，UWC 申请、考核实际已经到截止日期了，但出于一些原因又延长了一个月。热沙卓玛每天早上 5 点多起床，从宿舍坐一个半小时的班车到酒店。工作结束以后，晚上 6 点 30 分坐班车返回。到家的时候已经是晚上 8 点左右了。这个时候，她才开始学习备考，准备申请材料。热沙卓玛告诉笔者，这一个月来，赵莎总是在给她发各种各样的参考资料。有时候，凌晨过后她睡下来，早上起来，发现手机上还传来了新的材料。

热沙卓玛经过二轮电话面试，一轮校园面试。录取前，学校担心她不能够适应课业节奏，让她去常熟参观试听了一次课程。最终发正式录取通知前，UWC 还打电话与热沙卓玛确认。学校告诉她，上 UWC 并不能够确保她考上大学，问她是否要再考虑一下。

热沙卓玛考 UWC，家里人一开始是不同意的。在很多人看来，五星级酒店的一份工作，意味着她在上海这个大都市已经有了立足之地，为什么要放弃这么好的机会呢。热沙卓玛告诉笔者，其实她并不知道念完两年书之后，自己会有什么具体的收获。她所清楚的是，在酒店的工作不是她想要的生活，她愿意为寻找自己真正喜欢的东西冒一下险。"就算从 UWC 毕业以后，考不上大学，找不到什么好工作，这两年经历也会很珍贵。"热沙卓玛说，"我和妈妈说了，赚钱的事情，只要你努力就一定可以赚到，还是做热爱的事情比较重要。"

笔者电话联系热沙卓玛的时候，她已经开始了在 UWC 的生活。她告诉笔者，刚开学的一段时间里，因为学业的难度太大，她曾经一度很怀疑，是不是高估了自己的能力。后来她找学校的顾问谈了自己的困难，老师们现在帮助她补课，她已经从情绪的低谷里走出来了一些。后来，赵莎告诉笔者，其实热沙卓玛心里还是有点负担，担心自己辜负了赵莎的期望。赵莎和她讲：大胆往前走，不用顾及任何人的想法。大不了，再回来当糕点师。

热沙卓玛的勇气特别让笔者触动。后来笔者想，这种热情和勇气，在热爱做西点的欧安乐身上也有。在从哈佛回到蒲公英工作的段孟宇身上一样存在。

2011 年，从蒲公英毕业时，小孟宇曾经在求学路上有过短暂的迷茫。2018 年，她从路德学院毕业时也遭遇了一次抉择。她的内心里很想继续求学，但是担心经济上的负担，非常犹豫。毕业以后她一度到波士顿一家教育创意公司工作。但她发现这家公司的技术并没有创新，在宣传的时候又一味吹嘘。她还是决定把工作辞去，一面在一家基金会工作，一面申请研究生。虽然这样做了，但那个时候段孟宇的心里是很矛盾的，她需要养活自己，也想要回馈父母，对未来研究生的方向也还没有十分笃定。她不知道自己的选择是不是正确的。

段孟宇说，2019 年的一天，她在波士顿图书馆学习，收到了校长郑洪发来的一条长长的信息。郑洪说，理解她在现实中面临很多具体的问题与在思想和感情中面临冲突与困惑。"凡事总是有得有失的，生活总是喜怒哀乐的，成长总是要选择和决策的。"郑洪鼓励她继续求学，拥抱未知，寻找真正属于自己的路。段孟宇说，收到这条信息的时候，她在图书馆泪流满面。

2021 年从哈佛毕业的时候，段孟宇没有再次遭遇迷茫。在哈佛教育学院，她慢慢明确了自己要做的事。她学习的方向是教育政策。她意识到，政策和实践之间的差距，决定研究生毕业后，先亲身体验理解一线教师的工作，再申请博士学位。孟宇的一位好朋友在国内一所国际学校就职，那边很欢迎段孟宇去当老师。国际学校的优势很明显：收入高，做实习老师期间有专人指导。但是段孟宇还是谢绝了邀请。因为她意识到，她最终想做的是弱势群体的教育帮扶。国际学校服务的政策、沟通的人群，使得制订教育计划的方式会完全不同。

笔者曾经试图为这种热情和勇气的来源寻找到一个直截了当的解释。后来，笔者发现，内心的火苗何时因何燃起，当事者也并不明了。

但后来，结束在蒲公英的采访的时候，笔者又觉得自己似乎找到了答案。

还记得在美术教室里，裴广蕊老师和笔者说起，她因为图书馆、美术教师和叶蕾蕾老师留在蒲公英。裴广蕊在西安美院学习的时候，她发现，每年寒假回家，她都会迸发巨大的创作热情，她觉得和自己的生命与经历息息相关的东西才最能够调动情感，激发艺术表达。

于是，裴广蕊带学生画父母的手，让他们从老家带回不同颜色质地的泥土，一起制作作品。学校所在的寿保庄村、老三余村还没有拆迁的时候，她带学生进村子里去写意。学生的画纸上什么都有，冬储的白菜、电动自行车、木质的门框、水果摊、破扫帚……等到老校区附近很多房子被拆除了，她又带他们去描绘拆迁现场。疫情上网课，裴广蕊就让孩子们画自己家里的厨房。

"城中村是多么有生活气息的地方，破破烂烂的地方会有岁月的痕迹。"裴广蕊和笔者感慨地说，"疫情的时候，看学生画的厨房，我就假想，我要有一个翅膀，我能飞到他们家里边去给每个人指点，他们绝对能画出非常棒的作品。"

在学校十多年，裴广蕊带着学生跑过无数展览。怀孕八个月的时候，裴广蕊带着学生挤公交车去看展。她说她的老家在河北，高中的时候，她和父亲说想去北京看展览。父亲说："我还想去呢！"在西安美院上学的时候，有同学坐火车去上海看展，让她羡慕极了。"其实我觉得，我对艺术还是有非常强烈的追求。我就是喜欢。只要是和美术相关，我觉得这个资源好，我怎么也要把它抓住。"

2016 年，李时来到蒲公英来面试。那时候，她是北京一家国家级期刊编辑部的责任编辑。蒲公英旧校园的环境和她的办公室相比，一个是天上，一个是地下。收入自然也有很大的差距。但是李时来心里说，就是这里了。她从小就想当老师。上师范大学的时候，她参加了学校公益社团，2008年去汶川地震灾区进行过支教。那次支教让她深深感受到了帮助他人所能获得的自我价值感。

但最打动李时来的是，当时接待她的王瀚宇老师带着她——一个初面试者——参观了校园，仔仔细细给她讲学校的故事。她觉得一位普通的老师竟对这个学校的一砖一瓦都充满了感情和自豪，这是多么有爱的一个地方。李时来说，她永远忘不掉那一幕。那是一个北京春天阳光灿烂的午后，听着王老师的介绍，她望向操场，一队学生在志愿者的带领下打着太极拳。李时来觉得，她好像突然进入了理想国，她想："啊，这就是我要去奋斗的地方。"

（主笔　徐菁菁，应采访对象要求，赵莎为化名）

● 主编点评

超过1万字的稿件，我们通常会说：你要搭建叙述结构，建造叙事的推动力——多数时间，这种结构或推动力由冲突、问题出现，从因素探究、角逐、此消彼长、解决……更长的文章，我们还认为单一的冲突线索已经不够用，需要复合的并行的结构。这是我们大多数同事需要学习并熟练掌握的技巧，经典的"故事"叙事策略。但事非唯一，徐菁菁的校园故事，提供了另一种可能。

很多时候，描述一种日常，比如校园生活里的青春与成长、医院机构的医患医护关系，这背后没有待解决的矛盾／冲突，却有需要传播的观念与事实，怎样办？最简单的策略是：让事实／细节归类而非定向，回归日常而非冲突。

徐菁菁这篇3万多字的长文，只有4个部分：

1. 信念

这是由一个哈佛的蒲公英学生引起的故事与疑问，看上去似乎仍然是传统叙事的"问题导向"，即由疑问／待解决的问题切入。但仔细看，其疑问之淡然，是否称得上还是疑问都存疑。它在讲述一个新老师的故事，她算得上蒲公英中学的"成功者"，这是一个让人充满期待，会回到读者成功偏见的欢喜故事，但徐菁菁没有导向这一路径，而是让新老师对成绩的焦虑——轻轻地提出问题，由此导出典型的蒲公英老师的回应："不要将眼光放得那么短。"

2. 渴望

这里出现了校长郑洪的故事，这么晚出现还这么短，作者足够有胆。而且，郑洪自身的故事，并未充分渲染，她的出现更重要的使命是回应为什么学校"不着急"——"我们的孩子基础那么差，你一刷题，别说有成果，学都不来上了。"

我读到这里，感叹不已。那些戏剧性搭建、结构想象，最基础的工作是你有没有足够充分的细节，以及精心的剪裁能力。郑洪的出现，以及她的回答，让这篇报道，也让读者真正回到现实与蒲公英学校的日常，这个故事，现在才正式开始。

"信念"之后的三个部分，功能分类清晰：学生、老师与教育的意义。

渴望这一部分主要与学生相关，它的故事不是因果，每个细节并不生长在因果链的"定向"结构里，而是构成理解的"类"。

艺术家叶蕾蕾创造的学校的"归属感"；

学生们的自述，他们的身路历程，融入的开始；

相信潜力、保持善念、学会感恩——学校的方式。

概括而论，完全无法再现那些精彩细节所传递的信息与情感，好的报道特别是那些众多珍珠般的细节就在那里，大家需要去读原文。

3. 教师的修炼

这一部分有众多家访的故事，这是我们理解孩子／学生与他们家庭、理解社会与现实，以及理解蒲公英中学选择的关键性事实。这层事实，既是对学生部分更深层次的展开，也是解释这所学校学生"特殊性"的原因，更是说明蒲公英定义教育——他们甚至没有"定义"，而是用一系列的办法与手段：用教育启动孩子、留住想离开的孩子、让孩子进入学习的状态……之后，才是"教人求真，求做真人"。

一个个细节，一个个故事从容展开，像纪录片一样，真实而日常的老师与学生的故事，还有他们的命运，出现了。

4. 去远方

这里罕见地出现了两个相对完整的故事：欧安乐与热沙卓玛。

教育公平，如何理解"机会"是这部分的开始，这里其实要讲述的是教育的结果与意义。欧安乐的个人经历，以及她自学烘焙并回校做志愿者，是一个已经拥有了热情与勇气的故事；而藏族女孩儿热沙卓玛决定选择 UWC，同样是勇敢的自我。有意思的是，这个故事之前，还有一个藏族女孩儿回家结婚，不会再出来到城市生活的故事，一个极有力度的铺垫，能够选择、选择本身就是一种力量。

于是，徐菁菁看到了他们内心的那团火，为何被点燃。

当你所拥有的细节不能"定向"进入因果链，描述并解释冲突之际，可以从头将一将你的报道，让那些精彩的细节进入不同的"类"，并在其中甚至平行式地展开，不追求答案，只是我到达、我看见、我记录，也许你也可以创造一个卓越的报道。

第二篇

思想的力量

第四章

《理性》诞生：回顾 300 年前一场革命的可能性

理性的力量

在今天提起牛顿，你会想到什么？

或许这只是一个中学物理课堂上才会出现的名字，或许他让你想起自己在学习微积分时遇到的困惑，或许你还了解他和其他科学家之间的龃龉，知道他有着睚眦必报的性格……当然，还有那颗世界上最著名的牛顿的苹果。

看起来，这是一个逐渐隐没于历史中的名字；他的著作，也不再是科学家的必读书。

这是一个生活在 300 多年前的人物，从 1687 年到 1726 年，牛顿的巨著《自然哲学的数学原理》(*Philosophiæ Naturalis Principia Mathematica*) 三个版本相继面世——牛顿和他的著作，成为那个时代的象征。在那个辉煌且动荡的时代，人们的理性终于睁开了眼睛，开始望向无穷的宇宙；也是在那个时代，人类第一次，或许也是唯一一次，获得了无穷的自信，认为已经理解了这个宇宙全部的奥秘。这是一段我们不该忘记，或者说应该反复温习的历史。

可以说，牛顿和他的著作，已经成为人类理性的一个象征。我们以牛顿和《自然哲学的数学原理》为中心，回顾 300 多年前主要在英国发生的科学革命，是想理解人类理性所能够达到的高度，以及能够为未来带来的种种可能。牛顿所生活的时代绝非岁月静好。英国内战、瘟疫肆虐，都对社会造成了巨大动荡，牛顿正是在瘟疫造成了大学关闭期间，在他的"奇迹年"（1666年）发明了微积分，并且建立了一套科学体系。

在神权的压制之下，在神秘学的迷惑之下，以及传统思想的束缚中，一些先驱凭着理性的微光为人类发展构建出一个充满着无限可能的未来。21世纪的读者可能很难真正理解17世纪欧洲思想界的状况以及普通人的生活。所以，我们除了以牛顿和他的著作为中心介绍这次科学革命，还介绍了当时欧洲思想界的状况，以及当时欧洲普通人的生活状态。对剑桥大学科学史学家帕特里夏·法拉（Patricia Fara）进行的专访，会帮助读者更全面地了解牛顿和他所处的时代。

300多年过去了，在这个科学昌明、理性主义得以发扬的时代，人类又面临着全球气候变暖、新冠肺炎疫情肆虐的困境。300多年时间，对人类的历史来说只是一个多么短暂的间隔。此时我们回顾当年，会发现人类曾经拥有那么纯粹的勇气和自信。

（主笔　苗千）

1687 年，一个全新宇宙的诞生

人类可能再也不会有牛顿时代那种认为自己已经理解宇宙全部奥秘的青涩自信，却也对自身的理性有了更加成熟和乐观的认识。

17世纪以一种惨烈的形象留在了人们的记忆之中。1600年2月17日，焦尔达诺·布鲁诺（Giordano Bruno）因为坚持日心说，被宗教法庭判处有罪，在罗马的鲜花广场被处以火刑。无论从哪个方面来看，进入17世纪的欧洲都算得上是动荡不安——位于欧洲西北部，远离罗马教廷的英国更是如此。

欧洲漫长的中世纪已经过去，辉煌的文艺复兴运动也只剩下了余韵。在16世纪以意大利为中心的南部欧洲，原本活跃着一群热衷于观察天体运动、希望以此构建出宇宙模型的研究者。但是因为受到教廷的压制和威胁，大多数人只得保持沉默，不敢发表自己的研究结果。进入17世纪的英国，远离罗马教廷，也远离文艺复兴运动的中心意大利，正是因为显得相对荒蛮，各种新鲜思想的发展和传播反而更加自由。

回看17世纪的英国，整个国家都处在一种不安的状态之中，宗教、政治、商业、军事等涉及人们生活的方方面面无不发生着剧烈转变。伦敦大火，席卷全国的瘟疫，持续十年的内战……诸多大事也都在影响着人们的生活和心智。与此同时，来自宗教的压制逐渐减弱，人们又迫切地需要一种全新的思想来填充头脑。整个世界是由什么组成，又因何存在？万事万物的运动因何发生和停止？日月星辰的运动是否有迹可循？

以思想资源和脉络来说，当时的人们想要探讨"自然哲学"，仍然只能回溯到两千年前的希腊先贤，这难免与宗教的教义发生冲突；充满神秘色彩的"炼金术"，告诉人们可以通过某种特定的方法炼出黄金以及万能灵药；而随着越来越精密的望远镜的出现，天文学逐渐发展成为一种精密的学科，人们发现，行星运行的规律似乎有迹可循……

正是在多种思想的激烈碰撞之中，经过了上百年的酝酿和积淀，一种全新的理念在 17 世纪的英国喷薄而出。这种理念以数学为基础，通过实验和逻辑分析，以最为简单且优美的方式，通过几条基本定律解释了世间万事万物运动的规律。无论是果园中的苹果，还是天空中运行的星辰，都要受到这些定律的约束。尽管饱受质疑，这种理念仍以其强大的生命力逐渐成长为一套完整的现代科学体系，重新塑造了人类的世界观，也重新塑造了世界的秩序。

正是因为如此，17 世纪的英国才被认为是一场科学革命的发祥地。而在这场科学革命中，处于中心位置的，正是人类历史上伟大的科学天才——艾萨克·牛顿（Isaac Newton）；这场科学革命的标志性产物，正是牛顿的辉煌著作——《自然哲学的数学原理》。

"奇迹年"

在成为科学巨匠之前，牛顿所经历的是一段困顿的乡村生活。牛顿1643年1月4日出生于英格兰林肯郡科尔斯沃斯附近的伍尔索普庄园（Woolsthorpe-by-Colsterworth）。这个继承了父亲名字的乡村少年并没有见过自己的父亲，父亲在他出生前三个月去世，母亲也因为改嫁，将他托付给外祖母照顾。

16岁时牛顿曾经遵从母亲的意愿辍学务农，但他没有显示出任何能够让他成为一个成功农夫的素质，于是重返学校，并在18岁时前往剑桥大学三一学院学习数学。因为有辍学的经历，牛顿比同学年龄都稍大一些，但他很快就显示出了在数学和自然哲学领域的超凡天分。

当时剑桥大学的数学教育方法仍属古典，以欧几里得的《几何原本》（*Stoicheia*）为核心，并且试图把自然界的一切问题都归结为几何问题。牛顿未必有渠道了解当时人们在天文学和力学领域取得的新成果，但他显然对学校教育感到不满足。当时社会中激荡着各种各样的新思想，牛顿开始学习勒内·笛卡尔（René Descartes）的著作，同时深受法国数学家和哲学家皮埃尔·伽桑狄（Pierre Gassendi）的影响——这位哲学家复活了古希腊的原子论，认为万事万物都是由基本粒子构成，而粒子之间的相互作用就是力学的基础——这种思想贯穿牛顿科学研究的始终。

作为一个数学专业的学生，一个虔诚且不乏激进宗教思想的基督徒，一个终生对炼金术感到痴迷的 17 世纪英国人，青年时代的牛顿把自己大部分的才华和经历投入科学研究之中。在大学时期的笔记里，牛顿写道："与柏拉图为友，与亚里士多德为友，更要与真理为友。"（Amicus Plato amicus Aristotelis sed magis amica veritas.）

如今在剑桥大学三一学院的门前，种着一棵低矮的苹果树。实际上这棵苹果树并不结苹果，只是作为一个象征存在。人们将它从牛顿的家乡伍尔索普庄园的苹果园里移植过来，是为了纪念牛顿在 1666 年所做的伟大贡献。1666 年，因为黑死病肆虐，剑桥大学已于前一年暂时关闭。时年 23 岁的牛顿回到家乡，一年时间里他不仅在数学领域做出突破，发明了微积分［牛顿最初称为"流数法"（fluxions）］，更是在光学和力学领域都做出革命性的贡献。据他在晚年自述，正是在家乡的苹果园中散步时，他看到一颗成熟的苹果落地，联想到在万物之间都存在着吸引——万有引力定律从此诞生。

人类社会不断向前发展，对自然界的认识也在不断地加深，这似乎是一个无须怀疑的自然趋势。但应该注意的是，人们认识自然界的速度绝非一成不变，往往是在一段时间的停滞之后，又发生某种飞跃。在思想开放的社会，当一切条件齐备，就有可能爆发对自然界认知的革命。在这样的革命过程中，一两个天才往往又会起到决定性的作用。在 17 世纪以英国为中心所爆发的科学革命中，牛顿就是那个最耀眼的天才。他的天才迸发，又几乎集中在 1666 年的一年时间里，这也在科学史上留下了一个浓墨重彩的"奇迹年"（Annus mirabilis）。

21 世纪的现代人谈起万有引力和牛顿力学，往往觉得无甚新意。回望 300 多年前的科学进展，毕竟难有设身处地的感受。实际上，现代人这种无甚新意、平淡无奇的感觉，恰恰说明了 17 世纪这场科学革命的伟大和彻底，以至于很多人认为现代社会中的一些思想古已有之，甚至认为人类对于时空的感受是与生俱来的——其实现在大多数人仍然持有的所谓机械时空观，正是 300 多年前经过一场完全颠覆性的科学革命建立起来的。这场科学革命是如此伟大，又是如此彻底——现代科学得以从此前有 2000 多年历史的"自然哲学"之中诞生出来。

在现实生活中，物体的运动是否有规律可循，对此人们曾经有过长久的迷茫。从古希腊时代一直到 17 世纪初，对于万物的运动状态，欧洲思想家遵循的一直是古希腊哲人们的看法：理想状态只存在于几何学之中，人们可以通过理想中的线条和几何图形得出一些无可置疑的几何学原理——欧几里得的《几何原本》因此被认为是一本"完美"的著作。至于实际生活，不可能像几何学一样简洁和完美，因此并没有规律可循，人们只能凭着经验生活。

那么物体为什么要运动，又为什么会停止？虽然欧洲的自然哲学家也会进行实验和计算，但是这种行为并不被鼓励。因为欧洲的自然哲学思想主要是以古希腊思想家如柏拉图和亚里士多德等人的观念为基础，这些人因而被称为"亚里士多德学派"（Aristotelian）。亚里士多德主义理解宇宙和万事万物主要在于其意义，而非原因和结果之间的关系。亚里士多德认为物体的自然状态是静止。"力"是物体运动的原因，而物体的移动是在找寻它在自然中的位置。正是因为在空气之中存在着一种"动力"（impetus），物体才会运动。另外，地上与天空有所不同，地上物体的运动与日月星辰的移动并无关联。

时年 23 岁，时常在家乡苹果园中散步的牛顿，已经意识到古希腊自然哲学思想中的矛盾之处。在这个"奇迹年"，他不仅发明了微积分，更通过三棱镜将一束白光分解为由各种颜色的单色光构成的光谱——这说明白光是由各种颜色的单色光粒子汇聚到一起组成的，而非之前亚里士多德认为的，是"光明"和"黑暗"的混合构成了各种颜色的光。最重要的是，他建立了一套以数学语言为基础、在实验和逻辑推理的基础上、统一地上与天上的力学体系。

此时 23 岁的牛顿还只是一个大学刚毕业不久的青年。可以说，他在这一年里所取得的成果，代表了当时人类理性能够取得的最高成就，也是当时人类数学和自然哲学发展的顶峰。不过，尽管他构建出了一套全新的自然哲学体系，在当时仍然鲜为人知。想要在 17 世纪宣传自己的思想，需要一些特殊的条件。这些条件会在未来的几十年里逐渐成熟。

皇家学会

在尚不为人所知的"奇迹年"过去之后，26 岁的牛顿接替艾萨克·巴罗（Isaac Barrow），成为剑桥大学第二任卢卡斯数学教授（Lucasian Professor of Mathematics）——若干年后，这个位置也因为曾经为牛顿所占据，成为世界上最著名的教席。想要推广自己的学说，作为一名剑桥大学的教授未免曲高和寡。实际上，牛顿在 17 世纪 70 年代写过大量关于微积分的论文，但是他发现几乎没有希望出版，于是他的兴趣转移到天体运行方面。牛顿需要一个更大的舞台、更多的听众，而这个最适合牛顿的舞台，就是当时成立不久的皇家学会（The Royal

Society）。

英国皇家学会作为世界上历史最悠久的科学学会，起源于 17 世纪 40 年代英国一个只有十几名科学家组成的小团体，到 17 世纪 60 年代逐渐发展成为一个获得了英国皇家特许状的科学团体，相当于英国的国家科学院。其实从皇家学会诞生之初几十年间的变化，就可以看出当时人类对于科学知识看法的改变。

在此之前，所谓的科学研究仅限于极少数的科学家之间。某人一旦做出了科学发现，往往会把科学发现当作秘密精心隐藏起来，只在少数人之间流传。到了 17 世纪下半叶，人们已经意识到科学发现需要尽快发表，让尽可能多的人理解。这就需要用清晰的语言和能够被重复的实验写成科学论文，而这样的科学论文会在皇家学会被当众朗读。这种科学学会对一个国家的促进作用是显而易见的。在英国的影响下，法国于 1666 年也成立了科学院（Académie des Sciences）。

牛顿进入皇家学会，源于他在光学领域的研究和发明。虽然他对白光的研究在当时还不大为人所知，但这位卢卡斯数学教授发明的新型反射望远镜吸引了伦敦城中学者的兴趣。当时流行的是折射望远镜，但因为不同颜色的光折射率有所不同，折射望远镜的局限较大，而通过反射望远镜能得到更为清晰的成像。1672 年，借着展示新型反射望远镜的机会，牛顿在皇家学会发表了论文《关于光和色的新理论》（*New Theory about Light and Colors*）。这篇论文使牛顿开始成为享誉欧洲的科学家，同时也使他受到了皇家学会成员罗伯特·胡克（Robert Hooke）和克里斯蒂安·惠更斯（Christiaan Huygens）的猛烈批评。这也开启了他和胡克之间持续一生的恩怨纠缠。

1684 年 8 月，以计算彗星公转周期而闻名于世的天文学家埃德蒙·哈雷（Edmond Halley）拜访牛顿，讲述他和胡克之间的辩论，以及关于行星运行轨道的困扰。牛顿则告诉他，关于行星运行的轨道问题他早已解决——轨道形状并非圆形，而是椭圆形。三个月后，牛顿发给哈雷一篇只有 9 页的短文《论运动》（*On Motion*），这篇论文以清晰的数学语言解决了当时困扰众多天文学家的行星运行轨道问题。

留存至今的牛顿和哈雷之间在 1686 年的通信，记载了一个伟大事件的诞生过程。在皇家学会发表了论文《论运动》之后，哈雷认为，牛顿这样深邃的科学思想不应被如此潦草地发表，应该以更为隆重的形式、更加全面的论述出版。正是在哈雷的不断激励之下，牛顿开始撰写一部能够全面反映自己科学思想的著作。一部科学史上最伟大的著作即将诞生，它不仅将使牛顿名垂青史，也将给全人类带来深远的影响。

1687 年牛顿在《论运动》的基础之上，用拉丁语完成了一部总共 500 页、三卷本的著作——《自然哲学的数学原理》。因为这本书太过重要和著名，以至于后世人们经常将其简称为《原理》（Principia）。可以说，如果人类不是以公历纪年，而是以人类发展中的重大事件纪年，那么我们可以以 1687 年为元年，把人类发展分为《原理》出版之前和出版之后。从来没有一本书能吸引如此之多的数学家、几何学家和哲学家关注。《原理》的出版无疑标志着人类进入了一个全新的时代。

牛顿在《论运动》中原本并没有提到万有引力定律。在撰写《原理》的过程中，牛顿将他的力学定律应用到开普勒的行星运动定律中，他发现天体之间的引力作用必然会与其间的距离的平方成反比，因此他使用了拉丁文中的"gravitas"一词，意为"重的"。不仅是天体运动，还包括很多自然现象，例如潮汐、彗星，宇宙中的每一个粒子，都要受到万有引力的支配。因此，万有引力和他的运动三大定律一起，成为整个牛顿力学体系，加之"绝对空间"和"绝对时间"的概念，构成了牛顿所勾画出的宇宙图景的基础。

《原理》总共包含 192 个命题（propositions），其中第一部和第二部主要是数学内容，并且定义了力、动量、质量、惯性、加速、相互作用、反作用、引力等概念。在第三部中，牛顿利用这些数学和定义构建出了整个宇宙模型。《原理》也提供了一个研究自然哲学的全新思路，集中在"力"（force）的作用上："自然哲学最大的困难就在于从运动现象中发现力，然后通过力的作用来展示其他现象……如果我们能够以同样的推理方式，通过力的作用推导出其他自然现象，那么行星、彗星、月亮以及海洋的运动就可以通过力的作用，以及数学定律推导出来。因为很多事情让我怀疑，自然界中的一切现象都是出于某些未知原因，作用在构成物质的颗粒之上而出现的。"

如果不把宗教纲领和道德教化的书籍计算在内，《原理》很可能是人类历史上最重要的出版著作。它创造性地将数学和物理学研究结合在一起，因此爱因斯坦形容这部著作是"人类在智力上能够做出的最大的一步跨越"；哈雷更是将之形容为一本神圣的书，他认为这本书几乎解决了一切重要的科学问题。

《原理》的出版标志着现代物理学的诞生，指明了人们认识宇宙的全新方式。通过三大定律和万有引力定律，解决了行星的运动问题。

这些如今已经成为学校教育的标准内容，在 17 世纪却完全是革命性的观念，与人们的传统观念截然相反。正是因为它实在太过重要，影响力太大，现代人反而无法理解。例如，人们现在普遍拥有的所谓"绝对空间"和"绝对时间"概念，并不是人们天生具有的概念，而是牛顿力学诞生之后才逐渐在全世界普及开来的观念。

一种全新的方法论也随之出现了：科学家亲自做实验，对实验结果进行精确记录，而后在测量和实验的基础上做进一步的实验，形成一个理论，然后发展出更复杂的实验对其进行验证……对整个研究步骤进行清晰的描述，以便让其他科学家可以重复每一个步骤，这正是从英国经验主义衍生出来的现代科学研究方法。

回顾这部伟大著作的出版过程，会发现充满了不确定性。牛顿本人似乎对出版这样一部大部头著作没有太大的兴趣——这可能与 1672 年他在皇家学会发表光学论文时遭到了胡克和惠更斯的强烈批评有关。学术上强烈的反对声音让牛顿在随后好几年里陷入了沉寂，并没有发表任何科学论文，而是陷入对炼金术和神学的研究之中。

在哈雷的催促之下，牛顿开始撰写《原理》，但出版又成了一个大问题。因为当年皇家学会刚刚为鱼类学家弗朗西斯·威勒比（Francis Willughby）出版了一本彩色学术专著《论鱼的历史》（*De Historia Piscium*），所以没有充足的资金再为牛顿出版专著。当时英国的书商（身兼出版商）也不愿意为这样一套看上去内容神秘的著作承担风险，于是哈雷不仅担负起监督这部书出版的责任，经常向牛顿汇报出版的进展，还担负了出版的全部费用。

被《原理》改变的世界

17 世纪发生的以英国为中心的科学革命，标志着人们的思想终于摆脱了古希腊时代，也荡涤了中世纪厚重的尘埃。这样的突破当然不会一蹴而就，而是经历了长久的积累，其中颇为关键的一点在于人们在生活经验范围之外，依赖越来越精确的观测，让天文学终于发展成为一门相对准确的学科，人们有机会通过天文观测去验证自己的理论。

在《原理》正式出版之前，已经有大量与天文学相关的学术著作问世：哥白尼在 1543 年出版了《天体运行论》(*On the Revolutions of the Heavenly Spheres*)；开普勒在 1609 年出版《新天文学》(*A New Astronomy*)；伽利略则以天文学为基础，奠定了现代力学体系，在 1632 年出版了《关于托勒密和哥白尼两大世界体系的对话》(*Dialogue on the Two Main World Systems*)，惯性、加速等概念开始出现；笛卡尔在 1644 年出版了《哲学原理》(*Principles of Philosophy*)，创建了一套力学理论，对牛顿产生了深刻的影响。

在出版之初，《原理》少有读者。牛顿有意使用拉丁文写作，其中还有艰深的数学内容，以至于只有同时懂得拉丁文、数学和物理学的人才能理解。在出版之后的很长一段时间里，只有一些大学里的数学家对其进行了研究。后来牛顿承认，他是有意让全书显得深奥难懂，以便不用反复向人解释书中的内容。

《原理》第一版出版了大约 750 本，至今仍有不少于 100 本留存于世。剑桥大学图书馆保存了牛顿自己使用的第一版《原理》，其中还有他为第二版修订所做的标注。2016 年，一本第一版《原理》以 370 万美元的价格通过佳士得拍卖行售出，成为有史以来最贵的科学著作。

在第一版出版 20 多年之后，《原理》第二版在 1713 年出版。牛顿为了这个新版本的修订，曾经陷入废寝忘食的地步，因而发生过一次精神崩溃。又过了 10 多年，《原理》第三版在 1726 年出版。随后其英语和法语等语言版本相继出版，这部巨著终于开始进入大众视野。

《原理》的出版，让人类开始走出神的国度，尝试着理解各种自然现象。在牛顿之前，所谓"力学"还只是一种凭借经验得来的学问，远没有几何学的精确和完美。而牛顿力学的三大定律加上万有引力定律，让人们第一次明白了与个人的感知相比，理论有着更为重要的作用，也更加精确。不仅生活中的物体，就连行星运行的轨道也都在理论的预测范围之内。既然行星、彗星、月亮、大海的运动都可以通过引力解释，那么人们也就有了信心，世间万物、一切现象，都可以通过粒子之间的力加以解释和预测。

人类开始精密地理解这个世界，其基础是物理学的定义、公理、假设和数学形式。虽然在 300 年之后的现代社会，牛顿力学被认为是对于更加精确的相对论在一些条件下的近似，但在当时，《原理》被认为是一部"完美"的科学著作，获得了和《几何原本》同等的地位。哈雷甚至认为这本书已经把物理学分析到了极致，没有给后世的科学家留下太多余地。虽然这样的评论有些夸大，但人类的世界观在随后 200 多年的时间里，确实被困在了牛顿所描绘的时空和力学定律之中。少有人想过改变，也少有人认为需要改变。即便在 200 多年之后，爱因斯坦提出相对论，也是根植于牛顿力学，仍然属于经典理论的一部分。

《原理》的出版，象征着 17 世纪以英国为中心的科学革命达到了顶峰。事实上，在其他一些领域，人类对自然的认识也取得了革命性的进展。当时的宗教气氛虽然浓郁，但人类已逐渐摆脱神力的干预，对自身的认识开始觉醒。英国医生威廉·哈维（William Harvey）在 1628 年出版了生理学巨著《关于动物心脏与血液运动的解剖研究》（*The Anatomical Exercise Concerning the Motion of the Heart and Blood in Animals*），阐述了动物体内的血液循环现象。人类开始认识到，人的生理活动是一种并没有神力加持的自然现象。1665 年，牛顿在皇家学会的对手胡克设计出一台复杂的显微镜，通过这台显微镜，胡克首次观察到了死亡的植物细胞——他将这种类似教士居住的单人房间的微小结构命名为"cell"。

生活在 21 世纪的现代人或许对发生在 20 世纪初的又一次物理学革命更加熟悉，对爱因斯坦花费 10 年时间创建广义相对论的故事也更感亲切。爱因斯坦的理论完全改变了人类的时空观，对于当时大多数科学家来说，这个全新的理论难以接受。爱因斯坦因此需要面对各种各样的诘难。其实整个牛顿力学体系的建立和被人接受，要比相对论花费更多的时间，道路也更加曲折。在牛顿力学不断被完善、被接受的过程中，伴随着来自神学、哲学和物理学等各个方面的批评和质疑，甚至可以说，正是这些从未间断的批评和质疑，与牛顿力学体系一起促成了又一次的物理学革命。

以笛卡尔为代表人物的法国理性主义，与牛顿所代表的英国经验主义，在如何获得知识的层面有着根深蒂固的矛盾。笛卡尔认为，从最顶层的原理出发，通过理性分析，就能够得到知识。也正是从这样的逻辑出发，才有了笛卡尔的名言："我思，故我在。"而牛顿则坚持认为，通过实验积累数据，进一步推导理论，才能得到真知。因为有这样的分歧，笛卡尔主义者和牛顿学派从不同的角度出发解释引力。

笛卡尔主义者希望通过逻辑分析解释行星的运动。他们认为因为太阳自身的旋转，在太阳的周围存在某种不可见的物质的旋涡，这些旋涡造成了行星的运动。而旋涡的速度又与中心成反比，因此距离太阳越远的行星运动也就越慢。直到18世纪初，笛卡尔主义者仍然认为地球引力是由于以太（aether）的旋涡导致的地球赤道部分对地球内部的挤压，因此引力应该指向极点，而地球的形状应该类似于一个橄榄球。牛顿学派则认为赤道区域的离心力更大，地球的形状应该是一个扁圆，赤道区域略微鼓起。最后经过精密测量，才证明了牛顿学说是正确的。随后拉普拉斯又证明了行星之间的引力造成的扰动是周期性的，因此总体来说太阳系是稳定的，并不需要神意的安排。

关于引力的本质，以及人们对万有引力定律的批评更是一直没有平息过。虽然万有引力定律在英国很快被接受，但是以莱布尼茨和惠更斯为首的一众欧洲大陆自然哲学家对万有引力进行了长久的抵制。他们认为所谓万有引力，是一种无法理解的、在没有接触的情况下发生的神秘的"超距作用"（action at a distance）。两个不相邻的物体之间，为什么会在瞬间发生作用？这在当时很多人看来不可理解，也不可接受。尽管如此，万有引力定律从18世纪30年代开始不断被实验证实，人们不得不逐渐开始接受这个理论。"牛顿力学"（Newtonian mechanics），乃至"牛顿主义"（Newtonianism）开始出现，牛顿在科学界的地位越发崇高。

从英国经验主义出发，针对人们对万有引力这种"不可知力"的怀疑，牛顿留下了一句名言："我不做假设"（Hypotheses non fingo）——预先假设在实验哲学中没有位置。通过数学形式和实验观测得出的结果，与假设和形而上学无关。作为一个虔诚的基督徒，牛顿没有说明的是，引力作用也与神的意志无关。虽然在牛顿力学体系中仍然有神的位置，但实际上神的角色已经从掌管万事万物的全能者变成了规则的制定者。

当时人们接受牛顿的力学体系花费了上百年的时间，其实牛顿力学体系的形成，也几乎花费了同样的时间。《原理》中介绍了数学和力学三定律，以及万有引力定律，这只是一个完整力学体系的骨架。欧拉在 1736 年发表了《力学》（Mechanica），将牛顿运动三大定律发展为一个力学体系，并将其应用到固体、弹性物体和液体之中。再加上逐渐发展出的关于能量的概念，这些内容才是牛顿力学的全部。但仍有一些问题需要解决，比如月球的运动轨道为何如此复杂？实际上这个问题直到拉普拉斯在 1798 年到 1825 年间发表了五卷本的《天体力学论》（Traité de Mécanique Céleste）才得以彻底解决。

牛顿力学体系在人类历史上第一次以极高的精度解释了宇宙的结构，虽然到 20 世纪初，人类明白牛顿力学是对宇宙的宏观结构和微观原子世界的一种近似，但是因为它在数学上相对简单，直到今天它仍然是人类计算日常物体运动的工具。

一个新宇宙，以及更新宇宙的诞生

当一个青年人回顾他在幼儿时期牙牙学语、蹒跚学步，可能会觉得憨态可掬，但已记不起当时的艰辛。如今回顾 17 世纪以英国为中心的科学革命，会发现这实际上是一个历时两个多世纪的缓慢而艰难的过程。从神权的松动、思想界的活跃、天文学的诞生，到科学的巨大进步，进而引发人类对整个宇宙认知的飞跃，没有什么比这次科学革命的过程更清晰地呈现出这个因果链条。

科学革命与18世纪在英国发生的以纺织和冶金业为主的工业革命之间的关系似乎并不明显，但实验科学家和企业家之间有着明显的相似之处。科学是通过观察与实验来推动的，同样的方法也可以促进工业发展，并且从中获取财富。而第一次工业革命过去100年之后，科学进步开始给工业带来明显的收益——发展合金、染料、电磁设备，无不需要科学技术，专门的科学学校和技术学校也随之出现。

我们可以看出，各个学科的出现和发展并不平衡。牛顿催生了现代物理学的诞生，但是对于化学知识，只是局限在充满神秘色彩的炼金术之中。他希望通过神秘的炼金术，从铅中提炼出金，甚至提炼出让人永葆青春的神药，这当然是徒劳无功的。尽管各种转变现象在自然界中无所不在，但想要理解其中的规律，就需要理解构成物质的基本结构——这又是一个历时数百年的过程。如果从古希腊的原子论算起，一直到现代原子学说建立，这个认识的跨越花了2000多年的时间。

科学革命的过程纷繁复杂，但《原理》的出版，确实是其中最重要的标志性事件。虽然在最初的牛顿力学体系中依然需要有神的存在，但不可否认的是，随着《原理》的出版，人类第一次走出了神学的襁褓，开始理解整个宇宙运行的规律，能够通过几条简单的定理来描述日月星辰的运转，这给了人类极大的自信。在牛顿力学体系中，整个宇宙就像是一个设计精密的钟表，在时空背景中走得分毫不差。当然，在牛顿力学所解释的宇宙体系中，时间和空间是作为不可被质疑的背景出现的，因此牛顿称空间是"上帝的感官"（God's sensorium）。

牛顿力学不仅在经验世界取得了成功，从中衍生出的一切自然现象都可被量化研究的思想也被深信不疑。很多物理学问题被转化为数学问题，也就是说随着数学分析水平的不断提高，人类终将理解一切自然现象。结合 18 世纪、19 世纪在牛顿力学基础上诞生的热力学和电磁学，人类第一次，或许也是唯一一次，认为自己已经理解了宇宙中的万事万物。英国诗人亚历山大·蒲柏（Alexander Pope）赞美道：

> Nature and nature's laws lay hid in night
>
> 自然和自然的法则隐藏在黑暗之中
>
> God said "Let Newton be"
>
> 上帝说：让牛顿出世吧
>
> and all was light
>
> 于是一切豁然开朗

整个牛顿力学体系太过辉煌，让人类在 200 多年的时间里安居其中。但是牛顿力学的局限性也逐渐显现出来，例如引力和光线都要通过人类看不见、摸不到的"以太"来传播，很多人对这个假设并不信服。另外，虽然牛顿力学的数学形式非常清晰，但一些概念却是"先验"的。所谓先于验证，也就让人无可置疑。"绝对空间"就像是上帝创造出来的一个巨大无比的方盒子；"绝对时间"则是在宇宙中任何一点都存在的钟表，每一块钟表所指示的时间都完全一样……整个牛顿力学体系建立在神创的空间和时间基础之上，既无法挑战，也无从验证——于是牛顿俨然成了上帝的代言人。

在《原理》出版200多年之后，牛顿力学的危机开始出现。开尔文勋爵（Lord Kelvin）于1900年4月27日在英国皇家学会做的一次演讲中，提到了著名的"两朵乌云"，指出了牛顿力学的重大危机："动力学理论断言热和光都是运动的方式，现在这种理论的优美性和明晰性被两朵乌云遮蔽得黯然失色了。第一朵乌云是随着光的波动论而开始出现的。菲涅耳和托马斯·杨研究过这个理论，它包括这样一个问题：地球如何能够通过本质上是光以太这样的弹性固体运动呢？第二朵乌云是麦克斯韦－玻尔兹曼关于能量均分的学说。"

"两朵乌云"最终酿成了一场暴风雨，摧毁了牛顿力学这座华美的大厦，量子力学和相对论在又一次物理学革命的暴风雨中成长起来。以太模型被摧毁，"绝对空间"和"绝对时间"的概念被抛弃，在科学世界中再也没有了神明的位置，一个全新的、有起点和未来的动态宇宙模型被建立起来。

在20世纪发生的物理学革命中，爱因斯坦几乎取代了牛顿的地位，另一个物理学"奇迹年"也诞生了。爱因斯坦在1905年的一年时间里接连发表了4篇论文，提出了光量子理论，解释布朗运动，并且发表了狭义相对论。爱因斯坦不迷信权威，从一开始就质疑"绝对空间"和"绝对时间"概念，并且对光的本质做了进一步的探索。爱因斯坦对万有引力这种"超距作用"感到不满，最终利用几何语言改写了万有引力，广义相对论由此诞生。可以说，广义相对论是从经典力学中衍生而来的，但其中同样包含了对经典力学的批评以及理性主义思想。一种全新的物理学研究方法——理论物理学——由此出现。宇宙大爆炸、宇宙微波背景辐射、黑洞、引力波……种种人类此前根本无法想象的概念开始出现，一个更新的宇宙从中诞生。

两次物理学革命都已经成为历史，如今爱因斯坦的相对论也已经成为经典理论的一部分。牛顿的巨著《原理》早已不是科学家的必读书籍，但他的力学理论依然是中学的必读课程。我们回顾这场300多年前发生的、以牛顿和他的著作作为核心的科学革命，便是重新见证了人类认识自我，乃至第一次认识宇宙的整个过程。人类可能再也不会有牛顿时代那种认为自己已经理解宇宙全部奥秘的青涩自信，却也对自身的理性有了更加成熟和乐观的认识。

牛顿并非完人，更不是科学史上的圣人。除了他在自然哲学领域的伟大贡献之外，人们经常提到他性格上的诸多缺陷。他在老年时有一段自述："我不知道自己在世人眼中是什么样子，但是对我自己来说，我只是一个在海边玩耍的小男孩儿，不时找到一颗平滑的鹅卵石或是一枚美丽的贝壳，而面对真理的大海一无所知。"这段话中透露出真诚和谦卑。其实，这段话也完全可以作为人类自身的写照——我们所面对的，不仅是无穷无尽的宇宙，还有无穷无尽的可能。

（主笔　苗千）

附　文

科学不是在一夜之间改变的——专访英国科学史学家帕特里夏·法拉

　　牛顿最大的科学遗产就是任何事物都可以被量化，可以通过数学来处理的想法。

　　前任英国科学史学会主席、剑桥大学科学史学家帕特里夏·法拉（Patricia Fara）主要研究 18 世纪的欧洲自然哲学史。关于牛顿在科学上的贡献、17 世纪以英国为中心的科学革命，以及当时的时代背景等问题，法拉接受了专访。

牛顿是一位自然哲学家，而不是科学家

　　三联生活周刊："自然哲学"（natural philosophy）和"科学"（science）这两个词究竟有什么区别？

　　法拉：我们可以从"科学"这个词谈起。"科学"来源于拉丁语，意思是"知识"。在 17 世纪、18 世纪，这个词意味着那种可以从书本

中学到的，已经被整理出来的系统性知识。这是一种学术性的知识，你可以学到历史的科学、语言的科学，等等。但很重要的一点是，"科学家"（scientist）这个词是在 18 世纪才被发明出来的，说牛顿是一位"科学家"肯定是错误的，他是一位"自然哲学家"（natural philosopher）。

在科学家和自然哲学家，以及物理学家和自然哲学家之间有很多区别。比如说，科学家可以进入大学，学习科学知识，然后在其中发展自己的事业，以此为生。这在牛顿的时代是不可能的。（在当时）你可以在大学里学习数学，但是不可能在大学里学习科学。

另外一点，对于牛顿以及他同时代的自然哲学家来说，在他们的研究中，宗教是处于中心地位的。他研究科学是为了寻找上帝创造世界的证据——虽然现在有些科学家也信仰宗教，但是宗教和他们的科学研究并无关系。而对于牛顿来说，宗教是处于中心地位的。

还有很重要的一点是，从希腊时代开始，研究自然哲学的目的就是寻找"原因"（cause）。上帝被认为是"第一因"（first cause），人们还需要寻找其他的原因。所以说引力就像是某种"原因"。在当时也有另一群数学家，他们并不是在寻找原因，而是在寻找一种"解释"，寻找数学上的一种描述。他们在乎的是能够利用数学来描述一种现象。之所以牛顿的著作被称为《自然哲学的数学原理》，是因为他所做的事是把数学和自然哲学结合在了一起。这在之前是分开的两件事。

三联生活周刊：你会如何向读者介绍牛顿？可以说他是科学史上最伟大的天才吗？

法拉：我不会说牛顿是这个世界上生活过的最伟大的科学家，而是会说，他是一个得到了如此名誉的人。人们确实把他看作一位伟大的天才，但实际上这是所谓"名人文化"（celebrity culture）中的一部分。我个人并不认为他是一个伟大的天才。我认为他非常聪明，非常有天赋，但其他很多人也是如此。社会中确实有这样一种趋势，会说某个人有一些非常不同寻常的地方，然后称他为天才。对我来说，这就像是把他从芸芸众生之中排除，变成宗教中的圣人一样。有一位学者说牛顿是通过他的智慧成为天才的，超越了其他所有人。我并不同意这样的观点，但他确实拥有这样的名声。

三联生活周刊：牛顿说他站在了很多巨人的肩膀上，这些巨人都包括哪些人呢？

法拉：首先，"站在巨人的肩膀上"这句话并不是牛顿发明的。第一个说这句话的人是一位 12 世纪的法国修道士。在很多教堂的窗户上都写着这句话，实际上这是一个著名的表达方式。

其次，牛顿是在给罗伯特·胡克（Robert Hooke）的一封信里提到了这句话。胡克是牛顿在科学上的敌人，并且在当时指控牛顿抄袭自己的想法。牛顿和胡克之间相互厌恶，所以牛顿给胡克写信解释：我并没有抄袭你的想法。而且他写道：如果我真的需要抄袭别人的想法，我会站在巨人的肩膀上（而不是站在你的肩膀上）。这就让这场争论显得更加难堪了，因为胡克在生理上属于残疾人。他个子非常矮小，并且脊柱弯曲，从 16 岁就开始驼背，等到成年时身体几乎与地面平行了。所以牛顿说"我站在巨人的肩膀上"，实际上是一种对胡克的残疾很过分的攻击。

这在当时是一个非常复杂的情况，但有趣的是，这句话又变得尽人皆知。所以说牛顿可以非常好客、非常迷人，但也非常有报复心，甚至令人厌恶。现在真的难以说清牛顿究竟是个什么样的人，因为我们现在只有一些对他感兴趣的人留下的回忆录。人们要么把他描述得非常美好，要么把他写得非常糟糕。

三联生活周刊：对于那些和牛顿几乎同时代的人，比如莱布尼茨和胡克，宗教在他们的研究中也处于中心地位吗?

法拉：牛顿曾经和莱布尼茨关于谁首先发明了微积分有过争论，但是他们在关于上帝在宇宙中的角色上有着非常大的分歧。牛顿认为，上帝的存在是"内在的"（immanent），也就是说，上帝无所不在，也可以对宇宙的发展进行干预。莱布尼茨则认为这种想法毫无道理，他有一个著名的表述：牛顿和他的追随者创造了一个如同蹩脚的制表匠一样的上帝，需要不断干预他创造的宇宙。对于莱布尼茨来说，上帝创造了宇宙之后，就让宇宙自己运转了。关于上帝对宇宙的作用，这是两种非常不同的观点。实际上两个人在 18 世纪进行的这些辩论，不仅是关于自然哲学的，也是关于神学和物理学的。

两人之间的巨大分歧还涉及"超距作用"（action at a distance）问题。牛顿认为存在超距作用，比如说太阳与地球之间的引力可以通过真空传播。而对于很多人来说，这是不可接受的。因为当时人们认为在"物质"（matter）和"精神"（spirit）之间有着明显的分别，物质存在于世上，而精神则属于神。如果你赋予物质以精神，就等于行使了神的权力。

在当时关于引力的本质有着大量的讨论。现在我们认为能量可以通过真空传播，但是在 18 世纪，人们是无法接受这样的思想的。也因为如此，牛顿才提出了另外一个模型，提出在我们周围存在着不可见、不可感知的"以太"（aether）。以太是由极小极小的相互排斥的粒子构成的，就像声音通过空气传播一样，引力通过以太来传播。一直到19世纪，人们才普遍接受了以太的存在。直到1905年，爱因斯坦发表了广义相对论，以太模型才被抛弃。

《原理》的重要性何时开始显现

三联生活周刊：牛顿一开始似乎并不是很积极地写一部论述自己的力学研究的著作，如果没有埃德蒙·哈雷的督促和帮助，这本书甚至可能不会出现。但随后，牛顿似乎对于"引力定律的发现者"和"微积分的发明人"的称号又格外敏感。

法拉：这本书源于哈雷、胡克以及另外一个人关于行星运行轨道的争论，后来他们去剑桥找牛顿寻求帮助。牛顿告诉他们，这个问题他早就解决了。牛顿没有在自己的旧笔记中找到记录，于是花了两周时间写了一篇论文，讲述了物体之间的引力随着它们距离的平方成反比的定理，并且会导致行星沿着椭圆形的轨道运行。于是哈雷鼓励牛顿把他的研究结果全部发表出来。皇家学会刚刚出版了一本彩色的学术专著，没有资金支持牛顿，哈雷出钱帮助牛顿出版了这部书，哈雷几乎算是把纸放在牛顿的笔下让他写出来的。

关于引力定律的发现并没有太大的争论，但是关于微积分的发明，牛顿和莱布尼茨有过长时间的争论。看起来（牛顿和莱布尼茨）是在同一时间进行研究，他们还通过信。具有讽刺性的是，现在我们所使用的微积分符号是莱布尼茨发明的；更具讽刺性的是，牛顿实际上并不愿意使用微积分，他认为人们应该使用几何学方法。因为他认为这是古希腊人使用的方法，而在古希腊时代之后一切都开始走下坡路。当时在英格兰几乎没有人使用微积分，在欧洲大陆开始有人——比如欧拉（Euler）——使用微积分。而随着微积分的发展，到了18世纪末，大多数人都开始使用微积分了。

牛顿和胡克、莱布尼茨、约翰·弗兰斯蒂德（John Flamsteed）这三个主要人物都有过多年的争论，可以说他是一个非常尖酸刻薄的人，非常在意科学发现以及各种名誉。

三联生活周刊：《自然哲学的数学原理》最开始是用拉丁文书写的，其中还有非常艰深的数学。那么，它是面向哪些读者的呢？

法拉：在这部书出版的最初几年里，只有极少的读者。牛顿说他有意把书写得艰深，这样他就不用不断去向别人解释书中的内容。至于这部书的大众化，以及后来人们在课本中学到的内容，都是由牛顿的追随者完成的。也就是说，从出版这部书到人们理解这部书有一个很长的过程。

牛顿在1687年完成了这部书，但是在很长时间里并没有什么反响，只有一些大学里的数学家对其进行了研究。荷兰莱顿大学的一位数学家设计了一系列实验对牛顿的力学理论进行验证，而后他用拉丁文发表了这些实验。1728年，有人把这部书翻译成英文，这部书的重要性才逐渐显现出来。直到1749年，夏特莱侯爵夫人（émilie du Chatelet）完成了这部书的法文翻译。她同时介绍了笛卡尔和莱布尼茨的思想，并且加上了很多注释。在法国，直到 18 世纪下半叶，人们才认识到这部书的重要意义。当然，人们在接受这部书的过程中伴随着关于神学和哲学的辩论。

三联生活周刊：牛顿在什么阶段成了一位世界著名的自然哲学家？

法拉：可以说牛顿一生都有非常大的名气。但我认为是在 19 世纪初，当他那个关于苹果的故事传播开来，他才变得世界知名。牛顿在年轻时代从来没有提到过那个苹果的故事，直到他去世之前，他才向几个人讲了他坐在果园里，看到苹果从树上掉下，启发了他关于万有引力理论的故事。这个故事被人记载在笔记中，直到 19 世纪初，一个法国人将这个故事发表了出来，于是牛顿一下子就变得世界知名了。

［注：关于牛顿和苹果的故事，最初是由英国古物研究者、医师和英国国教牧师威廉·斯图克利（William Stukeley）于 1752 年在一本书中发表的］

三联生活周刊：牛顿的宗教观是否影响了他在自然哲学方面的研究？

法拉：就像我们会把宗教、哲学和历史区别对待一样，他对于宗教、自然哲学，包括炼金术也都是区分开来的。

三联生活周刊：对于当时的剑桥学者来说，痴迷于炼金术是一种很常见的事情吗？

法拉：这在当时也并不常见，所以牛顿必须对此非常小心。我想对此的解释是，牛顿可能发现了周围的一切都在以一种奇妙的方式发生转变，橡果可以长成一棵大树、把生鸡蛋加热就会变成固态……关键之处在于如何理解这种变化并且掌握它。炼金术的想法就是把铅转变成金，一个人的灵魂也会从黑暗转变为光明——一切都有关于转变。在当时，化学和宗教也是紧密联系在一起的。

牛顿最大的科学遗产是什么

三联生活周刊：牛顿说"我从不做假设"（Hypotheses non fingo）。这是他对于笛卡尔主义者对他的引力理论的批评所做的回应吗？

法拉：这只是他的回应的一部分。可以读一下他在 1704 年发表的光学论文，那也是一种英国经验主义对法国理性主义的回应。法国理性主义的理念是从一些最基本的原则出发，通过逻辑思辨就能得到知识。而英国经验主义的理念是你从实验所得到的数据出发，从而建立你的理论。当时英、法之间有很大的敌意，英、法两国在 18 世纪还发生了战争，在自然哲学研究领域，英、法之间也存在着竞争关系。

类似的还有光学领域。当时在法国有很多人批评牛顿的光学理论，而牛顿并没有提供关于他做光学实验的细节。比如，他通过三棱镜把来自太阳的白光分解为光谱，这个实验在技术上的难度很大，人们需要精心地设计实验，并且要用某种玻璃制造三棱镜。牛顿并没有解释这些细节问题，所以当时很多法国人认为他的光学理论是错误的。

三联生活周刊：现代物理学包含很多的假设。牛顿的方法是否已经过时？

法拉：牛顿说"我从不做假设"的背景是非常复杂的。就像我刚才说的，其主要目的是反击来自法国的批评。另外，牛顿所说的"假设"和我们现在所谈论的"假设"意义并不一样，现代很多科学家都是建立一种假设，然后通过实验去证实或者否定这种假设。我认为牛顿的所谓假设，指的是他并不带着任何成见地去看待这个世界，对任何可能性都表示接受。他不带任何预设地进行工作，这才是他关于"假设"的意思。

三联生活周刊：牛顿最大的科学遗产是什么？

法拉：我想牛顿最大的遗产就是任何事物都可以被量化，可以通过数学来处理的想法。我们可以看看现在人类对于经济学的研究，实际上这和物理学的研究方法是非常相似的，所以说这个理念对人类造成了巨大的影响。

三联生活周刊：我们能否想象，如果没有牛顿，那么17世纪科学革命的核心人物会是谁呢？

法拉：我想可能是胡克。胡克在当时几乎得出了引力定律，或者也可能并非一人，而是很多人。伽利略也非常重要，他是第一个试图通过数学方法来总结实验结果的人。如果牛顿不存在，伽利略很可能成为科学的"圣人"。人类对于光的理解可能在很长时间里仍然局限于笛卡尔的理解，认为光的颜色取决于太阳以及光所经过的区域。

三联生活周刊：人们都了解牛顿和胡克之间存在敌意。现在我们能给胡克的科学贡献一个公正的评价了吗？

法拉：我想胡克在科学界的声誉很大程度上已被恢复了。除牛顿外，胡克的成就也被建筑大师克里斯托弗·雷恩（Christopher Wren）掩盖。在 1666 年的伦敦大火之后，是胡克负责了伦敦城的重建。胡克设计了一座关于伦敦大火的纪念碑，但同时也是一个光学实验，可以通过纪念碑把光线反射到一个实验室内。时至今日，人们已经充分认识了胡克的科学贡献，但是没有任何胡克的画像留存下来。关于这件事有这样一个故事，当牛顿成为皇家学会主席时，他认为每个会员都应该有一幅画像留存，而所有关于胡克的画像都神秘地消失了。有人认为是牛顿把胡克的画像全都丢掉了。

三联生活周刊：人们对牛顿最大的误解是什么？

法拉：我想是人们认为牛顿在一夜之间就改变了科学，以为他只不过是坐在一棵苹果树下，然后整个世界都改变了。事实并不是这样的，人类花了 50 年到 100 年的时间才完成了科学革命，而且我们现在所说的牛顿力学与牛顿最初呈现的牛顿力学是有很大不同的。因为在他的版本中存在着上帝，而我们现在理解的牛顿力学是确定性的，并没有上帝的存在——这是由拉普拉斯在 18 世纪完成的。

（主笔　苗千）

● **主编点评**

所谓"肯定性认知"，苗千的这篇牛顿更有说服力。他的知识背景，使他比我们大多同事更能深刻理解牛顿伟大的贡献。文章并无特别技巧，却明白流畅地完成了对牛顿新宇宙的论述——苗千从欧洲历史开始写起，然后过渡到牛顿的经历、他的《原理》的诞生，其间与竞争者罗伯特·胡克、莱布尼茨，学术分歧者笛卡尔，以及支持与资助者埃德蒙·哈雷的关系皆有穿插性叙述。在叙事建构上，如果没有充分的了解与相关知识，描写这些人物绝不可能如苗千般轻松自如。后来，叙述牛顿的新宇宙，导向爱因斯坦更新的新宇宙，都顺理成章。

苗千对复杂科学的理解，叙述的控制与把握，让这篇文章成为佳作。

第五章

探索地球最后的边疆：
深海诱惑

海的下面，是一个陌生的世界。那里幽暗神秘，似乎很容易去，却又非常难以到达。正是这个看似矛盾的特点，使深海充满了诱惑，让无数探险家心醉神迷。

临时受命

转动一台地球仪，闭着眼睛扔一只飞镖上去，你有71%的概率扎中海洋。你坐船来到这个被飞镖选中的地点，那里海拔为零，气压760毫米汞柱，举目四望，一片蓝色汪洋单调无趣。但这是地球跟你玩的一个捉迷藏游戏，只要勇敢地跳下水去，你将发现一个完全不同的深海世界，那里生机勃勃，充满诱惑。

2020年11月19日，海洋生物学家贺丽生博士就来到了这样一个地点。这里位于关岛西南大约300公里的洋面上，初看上去和其他部分的大海没有什么两样，但水下暗藏玄机。如果从这里跳下一沉到底，你将到达位于海平面以下1.1万米的"挑战者深渊"。这是马里亚纳海沟的最南端，是目前已知的地球表面最深处，因此也被称为地球的第四极。

如果想去另外那三极，也就是北极、南极和珠峰，你必须付出艰苦的努力，还不一定能成功。但你只要想办法到达北纬11° 22.4′、东经

142°35.5′的地方，朝水里扔一块石头，它一定能到达地球的第四极，似乎非常容易。但是，因为海水比空气重很多，每下潜 10 米，静水压就将增加一个大气压。普通船壳材料承受不了这样大的压力，所以目前世界上最先进的核潜艇的最大下潜深度也就只有 600 米左右，距离目的地还远着呢。海底 1.1 万米处的静水压约为 1100 个大气压，大致相当于每平方厘米需要承受 1.1 吨的压力，只有用特殊材料制成的潜水器才能把人安全地送到那样深的地方，这就是为什么"挑战者深渊"是最后一个被人类征服的地球极点。

最早到达"挑战者深渊"的是一个美国人和一个瑞士人，他俩于 1960 年 1 月 23 日驾驶"的里雅斯特号"载人潜水器成功坐底马里亚纳海沟，创造了人类深潜的世界纪录。但那次深潜的唯一目的就是破世界纪录，两名潜航员只在沟底待了 20 分钟就上浮了，几乎什么都没有看到。在那之后半个多世纪的时间里，人类再也没有光顾此地，直到 2012 年加拿大电影导演詹姆斯·卡梅隆花钱制造了一台万米级载人潜水器，让自己成为第三个到过地球第四极的人。

作为对比，2012 年之前已有 12 个人踏上过月球的土地了。

卡梅隆虽然很想顺便搞搞研究，但他驾驶的那台"深海挑战者号"载人潜水器也是为破世界纪录而建造的，并不是真正的作业型载人潜水器，在科研上没有什么作为。2018 年，美国富翁维克多·瓦斯科沃出钱建造了第三台万米级载人潜水器"限制因子号"，深海作业能力大大提高。但瓦斯科沃的初衷还是为了破纪录，科研只是附带功能，因此这台潜水器在操作性能上还是打了一些折扣的。

中国直到 2002 年才正式开始研制大深度载人潜水器，但只用了不到 20 年就研制成功了"蛟龙号""深海勇士号"和"奋斗者号"这三台载人潜水器，完成了载人深潜的三级跳。2020 年 10 月，"奋斗者号"来马里亚纳海沟进行了第二阶段海试，连续 7 次下潜至万米深的海底，圆满完成了预定的工程测试任务。按照计划，当年 11 月 19 日将进行第八次，也是返航前的最后一次下潜，海试团队决定安排一个应用潜次，并邀请一位真正的科学家参加，贺丽生幸运地被选中了。

"上船之前我根本不知道自己要下潜，因为原定给我安排的任务就是处理潜航员采回来的样本，并为样本采集地点的选择做些指导工作。"贺丽生回忆说，"直到下潜前两天他们才通知我，确实有些意外。后来很多人问我怕不怕，如果我从来没上过船，突然问我这个问题，我可能会想一想，但我已经跟'蛟龙号'和'深海勇士号'下去过好几次了，最深下到过 6000 多米。这次跟'奋斗者号'的海试团队朝夕相处，看他们一次次地下潜，一次次地改进，心里非常有底，'害怕'这个词在别人问到我之前，我连想都没有想过。"

因为事先没有准备，配套的衣服没有带，贺丽生穿着一件借来的棉坎肩钻进了"奋斗者号"的载人舱。很难想象这样的事情会发生在载人航天领域，这就是两者最大的区别。载人深潜的技术难点主要集中在潜水器的研发上，一旦研制成功，执行下潜任务的技术难度要比载人航天低很多，任何身体健康的人只要经过简单的培训就可以跟着下潜。

"奋斗者号"看上去像是一辆超大号的装甲运兵车，但载人舱只是一个内径 1.8 米左右的钛合金球，一次装 3 个人略微有点挤，但还是可以接受的。那天担任主驾驶的是潜航员叶延英，他是中科院深海所潜航员团队的队长，经验十分丰富，"奋斗者号"首次万米下潜就是他担任的主驾驶；副驾驶名叫王治强，也是深海所潜航员团队里一名经验丰富的成员。

虽然那次深潜配备了两名潜航员，但这是海试时的特殊安排，将来执行任务时只需一名潜航员操纵潜水器就够了，载人舱内的另外两个位置都可以留给科学家。多年的国际科研实践表明，载人深潜作业的最佳配置就是一名驾驶员带两名科学家，这样的搭配方式工作效率最高。相比之下，"限制因子号"的载人球舱小了很多，每次最多只能允许两人同时下潜，比"奋斗者号"少了一人，工作效率大打折扣。

载人球舱的舱门关闭后，技术人员用母船上的 A 架把"奋斗者号"吊放到海里，然后蛙人乘坐一艘橡皮艇登上潜水器，解开 A 架的挂钩，让"奋斗者号"自由漂浮在海面上。整个过程摇晃得挺厉害，贺丽生感觉有点头晕，好在蛙人动作熟练，不到 5 分钟就搞定了。潜水器的各项参数检查无误并收到母船的指示后，驾驶员叶延英打开压载水箱的注水阀门，把海水灌进去，"奋斗者号"便在重力的作用下开始下沉，很快就消失不见了。

深入大海

沉入水下 50 米之后，"奋斗者号"就不再摇晃了，并按照设计者的要求以提前计算好的速度螺旋式下潜，下潜速度大约为每秒 1 米，和老式居民楼里那种普通电梯的升降速度差不多。为了节约宝贵的能源，载人潜水器都是采用这种无动力自主下潜的方式沉入海底的。

下潜过程中，两位潜航员一直在不停地监视和记录各项参数，但科学家贺丽生基本上无事可做，她便蹲下身子，把脸贴在观察窗上往外看。

虽然她已经下潜过好几次了，但大海对她来说还是具有无限的吸引力。

其实贺丽生至今尚未潜过水，是个标准的"旱鸭子"。她是北京顺义人，本科毕业于北京医科大学，2003年转去香港大学做基础研究，拿到了生物化学博士学位。因为导师的关系，贺丽生博士后选择研究海洋生物，主攻藤壶的附着机制，希望能研制出无毒的友好型抗污损化合物。正是在研究藤壶的过程中，贺丽生对海洋生物发生了兴趣。

"大陆的海洋生物学研究主要集中在水产养殖和育种这块，一般老百姓一提到海洋生物就问好不好吃，很少有人对海洋生物的分子机制感兴趣，更别说深海生物了。"贺丽生告诉笔者，"不过，探索未知是科学家的天性，以前我们根本不知道深海里有生物，通过海底拖网才发现深海里有很多鱼，有种狮子鱼居然能够生活在8000多米深的海底！我现在最感兴趣的问题就是生命的极限在哪里，深海就是研究这个问题的最佳地点之一。"

作为一种陆地哺乳动物，人类对于生命的理解其实是相当片面的。大多数人只对自己看得见、摸得着的陆生生物感兴趣，只有生活在海边的人才会因为觅食而潜入大海。但在现代科学诞生之前，即使是靠海而生的渔民也只知道浅海里有鱼可捞，对深海的情况一无所知。直到19世纪中期，科学家都还相信深海是一个没有生命的幽暗世界，没什么值得一看的东西，因为当时的科学家根本没有能力到达深海。

感谢"奋斗者号"，贺丽生只花了3分多钟就越过了200米这条分界线，从表层"阳光带"进入了中层"暮色带"。这里的阳光极其微弱，无法支持光合作用，所以海洋从这里开始便成了动物的天下。动物依靠从表层落下的海雪为食，生长速度极其缓慢。因为下潜过程没有开照明灯，贺丽生看不清动物的身体轮廓，却能看见一颗颗"流星"从窗前一闪而过。那是各种发光生物发出的荧光，它们在漆黑的海底创造了一个五彩斑斓的世界。

虽然窗外的风景很诱人，但贺丽生并没有一直看下去。一来她必须跪坐着透过观察窗去看，时间长了腿受不了；二来下潜所需时间是非常长的，这一点相信很多人都没有意识到。其实只要稍微计算一下就可以知道，"奋斗者号"要花 3 个小时才能下到万米深的海底。下潜过程中舱内的灯都是关着的，只靠仪器的显示屏来照明。大家可以试着想象一下，3 个人坐在一个没有灯的小电梯里不停地下降 3 个小时，那滋味肯定不怎么好受。

值得一提的是，载人潜水器在下潜过程中只能依靠声学通信系统与母船保持联系，无法使用无线电等基于电磁波的通信方式，这是因为水对电磁波的吸收能力太强了。事实上，这就是水下 200 米就几乎没有光的原因，因为光也是电磁波的一种。声波在水中虽然可以传得很远，但传播速度慢、信息载量小，远不如电磁波好用，这一点是载人深潜和载人航天的另一个重要区别。

同理，基于地球同步卫星的 GPS 定位系统在深海里也不能工作，潜水器只能借助母船发出的声信号进行定位和导航。

随着下潜深度的不断增加，周围海水的温度逐渐下降，到 4000 米时降到了最低点，只有 2℃左右。因为人体会散发热量，所以舱内的温度还能维持在 17℃左右，一件棉坎肩足以御寒。但载人球舱是钛合金做的，导热性能比其他非金属材料要好多了，踩上去体感很凉，所以潜航员都穿着两层厚袜子，有的潜航员甚至会准备一双毛茸茸的棉拖鞋。

温度降低容易让人产生尿意，这个问题曾经是靠尿不湿来解决的，但因为沾了水的尿不湿又冷又沉，穿在身上很不舒服，后来改成了尿袋。为了照顾隐私，舱内准备了一个帘子，需要时可以遮挡一下。大便就比较麻烦了，只能要求潜航员在下潜的前一天注意饮食。

说到饮食，母船上的食堂会为每位潜航员准备一份简单的午餐，米饭或面条什么的，用保温桶装好带下去。像这种万米深潜，光是下潜和上浮过程加起来就要花 6 个小时，再加上 6 个小时的海底工作时间，以及下潜前和上浮后的准备时间，潜航员会有 14 个小时吃不上正经饭。不过因为每次下潜都有很多事情要做，潜航员经常想不起来吃饭，正好也避免了烦恼。

当然了，普通的深潜不会花这么长的时间，因为全球海洋的平均深度约为 3700 米，像"奋斗者号"这样的载人潜水器只需一个半小时就可以坐底了。但是，别看海洋平均只有 3000 多米深，考虑到其巨大的表面积，全球海洋的总体积高达 13.7 亿立方千米，占地球表面可供生物生存的总空间的 95%。换句话说，我们平时肉眼能见到的只是地球生物圈的极小一部分，深海才是地球生命最广阔的舞台。

如果不考虑地球内部的碳储存，海洋还是地球表面最大的碳汇。目前全球海洋每年吸收大约 26 亿吨碳，约占人类活动总排放量的 31%。这个吸收力度已经比 20 世纪的平均值高出 4 倍了，不太可能再增加了。另外，溶于水中的过量二氧化碳会使海洋酸化，导致珊瑚礁和其他有壳类海洋动物的大面积死亡，所以大气二氧化碳浓度的增加无论如何都不是一件好事。

总之，无论从哪个角度来看，深海都是关乎人类未来命运的关键所在。

深海诱惑

经过 3 个小时孤独而又漫长的下潜之后，"奋斗者号"距离海底只有大约 80 米了。主驾驶叶延英抛掉两块压载铁，并通过向耐压可调水舱里注水或者排水的方式对潜水器的浮力进行微调，使之以接近零浮力的状态缓缓坐底。贺丽生幸运地成为全球第三个下到"挑战者深渊"的女性，同时也是全球第二名到达如此深度的生物学家。瓦斯科沃曾经在 2019 年送两名女探险家和一位生物学家下到"挑战者深渊"，贺丽生紧随其后，同样创造了历史。

据统计，此次"奋斗者号"马沟海试一共有 11 人下到"挑战者深渊"，如果再算上 2012 年之前的那 3 个人，以及瓦斯科沃团队的 8 人，那么贺丽生就是全球第二十二位成功到达地球第四极的人。

按照官方记录，此次"奋斗者号"海试所到达的最深点是海平面以下 10909 米，比"限制因子号"报出的 10928 米少了 19 米，但这很可能是测量方法不同而导致的误差。"10909 米那次我是主驾驶，这个深度是用最专业的深度计测出来的，精度为万分之一。同样的深度，用测量精度差一些的温盐深传感器（CTD）测得的结果是 10935 米，两者相差 26 米。"负责制造载人潜水器的中国船舶重工集团公司第 702 研究所的潜航员张伟告诉笔者，"实际上，两家潜水器在选择潜点之前都用多波束声呐反复测量过，大家选择的应该都是同一个地方。"

不过，贺丽生根本没有时间去想这些"世俗"的事情，她完全被马里亚纳海沟独特的气质吸引住了。"快坐底的时候，我们 3 个人突然都不说话了，大概是被深海的这种宁静感染了。记得我当时最大的感受就是：这里怎么这么安静啊！那种安静带来的神秘感和庄严感很可能只有下到过海底的人才能体会。"贺丽生回忆说，"我趴在观察窗口往外看，发现这里的生物真的非常多！记得我看到过几只钩虾，以及很多海参，还发现了不少多毛类生物。"

海底深渊是地球上最为极端的生态环境，无论是动物还是微生物都是其他地方所没有的，具有很高的研究价值。贺丽生的主要任务之一就是采集海底生物样本，可惜最终结果不尽如人意。"这里的海参跟我们之前看到的海参差别很大，它们个头不大，身体是透明的，机械手刚碰到，它就漂走了，非常难取。"贺丽生回忆说，"再加上那天央视组织了一场水下直播，占用了一些时间，最后我们只采了几件岩石和沉积物样品，以及半条海参，相当遗憾。"

有意思的是，同一条海沟，不同专业背景的人有着不同的回忆。"万米海沟黑漆漆一片，即使在光照条件下能见度也只有20多米，对一般人来说并不好看。"曾经三次下到"挑战者深渊"的张伟对笔者说，"沟底的海参也并不好看，而且密度不一，有的地方搜索半天都看不到一只，有的地方每隔几米就能看到一只。钩虾就更少见了，一般都是用食饵来引诱，在采样篮里放上一条鱼或者半只鸡，不到20分钟就能吸引来几十只钩虾。我感觉它们似乎还挺聪明的，先不着急吃，而是在周围转几圈，像是在搞侦察，直到它们感觉安全了才上去撕咬，而且互相之间也不抢食，秩序井然。"

张伟最想去的地方并不是深渊海沟，而是海底热液喷口。那地方不但有源源不断的热液从海底涌出，喷口周围还能看到很多色彩鲜艳的动物，而且个头都相当大。事实上，热液喷口及其周边生态系统是迄今为止深海生物学领域的最大发现，此前大家完全没有意识到海底存在着这样一个完全依靠化学能来提供基础能量的生态系统。这项发现甚至有可能改写生命起源理论，最新的观点认为，地球上最早的生命很可能就是在海底碱性热液喷口附近进化出来的化能自养型微生物。

同样下过三次"挑战者深渊"的叶延英则对沟底的地质状况印象深刻。"我们一般会先在海沟的中间坐底，然后再以大约 1 节（1.85 千米/小时）的速度在沟底巡游，碰到岩壁后再掉头往回开，直到碰到另一侧的岩壁。"叶延英回忆说，"马沟两边的岩壁非常陡，几乎直上直下，一眼望不到头，视觉效果相当震撼。山脚下还能看到很多大石头，和陆地上开矿炸山后滚下来的石头差不多。"

陆地上最深的雅鲁藏布大峡谷，最深处约为 6000 米，只有"挑战者深渊"的一半左右，这是因为两者的成因截然不同。雅鲁藏布大峡谷是喜马拉雅造山运动和江水的冲刷合力形成的，属于陆壳的范畴，而马里亚纳海沟则是太平洋板块撞上菲律宾板块后向下俯冲的结果，是洋壳消亡的地方。

陆壳和洋壳是地壳的两种形态，后者远比前者更加活跃。如果把海水全部抽干，把洋壳完全暴露出来，我们肯定会惊讶于海底世界的宏伟壮观。那里有长达 6 万多千米的山脉（洋中脊），总长度超过 5 万多千米的海沟和海槽，以及大约 10 万座高度超过 1000 米的海山，它们绝大多数是火山爆发后的产物，因为地球上超过 80% 的火山位于海底。

从地质学的角度来看，因为洋底和地幔的距离更近，所以深海才是研究地质学的最佳地点。事实上，地质学最核心的板块构造学说正是通过对深海海底的研究而逐渐成形的。

换句话说，深海研究不但改写了生物学，而且改写了地质学。这两门学科互有交集，结合起来帮助我们更好地了解了地球，更深入地理解了生命。

结语

在海底工作了 6 个小时之后，叶延英再次抛掉两块压载铁，"奋斗者号"以相同的速度开始上浮，3 个小时后回到了海面，顺利地结束了这次马里亚纳海沟海试之旅。

这次成功的海试让中国成为全世界第二个有能力把人送入海洋最深处的国家，而"奋斗者号"则是目前世界上已知的深渊作业能力最强的载人潜水器。地球上深度超过 6000 米的所谓"海斗深渊"（Hadal Zone）一共有 37 个，大部分没有被人类亲自考察过，原因就是缺乏合适的潜水器。如今我们有了"奋斗者号"，起码理论上具备了去那些地方一探究竟的条件。

放眼全球，至今尚未被人类勘探过的陆地非常少了，但仍有超过 80% 的海底属于科学的盲区，从来没有被详细地研究过。历史告诉我们，真正的创新往往来自探索未知，但这就需要冒一定的风险。西方人在这方面开了个好头，接下来是不是应该轮到中国人了呢？我们在工具上似乎已经做好了准备，就看我们在心理上是否调整到位，身体上敢不敢站出来领跑了。

来自深海的诱惑，值得我们朝这个方向努力。

（主笔　袁越）

● 主编点评

《三联生活周刊》记者的晋阶之路，报道由二页、四页、八页、封面故事，最终独自操作封面故事，这个时候，并非抵到天花板，而是你需要从一本书的角度来思考并安排你的工作了。这背后有结构、逻辑、叙事动力等种种能力的建设。袁越这组封面文章，成熟地展示了他以书籍为结构的内容布局能力，足可借鉴。我们且看其文章结构：

1. 大导读

中国"奋斗者号"潜入深海的现场报道。这是整个故事的序幕，相对袁越之前的大报道，这次更具新闻感与现场性。

2. 载人潜水器的前世今生

深海潜水器的背景。由"奋斗者号"进入人类深海探索载体的历史。

3. "蛟龙号""深海勇士号"奋斗史

中国潜水器的深海探索历史。这是由现场的"点"，进入深海"线"的两条叙述线索——全球背景与中国进展。这两者并非隔绝，而是相互关联，分开叙述不仅可以清晰地讲述各自进路，彼此的关系也更清楚。

4. 探索海底世界

（略）

5. 黑暗中的精灵

由进入深海的技术——潜水器的历史演进，进入人类对海底世界的认识。这其中主要讲述的是板块构造学，但又远不止于此。

板块构造说的叙述，完成的是从"点"/现场——"线"/潜水器之全球与中国研究应用史——"面"/人类认知海洋的结构性安排。自此，整组文章完成格局搭建。板块构造学之后，更精彩也唯深海潜水才能完成的相关研究，是生物与地质研究的发现与进展。这是文章的精华，是新知。

6. 向深海要资源

一般来说，按点—线—面结构，文章到生物与地质新知部分，即可告结束，但袁越成熟之处，在于这后两个部分。深海研究在提供认识论的同时，它的经济价值何在？这是结构的"枝蔓"，却又自然而然。

7. 深海沉船

真正别开新面的"枝蔓"，是最后一部分，这里有巴拉德的传奇，还有卡梅隆的故事——真正的泰坦尼克号海洋考古。他那部大热的《泰坦尼克》是这场科学探索的注脚，这是一种高超的叙事手法。当然，最后一部分还有中国人熟悉的"南海一号"海洋考古。多数时候，科学探索"上价值"升华的是好奇心之于人类的意义，但其实这种价值，如果能够结合文化或科学事件，比如这两艘著名的沉船，还有电影，会形成更友好的传播界面。

袁越的封面报道，其结构逻辑，大体可以描述为：点—线—面—枝蔓。这种树状结构，是大家应当掌握的我们的方法论。结构之上，袁越的这组报道，突出之处，一是以"现场"/新闻为点，静态的叙述，迅速动态化了，也由此构造了内在的叙述动力；二是"枝蔓"的升华，这是长报道以及图书阅读快感的重要来源。总体来说，我们的报道坚持的是记者本位，我手写我心，但聪明地建立互动关系，也是决定内容品质的关键因素。

（注：本点评是对整个《深海诱惑》封面故事的点评。）

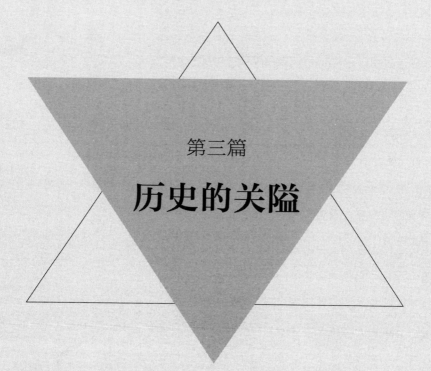

第三篇

历史的关隘

第六章

故宫的清单

他们理解的传统与中国

一座博物馆收藏的本质是什么？如果用意大利学者翁贝托·艾柯（Umberto Eco）的思路来回答，它的本质是一张清单。

艾柯对清单有种迷恋。他曾应卢浮宫之邀，策划过清单主题的展览，自己还出版过一本图文专著《无限的清单》。在艾柯看来，清单是文化的根源，无论观看哪里的文化史，都会发现清单的存在。日常生活中，充斥着饭店菜谱、购物手册、演出节目单这样的实用清单，文学和艺术中则经常是具有诗性的清单。

这样的概括不无道理。诗歌小说中，能找到清单式的书写。《伊利亚特》里，荷马为了让人感到希腊联军的浩大，将船长的名字遍布诗行；古典画作中，能看到清单式的描绘。《攻占君士坦丁堡》的油画上，密密麻麻的士兵充斥于画布；博物馆中，面对的则是清单式的物品收藏。卢浮宫里有风景画，有米罗的维纳斯，有蒙娜丽莎，也有埃及的木乃伊，看起来彼此好像没有什么关系。

人类为何如此热衷于罗列清单？艾柯的答案是，人们对无限的、浩瀚的事物会心生一种原始的崇敬之感。清单就是以有限来暗示无限的，其实它也可以是不断添加、没有止境的。

艾柯关于清单的洞见，是我们策划的灵感来源。故宫博物院的馆藏就是一张庞杂的清单。故宫有186万余件文物收藏，涉及25个文物类别。这份清单上的条目，包括了明清皇家珍藏的艺术品和工艺品。以今天保护历史遗存的眼光来看，大量当时皇宫里的实用之物也被列在了清单之上。

如何看懂这张故宫的清单？艾柯说清单具有一种"无所不包"和"不及备载"的特性。这种"不及备载"既是视觉上的，也是研究和思考上的。我们想出来的方法是去生成一份"关于清单的清单"——故宫的馆藏对于我们来说是个无限的世界，我们则可以通过邀请专家学者去选择他们认为重要的文物类别和文物个体，去呈现对这个浩如烟海的馆藏的理解。

这些专家一部分来自故宫内部。他们以对文物的专业知识和对宫廷文化的了解来推荐重点的珍品，为我们解释帝王进行收藏的逻辑和企图要构建的天地。他们分别是故宫博物院前院长郑欣淼，书画部研究员杨丹霞，器物部研究员丁孟、徐琳、冯小琦，宫廷部研究员苑洪琪。

另一部分，我们邀请了11位故宫之外的著名学者、作家和艺术家。他们结合各自擅长的领域和研究兴趣，从故宫收藏中选择一件或一组文物，带领我们用不同的眼光来观看。他们分别是卜正民、王澍、白谦慎、西川、扬之水、巫鸿、辛德勇、沈卫荣、陈丹青、徐冰和戴锦华。

汉学家卜正民，研究领域以明代社会文化史、全球史为主，他的著作《纵乐的困惑：明代的商业与文化》对学界和读者影响深远。引起他好奇的是《明人射猎图》。按照明朝的帝王肖像画传统，皇帝通常穿着龙袍坐在龙椅上，一脸阴郁地盯着你。唯有宣宗驰骋马背的肖像，与那些画像截然不同。明宣宗想通过这样的画像信息来暗示什么？

艺术史学者白谦慎曾以《傅山的世界：十七世纪中国书法的嬗变》改变了我们对于书法的观看。他推荐关注的是故宫所藏、数量稀少的八大山人书画。八大山人书画风格孤傲、乖趣、清冷，在其生活的年代，与主流艺术趣味相去甚远，如今却深受追捧。八大山人在画史上地位的变化，是一部自晚明至今近 400 年中国书画审美趣味的变迁史。

艺术史学者巫鸿对中国古代美术及当代艺术的研究融合了历史文本、图像、考古、风格分析等多种方法。他选择了宋摹本《洛神赋图》。在他看来，这幅画应当被看作女性题材绘画，而不是狭义上的仕女画，这样才能注意到里面包括洛神、曹植，众多神仙和侍从等更为丰富的情景和人物关系。

艺术家徐冰有一系列国内外知名的作品——《背后的故事》，就是参照故宫所藏的古画创作的当代艺术装置。无论是赵孟頫的《鹊华秋色图》，还是赵芾的《江山万里图》，在这种参照中，徐冰都看到了以往自己忽略的地方。在他眼里，古画有一种特殊的好看，这是由于古画经过长时间的氧化，墨色与绢本、纸本的融合，原始笔触彻底渗透进画中。这种微妙效果，可不是今天的画笔所能及。他也有一个疑问：为什么用《背后的故事》的方法可以复制中国古代绘画却不便复制西方古典写实绘画？

诗人西川还能记起第一次在宁寿宫石鼓馆看到那些石鼓原石的震撼，"仿佛得见秦国的君臣、狩猎捕鱼的士兵、烟尘与猎猎旌旗，仿佛听见士兵的呼喊与石匠叮当的凿刻声"。石鼓所系之诗文、之文化记忆，自唐世以来形成了一个宏硕的系列。这个诗文系列在中国文学、文化史中非比寻常。

（主笔　丘濂）

天子的清单：如何看懂故宫的宫廷收藏

意大利学者翁贝托·艾柯在著作《无限的清单》中，谈及法国卢浮宫的收藏：一个来自太空而不清楚我们艺术概念的旅者，可能会纳闷，卢浮宫怎么会收进来那么驳杂的物品，诸如花瓶、盘子、小盐瓶、女神像，例如米罗的维纳斯，风景画，一般众生的肖像，墓葬器物和木乃伊，怪物的画像，崇拜的对象，人类遭受酷刑的刻画，战争的呈现，甚至考古的出土物。

和卢浮宫的身世相似，故宫是在明清两代皇家收藏的基础上，继续生长扩充而成的一座现代博物馆。以皇家的权力将珍品资源汇聚一堂并非难事，但让人好奇的是，帝王进行收藏的逻辑，以及企图通过藏品来建构怎样的世界。

皇家收藏的传统

冬季的故宫游客稀少，正是仔细去看那些专题展馆的好时候。西南角南大库区域在 2018 年底开设了"清代宫廷家具展览"，由于位置较偏僻，是个容易被忽略的宝藏。家具结合了不同场景来构成不同的空间，其中最有意思的莫过于按照宫廷绘画《是一是二图》重现的乾隆书斋的情景。

这幅图是模仿宋人的《二我图》创作的。乾隆坐在罗汉榻上，背后屏风悬挂着一幅与前面乾隆形成对称的肖像画，从而有了画中画的效果。"是一是二"因此得名。乾隆的身边被古物环绕。画中的那件"朱漆描金花卉纹葵式桌"就摆在展厅里，它的玄机在于下面支撑的桌腿分为上下两截，中间由圆形榫卯结构相连。以榫为轴，桌面便可以转动，方便主人从各个角度观赏上面心爱的古物。

这张葵式圆桌，连同旁边桌几上摆放的古物有好几件都真实存在于故宫的馆藏中，尽管未在展厅里出现。比如一件叫作"新莽嘉量"的青铜器，是汉代王莽建国元年颁布的国家标准量器，集五个等级的量器于一身；还有一件明代宣德青花梵文出戟罐，是藏传佛教做道场时的法器，传世品仅此一件；以及一件战国时代的青玉古谷璧，两面都有凸雕细密的谷纹。

对比宋人《二我图》中文人书房里仅有一些书籍和生活物品的陈设，这幅《是一是二图》表现了皇家收藏所能达到的丰富程度，图画中描摹的青铜器、玉器、陶瓷和书画俨然是皇家收藏中的大类。那么，它们在漫长的历史中，是如何进入宫廷收藏序列的呢？

青铜器曾是重要的礼器，彰显着身份、等级与权力。世界上许多地区都经历过青铜时代，唯有中国的青铜器带有铭文，又是成组合的礼器，是与其他文明截然不同的地方。相传夏朝的统治者大禹用九州部落上贡的铜来铸造九鼎，经过夏、商、周三代王室递藏，后来秦昭王在转移过程中将其掉落在黄河里。九鼎是否真的存在并不可考，不过《左传》中记载着楚庄王"问鼎中原"的故事，他通过询问九鼎的大小和轻重来表达觊觎政权的野心。

青铜礼器供奉在庙堂祭祀，也作为"生器"供君王贵族平时使用，还是他们去世后随葬的"明器"。战国之后进入铁器时代，大型青铜器的生产由于所需资源的枯竭，逐渐淡出了人们的视野。出土和传世青铜器却因为和"周礼"倡导的秩序以及象征政权的内涵相关，继续被皇家看重。故宫博物院器物部副主任、青铜器专家丁孟告诉笔者，从汉代起就有青铜器出土的记录，皇室认为这是祥瑞的表现。"汉武帝在山西汾阳发现了一个三个脚的宝鼎，立刻改年号为'元鼎'，那一年称为'元鼎元年'；唐代玄宗时改山西汾阴县为宝鼎县，也是因为在当地获得了宝鼎。"

和青铜器一样，稀有而美丽的矿石——玉器，也是礼器的一种。无论是商纣王"蒙衣其珠玉"在鹿台自焚的传说，还是商高宗王后妇好墓出土的那755件玉器，都说明了皇室对玉器的大规模占有。然而玉器还有更多的深意。玉石不独产于中国，却唯有中国形成了玉文化。孔子用玉器来比拟君子的德行，说玉有十一德。为什么选择玉来打这样的比方？

故宫博物院器物部研究员、玉文化研究所所长徐琳对笔者说，这实在是因为玉石有特殊的物理特性。"玉石中含有结构水，越是随身佩戴，越是能赋予它一种油脂感，所以孔子说，'温润而泽，仁也'；玉石的密度处在黄金分割点，不是很硬，也不是很软，因此会有'廉而不刿，义也'；玉石又是表里如一的，和翡翠能够赌石不一样，它的外表和里面不会有太大差异，孔子接着说，'孚尹旁达，信也'。"后世尊奉儒家思想进行统治的帝王，自然也会通过玉器收藏来表示践行"君子比德于玉"。汉代之后，厚葬之风慢慢减弱，大量精美的玉器逐渐以传世的方式流传下来。

与青铜器、玉器都不相同，陶器首先是被当成一种实用器物来登场的。陶器由泥料烧制而成，工艺上并不难。中国先民在东汉晚期率先实现了由陶器向瓷器的飞跃，一种解释为正是受到了尚玉观念的驱使，孜孜以求陶器类似玉器的效果。瓷器具有细腻光洁的外表，很快人们就不单将瓷器当作生活器皿，还看作艺术品来收藏和欣赏。西晋皇族司马金龙的墓葬里出土了异常精致的青瓷痰盂，属于南方产的精品，而他当时已经投奔北魏，说明这是他从南方专门索取而来的。

宋代伴随商品经济的发展，瓷器的手工生产进入了黄金年代，后世被列为"五大名窑"的瓷器在当时就非常珍贵。汝窑是供奉御用的官窑，能位列"五大名窑"之首，不单源于它"雨过天青"的釉色最能达到如玉般的质感，还由于它产量的稀少——宋金战争中，大部分汝窑瓷器都已遗失。宋高宗赵构逃到南方定都临安之后，权臣张浚一次性地向高宗进献了20多件汝窑瓷器，这让高宗高兴极了。南宋文献里用"近尤难得"形容汝窑。

书法来源于日常写字，是文字普及后，对美感的必然追求。在东汉时期，书写超越了信息表达和传递，成为具有艺术价值的门类。汉灵帝时期便设置"鸿都门学"，召集擅长写字、辞赋和尺牍书信的文人一起学习交流。晋人王羲之在书法界的地位至高无上，也是得益于帝王的推崇。南朝梁武帝是第一位对王羲之书法大加赞赏的皇帝，之后的唐太宗李世民更是把王羲之推到了举世无双的地位，《兰亭序》原作据说就是唐太宗用来陪葬进了昭陵。

有意思的是，绘画早先是比书法略逊一等的。一个佐证来自北齐颜之推写的《颜氏家训》，其中表达了这样的观点：如果出身并不显贵，拥有绘画的才能反而会被差使着去画画，和工匠杂处在一起，是一种羞辱。这种情况到了能写擅画的宋徽宗时才得到了显著改善。他为了提高画家的待遇，允许画院的人员像其他朝廷文员一样佩戴显示等级的"鱼袋"，还将他们收到的工钱从"食钱"的称谓改成了"俸直"，以表示他们受到和士大夫官员同等的尊重。

在明清之前，宋代徽宗皇帝的收藏是一座高峰，他对青铜器和书画的喜爱尤其突出。北宋是经历五代长期动乱后建立的统一国家，从建国之初就重视礼制的建设。为了稽考先秦礼制，宋徽宗设置议礼局"诏求天下古器，更制尊、爵、鼎、彝之属"，也就是既在全国征集青铜器，又仿造青铜器。大臣王黼奉命编写了《宣和博古图》，收录宋徽宗所藏的 20 类 839 件青铜器。

"宋徽宗推动了金石学的发展。北宋出现了一批金石学家，王黼就是其中一位。《宣和博古图》对所录青铜器进行了严格的考订，至今许多青铜器的名字都来自这本图录的命名。"他另外主持编纂的《宣和书谱》则录有 197 名书法家小传和 1344 件作品，《宣和画谱》记录了 231 名画家小传和 6396 件作品。宋徽宗同样是创作高手，书法上他独创了挺拔秀丽的"瘦金体"，绘画上他一系列逼真的花鸟图，展示了他对自然细致入微的观察和细腻高明的运笔技巧。

宋徽宗在艺术创作和收藏鉴赏方面极具天赋，却在治国理政方面一塌糊涂。他在位期间，重用了一批奸佞之臣，又穷奢极欲，建造宫殿园囿。各地民变，国库空虚，金军乘虚而入。靖康元年，金军攻破汴京，徽、钦二宗沦为俘虏。第二年，他被押往北方的金国，从此无缘与自己的收藏再相见，最终死于软禁之中。玩物必然会丧志吗？在帝王和收藏家之间形成的对立关系，成为接下来几百年笼罩在帝王收藏上的"魔咒"。

明清帝王的延续

《中国皇家收藏传奇》的作者、美国汉学家珍妮特·埃利奥特（Jeannette S.Elliott）这样概括历代皇家收藏所肩负的多重功能："最早的皇家珍藏大半以其半宗教的力量被推崇；后来皇家收藏成为传递道德观念与社会规范的工具；直到最后，中国皇帝采用收藏传递自己的艺术趣味和选择。然而，即便教化让位于审美，中国的皇家收藏仍然是确立政治合法性的一种重要方式。"正是因为皇家收藏和统治合法性密切相关，当王朝更替时，新的统治者就会想方设法从前朝继承收藏，成为自己收藏的一部分。

宋徽宗那些蔚为壮观的收藏哪里去了？根据《宋史纪事本末》，金人拿走的是绝大部分，另一些流出宫外，宋高宗南逃时带走的微乎其微。而宋高宗偏安江南一隅后，就呼唤民间的收藏家能够捐出所藏的艺术品、文献和礼器。北方边境上活跃着一个专卖前朝皇家珍藏的市场，宋高宗还招募了一些鉴定者尽可能地买回其父亲的收藏。很快，宋高宗就建立起新的收藏宝库。

《元史》记载，后来当蒙古军队灭金时，并未按计划接收金朝内府的藏品，最大一笔收藏反而来自临安南宋皇室。元朝大臣王恽所著《书画目录》中说，当南宋皇室的收藏到达大都后，忽必烈允许朝廷官员去参观欣赏。王恽记录自己看到的法书 147 件、名画 81 件，其中有王羲之、阎立本、顾恺之、吴道子、王维、李思训、黄筌、李公麟、苏轼、黄庭坚等历代书画名家的作品。忽必烈设立秘书监掌管"御览书籍、禁秘天文"，又设立典瑞院收藏鼎彝等古器。再往下的元成宗曾命秘书监将所藏646轴书画手卷进行裱褙，并请书法高手题写签贴；元仁宗还下旨请书法家赵孟𫖯给无签贴的书画题签，都体现了对书画收藏的重视。

但并不是所有的皇帝都对书画收藏抱有强烈的兴趣。元朝蒙古人的统治没有持续多久，南方朱元璋便出兵北部，将他们逐出了中原，建立了新的大明王朝。出身布衣的缘故，朱元璋没有接受过系统的教育，文化修养都是在戎马倥偬的间隙里提高的，他对书画本身兴趣不高。在一幅李公麟《临韦偃牧放图》卷上，朱元璋留下了一段跋记，核心是"今天下定，岂不居安虑危，思得多马牧于郊野"，但丝毫没有评论这幅画作本身的艺术价值。

朱元璋还将皇家收藏用来随意支配，以笼络人心。他的儿子朱棡被封为晋王时得到了大量的书画作品，另一位得到大批书画赏赐的是他的养子沐英将军。这种以实用主义眼光来看待收藏的情况到了明代中晚期更为严重。嘉靖、隆庆和万历年间，战争使财政吃紧，内府所藏书画被当作"折俸"分发给武官，这就使得一些珍贵书画流落到民间古董商人的手里。甚至为了筹集军饷，一些青铜器被送到铸币厂熔化铸成了钱币。

如果说明清两代的帝王在收藏的门类上有什么共同的偏好，那么瓷器大概是最突出的一项。毕竟就算是对实用主义者来说，它也是一种必要的消耗品，同时又能在它们身上倾注个人的审美与情趣。

为了持续获得精美的瓷器，朱元璋在位的明洪武二年（1369），在江西景德镇设立了陶厂，此后这种从景德镇御窑供瓷的制度一直延续到清代。朱元璋热爱红釉瓷器，这和他崇拜红色有关。史学家吴晗分析，明朝起事于南方，这与之前的朝代发源于北方，从北往南攻占正好相反。拿阴阳五行推论，南方为火为阳，神是祝融，颜色赤；北方是水属阴，神是玄冥，颜色黑。朱元璋颁布过"以红色为贵"的旨意，釉里红瓷器成为这一意志的代表。

明成祖朱棣钟情于白瓷。他统治的永乐年间，烧制的白瓷有着"白如凝脂、素尤积雪"的釉色，又称"甜白"，能给人一种带甜的美感。朱棣的尚白情愫源自他的经历。朱棣是朱元璋的第四个儿子，被封为燕王后，多次击败元朝的残余势力，是一位有着文韬武略的亲王。然而按照皇位继承法，皇太子朱标英年早逝后，朱元璋把皇位传给了皇孙朱允炆。朱棣本来就对皇位虎视眈眈，再加上朱允炆生性柔弱，促使他发动了历时四年的"靖难之役"，以武力从侄子手中夺取了政权。

为了平息民意、缓和社会矛盾，朱棣即位后举办了两次大规模的法会，为先帝和高皇后祈祷冥福。白色有"孝"和"哀"的含义，为此他从景德镇订购了大批白釉瓷器供法会使用。另一个关于朱棣"尚白"的解释是，他在当燕王的时候，一位辅佐他的僧人曾献上预言："若蒙殿下不弃，当奉上白帽子戴。""王"字加"白"字，就是"皇"，"白"也就成了皇位的象征。不过，即使举办了法会，朱棣心中仍旧缺乏安全感，否则他也不会决定在北方封地营造一片全新的宫殿，来摆脱旧势力的包围。1420年紫禁城营造完成，它成为明清两代24位帝王的皇宫。

2020年9月，故宫的景仁宫举办"御瓷新见——景德镇明代御窑遗址出土与故宫博物院藏传世瓷器对比展"，这是故宫第七次联合景德镇来办类似主题的展览，里面就有一对摆在一起的甜白釉僧帽壶。僧帽壶样式奇特，形制来源于藏传佛教使用的金属宗教器皿，因壶口形似僧伽之帽而得名。这批僧帽壶正是明成祖朱棣为祈福的法会而烧制的。

对比的两只壶，一只深藏于宫中，一只打碎深埋于地下后经修复又成整器，是迥然相异的命运。从中可以看出帝王对宫廷用瓷的苛刻——甜白瓷的胎体薄如纸张，好似脱去胎体只剩釉层。要达到这样的效果，首先原料的调配要得当，不然胎体就会破裂；制作时，窑温也要精确控制。生烧便无法做到光照见影，过烧胎体会马上变形。上乘之作往往只能有 1/10 甚至 1/100 的成功率，那些落选的瑕疵品便被就地打碎、集中掩埋。

故宫的 186 万余件文物中，瓷器类所占比例最大，高达 36 万件。其中清代瓷器数量远远多于明代，仅康熙、雍正和乾隆三朝，就有近 20 万件瓷器。从明朝到清朝的改朝换代中，明末李自成攻入北京后火烧过皇宫，对各类收藏有很大的破坏，这造成了明代瓷器所剩不多的情况。

故宫博物院器物部研究员、瓷器专家冯小琦告诉笔者，另一个原因则是和明代相比，清代景德镇御窑厂的生产能力大幅提高了，每年生产的瓷器有满足平常用度的大运瓷器，为了祝寿、大婚等特殊事件烧造的传办瓷器，还有官员进献给朝廷的贡瓷。乾隆朝生产的瓷器数量当然最大，但考虑到乾隆在位 60 年，雍正一朝仅 13 年，雍正朝瓷器的数量才是最惊人的，并且雍正朝的瓷器还以质量著称。康熙时期瓷器仍然受制于烧造技术，乾隆的品味总是受到指摘，雍正的瓷器则因其秀美精巧的风格而评价最高。

雍正是第一位密切参与瓷器制作的帝王。清代从康熙朝开始，一件器物在成型之前要秉承皇帝的旨意，然后出纸样、木样，乃至用纸板做出立体模型，由皇帝选中后再送去景德镇照样烧造。雍正不仅会无微不至地做出指导——各种彩瓷的生产最盛，造办处《活计档》显示，雍正十年（1732）他四次对一组菊花纹样做批示，包括花头的多少、花骨朵儿的有无、梗叶的疏密，还会明确表达对某种器形的厌恶——比如青花宝月瓶之前曾大量烧造，雍正十一年（1733）他明确传旨"嗣后宝月瓶不必烧造"，甚至器物已经烧造完成，假如纹饰釉色不够好，也要重新做。

雍正这种对器物细节近乎痴狂的作风被认为和他繁忙的政务与有限的活动空间相关。"自朝至夕，凝坐殿室，披览各处章奏，目不停视，手不停批"是他的每日常态。他也没有离开过京城，足迹仅限于紫禁城和圆明园这样的皇家园林。沉浸于陈设观赏中，器物的世界给了他足够的安慰和享受。

乾隆皇帝的创造

乾隆同样对瓷器制作热情高涨。他的时代，彩瓷技艺已经达到炉火纯青的地步。"乾隆的瓷器你看不见什么白地，都是彩上加彩，釉上加釉。"冯小琦说。她用"杂乱"来描述乾隆彩瓷带来的视觉感受：从色地上看，除了雍正时期的白地粉彩，还有红、黄、蓝、紫、粉红、豆青等十几种粉彩颜色作为基底；这种"色地"的彩釉之上，会结合一种"轧道"工艺，就是用一种状如绣针的工具拨画出细如毫芒、宛如锦纹的凤尾状纹来进行"锦上添花"的装饰；粉彩经常又和五彩、斗彩一起施于一件瓷器之上。至于器形，同样都是双耳瓶，乾隆时期那两只耳朵的形状就千变万化。冯小琦提到，像葫芦瓶，唐朝之后历代都有烧制，可到了乾隆时期，创新就变成了在葫芦瓶的顶上增加花盆、腰上再系飘带的装饰方法，"这多难看"。

乾隆的审美真正如何呢？在另一位瓷器研究者涂睿明的眼中，乾隆时期能有这样的彩瓷作品不能仅仅归因于个人审美。"乾隆的审美态度是丰富而多元的。"涂睿明举的例子是，台北故宫博物院举办过名为"得佳趣——乾隆皇帝的陶瓷品味"的展览，其中有一个单元，用来展示乾隆让人制作的瓷器收藏图录，里面收集了他喜爱的瓷器作品，每件作品由宫廷画师绘制全貌，再配上一段文字。

"这里面没有装饰了各色釉彩的'瓷母'，也没有充满玄机的转心瓶和交泰瓶，基本上都是宋瓷和单色釉瓷器，连青花都很少见。此时乾隆已步入晚年，这些代表了他一生所爱，才能称得上是真正品味的体现。"在涂睿明看来，雍正是不符合他的审美，他就不能接受；乾隆则是未必觉得它有多好看，但需要这些作品去承载政治目的，以匠人精湛的技艺展示去彰显大清国力的昌盛。

瓷器只是乾隆收藏的一个部分。如同那张《是一是二图》所表现的，乾隆几乎涉足了收藏类别的方方面面。故宫博物院前院长郑欣淼认为，理解乾隆朝的收藏盛况应当将它放置于清朝前期和中期学术发展的背景之中。国学家王国维在谈清代学术时说"国初之学大，乾嘉之学精"，这种"大"和"精"的结合，就使得清代文化艺术发展形成了一个重要特征，就是"集大成"，也就是对传统的全面整理和总结。乾隆内府庋藏就具备这样的特点。

另外，清朝统治者很重视对汉族传统文化的学习，从中既能找到治国方略，又能树立威信。中国传统文化中一直有种"慕古"的倾向，拥有古物就意味着与之前的伟大朝代和先贤建立联系。郑欣淼谈到，清朝的复古潮流尤其明显，许多人反思明朝灭亡的祸根就在于对传统文化的反叛。对古物的收集和珍藏顺应了这样的思潮。从整个社会经济环境来看，康熙和雍正时期是盛世的上升阶段，乾隆时期则达到盛世的高峰，这更允许他拥有收藏和鉴赏的闲暇，乾隆的收藏因此成为继宋徽宗之后的另一座高峰。

乾隆的收藏活动具有创新性，在玉器上，他既收藏古玉，又做鉴赏。徐琳说，故宫有一件双婴耳玉杯，杯身两侧用孩童形象来做杯耳。玉杯的匣盒里，附带一册乾隆写的《御制玉杯记》，讲述了这样一个故事。得到这只杯子时，乾隆看到它沁色绀红，多彩相杂不乱，还带些土蚀痕迹，于是推测是汉代以前的东西。可是抚摩起来表面有些磨手，像附着了东西一般。他拿去给玉工姚宗仁看，对方立刻认出是自己的祖父故意做旧的手法。"这种染色技法已经很少人掌握，乾隆便留下了深刻的印象，也积攒了辨别古玉真伪的经验。"

乾隆另一项在玉器上的创造是大型玉雕。"你会看到康熙、雍正和乾隆朝前期的许多玉器是改制前朝的玉器而来的。乾隆二十年（1755）平定西域，和田地区直属中央管辖，和田玉料便开始源源不断地进贡给朝廷。"最大的一件玉雕作品便是"大禹治水"玉山，高2.24米，重5.38吨。这块玉料来自新疆叶尔羌的密勒塔山，好不容易运送到宫里后，又因为造办处没有能力处理那么大的玉料，遂转运到做玉雕山子最好的扬州。"乾隆选择雕刻《大禹治水图》别有深意。他欣赏大禹的功绩，认为自己将新疆纳入版图，让玉料成为自己随时可取之物，也是同样重要的功劳。他在执政第六十年让位给嘉庆，正是学尧舜禹的禅让制。"

徐琳这样说。整件作品前后花了 10 年才完成，一直摆放在宁寿宫的乐寿堂中。

乾隆时期拥有的青铜器数量也明显增加。江西、山东等地先后有农民掘地时发现了古物，内府以官方力量网罗收集，很快青铜器就汇集到内府当中。乾隆十四年（1749）起，他敕谕相继编纂了《西清古鉴》《西清续鉴甲编》《西清续鉴乙编》《宁寿鉴古》四部青铜器图录，收入青铜器 4000 多件。丁孟说，"西清四鉴"从学术价值上来说并不如宋徽宗敕撰的《宣和博古图》。"乾隆身边缺乏金石学者，他自己也没有受过专门的训练，因此图录里铭文释读、年代判断就有不少错误，也混杂赝品。从绘图上看，宫廷画师是以艺术的标准来描绘，比例不够精确。"

学术研究上的缺陷，并不妨碍乾隆从纯粹审美的角度去欣赏青铜器，正是那些来自上古时代琢磨不透的纹饰和形制带给人以神秘莫测的美感。事实上，乾隆和青铜器相关的独创之举是用各种不同的材质去仿造青铜器，除瓷器外，珐琅器、玉器、玻璃器、匏器都有仿青铜器的作品。"青铜器成为乾隆艺术创造力的来源之一。"

乾隆对书画收藏的贡献更加突出。"自宋元以来，书画的创作和鉴赏体系都被江南文人士大夫把持着。乾隆不但要和江南文人一样具备创作、品评书画的能力，而且在鉴藏方面比他们更博洽、更有权威性，更具有傲视千古的资本，《秘殿珠林》和《石渠宝笈》的编撰（为方便，统一简称为'石渠'），就是想让他的书画收藏成为能够流芳百世的载体和表征。"故宫书画部研究员杨丹霞这样评价乾隆。

乾隆八年（1743），他开始根据内府收藏主持编纂这两部大型书画著录文献。前者集中了宗教题材的书画，后者收录宗教题材之外的皇帝御笔、清代臣工书画和历代书画名迹。"石渠"开创了一种特别的编写体例：以往的书画著录都是按照题材类别和作者生活的朝代先后来记录，"石渠"则用贮藏地点来分类，除了紫禁城里的宫殿，还涉及圆明园、避暑山庄等各大行宫。

"分区存放能看出乾隆想要让书画的张挂陈设与宫苑建筑相协调的意图，这种想法很是别出心裁。"有好几处场所做的都是主题收藏：春耦斋展示的是农耕题材相关的作品，最早的纸本绘画、唐代韩滉的《五牛图》就在这里；三友轩则因为收藏了一些以"岁寒三友"为主题的作品而得名；乾隆把原来分散在养心殿、御书房各处的马和之的《诗经图》、宋高宗《诗经》中《鹿鸣》《唐风》《陈风》等图卷统一集中在一所殿堂里，将其命名为学诗堂；三希堂则暗示了里面存放有王羲之《快雪时晴帖》、王珣《伯远帖》、王献之《中秋帖》这三件稀世珍品。

涉猎如此众多的收藏领域，乾隆并没有忘记那个始自宋徽宗的"魔咒"，他进行破解的做法，是让自己的书画活动能有一个道德正确的前提，这在乾隆对宋徽宗作品的观看中就有所体现。在传为宋徽宗所作但疑为画院画师代笔的《雪江归棹图》中，乾隆题诗："山如韫玉各分层，水自拖银波不与。艮岳宁惟擅花鸟，化工夺处固多能。审改右丞姑弗论，跋存楚国信非夸。以斯精义入神思，为政施之岂致差。"前面夸赞一番宋徽宗的工笔技巧之高超，最后两句依然是讽刺如果徽宗愿意把这番心力用于治国，肯定不会太差。

在另外一幅《枇杷山鸟图》中，乾隆也御笔题有前褒后贬的诗句："结实圆而椭，枇杷因以名。徒传象厥体，奚必问其声。鸟自托形稳，蝶还翻影轻。宣和工位置，何事失东京。"

乾隆于耄耋之际，将自己一生经历的十大战功概括为“十全武功”，自诩为“十全老人”。乾隆这种好“全”的思想很早就已萌发，终其一生，他都在努力追求文治与武功的圆满，政治与艺术的平衡。得益于乾隆时期这样“集大成”的收藏，在故宫旧藏中，书画、陶瓷、青铜器、玉器等关键门类的藏品，序列已经较为完整，几乎能串联起一部该领域的通史。这为故宫日后转变为一座“中国最大的古代文化艺术博物馆”，做好了铺垫。

（主笔　丘濂，实习记者印柏同对本文亦有贡献）

【参考书目】

1. ［美］埃利奥特：《中国皇家收藏传奇》，当代中国出版社，2007年。
2. 刘伟：《帝王与宫廷瓷器》，故宫出版社，2012年。
3. 周文翰：《中国艺术收藏史》，商务印书馆，2019年。
4. 郑欣淼：《故宫与故宫学第三集》，故宫出版社，2019年。
5. 潘公凯：《嘉德讲堂·第一辑》，中华书局，2016年。

故宫藏品清点，那些曾经被忽略的文物

　　在故宫博物院前院长郑欣淼看来，故宫不仅是"中国最大的古代文化艺术博物馆"，而且是世界上极少数同时具备艺术博物馆、建筑博物馆、历史博物馆、宫廷文化博物馆等特色且符合国际公认的"原址保护""原状陈列"基本原则的博物院和文化遗产，是一座博大精深的中国历史文化宝库。这样的定位，就决定了故宫的文物收藏中，除了传统的铜瓷书画和供赏玩的工艺品，还应该包括更多。

什么算文物？

　　2004 年到 2010 年，故宫博物院进行了自 1925 年成立以来规模最大的一次文物清点，得到的总文物数量是 1807558 件（套）。累计起来，这已经是故宫历史上第五次文物清点。为什么文物数量总在不断发生变化？

　　主持这次文物清点的前院长郑欣淼，是从文物开始和故宫结缘的。1999 年底，他还在国家文物局工作时，应邀参观了故宫举办的"清代宫廷包装艺术展"，之后感触颇深。展览是由法国集美博物馆的中国专家和另一位法国的中国文物收藏家共同合作向故宫提出的，其实是个相当"偏门"的主题。偏门到什么程度？在故宫过去关于文物的划分中，往往会把文物和外包装区分对待，外包装算作"资料"，甚至连资料的级别都够不上。大量用来支撑、包装、稳固文物的附件，如匣、盘、座、托等，都堆放在一间大屋子里。

"乾隆有个玉玩套装，是利用日本漆匣作为外包装，匣内错落有致地摆放着10层锦盒，锦盒内再放古玉。玉器是作为文物来保存的，套匣则早就弃放他处。还是为了配合那次办展览，好不容易才将它找出来。可是套盒本身就做得极具巧思——为防止锦盒放置的顺序混乱，制作者特地把层数顺序与吉祥祝愿的名字合二为一，如一统车书、二仪有像、三光协顺、四序调和、五采章施等，外包装本身便结合了实用性与中华文化的底蕴。"郑欣淼这样回忆。

由此可见，对于什么算作文物的认知不同，决定了有多少物品会被统计进来。2002年郑欣淼来到故宫担任院长后，就将新的文物理解下的馆藏清点提上了日程。"虽然《文物保护法》中将文物定义为不仅古代，也包括近代和现当代一切有形的历史文化遗存，但人们还是倾向将带有艺术性、年代悠久的古物看作文物。"郑欣淼说，"因此传世的铜瓷书画和供赏玩的工艺品账目比较明确，不太清楚的主要是与衣食住行、典章制度及文化活动有关的物品，如宫廷家具、帝后服饰、皇帝玺印以及唱戏用的戏衣道具剧本，宗教活动的法器造像等。这些当时都不是文物，而是实用之物。"

这些明清宫廷物品有的过去被处理掉了，十分可惜。"像是20世纪70年代时，故宫把一些八旗军的盔甲给了电影制片厂和戏校，还有近1万件残破的盔甲允许自己的工作人员把上面的铜钉取下来，把内部的棉絮带走自用。当时的想法是这种盔甲多得很，都是重复品，保留一部分就可以了。可这个'多'，是就故宫而言，从全国来说，则是相当少的。因为有大量的重复品，才能体现出八旗的军威和气势。"

对故宫定位的认识深化，也会导致看待文物眼光的不同。"长期以来，对故宫的定位是一间'古代文化艺术博物馆'。在这样的前提下，一些不属于文化艺术范畴的物品就被划拨走了，剩下的也没有算作文物。"图书代表着皇家对知识和教化的掌控，宫廷里曾经有数量巨大的图书收藏。郑欣淼提到，20世纪50年代，有不少地方图书馆向故宫要书，好比内蒙古的图书馆要一些清宫所藏的蒙古文典籍，故宫都划拨了。后来干脆把一大批图书划给了北京图书馆（今中国国家图书馆），让它直接和地方对接。这里面就有非常珍贵的"天禄琳琅"藏书中的239部。"天禄琳琅"是乾隆的藏书精华，包括宋、辽、元、明、金五朝善本。它的一部分被带到了中国台湾，一部分由溥仪带到东北后又回归故宫，历经坎坷。同样是在这种突出古代文化艺术馆藏的思路下，20世纪80年代，原来的故宫明清档案部划归了国家档案局，改称中国第一历史档案馆。经过这样的划拨和机构调整，故宫中仍然存留着大量的图书和档案，它们应该怎样被对待呢？

于是郑欣淼提出了一个对故宫定位的新认识：故宫不仅是"中国最大的古代文化艺术博物馆"，而且是世界上极少数同时具备艺术博物馆、建筑博物馆、历史博物馆、宫廷文化博物馆等特色且符合国际公认的"原址保护""原状陈列"基本原则的博物院和文化遗产，是一座博大精深的中国历史文化宝库。

统一了观念，原来在计数时归属模糊不清的物品，就都进入了故宫文物的范畴。比如19.54万册的善本图书和21万余块长期尘封在角楼和城楼的印书用书版，以及"样式雷"的烫样——烫样就是给皇帝来御览的建筑模型。从康熙年间起，祖籍江宁的雷氏家族 7 代人都参与宫殿园囿的设计和建设，留下了画样、烫样和建筑做法等大量档案资料；还有能够反映清代官员觐见皇帝制度的红绿头签，作为皇宫门卫制度最好说明的腰牌和区分明清官员品级尊卑高下的官服"补子"等，都在这次清点中增加到了文物总账。

清点出来的所有文物，按照质地和用途来划分，形成了 25 个品类。这就包括陶瓷、绘画、法书、铭刻、青铜器、玺印、织绣、文房用品、家具、钟表仪器、珐琅、漆器、雕塑、金银锡器、玉石器、玻璃器、竹木牙角匏、宫廷宗教、首饰、武备仪仗、音乐戏曲、生活用具、外国文物，还有古建筑模型构件和古籍文献。这种分类体系在全国的博物馆中独一无二。唯有用这种方式才能将故宫如此巨大丰富的收藏理出头绪。

在全国第一次可移动文物普查的背景下，故宫又在 2014 年到 2016 年间开展了"三年藏品清理"。截至 2016 年底的公开数字，故宫文物藏品数量上升至 1862690 件（套）。这里面新增加的几种类型主要是乾隆御稿与尺牍、甲骨、陶瓷和陶瓷碎片标本。它们有的是历年新征集来的，有些是社会各界人士的捐赠，有些是在藏品的不断清理过程中有了新的发现。藏品清点的难度超乎想象。负责文物账目管理的故宫博物院文物管理处原处长梁金生说，至今有三大箱乾隆御制诗稿还没有整理完成，没有进到统计。"这和清理所要求的细致程度也有关系。原来只是点个数，现在每件文物要抄录内容，丈量尺寸，还有对题跋来点评，工作量就很大。"

被遮蔽的价值

"1976年，我大学毕业来到故宫，就分到了宫廷组（后称宫廷部）。不要小看宫廷组，故宫三分天下有其二。还有一句，宫廷组是'十个部门排老十，九个部门排老九'。"原宫廷部副主任苑洪琪说。前半句说的是宫廷部管理的物品数量多、门类杂。"清宫有庞大的后妃群体，还有三年一次选秀进来的秀女，这些人每人进宫就有一套吃穿用度的东西，称作'公铺'。皇帝一年要做100多套衣服，不同的季节或场合都要有对应的服饰，其他人员按等级递减。可想而知这些用品积攒下来数量有多大。"而后半句则是指这些物品过去普遍被定为价值不高。同样是瓷器，那些供太监宫女日常使用的叫"桶瓷"，是从景德镇用大木桶装来的，就归宫廷部保管，而那些按照帝王旨意烧制的精美瓷器则是在器物部的库房中存放。

在第五次文物清点中，不少有待于厘清的"资料"都属于苑洪琪所在的宫廷部来管辖。怎样来看待这些宫廷物品的价值？郑欣淼说，它们有的成为某些重要场合和历史事件的见证，"比如某位皇帝在某个时候穿的一件衣服，清宫当时在保存时，就在旁边附上了写有字迹的黄签，这里面含有和事件相互印证的历史信息"。清点过程中，宫廷部一个意外的收获是在对御茶膳房地上堆放已久的破旧地毯和帐帘进行保洁清理和熏蒸入库时，发现了一批袁世凯称帝后用于宫殿冬季保暖的帘子。这填补了故宫织绣类中"洪宪"款文物的空白。"袁世凯称帝后将故宫三大殿的名字修改过，帘子上附带的字条正好就能证明这个事情。"

更多宫廷遗物则有助于人们去了解皇权典章制度、皇家日常生活细节和满族风俗。"宫廷历史文化的主体是宫廷典制，而封建社会对皇帝来说，国和家是一体的。因此宫廷典制中许多内容就是王朝典制，即国家典制。这些典制是封建国家机器得以正常运转的根本。宫廷历史文化是一个王朝历史的重要组成部分。"郑欣淼这样说，"故宫保存着皇家衣、食、住、行、宗教、教育、医疗、婚姻、休憩、丧葬的各种场所、遗物和制度记载，提供了皇家生活方式的标本。清代距今并不远，清代的历史格外受到重视，描绘清代政治及社会生活的影视剧铺天盖地。皇帝到底怎么上朝？军机处是什么样？都引起人们想要深究的兴趣。在'戏说'之风盛行的情况下，故宫有责任也完全有能力告诉人们皇权运转和皇家生活的真实面貌。"

苑洪琪的一个研究领域是宫廷饮食，最近刚刚出版了《故宫宴》。回溯起来，她对宫廷饮食的关注，还是在"进宫"后完成第一项工作时埋下的种子。当时领导带她去银器库房，给每件器物重新来写编号。"大柜子陆续打开，里面是成百上千的火锅，我写了一天也没写完。"后来她才知道，那是康熙、乾隆时代举办"千叟宴"时用到的食器。"千叟宴"实际是"火锅宴"，每次都有两三千位对国家有功的老臣参加，每桌都摆放着火锅。这是发源于东北的满族人保存下来的饮食习惯。

节庆和平时，皇帝都吃些什么？是否每顿都有108道菜？苑洪琪在爬梳宫中《膳食档》的记录之前，脑海里也是和普通人一样的疑惑。她看到皇上餐桌上每餐必备的，其实是南小菜、清酱、酱三样这样的腌制小菜；豆汁儿这种民间小吃引入宫廷后就受到了乾隆的喜爱；宫廷举行元旦、万寿、冬至的大宴，与宴王公仍然需要延续满族传统，自带酒肉出席。呈现这些只言片语的记录，便是向民间对宫廷刻板的奢华想象来做回应。

明清宫廷遗存之外，郑欣淼认为，就算面对传统艺术收藏的铜瓷书画门类，也要结合故宫的特色开展研究。"对任何一件传世书画作品，各大院校的研究者都可以去讨论它的艺术风格、作者生平之类。那么对于故宫所藏的书画，故宫人还应该从哪些角度来挖掘呢？你可以通过与皇帝的题跋结合起来，来看它流传和收藏的经过，从而分析皇帝的审美趣味和鉴赏能力；你也可以和它们所张挂陈设的宫殿联系起来，看看它们是从哪些殿堂被集中到了一起，背后体现了皇帝怎样的意图。"郑欣淼说。他在任期间提出了"故宫学"的概念，核心就是故宫文化的整体性。即使是单件文物，也要置于与周遭宫廷的联系中来看待。

书画与宫廷交叠，还有一类长期被轻视的清宫旧藏是帝后书画。这一方面和他们封建统治者的身份有关，另一方面也是由于老一辈书画鉴定学者主要的兴趣点都在传世文人作品。书画部研究员杨丹霞从20世纪90年代起开始从事帝后书画的整理研究，也很早意识到了其中的意义。"就拿乾隆皇帝来说，过去都评价乾隆的字迹缺乏变化，是千篇一律的'面条体'，这是很不准确的。故宫保存着乾隆从12岁书法临摹的习作，一直到晚年的作品，他的书法面貌至少能分出四个时期。相比他的绘画一直停留在较为初级的阶段，他的书法经历了从模仿古人到确立自信的过程，更加富于变化。"

去细看乾隆的真迹，更能将他还原为一个有血有肉的人物。"清史中都会把乾隆说得非常孝顺，但会让人觉得那是一种道德宣传。而当你看到那些乾隆在母亲寿辰到来时专门为她制作的纨扇，有着羊脂玉雕刻的手柄，扇面上是他亲自创作的诗文图画，你就会感到一位百忙之中花时间和心思来做这些的帝王，一定对母亲有着发自内心的深情。"杨丹霞说。第五次文物清点之后，2万多件清代帝后书画得以从资料升级为文物。

清晰的文物"家底"和文物结构为故宫继续向前发展夯实了基础。之后故宫通过扩大开放区域并新添宫廷原状陈列、增加"仓储式"展厅的方式，再加上定期举办专题特展，让观众得以观赏到更多的文物。目前，故宫博物院每年展出的文物藏品将近3万件，比几年前增加了一倍。它们在186万余件的馆藏当中，尽管只占到2%的比例，但结合数字技术和"互联网＋"的传播手段，那些曾经不为人所知的文物，正在越来越多地走入人们的视野。

（主笔　丘濂，实习记者印柏同、严胜男、常雅倩、王鸿娇、包欣卉对本文亦有贡献）

● 主编点评

清单之意象，来自翁贝托·艾柯，这是本文的核心旨趣。它是一个复合性结构，一方面，所有的撰稿专家，从各自垂直领域进入故宫，单一而论；另一方面，这些专业之见，则又构成我们贡献的故宫清单。从事后的阅读角度来说，这种结构安排，我们必须完成建构性叙事，以宏观性概述统摄全局，否则，清单则如无线之珍珠，各自散落，不成系统。

丘濂这一引领性主文，其叙述有概括力，还有控制力，并且公允严谨、剪裁精致，颇为出色。

这是一个非均衡的结构安排。

第一，天子的清单以及故宫的收藏，实则开章明义，丘濂要描述的是中国人一般对收藏的概念，即青铜、玉石、陶器瓷器、书画……其源自各朝皇帝，其流则为我们的文化意识。

第二，明清的延续，一般收藏品之流变由此而聚焦，这其中又以乾隆为独立章节，看似是由通史而个人史，但背后是文物收藏的线索的起伏。"十全老人"乾隆帝之收藏集大成，才诞生了我们今天可以讨论的故宫。

第三，丘濂的文章，显然不完全是述古，她要论述的是故宫收藏，于是收藏由物品而观念演化。故宫收藏的当代性，由此彰显。

第七章

命运时刻：卷入历史的关隘

彗星划过夜空

光绪七年（1881）五月，军机大臣左宗棠奉旨察阅北京周边地区的水利状况。他出京去涿州，二十三日抵达天津，会见多年未见的老对头、直隶总督李鸿章。两人把盏言欢后的二十五日，左宗棠乘舟沿大清河西去，二十七日抵达赵北口。二十八日，即1881年6月24日清晨，在换轿返回涿州的路上，他看到一颗明亮的彗星自北至南，划破天空。

这件事笔者是在姜鸣先生所著的《却将谈笑洗苍凉》一书中读到的。它引起笔者的兴趣：在1881年这个年份上，办理洋务的士大夫官员是否已具有了不同于以往的天文观？传统宫廷的运行中，掌握着天文历算知识的钦天监属于礼部，负责推算节气、制定历法。古人相信天象改变与人事变更有直接对应，钦天监监正的地位因而很重要，有时他的天象观测会影响朝政。

在位于天津陆军军事交通学院内的北洋水师纪念馆里，笔者看到1871年以最优等成绩毕业于福州船政学堂的严复、刘步蟾、林泰曾等在学堂学习的课程表。掌握驾驶要学习的课程包括：英文、算数、几何、代数、解析几何、割锥、平三角、弧三角、代积微、动静重学、水重学、电磁学、光学、音学、热学、化学、地质学、天文学和航海学，传统课程则包括圣谕广训、孝经和策论。近现代天文学与航海密切相关。19 世纪四五十年代，美国传教士哈巴安德的《天文问答》、英国传教士合信所著的《天文略论》、美国教习赫士编译的《天文揭要》、英国人伟列亚力与李善兰合译的《谈天》等都是在中国出版的天文学著作。当时的知识人已知道，彗星是进入太阳系内亮度和形状会随日距变化而变化的绕日运动天体，并非中国古人所理解的"异常天象"。比如，1881 年 7 月 1 日《申报》头版发表的《彗星论》就指出，"彗星绕日旋行，迟速不一，因其轨道有长短，故其来去有迟速"，但它也没有完全放弃传统的"天人感应"理论，敦促"人均不可不以此为恐惧修省"。现代天文学知识传入二三十年后，到了 1881 年，彗星这一传统上暗示着灾难动乱的神秘天文现象，将在清廷朝政中扮演什么角色呢？

　　住在北京的人观察到这颗彗星要晚一天。六月初一，保守的"清流"派大臣翁同龢在日记中记录："破晓醇邸书来，云彗星见于西，其光可骇，盖家人辈亦于是夕亥初见之矣。"可见，醇亲王将彗星出现视作大事，写信给老师沟通情况。翁同龢则向光绪帝反复陈说，"星变可畏，上意悚然"。彗星在统治阶层中竟然引起了广泛的不安和焦虑，慈禧太后"因星变兢惕，串凉热，痰中血沫，筋骨软，健忘更甚"。街上路人聚观天象，各种谣言流传，闻之心悸。六月初九日，清廷发布上谕，要求"在廷诸臣，其各勉勤职守，力除因循积习，竭诚匡弼，共计艰难"，要求各省封疆大吏"认真整顿，访察闾阎疾苦，尽心抚绥……应天以实，不以文至意"。

　　这场天文事件很快引发了官场政争。初十，刚越级提升内阁学士的张之洞上奏《请修政弭灾折》，指出修政之要包括用人、言路、武备、禁卫数端。他还安慰慈禧，"星辰变异，正由上天仁爱人君，因事垂象，俾得早为之备"。近年中俄因收回伊犁交涉棘手，沙皇亚历山大二世却遭到暗杀，说明"中华安如磐石，天之眷顾中国"。六月十一日，右庶子陈宝琛奏《星变陈言折》，建议选择职任最重而衰庸不职者斥退一二，以答上天奇谴告之心，振作臣下奋勇之气。他甚至在奏折中提名了四个人供朝廷选择，都察院左副督御使程祖诰成为彗星出现后的第一个牺牲品。朝臣的折奏中，有人想趁机弹劾左宗棠袒护道员，有人奏两江总督刘坤一不能胜任。以清正敢言著称、主张对外强硬的"清流"派，更借此机会加强力量，人事调动频繁：陈宝琛和张佩纶补授翰林院侍讲，张之洞任命为山西巡抚，他们都是李鸿藻所汲引的人。

到了1882年9月24日，彗星再次出现在北京上空时，清政府正关注着朝鲜"壬午兵变"和由此带来的对日外交。1882年7月23日，朝鲜汉城的士兵发生哗变，大量市民加入起义队伍。起义队伍攻入王宫，杀死亲日大臣和日本人，焚毁日本公使馆，日使搭乘英舰撤离，回国率军舰返朝问罪，形势骤然紧张，史称"壬午兵变"。李鸿章那时因母亲去世回籍奔丧，"清流"派中与他关系较密切的张佩纶借机为李策划"夺情"复出，以图拉拢掌握兵权的洋务大佬对付日本。李鸿章回到天津，重归政治舞台的聚光灯下。

"清流"派在对外政策上很强硬。邢超在所著《致命的倔强：从洋务运动到甲午战争》一书中写道，晚清在面对西方文明袭来时表现出一种倔强的精神气质，体现在士人身上，就是对儒家学说的守望和不服输的精神，以及坚持"苟利国家，生死以"的担当意识。这种倔强尤其体现于以翁同龢为代表的"清流"顽固派身上。这种"倔强"的姿态不谙世界格局变化，忽略日本和国际形势的实际情况，有很大盲目的情感成分。对他们来说，不必为军事上的盲动承担实际损失，那种道德上的倔强高调更像一种成本极小的政治手腕和表演。

处理"壬午兵变"时，朝鲜大臣与日本公使花房义质签订《济物浦条约》，允许赔款 50 万日元，并遣使谢罪。张佩纶不满，要求李鸿章与日本交涉，修改条约，否则将发起军事行动。同时，另一位"清流"邓承修上《朝鲜乱党已平请乘机完结琉球案折》，建议派大臣驻扎烟台，厚集战舰，责日本光绪五年（1879）擅灭琉球之罪。张佩纶自己上《请密定东征之策折》，请南北洋大臣简练水师，广造战船，治精兵，蓄斗舰，分军巡海，绝关绝市，召使回国，责问琉球之案，驳正朝鲜之约，使日本增防耗资，再大举乘之，一战定之。李鸿章虽高度重视张佩纶——李鸿藻这条秘密政治渠道，但在对日作战问题上不为所动，上奏称中国海军实力难以作战。张佩纶去信质问他，既以打仗为名复出，现在若无战事，难道要把复出的理由推翻吗？

张佩纶不断给李鸿章密信，引用天象称："然天文家言，均以星指西南，日本实得高句骊之柄。鄙人不免杞忧，辄陈六事，聊谢缄默之咎。"李鸿章坚持上奏："日本步趋西法，虽仅得形似，而所有船炮，略足与我相敌。若必跨海数千里与角胜负，制其死命，臣未敢谓确有把握。"张佩纶此时无可奈何，但这为日后甲午战败时李鸿章的屈辱命运埋下伏笔。

以当代人的视野来看，1881 年的清朝正处在一个关键转折点上。这一年，日本借助明治维新实现了国富兵强，着手实施亚洲扩张计划。

明治政府前后实施了 8 次《扩充军备案》，采用直接拨款、民间募捐及发行公债来扩充军备。1894 年甲午战争之前的这几年，日本年度军费开支高达总收入的 31%；在 1894 年甲午海战开战后，它在 3 个月内两次向欧洲发行了总计 7700 多万元的军事公债，用以购买军舰。反观当时的清政府，因财政紧张不得不长期削减军费预算，加之不熟悉现代金融手段，无力筹措提升海军作战能力的资本。1880 年左右的海军科技革命开始借助现代金融手段和中央集权的财政体系，筹措巨额资本实现技术迭代升级。洋务运动在此之前造出的风帆战舰正以极快的速度过时：风帆战舰时代，一条船可以用一二百年；蒸汽钢铁时代，19 世纪90 年代的船与 80 年代的船已不可同日而语。此时的法国绿水学派在 80 年代耗费巨资建造的鱼雷艇也基本过时，而清政府的重臣对外面世界变化的速度浑然不觉。在福州船政博物馆和刘公岛的甲午战争博物馆里，你会感受到 19 世纪 80 年代天朝的速度衡量标记：无论是家书还是折奏，书写的工具仍然是毛笔和宣纸。

但这时代深处的风还是从海洋上穿过层层屏障吹拂而来。1881 年，张之洞在写给张佩纶的一封信中写道：

> 适间露坐，偶一仰观，彗星已掩四辅，犯北极，指勾陈第一第二星之间，光气尚长尺余。鄙人素不信占候，安得天下人尽如鄙人坚持天远人迩之说，力扫术士陋谈乎？台官如晓事，不以此妖惑人心则善矣。

姜鸣写道："从函中看出，此时星象正是翁同龢画下的场景，而张之洞本人其实并不相信彗星引发灾变的说法。"他告诉笔者，张之洞内心深处已并不真正相信"天人感应"这套理论，但又不得不仍然默认它为宫廷中权力运作的潜规则，承担其影响与后果：以翁同龢为代表的"清流"以此为由进行的政治斗争。在张之洞的内心与政治事实之间，已出现了罅隙。就在清廷内部因彗星而出现政治斗争之时，同一时期的《万国公报》发表了美国传教士潘慎文的连载科普文章《彗星》。在 1881 年这个年份上，中国人对天文学的理解已进入了两种话语体系，张之洞身处这两种话语体系之间。

19 世纪 80 年代，清廷高层的团结走到了尾声。中法战争后，重病的恭亲王政治生命几近结束；左宗棠死于 1885 年，曾国藩死于 1872 年，洋务派只剩下李鸿章孤身被忌惮他军事权力的"清议"派倾力弹劾，慈禧则通过挑唆党派斗争来求得权力平衡。这是个亟须政治团结以完成工业化和现代化的节骨眼儿。

意外的重力

1874 年，日本出兵侵略台湾。日本当时拥有 1400 吨位的铁甲舰护卫，中国无计可施。李鸿章认识到日本对港口城市和中国内地领土的威胁，主张清朝建立一支新式海军，由此拉开了东亚海军军备竞赛的序幕。

恭亲王、文祥和许多位高权重的官员都支持李鸿章。李鸿章在一份奏折中主张放弃收复新疆的战争，而应将资金用于在中国沿海建设防卫要塞和购买现代海军舰船。负责平定陕甘回民起义的左宗棠当然反对这个奏议，他的军队已收复甘肃，准备进入新疆。在这场海疆防护还是新疆更重要的争论中，左宗棠赢了。在他 1881 年收复新疆之前，李鸿章的北洋海军只能在低廉造价的水平上发展。1874 年海防筹议与"塞防""海防"之争，反映出像中国这样一个在陆、海两个方向上都存在重大战略利益的国家，面临一种先天的国防政策困境：无法有效集中战略资源于任何单一方向，而被迫分散资源、游移逡巡。左宗棠和李鸿章各自控制着一部分不愿与他人分享的财源，将其用于自己认为最有价值的国防方向，但朝廷缺乏协调能力，使得整体的国防建设变得飘忽不定、左右为难。

这个时候，一位英国人，海关总税务司赫德，有了一个登上洋务运动舞台的机会。

近代海关是一个在帝国边界和缝隙中生长出来的奇特"王国"。它在太平天国运动攻下上海后建立。清廷原有的税务机关陷入瘫痪，外国使节为了协调未来潜在的贸易争端，越俎代庖地建立了海关。它在形式上一直是总理衙门管辖下的一个政府机构，总税务司及其下属是中国政府的官员，向中国政府汇报，但它的性质是"植入"原有的帝国机体之内的。它是动荡的近代中国最有连续性的理性官僚机构之一：无论是 1912 年专制王朝的崩溃，民国初期的内战，还是国民党的崛起，都未曾打断它的存在。太平天国战争中后期，地方督抚开始各自掌握着近乎独占性的财源——厘金，朝廷必须倚重他们的实力；征收对外贸易税收的海关则掌握在英国人手中。

"辛酉政变"后不久，30 岁出头的赫德于 1864 年进京就职。对于文祥和恭亲王来说，把各国外交大臣和赫德安置在北京是维护满族统治者地位的明智之策。将掌管着长江下游地区及东南沿海的汉人官员和洋人这两个群体分开，可以确保双方对清廷的忠诚。总税务司这个职务最初不过是清政府的小官员，甚至不是政治官员；他没有督抚这样高级官员直接向皇帝上疏的特权，而必须通过总理衙门的长官来代呈奏折。赫德最初的职权只不过是监督协助征收对外贸易关税，既没有权力支配税款，也没有对外贸易政策上的发言权。他很愿意隐藏自己的锋芒，他所领导下的税务司也一直刻意维持着低调隐晦，这让他逐渐赢得了恭亲王和文祥的信任，被视为"我们的赫德"。

刚走马上任的赫德有他的抱负。他认为，中国积弱的一个主因在于它有"责任地方化"的倾向，即中央政府拒绝主动采取措施，而是放手给各省的地方官员去做事。为了避免这些地方官员在当地扎下权力根基从而威胁中央，他们的任期通常只有几年时间，朝廷将人事任命权绝对掌握在自己手中，可以随时将他们解职和调任。这样造成的结果是，很多人为了不犯错，变得小心翼翼，过分谨小慎微，害怕承担责任。赫德观察到，这些地方官员薪水低廉，为了买官又花了很多钱，作为补偿，他们在职时常会不择手段地捞钱，结果是造就了一批腐败懦弱、害怕行动和逃避责任的官员。他认为，改善此病症的良方是组建一个中央集权的官僚机构，以良好的待遇雇用公务员；海关就是这样一个既集权又有纪律的官僚组织。大英帝国在海外的公务员体系为他建立海关提供了管理经验，他招募了一班出色和聪明的外国雇员为海关服务。1861 年时，清政府在全国仅开设了 3 处海关；在接下来的 30年中，这一数量增加到 26 处，遍布大清帝国的沿海和内陆边疆——英国将其视为自己的影响力范围，清政府则将其视为显示宗主权的标志。

当时，大英帝国、清帝国和诸多帝国的边界还不像现代民族国家的国界线那样划分得很清晰，尤其在那个虚弱骚动的时代背景下，帝国之间变动着的夹缝地带给海关这样的边界组织提供了存在的空间和条件。赫德自命为清帝国合伙人，既为清廷服务，又以独立地位自居。实际上，它是一个清廷难以干预其运作的独立"王国"。

赫德是一位海军爱好者，一直在寻找为清政府购买现代海军装备的机会。然而，经历了李泰国—阿斯本舰队的波折，加之洋务运动在福州、上海建了造船厂，清政府有一段时间不再从外国购买海军装备。1874年，由于李鸿章加强海防的提议，这件事出现了转机。中法战争之后的1876年，借助马嘉理案，英国迫使李鸿章与其驻华公使威妥玛签订了《烟台条约》，海关税收有了巨大飞跃。《烟台条约》协定海关可以在香港和澳门这两处鸦片走私中心附近设立关卡，征收两地的鸦片厘金。此外，为监管越南和中国南部之间的贸易，云南和广西也设立了海关。

基于海关税收的巨额增长，赫德提出，可将海关部分税收用于购买海军军舰。他让海关总税务司驻伦敦办事处的税务司金登干向英国战争部咨询意见。这个伦敦办事处坐落于斯托利街28号，毗邻财政部和外交部，靠近国会大厦，离伦敦金融城不远。在那里，金登干培养起与英国政府官员和金融家的联系。他的人际关系网中包括一位重要人士——斯图尔特·伦道尔，阿姆斯特朗军火公司的伦敦代理人、威尔士蒙哥马利郡的自由党议员。他是英国首相格莱斯顿的好友，两人常在晚上一起下陆军棋。

伦道尔在阿姆斯特朗公司担任军舰设计师的弟弟乔治·伦道尔因

设计伦道尔式炮艇和配有液压式枪炮的高速巡洋舰而知名。伦道尔炮艇用钢铁铸成，在船首配有一门非进攻型巨炮，是抵御铁甲舰的沿海防御武器，造价低廉，每艘 15 万海关两，大大低于巡洋舰和铁甲舰的造价。它正是李鸿章所需要的东西：先进但便宜、防御中国海的器物。1875 年至 1881 年，李鸿章共买了 9 艘伦道尔炮艇。接着，他在 1879 年又授权定制了两艘阿姆斯特朗巡洋舰。赫德尽力迎合李鸿章的心情喜好，"要让他高兴"，"特别注意鱼雷发射"（李的兴趣所在），以让"有些事情似乎又能落入我手中，正如李泰国在 1863 年春天的惨败将了我一军的情况一样"。最后的效果却很糟糕，巡洋舰在广州演示时，大炮射偏了 3 次，且开火时铆钉松动，李鸿章认识到自己购买的船只根本不能战斗。他还希望购买价格至少 3 倍于巡洋舰的铁甲舰来抵御俄国和日本在东北亚地区的扩张，但遭到了赫德的反对。

李鸿章转向德国，从坦特伯雷度的伏尔铿造船厂定制了两艘铁甲舰，就是后来的"定远"舰和"镇远"舰。普鲁士在 1870 年打败法国完成统一后，李鸿章成了德国的"崇拜者"；聚集到中国招揽生意的德国军火商，包括能制造最好的后膛加农炮的克虏伯公司，都极力奉承他。与此同时，欧洲各国在中国的关系也在发生变化，竞争日益加剧。英国不愿冒犯俄国，不再向中国销售大型战舰，转而把日本作为更有潜力的顾客。金登干在给赫德的信中写道，阿摩士装公司已从日本"收到了两艘撞击巡洋舰的订单，保证每小时 18 海里的航速，价格 24 万英镑；还预期收到一份价值 76 万英镑的铁甲舰订单……日本聪明地通过阿姆斯特朗公司，收割了中国经验积累出来的全部优势"。中法战争爆发时，担任福州船政局监正的法国人日意格被派去德国，要求延迟"定远"铁甲舰的出发，德国首相俾斯麦不愿因装备清廷而刺激法国，阻止了"定远"和"镇远"两艘舰的按期交付。这两艘舰如果未延迟交付，或许在中法海战中还能用它们来阻止法国海军上将孤拔的远东中队，进而阻止他继续袭击福州船政局，击沉福建水师的 9 艘舰船，接下来占领台湾北部和基隆港的事情也许就不会顺次发生。但历史无法假设。

帝国主义的竞争开始损坏海关的完整性，它的商业自由主义性质开始逐渐发生变化。19 世纪 80 年代中期，赫德一直担忧中国人会在他的副手中找到更合意和更有能力的人。他担心自己的职位会被与李鸿章关系更密切的德籍税务司德璀琳取代，他在致金登干的信中写道："我知道他（德璀琳）对中国十分忠诚，但他会自然地倾向德国。为此，我衡量了英国和德国目前在中国的利益及将来在东亚的利益，丝毫无意给他大力支持……可他跑得如此之快，我担心在真正的领跑骏马赶上他之前，他就已到达目的地了。"他也担心法国人日意格会在越南北部的东京创造一个独立的海关。普法战争后，法国开始了在东京的扩张，流经东京进入云南的红河可以提供安全水路，触发了尚无他人觊觎的新商机幻想。

1883 年，中法战争爆发。越南阮氏王朝是向清政府朝贡以示效忠的王朝，属于古典"天朝"秩序。清廷支持刘永福率领"黑旗军"在中越边境展开非正规军行动，抵抗法国对河内的侵袭。黑旗军杀死法国指挥官李威利后，法国国会将法国民众的抗议转换为运作大规模远征军的能量。1883 年 8 月，法国占领安南首府顺化的要塞，越南国王与法国签署了《顺化条约》，将东京和安南置于法国的保护下。中国拒绝承认《顺化条约》，一边继续支持黑旗军，一边从南方增派军队到东京。清廷的"清议"官员主张对法国持强硬立场，李鸿章和恭亲王则认为中国尚未准备好与法国开战。当时中国派驻伦敦和巴黎的公使曾纪泽是曾国藩之子，也是"清议"派的一员。他在 1884 年 1 月告诉英国外交大臣格兰维尔伯爵，中国已做出了所有可能的让步，战争似乎不可避免，希望英国保持中立。此番言论引起了骚动。

李鸿章通过德璀琳另辟战场。1883 年夏天到秋天，德璀琳一直在巴黎、柏林和伦敦之间奔走。李鸿章放出消息，他不会为曾纪泽的强硬路线背书。德璀琳本与法国水师总兵福禄诺在香港达成了一份中法会议简明条约，却被巴黎和北京拒绝。在清廷内部，慈禧太后趁慈安太后去世和东京战局扭转，将恭亲王撤职，大幅度调整总理衙门和内阁成员，以张之洞为领袖人物的"清议"派兴起，总理衙门执行强硬路线，大量奏折弹劾李鸿章。法国海军上将孤拔也接到命令，采取强硬行动，包括摧毁最初在法国帮助下建立的福州船政局。

1884 年 12 月，法国准备向北京派遣 5 万远征军；同月，日本介入朝鲜的"甲申政变"。面对这些变数，赫德的政策目标转变为保持海关"在英国人手中"。赫德通过海关渠道，发挥了一些调停作用：派金登干到法国寻求与法国总理如费里直接会谈的机会，从中调停清廷和法国政府。也是在这个秘密谈判的过程中，海关获得了代表清政府的特许授权：赫德坚持总理衙门和如费里都不能使用其他中介人的垄断原则，要求津、沪、闽、粤各方停止谈判，以免妨碍其协商。直至 1885 年 6 月中法和平协议达成，仍希望整顿武力继续战斗的张之洞评价，"赫德一手承揽，中国坐受其愚"。无法改变的事实则是：此时的海关已在清廷的对外政策中获得了政治上的一席之地，以其高超的帝国统治术，在中国的主权内部打入了楔子。

赫德曾认为，最初的总税务司"吸取的是外国的特质而非本土的"，但它将以"本身混合性质中与生俱来的活力"与它的创始者分开，并以意外的重力，越来越成为一个中国机构。在1865年，有很深宗教情结的赫德曾在日记中写下这样一段话：

> 对于一个由中国政府雇用，或同中国政府有公务关系的外国人来说，有一个感性的看法：基于他的职位和职责，他除履行自己为拿到薪俸而必须尽到的职责外，还应将拯救这个从外烂到内的国家看作有赖于他的个人努力……但是现在的我，疲惫又沮丧，开始将这种想法搁置一边。我告诉自己……在工作以外，任何计划都要在看起来有用、时机成熟和环境条件有利的情况下才进行。

如果说那时候的他仍是"站在中国人一边"和清廷这一边的，到他去世的1911年，伦敦《泰晤士报》的讣告中写道，他在晚年对清王朝的支持也许已有了动摇。

1883年至1885年的中法战争是一个重要转折点。战争之前，从太平天国运动和捻军危机中缓过来的清朝经历了一段时间的经济快速增长，在19世纪80年代初时还拥有在东亚地区最强的海军力量。然而，随着白银价值迅速下跌，中国贸易条件恶化，在一个欧美和日本已快速完成了工业化的经济体系中，它成为初级原料出口国和工业制成品进口国，沦为穷困的农业经济体。

赫德担任海关总税务司的时候，海关还是一个具有世界性特征的近代组织，19 世纪的全球自由主义和帝国主义都能从中找到自己的身影。它的高级职员都是外国人，来自与中国有贸易关系的国家，大致按其国家对华贸易的重要性来决定人员比例，而中国人多身居低级职位。到了 20 世纪 20 年代，海关不再新聘外国职员，中国人相应地逐渐占据了较多高级职位。到 1937 年抗日战争全面爆发时，总税务司正在英国，他的职位由当时担任总务科秘书的日籍税务司岸本广吉代理。在国民政府财政部长孔祥熙的要求下，岸本广吉对海关全体职员发布了抵抗日本的命令。这一背叛同胞的尴尬忠诚悖论表明，当历史由 19 世纪的自由资本主义缓慢驶入 20 世纪的民族国家体系时，近代海关得以存在的模糊边界已不复存在。

不对称

谈及平等时，我们会问一个度量问题：比较之物在某个度量值上是可以画等号的吗？茅海建先生在《天朝的崩溃》一书中写道，今天人们谈论的平等或不平等，都以 18 世纪在欧美产生至 20 世纪在世界确立的国际关系准则为尺度。而生活在"天朝"中的人，自有一套迥然相别的价值标准和另一种平等观念。"他们对今天看来为'平等'的条款往往愤愤不平，而为今天我们看来'不平等'的待遇浑然不觉"，因而在外交上举措大谬。这个已逝去的"天朝"，这个已消失的特殊世界，究竟是何模样，又是如何运转和改变的呢？

《南京条约》是一座界碑，中外关系由"天朝"时代进入条约时代。

即使对战败有着深切体验的统治者如耆英，面对《南京条约》，也迷惘不知所措，一大堆全新的难题不知如何处理。原先"夷人"的去处仅为广州一地；其居住活动范围是有限的，即商馆；交易的对象是指定的行商，接触的民众是少量的仆役和买办。当这些限制都没有以后，如何管理"夷人"呢？当19世纪的中国与世界相撞时，西方的商业活动已不再受官方具体管制，商人只需遵从法律即可；而从保甲编氓层层至宝塔尖皇帝的中国传统社会，每个人都在官府治理的网络中。如果"夷人"不在官府治理的网络里，交给夷人的管事官来治理似乎也是解决之道。但在近代国际法的语境中，这就是一种管辖权了。自鸦片战争以来建立的条约体系，参加谈判的皇帝和大臣没有国际知识，也不知道国家的利益所在，将关税自主权、司法审判权、通商口岸权等权利毫无意识地拱手让了出去。

就在当时的北京，有很多关于"夷"人"夷"事的书籍，正静静地躺在角落里，被束之高阁，没有机会释放任何能量。1858年，郭嵩焘来到北京时，在理藩院看到了1845年俄国政府为回赠清政府所送《大藏经》而回赠的800余册书籍，另有天文、地理仪器和工具，书籍的范围有政治、经济、军事、科学技术、地理、工艺等，郭嵩焘感慨，"倘能译其书而为之备，必有以经济海疆之用矣"。他向军机大臣提议翻译这些书，得到的回复却是"倘能译其书，徒伤国体"，仍与1793年马戛尔尼使团来中国建立通商关系时，两国就使节觐见时是否应行下跪礼而至谈判破裂相去无几。半个多世纪就这样过去了。

在这似乎只有些微澜的表面平静中，蝴蝶翅膀的扇动偶尔也会爆发出历史的强大能量。1868年，一支英国探路队发现了由缅入滇的新商路，英印政府准备在八莫设立政务处，恢复边贸，建立与锡克族、克钦族和云南大理政权的联系。1874 年 8 月，英国驻华使馆的翻译马嘉理收到第三任驻华公使威妥玛寄来的护照，以及总理衙门咨行各省大吏沿途照顾他、要求相关各地官员对其予以保护的公函。马嘉理就这样开始了他秘密的边贸探路之旅。8 月 21 日，他离开上海，乘坐旗昌洋行的双烟囱江船"平度"轮西行。11 月，英印政府派遣的柏郎上校和安德生探路队从加尔各答前往仰光，乘船经由曼德勒，于 1875 年 1 月到达八莫。柏郎从印度来时带着 15 个持枪的锡克族警察做保卫，经过中缅边界的野人山时，缅甸政府又答应派遣百余士兵护卫。锡克和缅甸卫兵的名字都没有写在护照上。当时缅甸是中国藩属国，缅王派遣往返中缅边境护送商旅客人的士兵无须中国政府事先批文，而缅兵能把探路队护送到什么位置，很大程度上取决于当地克钦土司的态度。

　　1875 年 1 月，马嘉理到达腾越，在前往八莫的途中见到清军军官李珍国。李珍国是中缅边境上的传奇人物，母亲是缅甸国王之姨，是个中缅混血儿。在马嘉理给威妥玛的信件中提到，他与李珍国很投缘，李正在腾越与克钦族和掸族头人商量货物捐税问题，尝试达成协议，设立常规关税制度和收集关税站点，以取代山民对骡队的勒索。2 月，马嘉理在云南边境接到从印度来的探路队后不久，在蛮允被边民杀死。根据柏郎拍送仰光，随即传达到加尔各答、伦敦和北京英国公使馆的电报，他的探路队在扎赖和盘西西边 6 英里的麻如山被袭，锡克士兵用来复枪击退了中国人的进攻，袭击者是奉腾越厅官命令来歼灭他们的一支 3000 人部队的前敌队伍；马嘉理及其兵从被害后，首级悬挂于蛮允城墙上。英使威妥玛认为，这是云南官方策划的捕杀行动；探险也受到阻碍的额利亚则推断，这是"缅甸政府与李珍国共同秘密布置的圈套"。姜鸣在《从户宋河畔到伦敦：马嘉理事件的来龙去脉》一文中写到，出生于 1879 年的民国元老李根源曾撰文，认为马嘉理在谒拜云南总督岑毓英时，"欲用敌体礼"，即彼此地位相等、无上下尊卑之分的礼仪，引起毓英愤怒，由此结仇。这个描述虽不足信，却足可窥见当时的人们看待外交事件的所信和观念，与马戛尔尼访华的时代相比变化不大。3 个月后，岑毓英在写给总理衙门的信件中表示，对此事毫不知情，马嘉理路过时"文武各官款待甚优，并无嫌隙"。无论如何，凶手的面容和行凶的细节都模糊地弥散在那片颇为蛮荒的野性风景中了。

此时的中国内陆还没有建立电报系统。北京使馆使用电报须由往来津沪的轮船中转，再由京津段人工递送，依靠古老的驿马传送公文。英国人获悉马嘉理被杀的消息，与清政府获得消息，有时间差。直到 3 月 13 日，总理衙门才收到英国使馆发来的照会，要求中英之间立即就马嘉理事件交涉。总理衙门对此毫不知晓，也毫无准备。外交官员被杀是严重事件，总理衙门预想了事态可能的发展走向。英法两国关注滇中已久，法国已窃据越南各省十之六七，英也谋划从印度历西藏至滇蜀，复与缅甸立约通商。清廷主张查明此案，同时"借弹压土司为名，暗杜彼族不测之谋"。

岑毓英判定，马嘉理应为中缅边境一带的克钦族"野人"所杀，为蛮允之西户宋山一带的山民。李珍国指挥捉拿了山民和赃物，在押解人犯跋山涉水前往昆明的途中，昆明大员已在考虑如何审讯李珍国，他也成为马嘉理案最关键的阶下囚。这个案件的真相究竟如何，许多细节已如历史的烟尘，各方叙述也如罗生门，各说各话，相互矛盾。重要的是，这个案件的处理方式下，潜藏着中西方两个世界于中缅边境正面对撞时，清帝国版图内部、地方边陲与中央王朝各自的心态肌理。

李珍国在腾越是一个受尊敬的人物。自咸丰年间阿古柏起事，厅城失守，难民誓不从"贼"，共举李珍国为首，与当地绅民组"齐团"固守，与"贼"血战十数年。他们有古老的传统信仰和文化，对欧洲人"普世"的扩张势力也是疑惧和抵制的。马嘉理的探路队途经此地时，民间就有"洋兵要来侵占腾越"的传闻。今天，纪念马嘉理事件的石碑矗立在云南瑞丽大盈江畔216县道芒允村西侧的一块空地上，石碑的简介文字末段是这样写的：

> 事件发生后，腐败无能的清政府屈服于"洋人"，对保卫祖国边境的爱国民众进行残酷围剿，逮捕屠杀，并于光绪二年（1876）和英国政府签订了丧权辱国的《中英烟台条约》。但是，德宏边疆军民奋勇抗击侵略者的壮举将永垂青史。

而在清廷内，官员和知识分子依然把洋人视为蛮夷，沉浸于朝贡体制的自大中，但又知道洋人惹不起，唯独想息事宁人地混日子，生怕地方上再发生像教案那样的冲突。清廷的心态是推诿搪塞，找到追责的地方官员了结。作为云南督抚的岑毓英很可能深谙这一点，所以他才会在调查案件的过程中，将李珍国参与齐团之事和马嘉理案件一起抛出来，虽两者是没有因果关系的独立事件，却充满暗示。

姜鸣告诉笔者，19世纪六七十年代，北京的内心世界仍然是"天朝"凌驾天下的。外国公使虽已入驻北京，但在同治前朝的12年中，因皇帝尚未成年而不能觐见皇帝，因皇太后是女人而不能觐见皇太后，因外国人拒绝向皇帝下跪而没有递交国书，总理衙门大臣以外的官员不愿意和"鸡鸭鹅"般的洋人打交道。中国更不可能向邦交国派常驻使节，历来都是使节来天朝朝觐，哪有天朝向别国派使节的道理？1873 年，同治帝亲政，英、法、德、美使节联合要求觐见，双方再次就跪拜礼仪争论。最后，同治帝在中南海紫光阁接受了各国公使站立递交的国书，而那是历代皇帝接见藩属国使节的地方。姜鸣形容，那时驻京的外交官"如同栖息在汪洋中的孤岛上，与生活在周边的中国人很少交往，每天无聊地看着胡子长起来，在平静中等待突发事件"。这个时候，经历着工业革命与秉承了大航海时代开拓传统的欧洲却是一番蓬勃和日新月异的景象：交通和通信工具不断更新换代，商贸网络随之扩展至世界各地，科学和博物知识不断通过帝国网络积累汇集到欧洲的首都，再生出更广泛的力量。

马嘉理事件终于为这一片刻凝滞的东西方的不对称提供了一个引爆点。深谙英帝国统治术的职业外交官威妥玛抓住此事不依不饶，一年两年地吵下去，尽显强悍，非要一个实际不可能拼凑完整的真相。他不惜以断交威胁李鸿章，用各种手腕把事情搞大，趁此解决与此案无关的其他问题。他甚至去烟台与英国驻华舰队司令赖德将军会商，准备率驻京使馆人员撤至上海，必要时断交退往香港，准备发动对中国的军事打击。在此威逼下，清廷被迫让步，同意派出驻外使节，任命福建按察使郭嵩焘为出使英国的钦差大臣，代表中国皇帝前往伦敦，向维多利亚女王道歉，同时设立驻英使馆。

1876 年 7 月 22 日，天津海关税务司马福臣单独求见李鸿章，转递海关总税务司赫德发自上海的英文密信。赫德告知，威妥玛不久将赴烟台休假，建议李鸿章前往谈判解决马嘉理案。这是李鸿章从事对外交涉以来，第一次被外方点名邀约参加谈判。谈判地点在属于海关的东海关官署进行，除了为马嘉理昭雪、优待往来、通商事务，英国还扩大了治外法权，尤其是扩大了领事裁判权。领事裁判权的确立后果是，从此以后在中国的土地上，跨国公民之间发生纠纷，都将由领事馆自己来裁决，不再由中国裁决；如果是中国人和外国人发生纠纷，则由中国法官与外国领事一起来听案，协商裁决。通过这种"权利"，清廷在浑然不觉中丧失了司法上的独立性。

姜鸣说，这些一点点放弃掉的东西，其实清朝官员并不懂是什么，有何意义，"这些让出来的无形之物都是欧国人创造出来的概念，它们构成了国际法"。在这样一个无意识的"放弃"过程中，清朝正被纳入一个新的体系中。正如史学家何亚伟所写：正是这些"课程"逐渐清除了中国人对自身世界的理解，并用英国的概念使中国人对自身所处的世界进行了重新界定和理解。他将其称为"重新划定疆域"（Reterritorializing）。这也是殖民地和半殖民化的过程。早在 1863 年，当美国传教士、外交官和翻译家丁韪良将《万国公法》翻译为中文时，法国使馆代办哥士奇曾抱怨，让中国人窥探欧洲国际法的秘密，会带来无数的麻烦，担心中国人将找到不平等条约中某些条款的法律依据，因为"治外法权的原则其实篡改了西方和欧洲国家间通行的惯例"，是一种强加的，"瓦解了当地人的生存方式"。

李鸿章与威妥玛签约那天，33 岁的英国探险家吉尔上尉在旗昌洋行的"直隶"轮船上远远望见了李鸿章乘轿前往码头然后乘船离去的场景。第二年，他从上海出发，沿长江上行至宜昌、重庆、成都，而后北上里番、松潘、龙安，再回成都至雅州、打箭炉、理塘、巴塘，南下阿墩子、大理、腾越，沿着马嘉理走过的路线到达八莫，成为第一个到达川西北和滇西南的欧洲人。他在蛮允凭吊马嘉理，认为是他的死为外国人争取到了在中缅边境安全通行的权利。

重臣的位势

1862 年，李鸿章和淮军乘坐从英国商行租来的轮船通过太平军的控制区，沿长江顺流而下，准备救援上海。他在船上待了 3 天，不断写信给曾国藩，赞扬外国军队遵守纪律和外国枪炮的巨大破坏力。与太平天国作战的淮军开始用西方武器来装备一部分部队，学习西洋进行操练，那时，李鸿章就已有了"用夷变夏"的想法。在上海，他积累了处理世界事务的经验，加深了个人阅历。他看到，俄国和日本已经获得了西方技术，大炮和轮船渐渐变得有用，能与英法竞争。他对中国在世界上的位置已有了比同时代人清醒得多的认识：除了军事羸弱，他看到西方的富饶而痛感中国贫困，也对洋人在条约商埠取得的经济势力感到愤慨。

1864 年，他写信给恭亲王，提出了他的变法建议，强调调整中国的现存教育制度和文官录用制度。他写道：

中国士大夫沉浸于章句小楷之积习，武夫悍卒，多粗蠢而不加细心，以致所用非所学，所学非所用。无事则嗤外国之利器为奇技淫巧，以为不必学；有事则惊外国之利器为变怪离奇，以为不能学。不知洋人视火器为身心性命之学者已数百年。

他看到了中国的知识在学识和技巧之间缺乏配合和协调。"中国之制器，儒者明其理，匠人习其事。造诣两不相谋，功效不能相并。艺之精者，充其量不过为匠目而止。"他推测欧洲的制度当有所不同，机器发明者应能得到显官的荣誉，"世食其业，世袭其职"。他还听闻德川幕府将名门子弟送到西方工厂当学徒，以获得"制器之器"带回国内。他因而建议朝廷在考试制度中，对精于技术的应试者另设新科取士。

李鸿章关于考试制度的建议清帝并未认真考虑过，但他获得了创办江南制造局的批准。与他一起参与了镇压太平天国运动的左宗棠也认识到学习西方技术的必要性。左宗棠很敏锐地捕捉到中国知识遗产的弱点："中国之睿知运于虚，外国之聪明寄于实。"1866年，他建议在福州建造海军船坞。他的职位与李鸿章不同，贯彻自己思想的机会和空间要少一些。

从太平天国运动至1864年的14年中，曾国藩、李鸿章这样的地方督抚在镇压叛乱中建立起一种不同于清朝旧军制的勇营，可以与旗兵和绿营军相匹敌。勇营是清帝批准建立的，忠于君主，如今成了王朝安全的保障。与其他王朝一样，清朝皇帝是文化和道德方面的仲裁人，利用正统地位的合法性分配荣誉，封赐功名，批准奖赏，敕建纪念碑和祠庙；他也绝对掌握着下至知县一级官僚的人事任命权。过去，典型的巡抚是能够驾驭军人和征收厘金税的文官，还可以担任省内的按察使或布政使。到 19 世纪 60 年代，朝廷允许有军功的人破格担任这一高级省职，湘军将领成为巡抚的人里有举人左宗棠、唐训方，通过考试成为贡生的有刘长佑、曾国荃和李翰章。

19 世纪 70 年代初，旧秩序在江苏、山东和直隶等地已表面恢复。大户继续逃税，衙役活跃于山东，包揽税收和中饱浮收；小绅士感到获取举人功名已无望，纷纷充当包税人或搬弄是非的讼棍，与衙役相互勾结倾轧。这层崩坏和躁动之上的和平秩序是靠拥有西式武器的勇营和绿营军来维持的。洋务运动展开的条件，正是镇压太平天国运动后清廷中央权力的衰弱和地方督抚集团的兴起。在太平天国战争中崛起的地方督抚集团在战争中体验到西洋的坚船利炮，又从幕僚、洋员、洋使等不同渠道了解到西方世界的现状。洋务运动的基因是地方化的，在这个特定时期，它在财政资源和谋划布局上顺势有了一点儿松动灵活而有限的回旋空间。

在北京，洋务运动得到了恭亲王奕訢和军机大臣文祥的支持。恭亲王（曾在 1865 年和 1874 年两次被名义上夺去职务）领导的总理衙门负责有关通商事务的谈判，逐渐成为"洋务"的主要协调机构。此机构管理外交、外贸收入以及与外商和传教士打交道的一切事务，也计划或支持开办外语学堂、军队训练、兵工厂、造船厂、矿厂、商船和海军等事宜。洋务运动的成败，在中央取决于总理衙门的政治势力——这种"势"在宫廷政治中意味着行使君权者的喜怒和眷宠。自 1865 年起，慈禧靠在朝廷高级官员和皇族中提拔对立派来削弱恭亲王的权力，使得总理衙门与地方的关系变得很微妙。中国船政文化博物馆历史顾问陈悦先生告诉笔者，他在翻阅一些奏折与信件时发现，实际上慈禧从感情上表达过对洋务运动的支持。"沈葆桢自感身体一年不如一年时，曾进京面圣，见到了慈禧。回到家乡，激动得四处写信述说这次会面，自述慈禧拉着他说了很多家常话，诸如为官以爱民为本之类。"在宫廷政治中，慈禧的外援主要有两个人：一个是醇亲王，也就是光绪的父亲；一个是李鸿章。李鸿章人在天津，离北京很近，手中又有淮系的海陆军队，是可倚靠的力量；她的反对派则一直隐忍着注视这一切，掌管八旗子弟卫戍部队的恭亲王，代表着元老派。元老派包括翁同龢与光绪，时常从传统知识分子的道德制高点对她进行攻击，要求她还政于帝。慈禧话家常无非是一种情感攻势的权术，从后来庚子年的情形看，她实际对洋务所知甚少，谈不上支持或反对的深层动机，她真正关心的只是控制权。这也为她与恭亲王的权争做了一个注脚：交织在洋务运动中的清廷高层政治斗争其实并不真正关心洋务本身的追求和目标，而仅仅是控制权的私欲权争，这是洋务运动无法提升到国家层面而最终失败的内在原因。

1867 年，"剿捻"战争快结束时，李鸿章被任命为湖广总督。他在 1869 年 1 月来到武昌，11 月又奉召去四川调查吴棠总督被参劾贪污的案件。1870 年 2 月，他奉命去贵州负责"征剿"叛乱者，3 月中旬准备他的西南远征时又奉召去陕西与起事的陕甘回民作战。那时，左宗棠正在甘肃作战。李鸿章在 5 月到达陕西，协助镇压了第三次大叛乱。6 月，天津教案增加了与法国开战的可能性，他又奉命率领大军立即返回直隶省，8 月被任命为直隶总督，接替患病的曾国藩。清帝对李鸿章的恩宠与日俱增，李鸿章也通过为国效力来报答这种恩遇，终其一生来回奔波。但李鸿章的不同在于，他日益注意到国际关系，而大部分巡抚

更关心的还是维持国内秩序、筹集财源、提高学术、移风易俗和整饬
吏治这些任务。

　　1870 年，李鸿章到达天津，以钦差大臣的全权地位负责有关对外
贸易和畿辅海防的事务。他一年中大部分时间住在天津，冬季住在直
隶首府保定。福州是一个独立的中心。闽浙总督左宗棠 1866 年底调任
西北后，福州船政局就由他保举的沈葆桢经办，沈葆桢被钦命为福州
船政大臣。由于北洋通商大臣有保卫畿辅重地的职责，李鸿章可以直
接同上海道台联系，商讨防务和贸易事务；也由于江南制造总局是李鸿
章 1865 年奏请批准创办的，所以他对兵工厂事务有发言权，最终决定
权则在南洋通商大臣。赴美留学使团是根据曾国藩、李鸿章 1872 年的
联名上奏批准的，受南北洋通商大臣的共同监督。两江衙门掌管着漕
运，而李鸿章的轮船招商局依赖于漕粮北运的特权，江苏省的厘金也为
淮军提供了大部分年度军费开支。通过任命总督巡抚来间接控制财源，
清帝也掌握着李鸿章的淮军。1870 年至 1871 年淮军军费每年 700 万两，
其中 38% 来自江苏省的厘金税收，29% 来自上海和汉口的海关，15% 来
自其他省份的"协饷"。为继续表示全力支持李鸿章，1868 年，清廷任
命李鸿章之友丁日昌为江苏省巡抚。1868 年 9 月，支持李、丁二人的
曾国藩调任直隶总督，李鸿章的同科进士、闽浙总督马新贻被任命为
两江总督。清帝极为倚重李鸿章，视他为最有用的心腹臣工。1872 年
曾国藩死后，无论谁被任命为两江总督和南洋通商大臣，李鸿章都尽
可能地合作。

　　1874 年，与日本冲突而爆发的台湾危机使"天朝"的东亚秩序受
到了一次真正的冲击。这一年是个转折点。陈悦告诉笔者，从这一年

起，"海防建设的假想敌目标对准了东洋。之前西洋人远道而来，要的
是商业利益，清廷采取的是不去特别招惹他们的态度。但日本近在咫
尺，李鸿章叫'肘腋之患'，有永久大害。更重要的是，日本一个东亚
边缘的蕞尔小国，竟一夜之间发展到这个地步，与我们外交交涉时诡
计多端，不可不防"。这样，从 1874 年开始，海防建设开始对标日本，
建"定远"舰就是这样一个行动后果。相比之下，1884 年的甲申海战
刺激并不大。甲申海战之后，中法两国重归于好，"我们仍然觉得法国
远在天边，威胁是日本"。

台湾危机期间，李鸿章和沈葆桢上疏提出了新的海军规划，以及采
矿和改革现行人事制度的设想。沈葆桢重申了他之前提出的在考试中
增设算学新科的倡议，李鸿章则提议在沿海和长江各省设立讲授西学
的学堂，毕业生授予文职官衔。海军规划和两项采矿工程得到了批准。
这也是一个开展洋务运动位势最佳的时刻：他保举的沈葆桢于 1875 年
被任命为两江总督和南洋通商大臣；他保举的丁日昌于 1876 年被任命
为福州船政局督办船政大臣；不久，丁日昌又被任命为福建巡抚，负责
台湾防务。三人的协作非常好。

阻力来自朝廷。虽然文祥和恭亲王对李鸿章关于铁路、电报和设立
西学堂的想法持认可态度，但李鸿章察觉到，没有人敢真正主持铁路、
电报事务。他写道："邸意亦以为然，谓无人敢主持。复请其乘间为两
宫言之。渠谓两宫亦不能定此大计。"实际上，这不一定意味着是顽固
派在施加阻力，而意味着他必须通过与醇亲王联合，来赢得慈禧的欢喜。

1878 年，李鸿章的亲密同盟丁日昌因受到京官的抨击而辞去巡抚
职务。李鸿章仍然有影响力，将 3 名前淮军将领荐举到江苏、江西和云

南巡抚的位置上。李鸿章常写信给这些省份的友好官员，力主建造兵工厂和用西洋机器采矿。在建造兵工厂方面，他得到了许多人的响应，但在采矿和开办讲授西学学堂方面，如没有朝廷的授权支持，各省官员很少采取行动。

梁启超以"权臣数量和实权消长与专制政治的进化程度成比例"来解释晚清时李鸿章这样的重臣的处境。近代，土地世袭制度和贵族都已消失，朝臣与地方官互相牵制，皇帝可以任意对付朝臣，"无论是当了十年宰相，还是在地方上封疆千里，一纸诏书就可以解除他们的官职，被司法部门的小官押着，跟普通老百姓没有区别"。这个制度的晚期，在重要高位上善终的权臣很少，他们只能用持盈保泰的办法来保全自己的性命和名声。"做一天和尚撞一天钟"，晚清满朝官员大多是这个主义的拥护者。这不是因为他们修养和性格比古人更差，这是形势所迫而渐渐形成的为官之道。梁启超曾评价李鸿章"只知道有洋务，不知道有国家事务"。实际上，李鸿章的计划和行动都需要合法性授权，"师出有名"，应质疑的或许是合法性的性质和来源。

清王朝存在着满汉之间微妙的矛盾。钱穆曾写道，满族以几十万人口的东北地区部落来驾驭上亿居民，"产生你我有别的想法在所难免"。清朝建立两百多年来，权臣全部是满人，重大战役靠的都是八旗军，汉人居于从属地位。直至太平天国起义，汉人才开始掌握实权，这也是满汉官员权力消长的开端。但即使如此，如曾国藩者，成为平定江南的中坚力量后，依然战战兢兢与满人搞好关系，将军功记在满人头上，捷报由满人认可方才上奏。这份可悲的苦心和忠心，也折射出汉人重臣的位势。李鸿章历任官职是大学士、北洋大臣、总理衙门大臣、商务大臣、江苏巡抚、湖广总督、两江总督、两广总督、直隶总督，表面上位极人臣，但自雍正以来，政府的实际权力都掌握在军机大臣手中。直至"同治中兴"，军机大臣才有了文祥、沈桂芬、李鸿藻与翁同龢这样的实权汉人。

"忠"的犹疑

1891 年 6 月，李鸿章巡阅完北洋海军，奏请在胶州、烟台添筑炮台。刚获皇帝允准，又接上谕转发户部奏疏，南北洋购买外洋枪炮、船只暂停两年。李鸿章写信给云贵总督王文韶抱怨说："宋人有言，枢密方议增兵，三司已云节饷，军国大事岂真如此各行其是而不相谋。"又在奏疏中写道："方蒙激励之恩，忽有汰除之令，惧非圣朝慎重海防作兴士气之至意也。"

户部主持决策的是"清流"领袖翁同龢，洋务派的掣肘，他的理由是"部库空虚，海疆无事"。李鸿章的幕僚建议他据理力争，即使朝廷不批准，将来若打败仗也有话说。李鸿章顾及朝中对他办洋务贪污贿赂的议论，又顾及慈禧太后过生日需要用钱，不便争辩。

结束阅兵后，北洋海军应日本政府邀请，开始了访日。1891 年是一个重要的分水岭。在此之前，李鸿章与北洋海军处理日本事务时是一种高压态势，有一种可以立刻与挑衅对峙的自信。刘公岛的甲午战争博物馆里有一张黑白照片，记录了 1886 年 3 月北洋海军"定远""镇远"等舰赴日本长崎坞修，停泊长崎港的情景。在这期间，北洋海军士兵放假登船，与当地人发生纠纷，遭到长崎巡捕和民众的蓄意追杀，导致伤亡惨重。这件事反映了日本民众对中国开始怀有强烈的敌意，这种仇恨情绪的产生不是无缘由的。1891年北洋海军出访日本之旅，在李鸿章是想营造出和睦的景象给欧洲人看，"亚洲唯我二邦，但能联合交亲，异域强邻，何敢予侮"，是一种怀柔之计；日本却并不同心。那一次访日，丁汝昌他们观察到，日本年购大舰，军纪谨严，船坞和港口建设的精进可与欧洲比肩，令人一见而生敬畏奋发之心。甲午战争时，北洋海军的总装备数量是25艘在编军舰，里面能够出海打仗的1000吨以上的大军舰不到10艘，而日本是40余艘，仅仅在数量上就已无法匹敌。

恰好是在1891年这个门槛儿上，世界开始了舰船飞速发展的时期，技术快速更迭，舰船飞速过时。北洋海军的主力军舰停留在了19世纪90年代之前，有些已有10年舰龄，基本快报废。

甲午海战前，真正了解敌我实力的是北洋海军的舰长们。陈悦告诉笔者，新近掌握的一些北洋海军内部的印刷品资料让他惊讶于当年他们在专业层面所达到的程度。比如，"有一本火炮操作手册，全英文的，将北洋海军的每一种炮单独编列，有炮的性能和操作步骤说明，将炮与操作手编号，每一种口令对应着某个编号的操作手应站在哪门炮前做什么动作，全军的所有火炮都有这样非常标准化的操作流程。也有每年出版的全军军官中英文名录，以和西方进行交流，这些东西超出了我之前的印象"。这支海军加在一起3000多人，是中国近代化的一个成果。上战场前，许多北洋海军军官都有不好的预感，给家里人写信已是"为国尽忠""恕忠孝不能两全"这样的遗言，这种心理影响了他们在甲午海战中的表现。甲午一战，1875年至1888年，洋务运动花了十几年时间砸下去的共 2000 万两白银，得到的 25 艘军舰和威海、旅顺军港，基本上毁掉。即使在这场战争中，一些士兵仍把中日战争视为专属直隶、满洲要去解决的私事。向日本投降后，竟然写信给日军，请求返还"广丙"舰，因这艘船隶属广东水师，而这场战争与广东没有关系——这也是很多封疆大吏的想法。

甲午战争失败后，李鸿章在日本马关的春帆楼与日本签订了《马关条约》。遥想 1870 年，日本派出外交大臣柳原前光来华，谋求订立条约。日本昔日深受汉文化影响，虽然不是藩属国，清朝也不把它放在眼里，对订约妄举不以为然。当时李鸿章同意与日本缔约。1871 年，李鸿章与日本大藏卿伊达宗诚经过两个月的讨价还价，在天津签订了中日"修好条约"和中日"通商章程：海关税则"。双方均向对方开放通商口岸，均拥有领事裁判权和协定关税权，双方军舰均可自由驶入对方的通商口岸……这些不符合西方通行国际惯例的做法，说明刚刚从"天朝上国"之梦醒来的清朝和刚刚踏入"维新"之门的日本，同受各自与西方列强缔结不平等条约的影响，都不知道正常的国际关系。到 1881 年，距鸦片战争 40 年时，清朝已与英国、美国、法国、俄国、瑞典、挪威、德国、葡萄牙等国签订了几十项不平等条约。1895 年，日本废除了 1871 年与李鸿章在天津签订的前约，在春帆楼另订新约，仿效鸦片战争中的英国，要求割地赔款，并在一切方面享有与西方列强同等的权利。大清帝国在东亚的地位跌落到了第二的位置；在列强眼中，它不再是远东秩序的中心，虽然它仍保留着"天朝"的骄傲。

处在"千年未遇的大变局"中，李鸿章年轻时引进现代科学技术和西方的军事装备，到了老年，他认为中国没有能力和外国人决战，因此应该隐忍退让，等到将来有机会时再说，不要去引发更大的冲突。法国人打到越南的时候，他主张把越南放掉，没有必要非要为越南去打一场仗；日本人并吞琉球的时候，他也主张放掉，不必让海军开出去全数毁掉。李鸿章最早看出中国问题，花了大量的财力精力去解决这些问题，但是真的到了有事情来的时候，他基本上用的是妥协拖延的方式，而不是对抗决战的方式。然而打又能带来什么呢？甲午战败赔了2.3亿两白银，《辛丑条约》赔了4.5亿两白银，国家财政破产。他在搞洋务的时候，很多人质疑铁路、军舰有什么好造的，到了民族危机时，这批人恰好是最坚决主战的人。仗打完了、打败了，主张政治解决，妥协退一步，回避决战的是李鸿章；去跟外国人谈判，屈辱留骂名的还是他。曾被李鸿章派往英国学习海军的严复有一首诗，对李鸿章的处境是同情的："使先时尽用其谋，知成功必不止此。设晚节无以自见，则士论又当何如？"

甲午之后，之前碍于安全事务还不便说什么的旧知识分子开始了全面反击，抨击洋务运动，所有的矛盾都在李鸿章身上聚集起来。回到北京后，李鸿章没有职务，也没有权力，待在北京赋闲，1898年"戊戌变法"后，又退出总理衙门，被派去山东考察黄河。他那时候已经70多岁。接着他到广东任两广总督，不到一年，义和团运动爆发。"戊戌变法"失败后，洋人同情光绪帝，引起慈禧太后的怨恨，朝廷中保守排外的势力利用了义和团这股力量。义和团攻打使馆，八国联军入京，清政府向西方各国宣战。袁世凯、刘坤一、李鸿章和张之洞所管辖的两江、两广和山东组织了"东南互保"，拒绝听从朝廷的诏令，在这4个省内互相担保这些区域外国人的人身安全，外国人也不需要派军进驻。

后来披露的史料表明，英国驻香港总督卜力曾谋划过"两广独立"，拥李鸿章为王或总统，联络流亡日本的孙中山来施行新政。孙中山在日本友人宫崎寅藏的陪同下乘船到达香港外海，但李鸿章最终还是选择了北上与各国谈判和约。英国人不准孙中山靠岸，让他原船回日本，这件事就没有做成。姜鸣说，在那个时刻，影响李鸿章的还是皇权相位、君臣父子的士大夫价值观，他不愿在史书中留下"乱臣贼子"的骂名，追求的还是身后荣誉。但在李鸿章这样一位晚清重臣的生命中，他的确在这个时刻抵达了某个临界点，在那里，政治的追求与做人的追求、国家利益和王朝利益，濒临不可调和的冲突，向前再走一步，便是以新的价值观来颠覆自己所效忠的王朝。然而，当他接到诏令让他回京去谈判《辛丑条约》时，他反复权衡，没有迈出这一步，选择了留在他的时代中。他一度看到过"正在扩大的阴影里的胜利"，如今却已是垂暮老人。

姜鸣告诉笔者，李鸿章的幕僚刘学询看到李鸿章回北京去谈判，知道自己不能再在李鸿章身边做幕僚了，他居然有能力又通孙中山，又通香港总督，李鸿章一定不再信任他。他离开李鸿章，在杭州西湖边上买了一块地，给自己造了一个园林，这个地方现在是浙江省的国宾馆。

1901 年，美国外交官、传教士和翻译家丁韪良在完成《公法新编》一书的翻译之后，找到李鸿章，邀请这位签署过多个丧权辱国条约的清朝大臣为他的新书作序。李鸿章慨然应许，在这本书的序中写道：

予维西人之公法即中国之义理，今之为公法家其即古之礼家乎，其事弥纶于性，始条贯于经。常人得知以成人，国得之以立国。公法之大别凡三类，曰性法，曰治法，曰国际法。礼家之类五，曰吉、凶、军、宾、嘉。其精微切究于儒者，其粗迹错见于行事。《周礼》《大戴》《礼记》《春秋》所言皆是物也。其在大同之世可以拯人类之泯梦，即至列国纷争，亦有亦弥其变而不乱。故无事则玉帛，有事则干戈，信使交驰，文辞尔雅，可以观矣。下逮战国，此道不讲，国以兵竞礼，以争废此礼家，所以有忠信薄而乱始之讥，诚愤绝之也。此编所萃皆国际法篇中论享公法权利及调处免战各事，皆仁心为质，而广生民之福，分析义类，归于至当，颇合中国礼家之言……今诚以此书悬之国门，推之海外，果能中外共守，永息战争，使环球共享升平之福，则余与丁君所同深望者也。

他将《公法新编》与中国的"礼"做了类比，称公法即中国的义理。但他对《公法新编》的褒扬是含蓄曲折的。之所以要将此书悬挂在中国的国门口，自然是因为列强逼到了门口，其行径与《公法新编》规定的并不相符。这里凸显出国际法实践的历史条件，以及不在场的一些隐形价值。和平能否不再是战争的条件？这是问题的根本。甲午战争后，李鸿章关注新生代的变法思想家，曾向强学会捐款 3000 两白银希望入会，遭到拒绝。"戊戌变法"失败后，他不惮于在慈禧太后面前袒露对维新党人的同情。

1901 年，李鸿章以空前屈辱的条件签署了城下之盟《辛丑条约》。曾是同文馆学生的齐如山在回忆录中这样描写当时北京人的世情：

当义和团正盛、西后最得意的时候，合肥（即李鸿章）正在广东，旗人们有的说他能勾结外国人，太监们说得更厉害，所以想着把他调进京来杀了他……各国军队进京后……从前虽骂他，但现在已知道非他不可，所以大家都盼他来，因他来得慢，大家又怨恨他……他来的那两天，北京所有的人可以说是狂欢。尤其旗人，自西后光绪走后，他们每月的钱粮，谁也得不到。可是旗人又专靠钱粮吃饭，所以几个月以来都跟没有娘的孩子一样。听说李鸿章要来，总以为他是跟外国人有勾手的，他来了一定有办法……我问他们，你们向来讨厌李鸿章，为什么现在这样欢迎呢？回答说：说人家是汉奸，没人家又不成，就是里勾外连的这么个人。

在李鸿章的晚年，他曾对前来拜访他的人说，他办了一辈子事，练兵也好，海军也好，何尝能实在放在手里办？不过勉强涂饰，虚有其表，不揭破犹可敷衍一时，如一间破屋，裱糊匠东补西贴，居然成一净室。必欲爽手扯破，自然真相破露，不可收拾，但裱糊匠有何术能负其责？"天朝"运转所依的道德义理之"名"与"势"，最终不过是运于虚。

《辛丑条约》签订后不久，李鸿章去世。据传，临终前他写《临终诗》，既袒露心迹，也留赠后人：

秋风宝剑孤臣泪，落日旌旗大将坛。

海外尘氛犹未息，诸君莫作等闲看。

能量释放：积蓄已久的思想变革

1866 年至 1867 年冬，恭亲王和文祥委托回英国休假的赫德在欧洲代为招聘自然科学教习，京师同文馆将设立"天文算学"科目。按照传统看法，"天文算学"确实是一些儒家学者在知识探求中的正统课题。这个计划的激进大胆之处在于：他们的目的是想让西学本身的合法性得到皇帝和翰林院的承认。1866 年 12 月，总理衙门在折奏中建议，应鼓励举人和举人出身的官吏报名到同文馆肄习新开科目；鼓励进士，特别是翰林院成员，包括声望很高的编修，报名学习同文馆科目，并在三年课程结业后给予"格外优保"。这个建议如果达到了预期效果，清代教育和文官体制的改革也将水到渠成。

自洋务运动以来，江南制造局和福州船政局的建立进一步产生了培养新技术人才的需求。在北京、上海、广州建立的同文馆中，已经有了数学和自然科学课程，与经学、程朱理学和中文课程一同教授。要解决的问题是，研习这些课程还无法为学生在传统社会中提供有保障的前程，即在科举制度内获得应试高级功名的机会。西学的合法性在这里成了关键。

恭亲王的折奏最初得到了批准。恰恰是在这个时候，慈禧太后可能第一次明确认识到，文化意识形态上的保守主义可以用来抵制恭亲王的政治势力。3 月初，监察御史张盛藻上疏，指出天文和数学这两门学科会对士习人心产生有害影响，技术知识和良好道德是对立的。这一论点令人想起魏晋之际的"才性之争"。3 月 20 日，载淳收到大学士倭仁的奏折，指出"立国之道，尚礼仪不尚权谋；根本之图，在人心不在技艺"。倭仁曾任都察院都御史和翰林院掌院学士，这是既与意识形态，又与政治紧密联系的职务。他断言总理衙门要让中国人"奉夷为师"，对士大夫在情感上有很大感召力，"师"的地位在传统中国是非常受尊崇的。恭亲王答辩说，期望以"忠信为甲胄，礼仪为干橹"完全不现实，并援引了同样是儒家士大夫的曾国藩、李鸿章、左宗棠和沈葆桢的话为自己的论据。然而，一种情绪已被煽动起来：京城开始流传总理衙门意图谋反这种招惹怨毒的谣言，报考同文馆新科目的士子遭到同乡和同列的讥笑嘲讽，总理衙门"遂无复有投考者"。

费正清分析，倭仁取得胜利的一部分原因是慈禧太后未能给予恭亲王全力支持。她虽在一道上谕中斥倭仁"见识拘迂"，但也没有重新提出让具有高级功名的人报名同文馆新科目。慈禧很可能不愿意反对倭仁对儒家文化解释的本质，而她作为摄政者和满族统治者的地位都依赖于儒家伦理和文化。更何况，让倭仁的势头盖过恭亲王，这种做法毫无害处。缺少了有声望的士人去学习西学，同文馆的新方案影响力就很有限了，西学也难以上升至知识权力的层面。

在京师同文馆，教授算学的是通晓中西数学的天才学者李善兰，讲授物理的是美国传教士和翻译家丁韪良，讲授化学的是法国人毕利干。丁韪良将同文馆办成设置八年课程的书院，课程包括一种外语，以及数学、物理、化学、国际法、政治经济学、解剖学和生理学。在福州船政学堂，开设的课程除了法文和英文，还包括解析几何和微积分在内的数学课程、物理学和机械学在内的自然科学课程。学生用 3 年时间学习航海理论，包括地理、平面和球面三角以及航海天文学等课程，然后再到前皇家海军船长指挥的教练船上见习。1875 年开始，船政毕业生开始赴欧洲留学。在江南制造局，教授数学的是华蘅芳、徐寿和徐建寅，翻译馆的英语教习是传教士傅兰雅。与福州船政学堂大多数招收的是没落地方绅士家庭的年轻人不同，曾国藩希望遴选书香门第的聪颖子弟跟随洋人学习，以领悟西学的义理，他的长子曾纪泽就学习英文和西洋算学。19 世纪 70 年代，江南制造总局的学生开始赴美留学。在福州船政、江南制造局和后来北洋水师学堂的留学生中，产生了很多日后影响中国历史的人物，比如严复、詹天佑和张伯苓。

对于西学所蕴含的能量和精微之奥，如福州船政大臣丁日昌这样的人物早已有超越器物层面的形而上认识。他曾在 1867 年的奏折中论述，学习西方技术必须致力于那些看起来很抽象的研究工作，"洋人……耗其心思、气力、财货于渺茫无凭之地，在数千百年，而其效始豁然呈露于今日"。他已看到，技术和器物不过是豁然显露的"冰山一角"，支撑它的是海面下数百年的抽象精神。西学之"势"虽受晚清政治的局限，但作为一种具有物质实在性的知识，它首先在士大夫和知识分子中间缓慢积蓄起来并释放出精神能量。

茅海建曾对张之洞晚年的内心世界做过研究。作为晚清重臣、儒家士大夫和有影响力的读书人的精神领袖，他的内心世界丈量出个人信念与现实权力运作之间的距离。张之洞虚岁 14 岁中生员，虚岁 16 岁中举（顺天府试解元），虚岁 27 岁中进士，殿试探花（同治二年，即 1863 年）入翰林院。这位曾经的"清流"派人物，晚年则提倡建报馆、学堂和铁路，改革科举制度。根据翰林院编修、袁世凯幕僚徐世昌在 1897 年的日记，他在武昌曾与张之洞有多达 16 次的见面，每次几乎都是彻夜长谈。张之洞曾向他谈到，士农工商兵五者，士是最为关键者。他反对老学、佛学与理学，更反对科举制度，主张师从管仲、诸葛亮，主张"变计"。徐世昌记录道：

> 为士者仍不力求实学以副其名，能无惧乎。中国之弱，上溯其源，始于老氏之清静，继于佛学之空虚，又继之以理学之迂拘。

而要挽回大局需：

> 多设报馆，可以新天下之耳目，振天下之聋聩；多立学堂，可以兴天下之人材，或得一二杰出之士以楮柱残局；广开铁路，通万国之声气……中国可不至于危亡。至于变科举，尚不可以旦夕计，然终必至于变而后已。

张之洞的这些言论，与梁启超此时在《时务报》上发表的《变法通议》等政论文章有很多相似之处。但作为士大夫，张之洞是反对康、梁和革命党人的言论的。茅海建写道，从他与徐世昌的谈话中，已可以隐隐看到"江楚三折"的影子，看到"癸卯学制"的影子，看到他上奏终止科举的影子。这位政治上的保守派，此时实际已发动了思想革命，这是长达数十年的洋务运动释放出的精神能量。

1898 年"戊戌变法"后，守旧派势力上台。到了 1900 年庚子之变，与"西"和"洋"有点关系的总理衙门大臣许景澄、袁昶、徐用仪、联元，内务府大臣立山，均被守旧派杀掉。1901 年，两江总督刘坤一、湖广总督张之洞上奏《江楚会奏变法三折》，提出了科举制度改革、奖励工商实业、练新军、裁冗员等改革措施。在这个时候重申"中体西用"，将西学容纳进清朝官方的意识形态体系，颇有政治风险。

科举时代，大多数读书人苦心读书并非为个人知识的增加、个人修行的提升，而是为稻粱谋，希望进入政府谋得官位与名利。到了此时，清政府主办或倡导的各类新式学堂需要大量教员和教科书，引出更多的士人与近代读书人投身于此。新式学堂的毕业生除了继续从事近代教育，也进入社会、政府和军队，进入各行各业。他们凭借的不再是对圣贤经典的理解，不再是八股文章和诗赋小楷，而是数算格致、声光化电、各国语言文字和各行各业的专业技能。为了弥补中学的不足，西学被放到更重要的位置；为了弥补新学人才的不足，留学又成为清朝的国策。外洋的博士最初还只是比附中国的进士，后来又凌驾其上。这一知识体系权力关系的变化，与清帝国在东亚体系和世界秩序中位置的衰落相应，也与一个古典世界逐渐驶入现代世界同时发生。传统价值体系从内部崩塌的效果不久便呈现出来：1905 年，科举考试被废除；1912 年，时任教育总长蔡元培宣布经学不再是必修课程；同年，大清律例被废除。

自洋务运动始，晚清的思想变革就已悄无声息地持续在士大夫的内心发生。甲午战败之后，积蓄已久的变革力量得到了外化。茅海建写道，与更易受关注的康有为、梁启超和革命党人的自我宣扬不同，张謇、严修、蔡元培、叶昌炽、张之洞、徐世昌等这些两榜进士、翰林出身，有实际影响力的士人，早已通过实际行动开始了思想革命和近代教育的改革：从废八股到废科举，从办学堂到派留学，西学进来，一点点扩大成为知识主体部分。这种渐进的变化不是来自梁启超和康有为，而是来自清朝政府中掌握着资源、具有实际行动力和影响力的一大批官员，比如张之洞和叶昌炽。即使是蔡元培，也于1906年在京师译学馆教了一个学期的国文与西洋史。

清亡前50年的咸同之际，儒家思想还催生出曾国藩、江忠源、胡林翼、左宗棠、李鸿章、骆秉章、沈葆桢、丁日昌、郭嵩焘、刘铭传等一大批忠义之士。只是在李鸿章这样的时代杰出人物内心中，对"忠义"精神的对象和价值也发生过犹疑。到了清末，表面还占据主导地位的儒家意识形态实际已抽空了"忠义"精神，这个时候，政治的面相也就发生了改变。

1903年，武昌起义爆发不久，进士出身、曾任翰林院编修的恽毓鼎担任"癸卯会试"考官，写下一段矛头指向张之洞的阅卷有感：

> ……近来新学盛行，四书五经几至束之高阁。此次各卷，往往前二场精力弥满，至末场则草草了事，多不过三百余字，且多为随手掇拾，绝无紧靠义理发挥者，大有如不欲战，不屑用心之势。阅卷者以头、二场既荐，于末场亦不能不稍予宽容……张、袁二制军立意欲废科举，其弊害至于是，更有不可胜言者。袁世凯不足道，张香老举动乃亦如此，岂不可痛哉。书至此，愤懑万分。
>
> 三年新政，举中国二千年之旧制，列圣二百年之成法，痛与铲除。无事不纷更，无人不徇私，国脉不顾也，民力不恤也……日朘月削，日异月新，酿成土崩瓦解、众叛亲离之大局，

而吾属横被其忧，念及此，不禁放声大哭，罪魁祸首则在张之洞、张百熙之力主令学生留学东洋。

恽毓鼎的这段话充满情感上的愤怒和痛苦，标记了一个秩序变动的时刻，也标记了近代的端倪。

到了清朝灭亡之际，许多文化知识精英的内心不再有太多痛苦。在中央，内阁总理大臣袁世凯不忠于清朝；在地方，广西巡抚沈秉堃、安徽巡抚朱家宝、江苏巡抚程德全等主动革命；各省咨议局作为清朝统治机器的一部分，普遍同情或参加革命，其中许多人是地方反清革命的组织者和领导者。清朝军队的官兵多有反叛，尤其是新军，在镇（师）、协（旅）两级的高级军官中，忠清和殉清的几乎没有，叛清的却大有人在。在上海进行南北议和的南方人士，如伍廷芳、赵凤昌，都曾是清朝官员。清代状元张謇也主动倒清，这在明清更迭之际是完全无法想象的。到蔡元培主持爱国学社，已明确有了"爱国"一词。

（主笔　蒲实，感谢姜鸣、陈悦和王记华老师对采访和写作的帮助。本文采访录音由申三、李玥和贾雨心三位实习生整理，特此感谢）

【参考书目】

1. 姜鸣：《天公不语对枯棋：晚清的政局和人物》，生活·读书·新知三联书店，2015年。

2. 姜鸣：《秋风宝剑孤臣泪：晚清的政局和人物续编》，生活·读书·新知三联书店，2015年。

3. 姜鸣：《却将谈笑洗苍凉：晚清的政局和人物三编》，生活·读书·新知三联书店，2020 年。

4. 姜鸣：《龙旗飘扬的舰队：中国近代海军兴衰史》，生活·读书·新知三联书店，2021 年。

5. ［美］费正清，刘广京编：《剑桥中国晚清史》（上、下卷），中国社会科学出版社，2006 年。

6. ［英］方德万：《潮来潮去：海关与中国现代性的全球起源》，山西人民出版社，2017 年。

7. 茅海建：《历史的叙述方式》，上海三联书店，2019 年。

8. 陈悦：《船政史》，福建人民出版社，2016 年。

9. 马幼垣：《靖海澄疆——中国近代海军史事新诠》，中华书局，2013 年。

10. 中国甲午战争博物院编，刘震、王记华主编：《物鉴甲午：中国甲午战争博物馆院藏甲午文物选粹》，故宫出版社，2021 年。

11. ［美］费维恺：《中国早期工业化：盛宣怀（1844—1916）和官督商办企业》，中国社会科学出版社，1990 年。

12. ［美］孔飞力：《中国现代国家的起源》，生活·读书·新知三联书店，2013 年。

13. 梁启超：《李鸿章传》，中华书局，2012 年。

14. ［清］郭嵩焘、黎庶昌：《使西纪程　西洋杂志》，商务印书馆、中国旅游出版社，2016 年。

15. ［清］郭嵩焘：《伦敦与巴黎日记》，岳麓书社，1984 年。

● 主编点评

以彗星划过天际，引出清政府各色官员之认识，再导向它作为政治武器的常规权争，以及背后的洋务派与清流，这种开头，像我们经常读到的那些杰作之巧妙构思了。

这篇长文最重要的两个人物分别是赫德与李鸿章，彗星之后，代表另一种楔入性力量的赫德登场。它的有意思在于，我们传统对中国现代化挑战与应战的解释结构，并不容易分析作为关键人物的赫德。他展现了一种意外——历史常常并不在既有逻辑之中。之后，观念的"不对称"成为进入那个时代的通道，在后置历史叙述里，我们现在的"平等"观，并不与清人符合，万国来朝之天下才是他们的常识，这是历史展开的基础，可是我们已经遗忘。

回到历史现场，发现历史之偶然，尤其是那些未必能够进入既有历史叙事逻辑的细节，不完全是为着戏剧性，更重要的是，由此更深入认识历史之复杂与多歧，这才是历史之本相。

作为关键人物李鸿章的出场，蒲实引入了关联：李鸿章／翁同龢—恭亲王／慈禧、洋务／改革—清流／保守……当然它可以如此二元与两分，但垂帘听政之后的慈禧如何驭人，如何平衡与控制亲王与能臣，或许才是当国者理解的国家核心问题与帝国治理之道。旁观者，尤其是后世之见，与历史的亲历者，经常不在同样的思考空间。我们能够达到何种认识，意味着我们对历史有何种理解。

蒲实在我们前述方法论，人物／事件／关联之上，在历史现场发现的那些细节真正丰富了我们对历史的认识，并提供了深化的机会。

在"平等"观之后，她还对海军之于李鸿章，是攻击性军队还是只是为了防御，以及日本现代化顶层设计的狂飙猛进，中国有地方无中央开始的艰难变革，在更长历史时段的再评价，都提供了自己的疑问与再思考。这些疑问，价值重大，可以促使我们对历史再认识。

第八章

一切都将从记忆的繁复之网中重现

通过《追忆似水年华》，普鲁斯特使整个世界随着一个人的生命过程一同衰老，并将这个生命过程表现为一个永恒的瞬间。

时间这位主角

在第一卷《在斯万家这边》里，有一天，佩斯皮耶大夫让马塞尔坐在马车上。马车在蜿蜒曲折的小路上行驶，在夕阳的斜晖中，他看到马丹维尔镇的两座钟楼和维耶维克镇的钟楼随着马车的行驶与道路的弯曲在改变位置，体会到一种不可名状的快乐。维耶维克镇的钟楼位于远方一处地势更高的平地上，与马丹维尔镇的两座钟楼之间隔着一座冈峦和一道峡谷，但看上去仿佛与它们比邻而立。有一种藏匿在钟楼背后的东西在刹那间透过仿佛裂开的钟楼的轮廓和映着阳光的墙面，向马塞尔汹涌而来，在他的脑际表达成了一个个词语。他随着马车的颠簸写下了一段文字：

> 在平原上，孤零零地矗立着马丹维尔镇那两座仿佛湮没在旷野中的钟楼。它俩向着蓝天升起。不一会儿，我们看见了第

三座：凭着一个漂亮的大回旋，维耶维克镇的那座钟楼转到了它俩前面，三座钟楼会合在一起了。时间一秒一秒地过去，我们的马车驶得飞快，然而这三座钟楼始终远远地停在我们前方，就像栖息在原野上的三只鸟儿，一动不动，在阳光下清晰可见。随即维耶维克镇的钟楼挪动位置，拉开了距离，马丹维尔镇的那两座孤零零地留在原地，沐浴在夕阳的余晖中，即使隔得那么远，我仍能看见光线在钟楼的坡面上笑吟吟地闪烁跳动。方才驱车向它们驶去，着实费时不少，所以我心里在想，不知还得花多少时间才能到那儿。可就在这时，马车拐了个弯，冷不丁停在了钟楼脚下；钟楼突兀地耸立在我们眼前，马车险些一头撞进门廊里去。我们又继续赶路；片刻过后，马车已经驶离马丹维尔镇，这座小镇犹自陪伴了我们一程，旋即消失不见。远方地平线上只有那三座钟楼瞅着我们夺路而去，颤动着阳光照耀的尖顶向我们示意作别。时而其中一座蓦然隐去，好让我们对另两座多瞧上一阵子；可是道路转向了，它们在阳光下如同三根金色枢轴那般旋转着，渐渐消失在我们的视野之外。

　　这一段关于地点运动传输的准确文字描写，就如摄像机之眼捕捉到快速连续的一帧帧图像，马塞尔（在这里实际就是普鲁斯特）以马车的速度沿如同电影轨道的镇上小路曲折行进，将这夜色渐浓里钟楼相对位置变化形成的不同印象用文字摄取了下来。马塞尔说他写完这一段后"心中充满喜悦"，感到这些文字让他"摆脱了钟楼以及隐藏在它们背后的东西"。这个片段描述了一种复合运动，这种运动不仅来自面对风景的旅行者，还来自风景的不同部分，即地点之间相互位置关系变化所提供的风景。观察点的变化在视角里引发了旋涡，加之车子走过弯曲的道路，这种旋涡就像塞尚的绘画，所有的线条和光影都产生了意义。色彩和光影中释放出不同元素，它们在移动性中加速地互相靠近和组合。

这种感觉的另一次出现是在巴尔贝克的于迪梅尼海岸边，他在路边看到了三棵树。他同样感觉到，在某个地点和另一个地点看到的东西，在某个时刻和另一个时刻看到的东西，他无法给它们定位。似乎他去看的所有物体，也是他看到的物体，都会同时存在于过去和现时中，或存在于空间的不同点上，而在这些点之间，大概有一种难以定义的模糊关系。普鲁斯特面对着一个双重世界，这个世界既靠近又遥远，既在现时又已经过去，有一种似曾相识（dejàvu）之感。

"隐藏""隐匿"，这些都是普鲁斯特钟爱的词语，在《追忆似水年华》中频频出现。在第一卷《在斯万家这边》里，当他沿着盖尔芒特家那边散步，自然的图景和气味，无论是一缕阳光在石墙上的反光，还是一条小道的芳香，都常会引发他的快乐，让他感到这些表面背后隐藏着什么东西，正邀请他去觅取。从一开始，《追忆似水年华》便通过对细微风景和感官绵长铺陈奠定了诗性的基调，不厌其烦的感官体验就如缓慢上升最后将人淹没的海水，使人沉浸于一种沉思的气息和氛围中。于是我进入那个马塞尔的思绪中，随他一起缓缓走在河边的鸢尾花丛中，静观阳光在房子的石墙上投下变幻的色调；这个对这一切都充满宛若初见般好奇的少年时而停下伫立不动，想深入自然的图景和气味里去，渴望那些胀鼓鼓的石块会随时裂开一条缝，将盛在里面的秘密泄露。正如他第一次去参加盖尔芒特夫妇家的晚宴，进入最封闭的贵族沙龙，感到"圣日耳曼的贵族隐藏着神秘的生活"一样，对普鲁斯特来说，"眼见"并不一定为实。他时常在等待一道穿透性目光的出现，为他打开一扇"门"；穿过那道门，他能够进入另一个世界，而那个藏起来的世界更为真实。

普鲁斯特曾在给比贝斯科公主的一封信中谈到自己和爱因斯坦的相似性。普鲁斯特是一位神秘主义者。神秘主义和实证主义都源自古希腊—拉丁传统，认为时间的推移延绵将使隐藏在光芒中的光辉事物逐一显露，这种精神推动了科技进步。普鲁斯特写下《追忆似水年华》第一卷的 1909 年，欧洲正处在一个类似文艺复兴时期的群星璀璨时代。飞机、无线电报和汽车的出现改变了人们的空间和时间概念；电影能在画面上描述不同的透视点，在系列画面或单一画面上描述随时间的变化成为可能；X 射线的发现使得内外模糊、不透明的东西变得透明，二维和三维之间的区别变得迷离。这些进展深刻影响了哲学家的思想，也影响了普鲁斯特所钟爱的哲学家亨利·柏格森（但他不一定是柏格森思想的追随者）。1905 年，爱因斯坦提出了狭义相对论。他所探讨的问题也是那个时代的人普遍关注的问题：宇宙是由像原子和电子这样的粒子构成的，还是像引力场或电磁场那样，是一个不间断的连续体？倘若两种描述方法都是有效的，那么当它们交叠时会发生什么？爱因斯坦发现，对时间概念的分析是解决问题的关键。时间无法被绝对地定义，时间与信号速度之间存在着不可分割的联系。在一个观察者看来似乎是同时的两个事件，在另一个快速运动的观察者看来却是不同时的；我们不能说哪个观察者是绝对正确的，也无法宣称两个事件是绝对同时的。这一洞见意味着，自牛顿以来作为物理学支柱的绝对时间概念发生了改变。绝对时间意味着时间"实际"存在着，不依赖于对它的任何观察而自行流逝，绝对空间也是如此。但即使是牛顿也承认，"绝对时间并非知觉的对象"。他依靠的是神的在场来帮助他走出这个困境，"神的延续从永恒达于永恒，神的在场从无限达于无限，他构成了延续和空间"。

时间问题也正是普鲁斯特关心的。他曾在给友人的信中写道，在构成他个性的所有人物中，他感到生命力最强的人物是一个哲学家，"这个哲学家只有在两部作品、两种感觉"和两个人之间"发现共同点之后，才能感到幸福"。时光流逝摧毁和带走我们周围的一切，也给我们的肉体和精神带来变化。普鲁斯特一直思考着，如果说空间中存在几何学，那么，"时间中存在着一种心理学"。

《追忆似水年华》不是一部精心设计和建造的作品，相反，它是诗性的产物，接近柏格森的"濒死体验"，即在溺水状态中看到人的整个一生最为细微的事件在眼前同时展开。普鲁斯特是一下子有了整本书的意识的，开始、结束和总体轮廓一应俱全。他不可思议地使得整个世界随着一个人的生命过程一同衰老，同时又把这个生命过程表现为一个瞬间。最后，这部小说以自己内部的有机生命力不断生长，越来越密集，在没有出现它自己的结尾之前，不断延展扩张。他那联结一切事物的网是由时空中的一个个点构成的，这些点被每个人不断占据，形成了无限繁复的空间和时间维度。在卡尔维诺看来，普鲁斯特对世界的知识是通过受难以捉摸之苦而获得的。一种典型的经验，就是马塞尔发现阿尔贝蒂娜是同性恋后，对她所产生的嫉妒：

> 我明白爱情遭逢了不可能。我们想象爱情把一个存在物当作对象，它可以躺在我们面前，密封在一个身体内。爱情已占据和将要占据的，却是这存在物向空间和时间各个点的扩张。如果我们不拥有该存在物与这地方或那地方、这时刻或那时刻的接触，我们就不拥有它。但我们无法全部接触这些点。要是它们被指出来，我们也许还有可能想办法向它们伸去。但我们摸索着寻找它们，却找不到它们。于是产生不信任、嫉妒、困扰。我们浪费宝贵时间，寻找荒唐的线索，却与真相失之交臂，甚至连怀疑一下也没有。

爱情对于普鲁斯特来说是一个联结和相遇问题，也是一个相对时空的交汇问题。在那样一个最初仍主要以书信和邮驿网络为联结方式的时代，一个人和另一个人在各自人生旅途中被某种力量推动或牵引着移动，遵从某种秩序，同时也带着偌大的盲目性和漫无目的，竟然能够在某个时空交汇的纽结点上相遇并坠入爱河，这种"缘分"几乎是个奇迹。随着时间变化，通信方式发生了改变，新技术也在这张网络中浮现出来，改变了网络联结的速度和方式。前述所引的对于爱情遭遇不可能的段落，就来自《女囚》一卷中描写控制电话的暴躁女神那几页。

普鲁斯特对技术的意识，并不亚于受过科学技术训练的工程师作家罗伯特·穆齐尔。在《女囚》中，我们看到最早的一次飞机展览（现实生活中，普鲁斯特曾经的同性恋情人、他的司机阿尔弗莱德就死于飞机事故）；在《索多玛与蛾摩拉》中，汽车取代了马车，把空间对时间的比例改变得如此之大，以至于"艺术也被它改变了"。在《追忆似水年华》中，我们一点点地看到现代科技的出现并非只是"时代色彩"的一部分，而是这部小说形式和内在逻辑的一部分。马塞尔以极大的热情对人生中所消费的各种物的繁复性进行了探索。

在《索多玛与蛾摩拉》一卷中，马塞尔在不经意间窥见了夏尔吕男爵在盖尔芒特府邸的院子里与做背心的裁缝絮比安相遇的情景。这一段的描写笼罩着一层神秘的光晕，读起来就像时间所展示的一个奇迹。它发生在一个自然性时刻，马塞尔正观看一棵稀有植物。夏尔吕男爵走进了院子，看到在院子里开设铺子的絮比安，感到惊讶。夏尔吕和絮比安虽萍水相逢，却仿佛心存默契，四目相接暗送秋波。"两人的眼里天幕冉冉升起的地方，是一个我还猜不出它名称的某个东方情调的城市。"两人装作冷淡的模样调情的微妙姿态在马塞尔眼中化作了一雌一雄两只鸟。马塞尔意识到，夏尔吕男爵原来是"女人"（这里是徐和瑾的译文；在周克希的译文中，他认为絮比安是"雌鸟"）。就在夏尔吕先生嘘嘘作响穿过大门，尾随絮比安朝街上走去时，一只雄蜂飞进了院子，飞向了马塞尔先前正在观看的那棵植物。"谁知道这是否就是植物苦苦等待为它带来珍贵花粉的那只雄蜂呢？"于是，两件事同时发生了。在马塞尔眼中，这种相遇充满奇妙的美。但这些同性恋者像犹太人一样受到了当时那个社会的诅咒，他们不得不生活在欺骗之中，往往过着双重生活，本性在另一种生活里才能显现。"双重生活"，普鲁斯特在这里表明，存在着另一个看不见的时空，那里的观察者若透过他的视角看到庭院内的此情此景，很可能看到的不会是两个同时发生的事件。

普鲁斯特在第一次世界大战前写完了《在斯万家这边》和《盖尔芒特那边》。1914 年，德国对法国宣战，他的出版工作停止。他因病没有应征入伍，继续撰写小说。1919 年，他的第二卷《在少女花影下》面世；此后，第三卷《盖尔芒特那边》和第四卷《索多玛与蛾摩拉》相继出版。这个时候，爱因斯坦已在 1915 年通过他的广义相对论对宇宙概念做出了修正。通过狭义相对论，他证明了空间和时间并不具有绝对存在性，而是构成了一种时空结构；通过广义相对论，他证明了这种时空结构不仅是物体和事件的容器，也有自己的动力学，既被其中物体的运动确定，也可以反过来确定它。我们从《追忆似水年华》中看到，普鲁斯特的时空既是物体和事件的容器，也是人与生活的容器，某种神秘力量将它们穿针引线、严丝合缝地编织起来，过去的一切轨迹和未来的一切可能性都在这张网上运动。

回忆作为动机

与古典哲学家认为人的个性中存在一种恒定的"精神雕像"不同，普鲁斯特认为，陷入时间中的个体是在不断解体的。正如小说里的马塞尔所说："我感到自己的一生呈现出一系列时期，在某个停顿之后，前一时期的主体在后一时期已荡然无存，就像缺乏个体的、同一的和永久的自我支持的某种东西，以及将来十分无用、过去却十分持久的某种东西，以致死亡可以在任何地方结束它的进程，而无须让它有个结尾。"这种感觉对于我来说并不陌生。生活在普鲁斯特时代的巴黎人，有一天会发现自己身上那个曾经干过革命的人将不复存在；正如生活在我们这个时代任何一个地方的人，在疫情后某一天会发现，那个自己身上曾可以在世界各地四处旅行处于流动中的人，将逐渐随着一个时代遁入过去而消失。普鲁斯特笔下的人物每一次出现在马塞尔生活中时，都与上一次有所不同。新的"自我"不断从旧的自我中生长出来，他们之间有时被迫发生了断裂，失去了某个方面的连续性。

　　法国传记文学作家莫洛亚指出普鲁斯特还有一种独特的时间感。在《追忆似水年华》中，我们可以看到斯万、奥黛特、吉尔伯特、布洛克、拉结和圣卢依次在各种年龄和各种感情的聚光灯下通过，呈现出各自的色彩，就像身穿白裙的舞女，会依次呈现出黄色、绿色或蓝色。我们的一生就是穿越不同的颜色区，当我们进入老年的聚光灯中时，他们的色彩将投影在我们的身上，成为我们的色彩。这是一条生命的时间通道。在普鲁斯特所生活的年代，正在涌现和崛起的无形力量改造着街道，摧毁着房屋，瓦解着既有价值观。时间流逝的感觉是如此强烈，普鲁斯特感受到，我们无法回到自己曾爱过的地方，无法挽留我们身边被时间的河流不断带走的爱人，也无法阻止衰老和死亡的进程。马塞尔再次见到年少时在香榭丽舍大街的公园里结识的爱人吉尔伯特时，他几乎认不出这个曾经让他痛苦过的女友，每个人在时间的不同点上出现时，都不再是过去的那个人；他也无法再见到地理意义上的故乡，它们不是位于空间中，而是位于时间中，寻找它们的人也不再是曾以自己的热情幻化和点燃过它们的孩子或少年。第一次世界大战前，马塞尔接待朋友圣卢的最后一次来访时说："你记得我们在东锡埃尔的

那些谈话吗？"圣卢回答："啊！那时可是大好时光。一条鸿沟把我们
和那个时候分隔开来。这些美好的日子是否将会重现？"

为了找回流逝的时间，普鲁斯特将他的回忆写下来，形成了一座繁
复宏伟的记忆教堂。他的写作有一个比对阿尔贝蒂娜的爱情更重要的
动机，也许可以和以永恒的早晨为结尾的凡特伊四重奏的雄鸡啼鸣相
提并论，这就是"无意识回忆"这个动机。他在《在斯万家这边》中
写道：

> 我觉得克尔特人的信仰很有道理。他们相信我们失去的亲
> 人的灵魂，被囚禁在某个低等物种，比如说一头野兽、一株植
> 物或一件没有生命的东西里。对我们来说，它们确实就此消
> 逝。除非等到某一天——许多人永远等不到那一天——我们碰
> 巧经过那棵囚禁着它们的大树，或者拿到它们寄寓的那件东
> 西。这时它们会颤动，会呼唤我们，一旦我们认出了它们，魔
> 法也就破除。被我们解救之后，这些亲人的灵魂战胜了死亡，
> 重新和我们生活在一起……

普鲁斯特相信，我们的过去继续保存在一个物体、一种滋味、一种
气味中，如果我们能在某一天偶然把现时的感觉作为我们回忆的支撑
物，这些回忆就会死而复生，犹如《荷马史诗》中的死人，喝了祭品
中的酒，重新在我们身上找到了肉体。

心理学家认为，在自传记忆内有两种不同的系统：建立在有意识重
建工作基础上的"自我记忆"和没有组织也无法组织起来的意识之前

的"他我记忆"。前者是在与其他重要事实的相互作用中形成的，而后者是在与地点和事物的相互作用中被激活的。这些地点和事物像触发器，会把长眠于我们体内的"一半"记忆布局补充完整。事物和地点唤醒回忆的魔法般的力量就像具有符号价值的事物：它被契约者折成两半，每方得到符号的一半；当这两半物体再次结合时，契约的法律效力和谈判双方的身份就得以证实。我们的许多回忆，尤其是保存在"他我记忆"中的那部分，一半储存在我们的身体里，另一半则让渡给地点和事物。许多看不见的线索就这样使身体和感官与外部世界建立起千丝万缕的联系；当外部世界的那一半与体内那一半经过长时间的分离再次汇合时，"他我记忆"就被激活了。在记忆系统中，地点和事物没有钥匙、地图和其他有意识的、可操控的入口，我们不能从外部打量或操控它们，但它们能直接进入我们的感官神经网络。正因如此，我们无法把存在地点和事物的回忆唤醒，而必须等待它们自己（通过相应的接触和密码）来报到。这种记忆就像一个隐性共鸣系统，哪根弦被触动以及我们灵魂的迷宫式网络里是否会、何时会产生振动很大程度上都取决于偶然。今天的心理学家这样告诉我们：回忆以含蓄的、隐匿的布局长眠在"他我记忆"中，这个布局构建了一个对特定外部刺激进行随机反应的模糊而隐蔽的待命系统。刺激在哪里碰到了这个布局，肉体的回忆就被激活，并能把意识之前的"他我记忆"翻译成有意识的"自我记忆"，即从意义到语言和图像、再从图像和语言到文字的转码。

普鲁斯特是一位"他我记忆"的高手，他认为"我们的胳膊和腿充满着沉睡的回忆"。他以不可思议的精确和复杂记录下意识之前盘根错节的回忆结构，这些回忆构成了一张看不见的网，通过它们，我们的身体与客观世界连接起来。他这样写道，"带有深藏着我们的性格，而不是由我们自己确定性格的书，才是我们唯一的书"，"无论印象的材料显得多么单薄，无论它的痕迹多么不可捉摸，只有它才是真实的标准"。普鲁斯特正是在语言所不能及，唯感官印象通过无意识刺激能唤醒记忆的地方寻找他的真实回忆的——它们存在于我们体内，不被意识领会，只能纯粹偶然地被"唤醒"；它们模糊不明的存在是否能被冲洗出来，是不可预知的。

在第一卷《在斯万家这边》的"贡布雷"里，出现了整部小说最为著名的经典场面：由玛德莱娜小蛋糕打开的回忆之门。那正是一个"他我记忆"的绝佳例子。马塞尔回到他心中早已不复存在的贡布雷，在阴沉的天色中，随手掰了一块妈妈端上来的玛德莱娜小蛋糕，浸泡在椴花茶里，舀起一小匙茶送到嘴边。就在这一匙混有蛋糕屑的热茶碰到上颚的一瞬间，他冷不丁打了战，注意到自己身上正在发生奇异的变化。

"我感受到一种美妙的愉悦感，它无依无傍，倏然而至，其中的原因让人无法参透。这种愉悦感顿时使我觉得人生的悲欢离合算不了什么，苦难也无须萦怀，人生的短促更是幻觉而已。"

他努力捕捉这种幸福的感觉，回忆第一口茶的味道："骤然感到周身一颤，觉得脑海里有样东西在晃动、在隆起，就像在很深的水下有某件东西起了锚，它在缓缓升起。我感觉到它顶开的那股阻力，听到它浮升途中发出的汩汩响声。"回忆骤然间浮现在眼前，那是在贡布雷，每逢星期天去莱奥妮姑妈家给她道早安时，姑妈总会递给他的玛德莱娜小蛋糕。于是：

> 她的房间所在的那幢临街的灰墙旧宅马上就显现在我眼前，
> 犹如跟后面小楼相配套的一幕舞台布景。这座面朝花园的小楼
> 原先是为我父母造在旧宅后部的。随着这座宅子，又显现出这
> 座小城不论晴雨从清晨到夜晚的景象，还有午餐前常让我去玩
> 的那个广场，我常去买东西的那些街道，以及晴朗日子我们常
> 去散步的那些小路……我们的花园和斯万先生苗圃里的所有花
> 卉，还有维冯纳河里的睡莲，乡间本分的村民和他们的小屋，
> 教堂，整个贡布雷和它周围的景色，一切的一切，形态缤纷，
> 具体而微，大街小巷和花园，全都从我的茶杯里浮现了出来。

当马塞尔在第一次世界大战后回到巴黎的盖尔芒特府邸时，也正是
脚下绊到的两块大小不等的铺路方石让他突然看见自己曾在威尼斯生
活的全部过往。

从贡布雷的两"边"出发

第一卷《在斯万家这边》中，马塞尔描绘了"贡布雷的两个'边'"：
"梅塞格利兹这边"和"盖尔芒特那边"。马塞尔觉得它们相距遥远。
梅塞格利兹这边也称为"斯万家这边"，因为要走过斯万在唐松维尔的
花园住宅边上那条小路。马塞尔的家人避免走这条小路，以免遇到声
誉不佳的斯万夫人。1892年的一天，他们得知斯万夫人和小姐去兰斯

旅游不在家，就走这条路。于是，马塞尔看到各种美丽的花卉，也看到一个金栗色头发的小姑娘，爱上了她。那一年马塞尔 12 岁，小姑娘是斯万的女儿吉尔伯特。女孩的目光追随着少年，目光后面隐匿着一种带有轻侮的笑容，她还稍微做了一个秽亵的手势，让少年以为这是一种不屑于打交道的手势。多年以后他才明白，那个手势是一种示好。吉尔伯特跟她那穿白裙的母亲和一个身穿斜纹便装的陌生男子在一起，那男子盯着他看。直到 1897 年，在诺曼底的巴尔贝克，他在娱乐场遇到维尔帕里齐侯爵夫人侄孙圣卢的舅舅夏尔吕男爵，才知道在唐松维尔盯着他的男子就是夏尔吕。"这边"有淡红色的英国山楂树，音乐家凡特伊先生的屋子也在"这边"，它是资产阶级的这一边。在这个地点，他听到有人呼唤吉尔伯特的名字，那名字就像一道护符，是一个飘忽不定的女性形象。这个名字出现在英国山楂树的风景里，存在于心灵的意境和精神空间的地点中。

贡布雷的另一边是盖尔芒特那边。马塞尔走在维冯纳河边，看到历代贡布雷伯爵的城堡的断壁残垣。"那边"是典型的河畔风光，开满金盏花和睡莲。这个少年在散步时观赏花园里的睡莲，但无法走到维冯纳河的源头，就把它想象成地狱的入口。他还从未走到盖尔芒特城堡，产生了跟现实不同的印象。盖尔芒特那边是贵族那一边，贵族家族的名字就是地点的名字，有时也是城堡的名字，指明他们位于大地和地图上的某个角落，这些名字对人实施着权力。马塞尔对贡布雷谈论的德·盖尔芒特夫人进行过遐想，想象"盖尔芒特"这个名字在其音节的橙色色彩中包含着一个温馨的城堡。但在教堂里，他看到了真实的德·盖尔芒特夫人，对那位满面通红、并不优雅的女人感到失望。

斯万的爱情在"两边"中就像一个插曲出现了，它发生在15年前，马塞尔还未出生的时候。对于普鲁斯特从开头就埋下了许多基石般伏笔的这座大教堂来说，斯万的爱情就像一部独立的小说，属于过去建筑物的残存部分，"犹如在哥特式教堂地下室里有时还留有先前在同一地点建造的异教徒庙宇或罗马式教堂的遗迹"（莫洛亚语）。第一卷中只露了一面的人物——斯万夫人，将成为主角之一。童年时代，马塞尔在外叔公家看到一位穿粉红色连衣裙的夫人，但对她的情况并不知晓。直到外叔公的贴身男仆将她的照片拿给他看，他才认出了这是斯万夫人，一位前交际花。他也在画家埃尔斯蒂尔的一幅肖像画中看到过她，画的标题叫《萨克里邦小姐》——这位画家在维尔迪兰夫妇的圈子里是看不出什么才能的"母鹿"，后来成为大画家；她也是奥黛特·德·克雷西、斯万夫人和后来的德·福什维尔夫人。对斯万来说，他在爱情中认识到，是美的感觉打开了通向永恒形式的大门，凡特伊奏鸣曲的乐句成为他回忆起与奥黛特爱情的美好时刻。对马塞尔来说，他希望发现隐藏在斯万和盖尔芒特这些名字后面的秘密，得到吉尔伯特·斯万的爱情，分享她生活中美妙的秘密。他成了斯万家的常客，在巴黎的布洛涅林园再次见到吉尔伯特，也经历了爱情的痛苦。

学者邵毅平曾对奥黛特这个角色身上出现的时间模糊性做过一番研究。在第一卷《在斯万家这边》第一部"贡布雷"里，马塞尔有一次去看望他的外叔公阿道夫，因为不是专门留给别人去看他的日子，所以马塞尔无意中撞见了一位"粉衣女郎"，她是外叔公的"女朋友"之一，也是亲戚们不愿与之照面的那种人。

　　我注意到他家门口停着一辆双驾马车，马的护眼罩上跟车夫上衣的扣眼上一样，插着一朵红色的康乃馨。我从楼梯上就听到一个女人的嬉笑声，等我一拉门铃，里面的声音反而戛然而止，一片寂静之后是连续的关门声。听差终于出来开门，见到是我，显得很尴尬，声称我的外叔公现在正忙着，恐怕抽不出身来见我。

　　但那个女人坚持要见他，于是马塞尔见到了"一位身穿粉红色丝绸长裙、脖子上挂着一条长长的珍珠项链的年轻女子"。虽然外叔公并没有把她的名字告诉他，但他知道外叔公的这个风韵不俗的"女朋友"其实是个交际花。外叔公相当尴尬地暗示马塞尔，最好不要把这次来访告诉家里。马塞尔两个小时后就把事情详详细细地告诉了父母，他父亲和外公向外叔公提出了措辞激烈的质问，外叔公因此与他的父母不再来往。此事在小说中发生于马塞尔童年的巴黎，那时家里每个月派马塞尔去看外叔公一两次。

　　马塞尔记忆中的这位"粉衣女郎"，在小说的后面部分获得了奥黛特这个名字。外叔公去世后，他的贴身男仆老莫雷尔整理其遗物，把他生前认识的高级交际花的照片托儿子小莫雷尔送给马塞尔，并嘱咐儿子让马塞尔特别注意那张奥黛特的照片，因为他最后一次见外叔公的那天，这个女人正在他家里吃晚饭，老莫雷尔犹豫着该不该放他进屋。马塞尔这才知道，他在外叔公家见到的那个"粉衣女郎"，就是后来的斯万夫人奥黛特，这给了他很大的冲击。他惊奇地发现，从今往后必须把斯万夫人和"穿粉红衣服的女人"这原本不同的两个人当作同一个人了。

邵毅平提出的问题是：按小说中的时间设定，奥黛特做交际花与马塞尔外叔公交际，与斯万恋爱，然后嫁给斯万，这些都发生在马塞尔出生之前（"早在我出生之前就已经发生，但直到我离开贡布雷多年之后才听说有关斯万的恋爱经历"），那么马塞尔怎么可能在外叔公家见到交际花时代的奥黛特呢？马塞尔在外叔公家见到"粉衣女郎"应是1888年马塞尔8岁时的事；但如果"粉衣女郎"就是奥黛特，那么马塞尔12岁时，吉尔伯特最多4岁，不符合小说对两个同龄人的年龄设定。那么，"粉衣女郎"究竟是不是奥黛特？按照小说本身的时间设定，马塞尔每个月定期去看外叔公时，吉尔伯特也快跟马塞尔一起玩，马塞尔也将认识斯万夫人了（他初次见到奥黛特母女是在唐松维尔，"一位我从来没有看见过的太太，穿着一身白色的衣裙"，时间就在他家与外叔公"断交"后不久）。马塞尔在外叔公家撞见的"粉衣女郎"真的是奥黛特吗？有人怀疑，"粉衣女郎"即奥黛特这一安排是普鲁斯特这座回忆大教堂的细小疏忽。但其实很大的可能性是：奥黛特是斯万夫人的另一重身份。斯万与奥黛特结婚是在1895年，那一年马塞尔在巴黎香榭丽舍大街散步时，应邀与吉尔伯特一起玩捉人游戏，并爱上了她。也就是说，斯万与奥黛特是先有吉尔伯特，再结婚的，奥黛特也一直被贵族社交界排斥。普鲁斯特的每个人物在不同时间、不同地点出现时都像不同的人，"她们每一个人都不是独一无二的，因为她们每一个人都是我在各个不同时刻多次认识的，在这种时刻，她们对于我已是另一个女人"。

奥黛特是絮比安的表妹，幼年时曾被卖给英国富翁；嫁过克雷西伯爵，因婚姻失败而离异；做过画家埃尔斯蒂尔的模特，扮作半身男装的萨克里邦小姐；后来成为交际花"粉衣女郎"，相继有过多个情人，也出现在马塞尔外叔公的家里；后经夏尔吕男爵牵线，认识并嫁给斯万；斯万死后，嫁为德·福什维尔夫人；又做了德·盖尔芒特公爵的情妇；是吉尔伯特的母亲，圣卢小姐的外婆……"就像从穿粉红裙子的妇人算起有好几个斯万夫人一样，岁月惨淡无色的空间把她们一个个分隔开"。在第六卷《阿尔贝蒂娜失踪》的"罗贝尔·德·圣卢的新面貌"中，马塞尔回到唐松维尔小住几天，陪伴吉尔伯特。在贡布雷，他惊讶地发现自己见到童年时来过的地方丝毫也不激动，并发现这两个"边"并不像他以前想的那样相距遥远，在一天里就能从梅塞格利兹走到盖尔芒特。而他以前觉得神秘莫测的维冯纳河的源头，原来只是个洗手池。他也得知，吉尔伯特在第一次见到他时其实想要取悦他，她被认为猥亵的手势其实表达了她的欲望。幸福也许并非像马塞尔过去想象的那样无法得到。

第一次世界大战后，马塞尔回到巴黎盖尔芒特的沙龙，他看到客厅里的主人和宾客都像化了妆似的，个个都扑了粉，模样完全变了。盖尔芒特亲王走起路来已拖着脚步，仿佛鞋底灌了铅，步履神态都像在扮演老年的角色。吉尔伯特走过来向他问好，他认不出这位胖女士，他迟疑了一会儿，没有作答。他朝这个胖女士微笑，依稀从她的脸上辨出斯万夫人的模样，笑容中不由得添加了一些尊敬的意味，却听到这个胖女士说："您把我当作我妈妈了，是啊，我长得越来越像她了。"马塞尔由此明白了衰老是怎么一回事，当突然有一天看到一个熟人变得面相陌生时，我们便已生活在一个新的世界中了，"姓名"也就失去了个性。他们谈了很多有关斯万小姐在"一战"中阵亡的丈夫圣卢的情况，圣卢是维尔帕里齐侯爵夫人的侄孙，夏尔吕男爵的侄子。而有关当年斯万小姐的所有回忆，都已从眼前这个吉尔伯特身上褪去，被另一个宇宙的引力吸到了很远的地方，沐浴在斯万在唐松维尔的住宅边那条小路上的山楂树的芳香中。"通往圣卢小姐，又从她那里辐射出去的道路，在我心目中是数不胜数的；它们之间又有许多横向的连接通道。"当圣卢夫人朝另一间客厅走去时，马塞尔还未见过的圣卢小姐已在以她的方式向他诉说着"逝去的时光"：

> 她难道不正是跟绝大多数人一样，犹如置身林间空地那般，处于来自不同起点的道路汇聚的星形路口吗？这些通往圣卢小姐，又从她那里辐射出去的道路，在我心目中是数不胜数的。首先，贡布雷的那两边，那两条留下过我多少次散步的足迹，承载着我多少遐想的小路，汇聚到了她身上——盖尔芒特家那边经由她父亲罗贝尔·德·圣卢；而梅塞格利兹那边，亦即斯万家这边，则经由她母亲吉尔伯特。其中一条，经由这位少女的母亲，经由香榭丽舍林荫道，把我引向斯万，引向贡布雷的那些夜晚，引向梅塞格利兹那边；另一条，经由她的父亲，把我引向在巴尔贝克阳光灿烂的海边尽情遐想的下午。

这两条路之间已经建立了横向的连接通道，这是在回忆中才变得清晰起来的。马塞尔去巴尔贝克，很大程度上是由于斯万对他说起那些教堂，尤其是那座波斯教堂，惹得他心心念念想要去那儿，在那里他认识了德·圣卢；由于盖尔芒特公爵夫人的外甥德·圣卢，他又在贡布雷回到了盖尔芒特家那边。圣卢小姐还把他引向生活中许多别的节点，引向他在外叔公家见到的那位粉衣女郎，也就是圣卢小姐的外婆——斯万·奥黛特夫人。这里又生发出新的连接通道，在外叔公家领他进房间、后来又送给他一张粉衣女郎照片的贴身男仆，他的儿子就是夏尔吕先生和圣卢都爱恋过的那个年轻人莫雷尔；以及，正是圣卢小姐的外公斯万，最先向他说起凡特伊的音乐，正是吉尔伯特最先和他说起他后来的恋人阿尔贝蒂娜；而且，正是在跟阿尔贝蒂娜谈到凡特伊的音乐时，他才突然明白了凡特伊小姐是阿尔贝蒂娜的密友，他跟阿尔贝蒂娜之间的关系从此出了毛病，最终导致了她的出走和死亡，给马塞尔留下了无尽哀伤；而动身去寻找阿尔贝蒂娜的，也正是圣卢小姐的父亲。他的全部社交生活，无论是在巴黎，在斯万或盖尔芒特家的客厅，还是在另一头的维尔迪兰家，无一不是或沿着贡布雷的"两边"，或沿着香榭丽舍林荫道一一展开的。

通过这张网，人与人之间发生着交往和友谊，命运之间发生着我们看不见的直接或间接的相互影响。生活不停地在人与人、事与事之间编织这些神秘之线，让它们穿梭交叠、愈织愈厚，直到过去生活中的任何一个点和所有其他点之间都存在一张密密匝匝的回忆之网。维尔迪兰夫人虽然属于另一个生活圈子，但奥黛特的过去把他们和她连在了一起，夏尔吕则把他们和德·圣卢连在了一起。最后，斯万爱过勒格朗丹的姐姐，勒格朗丹又认识夏尔吕先生，小康布尔梅则娶了夏尔吕先生监护的姑娘。这条神秘的线索啊！

马塞尔看到这位16岁的圣卢小姐从他的记忆之网深处的星形路口

走出，站在他面前。他感慨道，少女修长的身材挑明了他想回避不去看的距离，"使她出落成这样的，正是我失去的那一年又一年，她仿佛就是我的青春"。在普鲁斯特的宇宙中，"斯万这边"与"盖尔芒特那边"合拢了穹顶。

消融于往昔的地点

普鲁斯特的空间体验，对于今天随身携带手机进行 GPS 定位的人来说大概已非常陌生。在卫星定位出现之前，我们对地点的认识还不是全局俯瞰式的，必须依据方向感在身处其中的、地面上的大街小巷里找到方向。那个时候的长途旅行并不是一件轻松的事，一个旅行者必须事先熟悉地图，事先做好计划，事先对自己到达的地点和下一个地点之间的路径和交通工具进行研究，事先做好时间安排，才能顺利完成空间移动。在没有太多旅行指南的时代，旅行者行路还有"行到水穷处"或"山重水复，柳暗花明"的体验，下一步在哪里始终像山后面的风景，事先看不到，没有预知，要它来到自己面前才有惊喜。

这种经验对理解普鲁斯特或许很重要。阅读《追忆似水年华》时，我先是跟随马塞尔的行踪游走于贡布雷、巴黎的贵族沙龙、巴尔贝克和威尼斯这些地方，随他的目光旁观着一个个人物的出场和交往。慢慢地，随着小说时间的延绵，我感到自己走入了一个很深的地方，如身处深水底部，黑暗而宁静。我环顾一番，曾经通过普鲁斯特看到的人物（和他们的名字）、事物（山楂树、椴花茶、苹果树、凡特伊奏鸣曲、《代尔夫特小景》等），还有虽曾存在于地图，但没有明确经纬度的地名，从这片深深的黑暗中渐次浮现出来，如一个个闪烁的亮点，将我包裹。我给那些在不同时间和地点重复出现过的事物名称涂上各自的颜色，比如蓝色、红色、白色，它们就像粒子，同时存在于不同的时空，相互呼应；我再给那些随机出现的人物标注上他们随年份而获得的新状态和新身份，看到他们的名字就如面具，下面藏着的那个人在岁月中不断改变着模样，他们在这些点之间移动，移动轨迹将这些亮点联结成一张网。那些地名随着这些移动开始飘浮晃动起来，从巴黎到巴尔贝克的距离在变化，从巴尔贝克到拉斯普里埃的距离也开始变化，而那些既是姓名又是地名的名字，随着人名的移动逐渐改变着内涵，等着被替换占领。有时我会感到自己坠入梦境，如同大卫·林奇的电影《穆赫兰道》和诺兰的电影《盗梦空间》里的迷离。

《追忆似水年华》就开始于一场梦醒来。普鲁斯特对一次散步的迷路描写，将我从地理现实空间带入意识的空间中：

> 突然，父亲把我们叫住，问母亲："我们在哪里？"母亲走累了，但仍然以他为豪，便温柔地向他坦白说，她压根不知道在哪里。父亲耸了耸肩膀，然后笑了笑。这模样，恰似他将某个小门从他外套的口袋里掏了出来，用的是他那把钥匙。他指着我们面前的小门，那就是我们花园后面的小门。这小门来到圣灵街角等着我们，就在那些陌生小路的尽头。

在那些远离统一规划和在地图上没有名字的地方，即使是久居的街区，其实也存在着许多陌生空间，需要用脚去邂逅意外。普鲁斯特对父亲的这段描写就像哆啦 A 梦从兜里掏出了任意门，充满惊奇；童年的普鲁斯特第一次发现，花园后面小门的另一边会存在一个自己从未到过的街角，它的出现就像在等待他。这种记忆中的地点，有时会抛弃我们。我的童年充满着走失和迷路的恐慌记忆（不像今天的孩子大都有手机和儿童手表），但这些地点也会冒出来与我相会，那种重逢的欣喜感意味着我的空间意识又拓展了一点，我学会了从另一个角度打量我曾遗失的那个地点，与它建立了一种新的纽带和情感。这种体验与在音乐空间里找到定位也很相似。普鲁斯特曾描写在维尔迪兰夫人家的一次音乐晚会上，他迷失在一段对他来说完全陌生的音乐中，就像迷路一样：

> 在一个我们并不熟悉的地方，而且我们是从另一侧面走过去的，在转过一个路口时，我们一下子走到另一条路上，你对那里的任何一个角落都不熟悉，因为我们平常不到那里去，有人突然说："这不就是那条小路吗，它通向我朋友家花园的小门，再走两分钟就到他家了。"……在这段很陌生的音乐中，我明白我听的就是凡特伊奏鸣曲。

这一段描写让我想起行走于摩洛哥迷宫般的菲斯古城时的体验，我不断迷路，不断在另一个路口遇到我遗失过的某个地点，也不断透过从不同方向而来的小街上的拱门打量我曾到达过又离开的房子。重新找到失去的地点就如重新找回似水年华一样，是相通的事。在奏鸣曲的这一段里，马塞尔重新在音乐的意识空间中定位了自己。

　　这种"定位"的经验很触动我。作为一名记者，我的职业生涯意味着许多旅行。我曾经总是不假思索地前往任何一个遥远的地方，直到有一天，我在卡萨布兰卡的清晨醒来，突然感到疑惑，是何种线索使我置身此地：

　　"我何以来到卡萨布兰卡，在清早城市尚未醒来的阳台上，望向楼宇之间的马路，看轰鸣而过的有轨电车驶过前方栽种着棕榈树和蒲葵的花园广场，继而瞥见柱形宣礼塔式样的钟楼上指向6点的时针？我又何以在散发着皮鞋油味、汽油味、咖啡香气、过夜果皮酸腐味的街道上穿行，走过延绵相连的廊柱，看西装革履对街喝薄荷茶的黑人和阿拉伯人，将把手处护着一层绒布的雕花长嘴小银壶高高举起、倾斜，听热茶汩汩流进玻璃杯、溅起极小水花的乐声？又何以来到一座海边的青绿色清真寺，看它金碧辉煌的大理石殿堂里繁若星辰的荷叶花瓣剪影，穿过一扇接一扇的圆形拱门，久久凝望在广场上如磐石一般陷入沉思的阿拉伯人？也许我来到这里，仅仅因为它叫作'卡萨布兰卡'，以及默念'卡萨布兰卡'这个名字时萦绕于凝神呼吸之间的玄机。我对这座陌生的城市一无所知，就如它街头上那些蒙着面纱、只露出双眼睛的阿拉伯女郎。在我生活的旅途中，亦从未有什么征兆和线索，将我的路引向此地。我何以来到这里？"

　　这突如其来的迷失和存在疑惑，就如普鲁斯特从睡梦中醒来时不知道自己身在何处的迟疑一样，"我是谁"的问题由此而生。日内瓦学派的哲学家乔治·普莱写道，由于受到某个既不固定又没定位的地点摇晃的威胁，"巩固地点对普鲁斯特的主人公来说特别重要"。稳定地点的方法之一就是将人的图像结合到地点里，《追忆似水年华》中几乎每个人物都与某个风景相连，人物第一次出现也是在风景的背景里，吉尔伯特、好朋友圣卢、夏尔吕男爵、阿尔贝蒂娜都是这样；巴尔贝克的风景就是与从海滩景色中出现的阿尔贝蒂娜联系在一起的，就如吉尔伯特与唐松维尔花园小路的山楂树，还有香榭丽舍大街的公园联系在一起一样。"前景中的每个人物周围都有一个背景，而背景则吸收一部分人物的个性和具体特征"，这样，存在于回忆之中的这些地点逐渐从人的灵魂那里借鉴独特性，与人物融合在一起。"普鲁斯特的地点绝对没有抽象的普遍空间特点，都是个性的实体；它们的特殊性无法与其他地点的特殊性相混淆。"

地点与地名对普鲁斯特来说意味着一种联系网络中的空间。在《追忆似水年华》中，人物何以在贡布雷、巴黎、巴尔贝克等并列的地点之间移动？

小说中的马塞尔最初是听他贡布雷的邻居勒格朗丹对他说起"巴尔贝克"这个名字的。他知道了那儿是一片海滩，紧靠着那处"以海难事故频繁著称，一年里有半年阴雾沉沉、浪涛滚滚的不祥海岸"。勒格朗丹告诉他，踩在那里，将会清晰地感受到"脚下就是法国、欧洲，乃至古代世界疆土的尽头"。斯万也对他谈起巴尔贝克的海滩，告诉他巴尔贝克那些建于12世纪、13世纪的教堂一半是罗马式的，也许是诺曼底哥特式建筑最奇特的样本，还有一座波斯教堂。这些交谈和信息引起了马塞尔的极大好奇，这种情感成为他前往巴尔贝克的动因。他这样写道：

在这以前，这些地区在我头脑里不过是些年岁已湮没不可考，庶几跟那些重大地质变迁同时代的地块……这会儿看到它们竟然经历过罗马时期，一下子把它们纳入了时间序列。哥特式的三叶饰亦曾及时地镌刻在那些原始石块上，犹如春天来临时那些柔弱而生命顽强的花草星星点点缀满极地的雪原，真是欣喜异常……哥特式建筑在我眼里变得更充满生气了，因为我可以看到，除了我常想到它存在的那些城市以外，它是怎样在一种特定的场合，在一些原始的石块上绽芽、开花并变成一座可爱的钟楼的。从此以后，逢到二月里风雨交加而又暖意荡漾的夜晚，当劲风拂过我心田，让它跟我卧室里的壁炉烟囱一样颤动不已时，也把去巴尔贝克旅行的念头吹进了我心扉。

这是属于普鲁斯特的独特地点意识，它充满意境、遐想和玄思，使得"巴尔贝克"这个名字首先成为马塞尔心灵中的地点。这与旅游业时代的旅行者前往一个地方的动因有着根本的不同：我们通常是通过旅行杂志和社交媒体来获得对远方的想象的，这些地点与我们的命运之间很少发生深度的关联，只是一种橱窗式走马看花的异域体验。普鲁斯特的空间记忆充溢着情感，使他笔下的这些地点和对象不再是观赏的对象，而成为一种独一无二的存在的情感。就如他回忆贡布雷广场上的圣伊莱尔教堂钟楼时，它融入了外婆的形象：

　　我隐隐约约地觉得，外婆在贡布雷的钟楼上找到了对她来说这世界上最珍贵的东西，那就是自然的风致和卓异的气度。她不懂建筑，但她爱说："孩子们，你们爱笑我就笑吧。可我觉着，或许它不合规范，并不漂亮，可是那古里古怪的老派模样，让我瞧着挺受用。我敢说，要是它会弹琴的话，一准不会弹得干巴巴的。"她注视着钟楼，目光随着它徐徐升起，顺着塔身石块虔诚地倾向天空的斜势，眼望着两边的斜面彼此愈靠愈近，犹如双手在合掌祈祷。她的整个身心都跟尖顶的取势融为一体，目光也仿佛随它向天而去；与此同时，她朝向塔身陈旧剥蚀的石块亲切地笑着，此刻仅有塔尖沐浴在夕阳的余晖中。

正是地点与回忆和心灵的融汇，使得祖先、故人、邻人与爱人构成了它的世界，地点有了来处，"此时此地"重建了与往昔相连的线索。这也是为什么，每当主人公在外省大城市或巴黎某个不熟悉的街区看到钟楼时，会隐约发觉它们身上有些与圣伊莱尔教堂钟楼相似的地方，于是"兀自呆望着那座钟楼，忘了散步，忘了买东西，一连几个小时，寂然不动地伫立在那儿，感觉到在我内心深处有了一些从忘川夺回的正在干涸、正在重建的土地。我依然在寻路，我转过了一条街……可是，那是我心中的街啊"。唯有在记忆中，地点会几近不朽地存在。

在乔治·普莱看来，普鲁斯特世界中的地点，比如贡布雷、巴尔贝克、巴黎的圣日耳曼街区、德·圣卢驻扎的东锡埃尔，它们处于相互远离的地方，并不靠在一起，也并不交流，从一处到另一处没有过渡。他认为，"普鲁斯特的空间由拓扑学的确定点构成，它们相互位于遥远的地方，就像海洋中心的岛屿，身处这些地点之一，就会导致不可能同时身处另一个地点……它们给予庇护的社会团体彼此排斥，从这些地点到那些团体，很难进行转移"。在这部由"濒死体验"所产生的小说中，过去生活的每个意图重新展开，不是排列成连续的顺序，而是像同时存在的不同部分，这些碎片中有时会出现一处间隙、断裂或空虚。空间的分离和时间的断裂在小说时间进程中不断出现，一个例子是马塞尔与外婆的一次电话交谈中，穿过那个分开巴黎和东锡埃尔的空间时，外婆的声音仿佛突然脱离了肉体，在先前还抱怨与她相隔甚远、听不见她说话的人耳边响起。

不过，在我读来，普鲁斯特是以人物之间的友谊和爱情来填补这些地点之间的空白的，它们之间还填充了大自然四季的风景。人与人之间的情感是潜在的线索，是潜意识一样深的海床，是它们将岛屿联结起来，而这些友谊和爱情中又包含了太多不为人知的秘密。正如上一节所写到的圣卢和吉尔伯特的女儿圣卢小姐汇集了过去的所有线索一样——她就是时间的象征。在她身上，彼此分离的"斯万这边"（代表着资产阶级）和"盖尔芒特那边"（代表着贵族阶级）在圣日耳曼的盖尔芒特府邸会合了，"地名"也改变了它的内在含义，成为一层伪装的面纱。

是时光安置了我们

《在少女花影下》一卷中，出现了小说的另一重要动机。马塞尔跟维尔帕里齐侯爵夫人一起乘车兜风时，马车驶到迪梅斯尼尔附近，他看到了三棵树。这段话是这样写的：

> 我看着这三棵树，把它们看得一清二楚，但我的思想感到，

它们掩盖着某种它没有抓到的东西，就像放得过于远的物品，我们即使伸出手臂把手指伸直，也只能时而触及包裹物，而不能抓住任何东西……我花费更大的力气集中思想，朝那三棵树的方向跳跃得更远，或者不如说是在心里朝这个方向跳跃，并在这个方向的最远处、在我内心中看到它们。我重新感到它们后面有熟悉而又模糊的同一物体，我无法把这物体带到自己身边。但是，随着马车往前行驶，我看到这三棵树都在接近。我在何处看到过它们？在贡布雷周围，没有一个地方的小路有这种地点。是否应该认为，它们出自我生活中十分遥远的年代，它们周围的景色已完全从我记忆中消除？……它们在向我靠拢；也许是神话中的幽灵幻影，是女巫或诺恩三女神巡视，在向我出示她们的神谕。这很可能是过去的幽灵，是我童年时代的亲密伙伴，是故世的朋友，在祈求保护我们共同的回忆。

不久之后，在大路的一个交叉路口，马车将它们抛弃，并将马塞尔带到远处，远离他认为唯一真实的事物，远离能真正使他高兴的事物。这一段描写如视灵者的幻梦，让我想起诗人里克尔从"白桦林"的德语发音中听出"奥斯维辛"这个名字的神秘直觉。这两者都与时间的深度有关，是对于祖先的过往和子孙的未来的体验，对于来处和去处的体验。普鲁斯特写下一种对幽冥的深远回望，就如他看到青春的圣卢小姐从时间深处的林间空地向他走来一样。

对普鲁斯特来说，回忆是比现实更真实的存在。通过马塞尔，普鲁斯特在小说中无声地指出和衡量着所有现实事物的虚妄。小说中，盖尔芒特公爵夫人听斯万说起他已病入膏肓，将不久于人世，不得不在准时赴晚上的饭局和留下来陪斯万的两难之间做选择。他把大量的笔墨分配给公爵是如何介入进来催她赶紧乘马车离开不能迟到，又是如何为了她的鞋子颜色与裙子的红黑色不搭不怕麻烦不怕迟到地一定要让她回去换鞋。对礼仪这件小事的描写越是细致渲染大费周章，对朋友病重信息的漠然就越发荒谬，充满普鲁斯特不动声色的讽刺。《追忆似水年华》的确也是一本描写巴黎上流社会世情的幽默小说。通过马塞尔的目光和描述，普鲁斯特揭穿了看似优雅清高的邻居勒格朗丹真实的势利虚荣，暴露了德·夏尔吕男爵矜夸不自然的做派，嘲讽了歌剧院里新贵资产阶级的炫耀浮夸，也不隐藏女佣身上也会有的虚荣心和她对门第、财产、社会地位和特权的欲望。至于那些贵族阶级的沙龙夫人们，她们以她们所确立的形象征服了社交界，但这种剥离了真实自我的人物形象也正是她们为归属团体而付出的代价；在她们的炫目光彩背后，是充满幽暗秘密的孤独暗影。

不过，普鲁斯特并不否认身体；相反，他认为身体的感觉也是一种真实的存在。他写道：

> 凡是我们认识的人，我们都会有一个和他一模一样的副本。不过，这个副本平时存在于我们的想象和记忆边缘，相对而言，它还是处于我们外部，它做什么或者能做什么，对我们来说无关痛痒，正如一个放在一定距离以外的物体，我们看见了并不会引起疼痛的感觉。使这些人感到痛苦不安的事情，我们用一种旁观的态度在感知它们，我们也许会颇为得体地说一

些表示遗憾的话，让别人觉得我们有同情心，但其实我们并不能真正感受到它们。然而，自从我的心在巴尔贝克被刺痛以后，阿尔贝蒂娜的副本留在我心里，埋得很深，根本没法去除。她做的事情，我看在眼里，痛在心里，就好比一个人得了一种莫名其妙的毛病，感官功能发生了改变，明明看到的只是一种颜色，却会感觉到疼痛。

虽然对一个在沉思中逆着时光的河流向上漫溯的人来说，身体对爱它的人总是造成很深的伤痛，令嫉妒的情感至深，但也正是它证明了情感不可替代的独特性。这种"疼痛"，既让我对前半部分人们的冷漠无情感到释然，也让我对后半部分这种与爱伴生的疼痛感到释然。尽管回忆与文学是普鲁斯特对抗死亡的方式，然而，他也不得不承认，当一个有生命的个体身上的欲望不再能滋养储存于此的回忆时，回忆也将随着时间从躯体中消失。

第一次世界大战后，马塞尔回到巴黎，在盖尔芒特公爵的府邸里，他再次听见了早已故去的爸爸妈妈送斯万先生出门的声音，听见金属般清脆而又刺耳的门铃声响个不停，宣告斯万先生终于走了，妈妈可以上楼来了。

我又听见了它们，它们此刻位于过往岁月中某个遥远的位置，但我听见了它们……我并不知道自己身上承载着那个无限伸展的往昔，它始终在那铃声和当下这一刻之间存在着。那铃声当初响起的时候，我已经作为一个个体存在了，而从那以

后，若我还想听见那铃声，就得让我自己不能有片刻停歇，须
臾不离自己的存在、思考和自我意识。

也是在那一个晚上，他看到了圣日耳曼区的沙龙因增加了新成员
而发生的变化，社交界的价值观也随之发生变化；这些变化不一定意味
着圣日耳曼区的衰败，却说明角色正在重新分配中。他也看到坐在椅
子上的盖尔芒特公爵站起身来时身体摇晃，老迈得腿直打哆嗦；看到被
神学院学生簇拥着的大主教周身上下只剩金属十字架是牢固的，仿佛
踩在一副生命的高跷上，随时会从极顶摔下来。他感到时间紧迫，留
给他完成作品的时间不多了。他决心写出"时光是如何为每个人安置
他的位置的"，而这个时间中的位置比在空间中留给人的微不足道的位
置重要得多。普鲁斯特欣赏的艺术评论家罗斯金这样写道："他遇到过
人们的冷漠和事物的秘密，特别是他自己的软弱。但是，他选择了抛
弃一切来释放出被束缚的图像。他在陋室之中，在孤独和饥饿之中，
在病痛和工作之中，看到他之前的任何作家都没有敲过的大门打开了，
他通过我们的心灵和微不足道的物体向我们展示了一个美妙的世界。"
起初是小城伊利埃，在那里，几个人紧靠在钟楼下的一座老教堂周
围；"在那里，一个神经质的敏感小孩在星期天晴朗的下午在花园的栗
树下阅读。他透过一排玫瑰色山楂花，依稀看到两旁长着茉莉花、蝴
蝶花和马鞭草的小径，他一动也不动地观察着、呼吸着，力图随着自
己的思想驰骋，超越图像或气味"。正是因为这个幻想的孩子长久地观
赏，大自然的这个花园角落才会将自己瞬息即逝的景象留存于世；也正
是这个孩子强烈的情感，才把这些早已在许多年前凋谢的山楂花的香

味带到我们身边，使许多从未来过这里的人能够通过下雨的声音闻到看不见却四季常在的丁香花香味。就这样，从伊利埃开始，到贡布雷，再到巴黎，普鲁斯特创造了一种存在，一种故乡，它存在于时间之中。

1921年5月，《盖尔芒特那边》（二）和《索多玛和蛾摩拉》（一）相继出版。那一年，普鲁斯特在参观荷兰画家的画展，观看小说中提到过的《代尔夫特小景》时感到身体不适。1922年，《索多玛和蛾摩拉》（二）出版。普鲁斯特拼命写作，准备着《女囚》的出版工作，但他只看到了打字稿的开头部分，11月，他因肺炎去世。

多年后，当我随着《追忆似水年华》的延绵时间潜入他的岁月中时，我的确如他所说的那样，触摸到了他笔下人物生活里的那些不同时期；在那些不同时期里，无数的日子各就各位，而安置它们的正是时光。

（主笔　蒲实）

● 主编点评

阅读蒲实的文章，是一场高强度的智力活动。她对文本的精读，超越"读"与解释之上，完成了自己独特的文本。尤其是其引入的分析框架／概念与文本、叙述、叙述背后的自我认知相互的缠绕，连绵悠长，既严密又开放，非常棒！

讨论普鲁斯特，蒲实的基点是牛顿绝对时间瓦解之后，我们如何理解或重建时间，这个起点极高。我在听中读"Talk三联"时，法国文学研究专家也无法从这个高度来进入讨论。20世纪初，时间成为全球性前沿问题，爱因斯坦由时间入手，发明了狭义与广义相对论。这是以物理学为工具的思考。普鲁斯特则以想象——回忆作为方法，来创造文学意义上的时间。以此立论，当然是理解普鲁斯特何以伟大的关键路径。

时间作为主角之后，蒲实的关键概念是："自我记忆"+"他我记忆"。这是一对组合的概念，但重要的是"他我记忆"，在时间的此点，那块玛德莱娜小蛋糕打开了回忆之门，"似水年华"于是如水下的某件东西起锚了……如果说重建时间，是普鲁斯特隐秘的动机，那么，"他我记忆"就是营造普氏时间的核心技术。

之后，就是对普鲁斯特方法论的叙述。

贡布雷的两"边"——斯万家与盖尔芒特家是普鲁斯特人际关系的全部。这背后是对"粉衣女郎"是否就是书中奥黛特，之后的斯万夫人的细节研究展开的论述，这种复杂的网络，在相当意义上解构了我们一般意识上的线性时间。同时，这种种混杂的人物，在普鲁斯特的小说里，空间也是依附其人际网络而被叙述，时间的客观性不复存在。

最后，"普鲁斯特创造了一种存在，一种故乡，它存在于时间之中"。

真正精彩的文本，有它敞开的豁口，对于我来说，诱惑性的问题是：普鲁斯特是在时间内，还是在时间外完成了他的时间构建？

后记Ⅰ：记者的质朴野心

吴琪

记者是躲在稿子后边的人。三联的报道，记者的情感和观点总是含而不露，但他们的描写和讲述，又以自己独特的方式在观看、在感受。读者是我们最尊重的人，所以我们要给我们尊重的人，留下足够的思考空间。读完文章，似受到启发，有所感慨，而又意犹未尽，读者如果能有这样的感受，打开自己看待问题的多个维度，便是我们的收获。

我们的编辑部，只有30来位记者，三四位编辑。互联网之前的时代，这是个小规模的手工作坊。数字时代来临，我们发现自己的工作方式虽然也被新媒体的节奏牵扯，一天需要三次更新微信公众号，还要面对无时不在的微博，但我们这个团队的整体气质并无太多改变。似乎越是在信息发达的时候，我们越是精心守护这个小手工作坊，速度和质量，一样也不愿落下。

　　做一本周刊，是我们这个团队，对读者非常郑重的一个承诺。一年 52 周，不管发生了什么事情，一本厚厚的一百多页的原创杂志，都会准时送到读者手中。我们记者和编辑的一个重要职责，就是像八爪鱼一样，伸展开所有的触觉，沉浸到社会里。我们感受社会经济生活、文化生活的变化，感受大众的社会心理和情绪的变化，观察消费社会的百态，关心人的性情、情感。每一期的选题，既来自社会热点，也来自我们作为媒体人的敏锐。

　　到 2021 年底，我们又迎来了每年一次的"年度生活方式"总结。这次我们做的是"逃离倦怠"。这个选题来自我们对周围人的感受，很多人的倦怠之感很重。最近两年流行的话语——"这些年比你的货币贬值更快的，是你的努力"，大家面对外部世界的急速变化，很容易失去自己的节奏和定力。而我们提出的"适度、降噪、停顿、滋养"的生活方式，其实也是三联对自己一向坚信的价值观的重申。数字时代，人们往往"满足于社交 App 上简单的理想化的自己，却更不愿接纳真实生活中的复杂的有缺陷的自己"，而怎样认知我们当下的真实世界，怎样建立自己对变化的判断，正是我们编辑部努力去做的事情。

　　这几年，我们对真实世界的关注，既包括新冠肺炎疫情、河南暴雨这样的热点事件，也有中国外贸为何逆势上扬、超级工厂、新国货这样的经济话题，教育、心理也是我们关注的重要领域。中国外贸在最近两年的逆势上涨，一方面是因为中国疫情相对平稳，另一方面也是领先的外贸企业早就超越了"三来一补"的旧时代，民营经济最具活力的部分，体现出了让人惊诧的自我更新的能力。我们的工业能力，从 2010 年开始，不管是工业总产值的数额还是工业门类的齐全，都是世界第一。我们曾经对于制造业的外迁有担忧，但是由于制造业上下游千丝万缕的紧密联系，再加上中国劳动力的熟练程度，我们的制造业仍然有相当大的发展优势。这些行业里的领先者，在他们的工厂里，到底发生着什么样的变化？在这样的思考下，诞生了我们的"超级工厂"报道。深入一线企业，我们不仅了解到中国工业的独特优势，也深刻感受到了一线工人的缺乏。20来岁的年轻人，早已生活在社交媒体给予的拉平的世界中，很难再忍受流水线的枯燥。那么工人来源不够的问题，能够怎样解决呢？这启发了我们接下来的封面故事"谁来当工人"。由这个报道，我们继而关注职业学校的发展，他们培养出来的学生到底能不能对接企业的需求，我们"好的职业教育"的封面报道试图讲述优秀职业学校的故事，将职业学校有可能的发展之路展现出来。而一篇篇社会报道，比如"重庆两幼童坠亡事件"，是我们报道的一个重要品类，社会事件里的悲欢离合也是对时代的一种注解。

我们的30多位记者，学科背景非常多样，既有新闻、中文、哲学、语言、国际关系领域，也有经济、生物、地理、医学领域。大家就像一片物种丰富多彩的小树林，姿态各异，却又在土壤深处根系相连。

袁越热爱单独探索重大的科学话题，他关心"人类的终极问题"（人类来自哪里？我们为什么会变老？创造力究竟是怎么来的？），也关心人类的材料、深海的探索等问题。这些宏大的问题在他的采访和叙述中，展现了超越科学报道的更为深远的价值。杨璐关注中国消费社会，以及社会变动中人的心理情绪变化。她看到了新国货怎样适应和改写商业社会，互联网带给我们的福利和产生的新问题，中国经济的独特性在哪里，等等。她特别肯在采访上下功夫，她能开放性地倾听各种采访对象，又能快速形成自己强有力的判断。徐菁菁有她看待社会的深情，无论是对于"小镇做题家"群体的关注，还是对教育、人们心理变化的精确捕捉，使得"内卷""鸡娃"这样的情绪热点成为她的选题来源，她又总能通过采访研究，提出自己引领性的观点。她写的蒲公英学校，与国际化教育、精英、中产这样的标签都没有关系，她反而看到了其中蕴含的"教育的本质"。教育的本质是极为朴素的，又是日常和琐碎的，它需要朴素才能真正实行起来，可这里头又有着教育者超越利益之上的神圣信念。这样的文章阅读起来，我觉得对于我们所有人而言，都是一次关于爱与情感的再教育，是一种新的启蒙。出生于 1968 年的邢海洋，是编辑部里心态最年轻的人。他永远乐呵呵地追寻变化，对新技术、新话题完全保持开放态度，并且尝试着突破自己的报道领域。老邢是个跨界典型，学的是地理和环境专业，常年在三联写经济专栏，爱好画画，2021年又开始做长篇地理报道"中国西北行"。还有很多有意思的同事，在各自感兴趣的领域，试图做出更好的报道。正是这样一个个风格明确的个体，凑成了我们这样一个互相吸引、惺惺相惜的群体。

记者需要在采访和写作上有极大野心，才能在这个信息喧嚣的时代，感受到自己内心安静的强大力量。可是这种野心，又需要质朴的态度，俯下身来观察和记录中国大地上发生的变化。我觉得记者需要借用历史学家的眼光，来看到自己当下做的每一篇具体稿子的意义。我们的一篇篇报道，并不只是即时消费的碎片，而是有可能成为这个时代具有史料价值的内容。希望不管过了多少岁月，当有人翻看这本书，仍然能感觉到热气腾腾的 2021 年，我们记录下的真实中国。

后记 Ⅱ：用行走打开阅读——
从 2021 年的考古封面说起

曾焱

2021 年，三星堆新坑发掘的进展成了媒体和公众关注的焦点，以前相对冷门的考古新闻甚至多次上了网络热搜，在抖音和 B 站上也有大量短视频。人们津津乐道于三星堆出土青铜器的那种奇特和神秘，曾经在 20 世纪 80 年代十分热闹过的文明来源说也占据了流量。

这样轰动的一个文化事件，《三联生活周刊》参与其中了吗？可以说"有"，也可以说"没有"。

早在 2020 年 9 月我们就做过一期封面报道，叫作《最美三星堆》，而选题准备则开始得更早。周刊有一个"最美中国"系列封面故事，前些年以探寻自然风光为主，比如最美新疆、最美三江源等，2019 年后，这个系列开始转向文化目的地，开篇为敦煌，三星堆则是讨论后确定的第二个目的地。我们当然并不事先知晓三星堆即将成为流量，选择它，是因为它重要——关注真正重要的问题，一直是周刊的自我期许。三星堆偶然发掘始于20世纪20年代末，这个时间段，也正是以田野为基础的中国考古学的起点；三星堆发掘的起始、中断、重启与最终发现成果的盛大，和中国百年考古的历程是几近重叠的，十分典型；与此同时，它所处的地理位置，又让它与以黄河流域为中心的中原考古学文化相比有着特殊的价值。

当三星堆不期然地成为"网红"之后，我们因为此前和三星堆考古的各方学者都已有过深入采访、对于新坑发现成果有比较完整的了解，所以没有急于加入连篇累牍的片段式报道。但是，我们并非不关注，而是以另外一种方式在关注，关注表象背后的背景、关系。我们想在这种热闹中先沉下来后，再完成一个封面故事的续篇，让讨论深化。前一个封面概略地提到过，如何在长江流域考古文化的大图景下去看待三星堆文化的奇特性，那么第二个封面《寻访长江流域青铜文明》，我们就考虑将这个思考的线头拎出来，把视野放宽，格局放大，放在更宽广的南方考古学文化的坐标体系里来看三星堆。

所以这一次，除了重访三星堆新坑发掘现场，我们几位同事更重要的行程是自西而东，沿长江主线和支流，去寻访时间段与三星堆接近的长江流域青铜文明遗址。在三星堆之外，他们还分别去了考古专家推荐的4个考古遗址：汉中、炭河里、盘龙城、新干大洋洲，它们都位于商朝之南土，几乎每个遗址都有着难解谜题，在几代考古工作者的持续努力下，这些谜题也相继有了新的发现和观念更迭。我们试图以这次新的踏访，来深入一点认识商时期长江流域青铜文明的重要发生地。在独特的地域性背后，它们各自是以何种方式存在？它们是否受到中原商文化的影响？在它们之间又是否存在着某种特殊的关联性？……对这些问题的追索，对于我们来说，值得花费努力。三星堆不是孤立发生的考古热点，我们希望以此为出发点，为读者勾勒出一个更清晰的历史时空，更整体的视野：如何认识中国，如何认识中国早期文化的结构。

中国社科院考古所研究员施劲松老师在接受我们同事采访时曾说，"我们每一项考古发现都或多或少地改变我们的历史观"。周刊以如此体量的报道，来关注和日常生活看起来相当有距离的考古故事，其实还是为了帮助回应当下的问题，包括个体对人之处境偶尔会有的思考，比如我们是谁，我们身处的世界何以成为现在的世界，又将以何种方式延续下去。在某种意义上，考古是连接过去、现在和未来的密钥，那些埋藏于数千上万年土层下的物证，并非和我们毫无关系。

在有关三星堆主题的两期封面文章最终结集成为《追寻三星堆》这样一本书在 2021 年出版后，考古学者、三星堆 3 号坑发掘团队的负责人徐坚评价说，"《三联生活周刊》是很有野心、很有格调、也很有担当的杂志。作者们不是写保鲜 24 小时的文章，而是希望写一个月之后还能看，一年之后还能看的深度报道"，这是对我们并未达至优秀的报道的鼓励，也帮助说出了我们的初衷。这几年，周刊每年都在尽力实现这样一个以扎实的现场来搭建的考古主题封面，比如早两年的《寻找夏朝：中国从哪里开始》《甲骨文：120 年的发现史》……2021 年是中国考古百年，周刊在三星堆之外，推出了一期《重走仰韶时代的考古现场》。当时我们同事在微博介绍说，这是一期对考古的"考古"，还挺准确的，因为我们确实是做了一次对考古现场的细致重返，以新石器的仰韶时代为时间轴线，以黄河中上游流域为地理路线，5 位同事在考古学者指导下，选取了最有代表性的发掘地点，分别前往了所涉及的现今5个省份。我们希望用记者擅长的脚踏实地的行走与采写，以系统化的选题策划，来持续记录文化物证的科学发掘和研究，认识中国历史的多元一体面貌。和抖音上一分钟、几十秒的流量短视频相比，这是我们选择的新闻长期主义。

主编李鸿谷将这种重返现场的方法，简练为一句话：以空间来写时间。我个人对这句话的理解是，通过脚踏实地，让空间想象突破我们惯性的、来自文本阅读的认知框架。

由此，我们与考古中国并行推进的还有另一个系列封面——"地理中国"，目前已经出刊两本：《诗经地理》《徐霞客地理》。文本—踏访—现实，用行走打开阅读，从经典文本出发来连接现实层面，是我们在这一类型封面故事中尝试的方法。地理山川，相对恒定的自然物，塑造了一地的生活形态，也参与塑造了一地的精神世界和文化内核。我们通过遗址辨析、史料发掘，更重要的是通过记者在现实中的实地踏访，将文化史、生活史，一层一层打开。

在流量至上的时代，我们蹲伏下来，交付耐心，寻找更复杂、更完整的时间截面来做观察和记录。周刊每年52个封面故事，以上举例的考古系列只是其中一二。我们同事在2021年尽责于思考与记述，如《时间与记忆：普鲁斯特诞辰150年》《理性的力量：牛顿〈原理〉诞生300年》想要传递的是人类历史上那些重要的思想碰撞，《一个人住：独居社会的自由与孤独》《脱口秀为何火爆：喜剧短平快时代》《隐私焦虑》关注的是网络热点事件背后的文化现象、关系辨析。

还记得 2010 年，我们那批记者第一次有机会将自己的文章结集出版时，老主编朱伟在给我那本书的序言中写了这样的话："在大众文化消费越来越拥抱轻薄化信息的今天，总要有人来反抗这种轻薄化，通过从更厚重到坚硬的积累，给搜索引擎提供一些可能深入搜索对象肌理的新的成果。"10 多年过去了，我觉得，这句话仍有意义。